与岁月交往

李世仁 著

敦煌文艺出版社

图书在版编目（CIP）数据

与岁月交往 / 李世仁著. -- 兰州：敦煌文艺出版社，2019.12（2021.8重印）
ISBN 978-7-5468-1809-2

Ⅰ. ①与… Ⅱ. ①李… Ⅲ. ①散文集－中国－当代 Ⅳ. ①I267

中国版本图书馆CIP数据核字（2019）第209754号

与岁月交往
李世仁 著

责任编辑：侯君莉
装帧设计：张　林

敦煌文艺出版社出版、发行
地址：（730030）兰州市城关区曹家巷1号新闻出版大厦
邮箱：dunhuangwenyi1958@163.com
0931-8152307（编辑部）
0931-8120135（发行部）

三河市嵩川印刷有限公司印刷
开本 710毫米×1000毫米　1/16　印张 19.5　插页 2　字数 358 千
2020年 5 月第 1 版　2021年 8 月第 2 次印刷
印数：801~2800

ISBN 978-7-5468-1809-2
定价：58.00 元

如发现印装质量问题，影响阅读，请与出版社联系调换。

本书所有内容经作者同意授权，并许可使用。
未经同意，不得以任何形式复制。

序 Preface

岁月不老　青山依旧

正雨

  老友世仁又一部力作——散文集《与岁月交往》问世，让人高兴，可喜可贺！

  这部力透纸背、彬彬可观的上乘之作，是作者漫漫人生长路的心灵回望，是迢迢岁月命运抗争的记忆复活，是生命踏歌回望的春天赞歌，是情感世界历经磨炼的境界升华，是人性道德的咀嚼回悟……

  洋洋洒洒行云流水般的文字，从漫漫长路深处款款而来的时候，分明感觉到的是一个离开母体的出世生命，在哇哇啼哭声里向着这个世界呐喊与抗争。作者前行于人生之途，执着于对人命运的思考，将自然物象与社会发展融于一体，俯视山川自然变化，凝视生命。

  作者认为，国家发展进步与深刻变迁过程中的积弊缺陷是前进中的必然，是改革初期农村变革阵痛中一个绕不过去的坎。由于妻子、子女是农村户口，"工干家属"（家里有在外面当干部、工人）的家庭结构，在改革初期，这些家庭大都遇到了让人难以忍受的尴尬境遇，作者和妻子的心灵留下了难以抚慰的伤痛。即便如此作者仍然保持着宠辱不惊的胸襟，"我热爱我的家乡，那片土地养育了我，那些憨厚的人群给了我无私帮助"。

  生于农村长于农村，与农村结下不解情缘的作者，虽然在城里拥有一份体面工作，但是，家在农村的老老少少仍然是他牵肠挂肚的唯一。他犹如一只翱翔在天空的风筝，永远也飞不出爱的海洋。农村的山山水水、儿女情长是他丢心不下的痛与乐。《梓里笔记》《温煦的冬阳》《安之居》《社员扫描》等篇以大尺度真性情的笔触描述了久已逝去了的勾魂牵魄的乡村即景，展现了改革开放后的山乡巨变，对发展后的农村相继出现的环保、养老、光棍村的现实问题也在思索中分析。

《梓里笔记》独具美质的笔触让我们从故乡情结中闻到了炊烟房屋柏树故土庄稼地散发出来的乡恋气息，曾经残留于作者心中人畜混杂、残破邋遢、苦难挣扎的旧日子被新房家电、汽车组合家具的新生活取代，产生了邂逅千年的慰藉和对未来希望的无限憧憬。

在《梓里笔记·想起卡逊》里则警示了当前社会，特别是农村处在一些生活环境的严峻问题与保护命题。故事讲了一亲戚全家人吃了一只从地边上捡回来的未断气羊的肉而中毒的恶果。原因则是羊吃了打过农药的玉米，人吃了中毒的羊肉。事情很简单，结果很可怕，教训很深刻，问题很尖锐。乡村的生存环境保护刻不容缓，关系着人的健康，民族的生存与发展。

《梓里笔记·捋不清的家事》，绘声绘色地描述出一幅独具乡村风情的人物画卷，读来令人亲切无比，现场感胜过了现代版的电视剧。仔细阅读人物的对话，如身临其境。作者观察细腻、下笔到位、用词准确、评论精彩、大觉过瘾。

作者侧重于人的精神层面，而我感受了一种久违了的用文学精彩表述生活。想起了《太阳照在桑干河上》那句"谁还没个年轻的时候"醋意浓浓的哀叹。文学的异曲同工之美让人难忘。

《梓里笔记·乡村的无奈》将一种日趋严重的农村小伙子

或中年人找对象难的问题呈现出来。群体性趋势出现的"光棍村"过去是从未有过的事，今天却司空见惯。

作者在本篇文字里面，更多地关注到了改革开放以来农村发生的深刻变化，无论从交通建设还是村容村貌，生产劳动还是衣食住行，都以可触可看可听可说可信可盼的生动故事，让我们置身于村庄日新月异的新气象里面，读来令人欢欣鼓舞，实实在在感受到希望和未来向着我们招手。作者用自己的心灵和手中的笔让文学亮剑，因而有了力量因而强大。

当作者将一组倾诉人间亲情的文章敞开心扉娓娓道来，我被那一幕幕饱含夫妻之情、儿女之情、爷孙之情的场景深深打动。一次住院动手术的前前后后无不充满亲人的爱意，无不显现人性的底色，无不昭示生命的伟大。只是作者一次住院治病的过程，字里行间款款流淌出的是人性之爱、夫妻之爱、儿女之爱、爷孙之爱，亲情之爱。《温煦的冬阳》将一个家庭里的生命情感在大爱里表现得淋漓尽致，全都是由爱意流淌的行为构成，爱意滋润的细节支撑，爱意呵护的心灵做证。平实的叙述，真实的情景揪掳了我的心。正如作者所言：这种亲情，这种血肉相连的揪心，是任何语言都难以形容的。与此同时，作者还将一种人类共有的大爱通过《女儿是水》《子夜絮语》传递给我们。

踏歌家乡山水，深爱故乡河流，寄情天地之间。对家乡"八大关山""两江八河"大篇幅赞颂是散文集的又一重头内容，沉甸甸的。作者怀着对家乡河山的深情厚谊，放开笔触、敞露胸襟、抒家乡山水之宏阔，赞故土丰饶之骄傲，寄抚育情怀之深远。文章里处处无不流淌着心中之大爱。

《阴平关山》描绘作者心中"多彩多姿，奇山秀水，悦目爽神"之景色。

摩天岭山对山，峰对峰，飞流瀑布，"凝光悠悠寒露坠，此时立在最高山"，让作者怀抱月光，心驰神往，似度远古良宵。

"青山意气峥嵘，似为我归来妩媚生"。高楼山的刚强俊朗，使得作者无数次地往返流连驻足感慨，胸臆宽广，思绪缥缈，生出无限情怀。

"栈道险复险，客怀愁更愁"。两江相拥，山峰交错的玉垒关口，构筑了作者心中的跌宕沧桑，沉淀出岁月的悲壮诗行，憧憬美好未来。

称之古城门户的五里关不由得作者追昔抚今，述说往日历史，抒发孤独情怀，让我们从已然逝去的悲壮故事里，觅得一段先人们在这块土地上，用生命演绎得可歌可泣可叹可敬的壮烈场景。让古城复现了几分骄傲。

两支峭壁一线天，白龙舞头在天边。崖壁留孔数十个，无言史书告今天。

被誉之为"秦蜀咽喉""万夫惊心"的柴门关因为作者的文章而有称谓、有方位、有故事。在描述中"是拦截松、扶进关去秦到陇甚至下川北的锁钥，数地安危系于一身"的关隘之地。

"文州尽日渡江关，烟锁秋林鸟正还。鼙鼓入云山漠漠，马蹄踏栈水潺潺。"文中引用的明朝人冯时雍的诗，让我们时隔数百年依然能够领略临江关的壮美景色。临江在武都与文县的交通线上无疑是十分重要的关口，即使是在今天也是十分重要的必经之地。作者为我们提供了更多史料情节包括故事，能更深刻地认识临江关口的过去和现在。

钟情于家乡山水之间的作者，独到地认为白龙江是"一部浩瀚的史书"，白水江是"天堂之水"。此话不假。他对白龙江、白水江的身世、历史、形成、流向、个性、特征、脾气的探寻研究，让我们更加深了对文县人引以为傲的母亲河的了解。作者尽显丰富翔实的史料知识与文字功底，介绍了许多我们不知道的自然历史人文史料，获得对两江的更多认识。细读文字里的描述与故事，分明得到有关于两江上下五千年的自然之美、人文之美、情感之美、精神之美。这是河流的魅力，文字的魅力。

八河的描述则是作者文史功底、文字功底、情感寄望的体现。多年来作者一直致力于对家乡和家乡之外相关地域历史文化的研究，对于文县水利状况特别是八条著名的河流有其自己的史料立场和文化认读，极具个性特色和人文情怀。

《红与灰》等篇章恢宏大气，直指人心，是难得的抚昔追今的好文章。作者以《三国演义》开篇词人杨慎一生作为文本和思考之平台，其独到的见解，让一段发生在数百年前闪耀着道德人性之光的故事浮出历史地表。电视剧《三国演义》的主题曲《滚滚长江东逝水》让亿万人知道了杨慎。知道了杨氏父子特别是杨慎文人风骨的铮铮所为。世仁兄的这段文字，让我们领略了杨慎"绿树红英斗血开"的傲骨。

白马人是作者作品中的一个重要话题。文县白马人被一些专家学者誉为"东亚古老民族"。多年来，作者潜心研究发表了许多有见地有分量的文章。他踏遍了这一地域白马人世代生存生活的村寨，深入了解白马人的前世今生。《寻梦白马河》《白马河畔踏歌声》等诸篇文章为我们提供了生动形象有凭有据的白马人情况，历史上曾经发生的很多惊心动魄感人心田的故事都被作者一一挖掘出来，使得我们对这个古老神秘的民族有了近距离的了解。

"文章自有命，不仗史笔垂"。作者一生寄情于对家乡历史文化山川河流之挚爱，孜孜以求研究探寻家乡的曾经与过去，他以超于常人的努力，夯实自己的文史底蕴，阅读了古今中外大量文史名著，使得自己的视觉站立在勤奋的高原，在执着努力之山巅探望家乡的历史长河，终于觅得了地平线上升起的星光。

我与世仁兄是至交。我们相识相交与二十世纪七十年代中期。我们纵情醉酒，一起相行于乡间小路、沟壑山林、农民的庭院。一九七九年九月的一天，我们俩在尚未开发的九寨沟路上，热烈笑谈，不掩行迹，以至于搭在世仁兄肩背上的毛背心啥时候掉落了都全然不知。

当我抱着这部三十多万字的原稿一行行细读的过程中，我体味了未曾有过的热烈情感，获得了广博丰盈的文学滋养，为作者的勤奋执着和文采，从内心涌动赞叹敬佩，还为他坚实的文学史志知识钦佩叹服。更因为他犀利独到的文字笔力而惊异。打开书本，满篇呈现许多脍炙人口的美丽段落，许多美不胜收的称奇警句。用词用字之广之精之险之准之奇之大气到位让人叫绝惊叹。这是作者多年来长期的炼力之所在，为他点赞。

一部作品出世了，期待他更多新作力作出世。

世仁兄，这是我的良好祝愿。因为你肚子里的好东西太多，我们在等！

2019 年 6 月 18 日于 知还书院

Contents 目录

001　与岁月交往
047　梦见母亲
050　女儿是水
053　子夜絮语
056　温煦的冬阳
075　民以食为天
079　安之居
083　蜉蝣之羽，衣裳楚楚
088　大路歌
091　江边随思
094　梓里笔记
112　社员扫描
122　体验乡村
136　阳光里的村庄
139　报春柳
142　春耕曲
145　桃花开，菜花黄
148　相约碧口

目录

155　阴平关山
174　水舞文州
200　一方水土养一方人
209　还是我的大山好
215　随记数则
229　冬日康南亦风流
235　夕阳桔柏渡
242　红与灰
252　森林·雨
255　山月惊梦
262　寻梦白马河
281　白马河畔踏歌声
292　地震十年祭

与岁月交往

1

人上了年纪,中年的事儿模糊了,少时与岁月交往的记忆复活了。

由是,发出一声感叹:岁月迢迢啊!

成为这个世界的一员,成为家庭的希望,说来不易。那是一个叶落草衰,寒风肃杀的凌晨,母亲常说是寅卯不分光。在乱纷纷牛鬼蛇神异常活跃的冬夜里,宇宙将一束光明投向大地东方时,我的母亲却为我的出生备受煎熬。

大妈说:"老二不知啥时回来?"

母亲泪眼婆娑叹了口气:"这乱世,谁知道啥时能回来!谁知道还能不能回来?"

大妈说:"甭想得太多,咋会呢,娃生顺利,天官赐福,有啥事叫一声,我们相互照应,不怕!"

母亲抽泣着说:"难为你了!"大妈说:"碰上这世道了,再苦,也得熬,这小东西生下来或许就苦出头了,你说呢?"

母亲说:"那可倒好了!"

后来大妈说,此后一锅烟工夫,我便悄无声息地掉在了土楼上。不用说,那时的我虽然有母亲的血液滋养,只有生命,没有意识。也许是过于高兴,急于冲出母腹,也许是厌倦了寂寞的小天地,要去寻找自由。我的一阵东突西闯乱踢乱蹬后,已是精疲力竭,不像多数人,一路高歌,来人间报到,我来了!或被广大复杂的光怪陆离的世界吓得大哭大闹。从温馨的小宫廷,突然来到无边无际的尘世,除了哭声,还会有什么表现形式?这些都是长大之后要弄明白的事,襁褓中的婴儿只知舒服不哭,不舒服哭。我到人世是默默无闻沉睡不醒的,大地给了我沉重一击,并非我不想哭不想叫。

我的脚踢拳打奔向人世的狂躁，给母亲带来了无尽的痛苦。一个劲地往外奔突，在寻找着什么。也许是光明吧。不理会母亲剥离生命时的痛苦，相反，也是从那一刻起，我幼小的生命就和历经磨难的母亲紧紧连在一起，开始接受生的艰辛，和风雨搏击。

她们俩妯娌见我不哭不叫，心里各自一凉，都有一种不祥预感。其实大妈和母亲都猜出了八九成，那层纸谁都不想捅破。大妈忙前忙后，母亲极度虚弱，感激的泪水喷涌而下，大妈以为母亲是揪心地上的小生命，忙说："你睡下歇会儿，我去捡娃。"母亲说："是女儿就抱起来，是儿子娃，由他去！"大妈后来说，她将我抱起来，用嘴对着我的小嘴吸出了停在喉间的痰，我回应她的是一声尖叫。"好了，好了，这个一定是个养活人的！"大妈说。母亲问："是啥？""儿子！"母亲长叹一声："我叫这些死鬼哄害怕了！"

大妈走到窗前，乌黢抹黑的夜出现一抹灰蒙，白昼即将战胜黑夜，黎明快来了。大妈说："天快亮了！"她为母亲生着了火，让低矮的小屋充满温暖。

母亲在生我之前，已经生过两个儿子，都是得了黑热病夭亡的，她以为生个女儿或许会躲过黑热病，有女不为绝。由于两个儿子的夭折，父母对我总是不敢过于施爱，以免万一重蹈覆辙时不至于过分悲伤。直到我五岁以后，从一次重感冒的烈火锻造中熬过，父母和大多数人一样才将脸上的愁纹舒展，心中蒸腾起了颤颤巍巍的希望。我的小命也时刻在爱抚下节节向上，朝承晨露，午浴阳光。

我满怀希望来到人间。

2

儿时的影子是常新常美的，我在岁月消失的泥土中寻找儿时的记忆。那些曾在应接不暇的度月度日中摸索温暖的过程，那些白天乱跑夜晚荒诞不经主导睡眠的时光让人流连忘返。世界在骚动之中。在阿婆口中，世界原来不是这样子，是阴冷窒息的，黑夜纠缠的，饥饿不离的。她不敢相信天上会掉下个轻松日子，但从人们的表情里看，的确不一样：不会笑的人会笑了，不会唱的人会唱了。笼罩在他们头上厚重的阴云消散了，见了青天，过路的人们脚步重了，说话嗓音高了。在阿婆的记忆里缺少舒坦缺少欢乐，歌声也有，那是在石磨旁、山间茅庵里忧伤而哀婉的诉说,她们给老天诉苦,求神保佑。阿婆常拍着我的肩膀,说我命大。

我把阿婆说过的话深藏于心,并时时对照。

我的人之初,父母送走了牛衣对泣的日子,一张张木讷、冷漠、沉默的面孔春风荡漾了。秧歌起,红旗飘,穿制服戴凉子帽干干净净的人进村入户,与父母拉家常,用细嫩的手摩挲我的脸蛋,在他们身上我能闻到一股极为新鲜的从未闻到过的味儿,我也常想往他们跟前凑,看他们胸前有小包包的灰衣服,闻他们身上的馨香。他们给村里带来了歌声,带来了欢腾。阿婆对我说:"你看村里这些人,咋那么高兴来?一辈子没展开过的眼皮子展开了,老阴不晴的脸会笑了。"只会背背笼扛锄头的人们做梦也没想到人还能这么活,那种枯燥乏味都哪里去了?那些摸爬滚打挣扎的日子咋就一夜间说没就没了呢?我的老阿婆托着我的手常在自言自语,她和我一样弄不明白。她在困惑中衰老,我在懵懂中成长。

在我幼小的心目中,村里房屋破败,人和家畜大多只隔一层竹笆。白天,蝇虫嗡嗡飞舞,夜里,人的鼾声,牛哞羊咩马咴猪哼哼,充溢于空旷中,不然活像一座坟场。人们行走在满目疮痍的黄土地上,身上搭的是土布、麻布、毛褐衫片片,露胳膊晾肉,光脚板、穿草鞋在泥泞的路上举步维艰,大地破败,人身褴褛。那匹偃蹇佗傺的老马留下的瘸疾,败絮中的落魂无处不在。

我的一位嫂子辈,丈夫被拉去当兵,杳无音讯。家里无房,她带两个儿女到处给人帮工度日,土改后分得了土地才回村,借了另一家的羊圈暂住。乾坤转向,有一天从来无人问津的羊圈改成的屋子里扎满了人,我挤进去,看见大爹手里拿着两张纸,比比画画,再看周围的人一脸得意,那位嫂子又擦眼泪又在笑。我找到母亲,问这儿在干啥,母亲说,你吃粮去的那个大哥,还活着呢,来信了,在新疆,说给这娘儿们打回了钱,准备修房子哩。

大人们讲的旧社会是啥时死亡的,我无记忆,我的记忆里,只有新芽出土,阳光灿烂,春光明媚。

几千年来的争、斗、杀、伐,目光无不聚焦在土地上,历代王朝都没有把土地问题解决好。商鞅变法遭到以甘龙为首的保守派攻击;王安石变法招来了司马光等官僚富户的强烈抵制:"侵官、生事、征利、拒谏"使天下怨谤;张居正实施"一条鞭法",也不得不在顽固势力的四面楚歌中夭折。孙中山提出"耕者有其田",可惜随着他的离世而夭折,中国共产党的"一大"纲领里把"消灭资本家私有制,没收机器、土地、厂房和半成品生产资料"写入了党章,第二次国内革命战争实行打土豪分田地,二十世纪四十年代处在内战中的共产党人接连发布了《关于土地问题的指示》《中国土地法大纲》,中华人民共和国成立后,在很短的时间内颁布了《中华人民共和国土地改革法》,在全国进行了为时两年多的"土地改革"运动,使占90%农村人口仅占有20%～30%土地的贫下中农破天荒地拥有了自己的土地,三亿农民分得了七亿亩土地,彻底根除了农民向地主交纳三千万吨以上粮租的局面。

东方文明再度辉煌!

人民当家做主了,真正实现了耕者有其田。

均田,得以实现,亘古未有的奇迹!

我们家没有分得土地,分得了一脚牛。解放头一年,父亲去南坪营赶了一次烟场(给袍哥大爷家收罂粟),挣回了一些大烟(当时大烟由于查禁极严,也由于有官僚和土豪参与,查、禁、贩集于一身,其价可与黄金比攀);去碧口出售了一次药材,第二年便买回了一匹马一头驴、三亩地,加上爷爷留下的一亩二分地,达到了四亩多。不到四年,勤劳的父亲在穷邻居中脱颖而出。在我的印象中,父亲常是来不见天,去不见地。半夜里回来,一个人做饭,锅碗瓢勺的撞击声,每每把我从梦中惊醒。要是我睡得沉,他总是在我脸蛋上拍拍,让我尝他做的饭,有时他夜里独自念叨:"咋这么好的政策!"天不明又走了,不会唱歌的他也能哼两句"庄户人家闹呀么闹春耕"。

沉睡中的乡村热闹了。有了土地的人们,在耕种需要大量劳力时,开始相互协作,人们有了更多交流的机会,爱心凸显,亲和力增强。

如果说新中国的建立为千百万穷苦人民推倒了三座大山,使之扬眉吐气了的话,土地改革运动才是彻底翻身的标志。

我幸运的是不愁无田耕种,也不知无田种的痛苦。农民对土地的渴望我是通过小说《暴风骤雨》才知道的。

冷漠、沉默、麻木的人民澎湃了,像大海波涛一样激情沸腾。

我经常听到用嗓门喊出的歌声,那是志满意得欣喜若狂的。我听得最多,歌不离口、无处不歌的人,是我叫小哥哥和大哥哥(其实是老二)的弟兄俩,他们不是村干部,可开会他们走在前,参加集体活动,叫人、组织人少不了他俩,只要是公事都当自家的事干，浑身有使不完的劲儿。阿婆常给我讲，这弟兄俩解放前是苦到了家的，他们的父亲死得早，老大被抓去当壮丁后，他们的母亲眼睛哭瞎了（我们一直叫她瞎子老娘娘），一家人靠大哥哥给人做短工度日。年幼的小哥哥，冬春四季天阴天晴刮风下雨，身裹麻布巾巾，睡卧在他家房前屋檐下，任阳光暴晒，任风刮，任雨淋，两只眼角、左右嘴角，眼屎、涎水，给你来我往、黑压压的苍蝇提供了丰盛的美餐。早出晚归成群的牛羊骡马密集的大蹄小蹄，也怜悯这苦命孩子，在追赶炰蹶中，也能蹄下留情，使他依旧能在尘土中酣然入睡。时代拯救了弟兄俩，青春在热火朝天中焕发。

人民只要有了自己的土地，那积郁了几千年的怨愤悄然成了群情激昂，喷薄而出，汇聚成势不可当的洪流，滚滚向前。后来我翻阅资料得知，土改后的一九五三年，全国粮食产量较一九四九年都有了大幅度增长。

3

每到入冬，儿子儿媳都要为我们新添防寒服、保暖鞋，讲求流行时尚，轻便舒适。我对新衣服有一种敬畏感，潜意识里老是想，是否我该穿，初次上身总觉得奢侈，让我想起父母，他们的衣着，即使是我有了工资收入以后，依然没有多大变化，内心的不安和惶惑就难以抹去。也有种"穷汉乍富，扭腰腆肚"。往往到这时，儿时的记忆闸门会开启。一个美好而让我惊悸的场景不期而至。

五岁起我有了记忆，也是我的欢乐时光启程。乡间儿童，抬头是山，低头是沟，山青青，水淙淙。春夏秋，青的山，绿的水，花枝招展的山，红黄涂染的山，是盛宴，是天堂。笑容可掬的打破碗花，遍地开放的马莲花，一串一挂的刺玫花，染指甲涂脸颊的胭脂花，大自然用极度的热情启发我对世界的感知。

这年，父亲赶了一回碧口场，那时没有公路，来回走了七八天，买回了细布，成了全村的稀罕，男女老幼争相观摩，摸了又摸，看了又看，掂了又掂，闻了又闻，比了又比，夸了又夸，村村堡堡传为特号新闻。这一年的冬天，在我身上，有了没及膝盖的长棉衣。我成了儿时伙伴们的轴心，我走到哪里他们跟到哪里，我也无比自豪。

一天午后，阴云笼盖四野，灰蒙不清，有种愤怒过后的肃穆，要寻找怒气未消物证的话，那就是东一块西一坨的残雪。人轻的祸出来，老鼠子轻的老猫逮。原本天晴天阴对于蒙昧中的儿童无关紧要，不看大地脸色，也不理会苍凉的山，无声无息的水，红花绿叶逝去了，对自然界神奇变化的诱惑不减，耐不住寂寞的我们，对于水，对于水结成的冰，天上掉下的雪，是最新鲜最喜欢的玩耍对象——吃冰凌，堆雪人，开雪仗。思维无定式，见异思迁，忽天上，忽地下，忽高山，忽大河，诗歌般跳跃，不像大人们有步骤有约束。兴趣一会儿便移情他处，风吼了，双手红紫了，又玩起了火。农村最不缺的是柴草，俯拾即是。众人拾柴火焰高，不大一会儿，场坝地里烈火熊熊，手脸被火烤得灼灼发烫，烤了前胸烤后背。火燃起了激情，火煽动了疯狂，火纵容着顽皮。当忘掉一切，忘我无我时，火星也暗暗窜入我的新棉衣，着床孕育，随着肉体的躁动，洁白的棉花无尘无垢，只拒绝风雨，易亲和火苗。不觉中，魔术般喷出丑陋的黑烟，迅速由蓝变红，由红变黑，众伙伴先是一惊，随之四散逃逸。背部烧疼的我，歇斯底里地号啕，撒腿奔跑的伙伴们见状，又急急奔来，打火的打火，解扣子的解扣子，迅速剥去了曾经散发光彩惹眼聚光的棉衣，眼看着在乌烟瘴气中化为乌有。我在一旁瑟瑟发抖，流鼻涕抹泪，伙伴们睁大眼睛怔怔地，面面相觑，大眼瞪小眼。一堆黑色灰烬代替了温暖的梦，换来了战栗和恐惧。棉衣烧掉了，我的上身一丝不挂，仅剩下身一条单裤，伙伴们要送我回家，我不敢。我不走，他们不散，知道我闯了大祸，肉体的惩罚是免不了的。他们都闯过祸，挨过打，但绝没有我闯的祸大，惺惺惜惺惺，为我担心为我害怕。柴火熄灭了，寒气袭来，不能不回家了。我的伙伴们找来了几个大孩子，帮忙出主意，编造一个情节，一口咬定我是中途来的，并非我引火烧身，还找了证明人，他们以为把我的出场排在后面，会罪减一等。同伴们将我送回家，父母听完驴唇不对马嘴的缘由，对送我回家的同伴们连说：难为你们了，难为你们了！伙伴走了，灾星来了，什么理由都帮不上忙。因为他们对我的爱，在全村甚至全乡首屈一指，他们把几百里路上背回多数人没见过的细布给我缝成衣服，我不知爱惜。父亲在一旁咬牙，母亲手执桃树枝条如小刀般落在我身上，数落的语言如无数针尖刺进心窝。正当母亲举枝颤抖，泪雨滂沱，我也无声哭喊时，大爹来了："算了算了，合当有事，合当有事！这娃戊子的，戊子己丑霹雳火，今天冬月初六，炉中火对霹雳火，火火相遇,躲不过,躲不过!不要打了,注定的,注定的!"灾难中的我,让推八字择吉日的大爹救了驾。

我不再鹤立鸡群,旧衣服又在我身上复辟了。外面世界源源涌来闻所未闻的新鲜事儿,把祖辈淡漠陈旧的心一次一次推动,带他们汇入洪流,这洪流激荡翻腾,锐不可当。没过多久,又有两件事出在我们家,再次爆起街谈巷议。这一年父亲二次下碧口,置办修房必需品,特为我买回了一双胶鞋,这又成了水坡、固镇两乡的新鲜事稀罕事,不说穿上如何舒服,就凭在潮湿地上踩出的脚印印,就理所当然地又成了前村后堡的新闻;腊月天,经过父亲精心准备,在一座衰败零落的废墟上、破旧漆黑的屋檐间,在"立柱喜逢黄道日,上梁正遇紫微星"的恭贺声中,竖起了白花花的柱子。全村的喜事,名冠乡里!真可谓:新门开盛世,吉日焕高楼。父亲一生勤劳的结晶。乡干部对父亲说,你给贫雇农树立了榜样,给新社会争了光。强烈的波浪冲击,让这些老实本分的农民激情高涨,恨不得将父辈祖辈所受过的压迫穷困在一夜之间追回,让他们活得舒心,让他们粮满仓,钱满兜,并为子孙们积累更多的财富,永远和贫穷告别。

4

正月十五过了,天气一天天暖和起来,抬头就见了青天,阳光亮亮的。是谁把阳光的温度给调高了呢?在背风的墙根儿,在人们爱扎堆的地方享受温暖和柔情,驱赶冬的最后一丝寒气;阳光鼓舞着风把光明带给千山万壑,经过阳光和风的抚摸,迎春花独占春风第一枝,枯萎的枝条在蓝蓝的天空下,精神百倍,满山遍野开怀大笑。我们盘桓在黄色花丛中,坡下一位穿四个兜上装的人来到村里,比报春的迎春花新鲜,有别于复苏的大地,有别于山坡上来来往往的人。我们倍感新奇,悄悄尾随身后,不敢靠得太近,生怕被呵斥一顿。不要说我们,就是大人们也是惊奇得眼里放光,目不转睛地打量那身衣着,观察他的面貌,好像从天而降的神,和我们小庙里的神有同等的居高临下。不过,庙里那位是簪缨峨冠,大红大黄,是画的,虚无缥缈,眼前这位实实在在,朴素简约,干练平和,有距离,不遥远。这种新鲜事儿我们不能缺席,一直跟到村干部家里,偷偷爬在大门上窥视,总想知道是哪路神仙,大人们一次次赶我们，我们不甘心地离开。晚上开会，会场鸦雀无声，那人坐在人群中，一张和蔼的脸，口里讲着，手指比画着，我们听不懂，好像反复说的一个关键词是：学文化。

新社会的大门哐当一声开了，为普天下穷人开了，世道变了！不花一分钱，可以上学，无须行拜师礼，有人找上门来，动员你上学。那张和蔼的脸把我引向知识的殿堂。我们跟在陌生人后面，我猜不准他多大年龄，眼睛不大，面庞微圆、饱满，是一种极舒服的温和，东家出西家进，后来去了我们家，我用诧异的目光看着来人，他走到我跟前，摸了一下我的脸蛋，问我叫啥名字，我不敢答，那慢声细语，好像有蜜糖下咽，甜丝丝的，我很希望他用软绵绵的手，再摸我一下。他没有勉强我，进屋和父母说话去了。那时我七岁，只记得那天，是二月初一，听阿婆说，那是黄家小学的老师，叫你们明天上学去，她说："二月二，龙抬头，庄稼汉，扛犁头，调小牛；土地醒，草芽生，小娃娃，拜夫子，进学门。"老师走后，父亲对母亲说，我答应老师了，明天叫娃上学，还没个官名咋办？母亲说，找二哥或大哥起个不就行了。很快，大爹在一阵摇头晃脑，孔子曰，孟子曰后，说：排行为世，取名曰"仁"。一字定终身，也许是叫得频率高，还是叫一次是一次的警示，成为我的努力方向，奋斗目标，从未懈怠过。

秋天的黄家村是青色黄色的，极富层次，路上草屑、牲畜粪便随处可见，干净的没几家，有些穷不顾脸的架势。正应了富人贬损穷人的话：穷汉门前屎尿多，富汉门前柴草多。那时，黄家村是乡政府驻地，没有办公地点，借住一家四合院，前面一块空旷地，冬天请几个会打算盘的先生，在太阳底下算账填表，长大了才弄清那叫搞决算。那里是我们的必经之地，不时能见到穿四个包包，别一支钢笔，虚荣些的别两支还有三支的，以显示他是干部，他识文认字。

我们的学校在黄家村与另一个村之间，与村庄有距离，不受人畜干扰。较平坦的一个大弯，旁边有一座不知啥时筑的古城，只要走出教室，城墙便会映入眼帘，极能激发人的想象力。加上零零碎碎听到的关于古城的来历，我对平常叫城墙坪的地方有一种想入非非。试图弄清，终究事与愿违。要把它定在什么时间，什么人筑的，很难。据长辈们说，那里挖出过陶罐、五铢钱。我从城墙根走到它的上方有水源的地方，又从古路坪到关底下，从固镇梁到城隍庙，再到校场里，没有留下任何痕迹，查遍史志，一无所获。

和我们一块进学的人很多，我以为黄家小学是专为我们开的。到校后，满操场学生，大人模样的居多，我是最小的。学校靠背山有一座教室，东面西面各一小间老师宿舍。老师一手掌着粉笔盒，一手摇着铃子喊道：三年级、二年级排队！按个子大小排。轮到一年级排队了，我们站在一边，不知所措。老师一个一个，按顺序从大到小，安顿在能以整齐标准衡量的列队中。然后，一年级从大到小进教室。我个儿小，坐在了靠窗的第一排，二年级居中，三年级挨着背墙。墙上整齐地贴了几幅红纸标语，教室里坐得满满的。老师先把课本发给我们。第一次见到崭新的散发着油墨香味的书，心里特别高兴。老师给三年级二年级上课，我把书本一遍一遍地翻，认不得字，语文书中有一张彩图，田野里一株桃树开满了花，赏心悦目。过一会儿，看一眼，过一会儿，看一眼，爱不释手。

我是在一年级后半学期进的校。老师给那两个年级讲完，来给我们上课。我清楚地记得，他讲的第一句话是：同学们好，你们是新中国的少年儿童，欢迎你们！之后，讲了些注意事项。第一课很简单，只有一句话。这是我儿时在五里外的另一个村庄度过的最有意义的一天。那时，我只记得人多，好玩，没有在家的压抑感，在家被打骂是家常便饭，在学校欣喜若狂，温暖。这位老师，教了一年半，正是这一年半时间，诱发了我对人生美好的向往，尝到了老师的可爱。或许老师和我爷爷同名的缘故，我非常喜欢他，他也无时不在施爱于我们。

直至秋季开学第一节课，老师把我叫到黑板前，让我在黑板上算一加三等于几，默写：开学了，大家来上学。就发给了二年级的课本。老师高兴地说："祝贺同学们，你们升级了！"

我以为学校是比家庭更好的栖息地。学校给我一个接一个的兴奋。第二年，一条红领巾系在我的脖子上，我们几个人面向队旗宣誓，不知道少先队是做什么的，也不想弄清，怕分心了会破坏美好情绪。快到学期终了时，我被评为优秀少先队员，奖品是一支铅笔、一本杂志。我欣喜若狂，有很长一段时间都处在无比的快乐当中。几年以后，当我再拿起那本杂志时，才知道是一本一九五五年的《小学教师》杂志，上面登载的主要篇幅是教育界批判胡风的文章和进展情况。老师真懂小儿，真有教调小儿的艺术。就是这本我读不懂的旧杂志，激发了我对书的兴趣和对书的终身依恋。学校虽小，却独具魅力，有一个小小图书室，多为连环画，老师鼓励学生借书，我当时借了一本叫《踏平东海万顷浪》的小说，好像是写解放军解放一江山岛的，很多字认不得，不知所云，最终未读完，成年后也再未谋面。

5

在娃们家眼里，没见过的东西太多太多，都新鲜，都好奇，都关注。我的家族里有四位叔父，能咬文嚼字，常在一些祭祀活动中替阴阳先生们写文书，每年腊月天写神笺，诸如，"九天东厨司命灶王府君神位""天地君亲师神位"，家境好些的也求他们写对联，我很喜欢看。有一年腊月，放学回家路过我堂姐家门，一位穿对门襟土布上衣的人在大门旁边，借夕照余晖写春联，心里萌生了要看一眼的欲望。哇，这人也能写对联！我不知道好坏，只觉得那字方方正正，像我们村常来的那个女同志，短发飘逸，小手纤纤，眉清目秀。同学们走得很远了，我还在看。这位我认为写好字的人，我就见过这一次。未曾想到，后来竟成了我英年早逝的岳父。这时，我的那个堂姐发现了我，她说，今晚有西洋镜，你不要回去了，说着说着，她已跑步追上我的同伴，给一个大孩子说："你给二娘说一声，我把兄弟留下看西洋镜呐。"

堂姐啥时嫁到那里的，我已记不得。在她家拥挤的四合院内，吃过晚饭，她牵着我，放开喜悦的嗓门喊邻居家的女伴："吃了吗？快，看西洋镜去！"

西洋镜是什么，我一点不知，包括这些人都不知是咋回事，未知的谜填满欲望，茶饭不香，等待的时光焦灼而无限漫长。其实，看西洋镜的地方就在堂姐家门下，隔一道坎，已有很多人从上到下拥到一溜三米宽的台地上，连交头接耳时眼睛都不离开长衫人和他身边黑布蒙着的三脚架。我怯怯地抓着堂姐的手，到三脚架跟前，堂姐把一毛钱递到穿长衫人手中，我被长衫人将头拢入黑布下，让眼睛对准玻璃镜头，视野里出现高楼大厦，或水榭亭台，或杨柳依依，还有天仙般的美人，我不知道那是天宫还是仙界，荒芜的意识飘飘然，心激动得蹦蹦直跳。堂姐看见我高兴，也以为是为弟弟送了一份最好的礼物，笑声朗朗，脸若满月，她摸摸我的脸蛋，说："我们的小兄弟今天脸色像抹了胭脂，好看！"我感到堂姐的融融暖意。我看过后，堂姐没看，拖着我回家，好多人都没看。后来才搞懂，那只不过是一张张印刷图画而已，在那时自己置身于五彩楼宇、青山绿水间，惊讶不已，赞叹不已，原来还有这么精彩的地方呢！在以后的几天甚至相当长的时日里，晚上睡不着觉，充满了幻想。

这是堂姐对我付出的真情。堂姐对我好，是报答母亲对她的好。母亲对其他几位侄女都好，因为她没有女儿。平时给她们扯几尺布之类，她们放牛羊时不忘把我们家的捎带上，母亲有病第一时间来身边的是几个侄女，她们一生都没有忘记她们的二娘，我也分享到了有姐姐的甜蜜。

第二天回到家里，晚上睡在母亲身旁，母亲问我的不是西洋镜好看不好看，而是看的人多不多，我说去的人多，看的人少，又问你姐姐看了吗，我说没看，问一个人多少钱，我说一角，她说："怪道，怪道，一角钱，能买五个鸡蛋、一斤盐、五盒洋火呢……"我在图画中遨游，我在母亲温婉的叹息声中入睡。

这记忆在我的脑际长久滚动，从生存艰辛到新桃换旧符，流光溢彩地登场，不易啊！这深深的怀念，

6

祖国一穷二白，正在一张白纸上描绘图画。我的山间小村，山村小学，接收外界东西少，偶尔一个戴大檐帽穿崭新军装的人回家，从收入视野到消失，不光是我，所有的孩子，所有的大人，都想一睹为快，并且消息不胫而走，迅速传遍各村各堡。我所在的黄家村，是人们眼热的中心，岳生福、岳生文、郭志学、车彦吉、黄忠仁都在外当兵，黄忠弟在太原钢铁厂，车彦珍、黄光裕一个当区长一个当乡干部，他们回来一次，只言片语都会被反复传颂。文明，缺少一条大道抵达，仅靠少数使者带来些星星点点的新风，仅此已足够我们心驰神往。在大人们眼里，不值一提的事，无足挂齿的事，在孩子眼里都是要紧事、重大事。谁能怀疑那些琐碎的无关紧要的事儿，是构成人生轨迹的基石？没有幼时的可笑便不会有可爱，没有青春期的冒失就谈不上朝气，没有沉稳和抑郁哪来的思想？

在初级小学校读书的两年多时间，似乎月月喜事，天天新鲜。这一年秋天的一个早晨，正在听讲的耳朵挤进连续不断的清脆声音，又夹杂着一种躁

动的轰隆隆，轰隆隆，似乎大地在被掀动，又像脚踏琴的和声，声音被对门崖壁挡了回来，回旋在峡谷中，整个山谷如黄钟大吕鼓乐齐鸣。山里人何曾听到过这等撼山动岳的声音？这是自古稀有的奇妙的悦耳之音，别说未听说过汽车马达声、喇叭声，连机器是啥也未听说过。课堂上叽叽喳喳嘈杂声四起，接着是板凳的挪动声，一片混乱，学生经不住诱惑，老师也觉新鲜，学生起身往出走，老师随其后，奔向学校下方一处沙石梁上，伸长脖子睁大眼睛。眼前的公路约有两公里长，摆满了大大小小的汽车，有的爬在路上，好像推屎蚂（蜣螂），有的高高大大，走得极慢。半小时后，汽车走完了，我们回去上课，课堂成了一锅粥，议论所见到的汽车，用常见的小动物形容，有的说像这，有的说像那，老师见无法上课，索性也给我们讲起了汽车。他说，今天你们看见的多数是小卧车，专门坐人的，那大卡车是拉货的，带拖斗，拉五吨，也就是一万斤，不带拖斗载四吨，八千斤。在路上一个钟头可能要跑四十公里。这些汽车今天到文县城，明天开通车典礼，听说邓宝珊省长要来。我清楚地记得老师讲，文县是全省最远的一个县，通汽车是全省一件大事，他让我们记住，明天是一九五六年国庆。

　　回到家里，大人们热议的也是汽车："哎呀呀，了不起，足有三间房子长，那到底是咋跑开的，还跑得那么快？""有快马快吧。""比马快得多。""要是马和汽车比赛，马会挣死！"

　　大爹说："那恐怕是按诸葛亮的木牛流马造的？"五叔说："木牛流马没那么大，有头有角，有方肚，有四条腿，大的才四尺上下，驮得多走得慢，志书上说：牛仰双辕，人行六尺，牛行四步。最多一天走二十里，人轻松而已，哪能与汽车相比。"三大说："汽车烧的是汽油，发动机一转就跑开了，我当兵从岷县坐到兰州，从兰州坐到凉州，要去新疆时，就解放了。"

　　听大人们讲，解放前国民党政府也修过公路，那时由于战场上的节节败退，修的是准备往四川逃跑的路，大爹被拉去当兵，抓到文县城当了一名警察，跟上李秉璋去驼沟剿匪，路上背过李秉璋，回来还重用了，可他见洋汤河人被拉夫拉兵，偷偷就放了，又爱抽大烟，李秉璋无奈之下派他去临江修公路。那时，青壮劳力被拉去当兵，即使横征暴敛，也无济于事，只是拣软处下手，修了土方，石方未动。解放后只用了八个月时间公路就全线贯通。同是一片蓝天，同是一样的人，一个腐朽没落，一个人民当家做主，性质不同，结果两样。记忆中我们家曾住过一帮修路人,是专门拱涵洞的,早出晚归,出门时唱着歌儿,收工回来还是唱着歌儿,热气腾腾的景象鼓舞着我幼小的心灵。

7

以往的山村是安静的,不知安静了多少个年头,无人说得清。

山村里的人在老天赐给的黄土梁石沙坎上,默默地日出而作日落而息。除了抓丁、拉夫、派款,人畏怕,畜惊慌,平时石击无回应,雷打不慌,沉默忍耐,任凭天灾人祸施虐。三灾八难,大病小恙,久旱无雨,撵旱魃,祈求神灵,无休无止地循环着无奈之举。吃粮不管事的小儿,心目中盼望的娱乐是跳神弄鬼做道场之类。时间驱走了暗夜里的一切罪恶,闻所未闻的事出现了,汽车来了,我们从这端瞧见了那一端的文明之花,进而将欢乐的浪花美丽的风景推向这里,让我一下子长了好大一截,思想突然会飞了。

我们家紧挨公路,尽管隔三岔五有汽车过往,仍是无缘近距离瞻仰那个庞然大物。站在公路上,看过往汽车也要站得远远的,不敢靠前。正巧有天下午,一辆载重汽车,一声长笛响起,给对门石崖生硬地挡了回来,在村庄上空哗哗啦啦回响,紧接着发出刺耳的嘎吱吱,声音没有了。我们已有了经验,上行车、下行车的马达声、喇叭声都能分辨得出,这声音是下行车停下了。我们几个拔腿就向屋后的坡上爬。不出所料,一辆崭新的草绿色大卡车停在路边。车上有两个人卸东西,有大箱有小箱。我们不关心箱子,只顾好奇地在汽车周围,瞧瞧、摸摸、啧啧、哎呀,轮胎都有我一般高!下东西的人开口了:"看够了吗,娃鬼!想不想看电影?""啥叫电影?""幕子一拉,上面出现真人一样大的人,又跳又唱,有意思得很,今晚在桥头坝放,想看,叫你们大人来,往桥头坝搬电影!"心里进驻了又一个未知的东西,听那人说人能在一块布上跑,当时便把我们的热情调动起来了。说啥也不能错过良机。我们火急去叫大人,也怪,大人们也经不住诱惑,一会儿就来了好多人,二话没说,背的背,提的提,扛的扛,往山下五华里外的桥头坝去了。翻了身的人,只要是公事不会讲条件的,他们用厚道、淳朴向所有公职人员投以热情,这热情没有功利,他们讲不出大道理,只知道政府为百姓办好事,百姓理应出力,天经地义。用心理学家的说法是当人民长期遭受欺压,突然被搭救,在被解救者心中，会有一种想法，那就是感恩；用一种行动，那就是报恩。

桥头坝要演电影。电影是啥样，谁都不知道。全村人在热烈的议论中揣想，急急地催促家人做晚饭，要去看个究竟。我的阿婆不住地说："要是我能走得动，去照一眼多好！"父亲说，要是白天，就背阿婆去，晚上当心。最欣喜的还是我们小孩子，个个摩拳擦掌，人人欣喜若狂，好像王母娘娘请赴蟠桃宴似的。其次就要算年轻媳妇、姑娘们，小伙儿们，草草吃完饭，放下碗筷便喊东家、唤西家："岁女，吃了吗？快！小女，走开了！"电影像神坛，除了走不动的在家看门，能走的都去了神坛。

我们下到半山，突然，平时夜幕下的沉寂被灯笼火把代替了，在我们左面、右面、后面，火把飞舞，笑语欢声，对面山上，侧面山上，东面山上，西面山上，火光迤逦，金蛇狂舞，所有山梁都在摇动，群山在骚动在沸腾。他们是怎么知道桥头坝要放电影的呢？请别慌，一个村庄有信息，热心人锣一敲，喊一声，山头与山头，虽然路途遥远，直线距离近，一传十十传百，不亚于今天的顺风耳。何况，那时的人，对政府的信赖超过对宗教的虔诚，他们没有理由不把全部希望寄托于政府，把全部热情倾注于所渴盼的新生活。有一种无法抗拒的力量推动着他们，千年等一回的新奇，是呼吸新社会的空气，沐浴新政府阳光的大好时机。

我们是最早到的，放映员还在挂银幕，架机子，安发电机，牵线装片。我们寸步不离，跟着他们去河边看如何发电。放映员三摇两摇，唰一下就亮如白昼，放映员刚上大场，又一片漆黑，我们旋即跟放映员下河坝，手电筒射进发电机，东摸摸西拧拧，弯把一插，使劲一摇，轰隆隆响起，复进入大场，人山人海，人头攒动，比肩擦背。喇叭响了，那歌声优美极了，好像是歌唱西藏解放的。说来也怪，起码有两三千人，场上鸦雀无声，静静地听歌声，静静地等待出现在幕子上的电影是个啥样。突然歌声如闸门闸水余音了无，半空中出现了：喂，喂，喂，有人讲了一席话，我不记得说了些啥，只记得出现最多的词是共产党、毛主席。

讲话结束，全场漆黑，音乐又起，屏幕上有了字幕，过后，云雾中好多仙女载歌载舞，场上不约而同一阵骚乱，漂亮的身姿，从银幕上扑面走来，让人心既紧张又愉悦，不住地叫，哎呀，哎呀，尤其是姑娘们：我的天哟，啊哟！现代文明的结晶，震撼着大脑荒芜的人们，惊呆了目不识丁的人们。

那种摄魂夺魄，瞬间天上地下，云中雾里，山川河流，尽来眼底，似乎身体也跟着飘动起来。平日见惯了的苍山巉崖，已被悠悠白云姿容奇绝的山峰和浩渺无垠的山川代替。楼阁凌云，其中来来往往的是高髻云鬟、翠翘金雀、仙裾飘飘、肌若凝脂、面如朝霞的美女。所有人都没见过，更没有人知道屏幕上出现的是啥故事。新鲜，一切都是新鲜的，一切都要重新认知，有一种难以吞咽、无从下手的茫然。

惊慌也罢，入神也罢，都是山旮旯里人接受的第一缕曙光。

文明跟着公路降临，公路跟着共产党走进山里。

8

桃符更新岁月。地暖了，叶绿了，大河往东淌，日子朝前走。

人心归一，万众奔腾。

美梦多了。

世俗的人，只有家长里短，难有大河奔流；最想吃的是白米细面，再狂妄一点，过大年吃顿猪肉、鸡肉。

我们从老师口中零零星星知道点皮毛，不知道外面的世界更加纷繁，据说刚经过了一场运动，叫反右派，弄不懂什么叫反右派，只知道我们的村庄，我们的桥头坝。庄里人扬眉吐气了，精神焕发了；桥头坝热闹了、繁荣了。

我在红旗下眉开眼笑。

这一年我进入桥头坝小学。离家五里路，朝去夕回。学校大了，学生也多了，老师也有六七位。语文课上听老师讲《我跟父亲当红军》和《小铁锤》的课文，初次听到学生们谈论《苦菜花》《林海雪原》《青春之歌》，子弹穿梭，刺刀见红，极具吸引力。急于想知道更多，无奈八毛钱、一块钱一本的小说买不起，也担心读不懂，于是趁父亲高兴时要几毛零钱，母亲溇柿子去集市上卖，给一两毛钱，赶紧买几本一角或八分钱的《蝴蝶梦》《瓦岗寨》《杨家将》《水浒》《三国演义》《东周列国志》之类的小人书，好在课外和其他同学交换。在这些小人书中我认识了很多闻所未闻的人：乐羊、伍子胥、孙武、庞涓、张良、韩信、诸葛亮、秦琼、包公、穆桂英、狄青、李逵、孙悟空、林黛玉、李香君、邱少云、黄继光、卓娅和舒拉……

学校所在地有集市，平常人少，逢集人多时逾千，由乡变成了公社，比山村小学校热闹多了，几步出头的街道，过不了多天就能见到红纸标语，或铿锵鼓乐，红旗招展，有时我们也会列队助助威。世面大了，新鲜事儿层出不穷，有些东西不经意悄然驻扎于心。比如街头林老头画的飞天、美术字标语，我们班主任魏老师的花鸟画。魏老师漂亮的媳妇最耐看，她只比我高一个年级，文文静静，如出水芙蓉，百看不厌。下课铃声响了，第一个记起的是看那小媳妇粉红的脸蛋。夜幕降临，学生宿舍的笛声悠悠，公社院内传出的欢快琴音在狭窄的夜空缭绕，和着洋汤河哗啦哗啦的水浪拍击声，会长久回荡在脑际，填补我空洞而等待浇灌的心灵家园。

学校组织了一次春游，第一次见的大世面就是天池，《水经注》上把白龙江叫羌水，其中说道："……又东南迳葭芦城西，羊汤水入焉。水出西北阴平北界汤溪……"羊汤水说的就是从天池中流出的洋汤河，汤溪，指的便是注入天池的水。

在高高的山顶突然出现波光粼粼的一湖清水，我一下子惊呆了，百思不得其解。池边有一座庙，尚有一个整院落，正殿面湖，中间有一尊高大塑像，黑脸长须，威武骇人，门窗陈旧，蛛网横斜，满眼凋零，老师说，那是洋汤爷。他太老了，脸上都有老年斑了。那时湖边沿有一圈细沙，满是贝壳，沙湿漉漉极柔软，我们赤脚捡贝壳，来回体验其舒适感。湖水像有人端着的一盆水，随步伐起伏晃动，一层一层波浪，一波才动万波相随，呼啦啦涌来，我们赶紧跑开，过不了一会儿又一次，那力量摧枯拉朽。水鸭子如荡秋千般飘忽，我们不如水鸭子，怕被吞没。玩不起，躲得起。我们在雨水浇灌中跑回破庙，烤干衣服后又见晴空万里。好玩。家乡这帧风景，被演绎出各种各样的故事，使它神秘得如龙宫。成年后，去过多次，仍是原原本本，一尘不染，淳朴而自然。而我知道的故事多了，童趣没有了，冒出奇思怪想，那种原始那种纯粹被披上了各式各样外衣。

9

新学校，新环境，新时代，这是一个让幼小心灵难以认知的岁月，和畅惠风、晨光雅韵、激情澎湃。一毛钱一个蒸馍，两毛钱一只猪蹄，五毛钱一只鸡的和谐与安适渐渐隐退了。初时学校每星期六一节劳动课，雷打不动，后来在满街满巷的红黄蓝标语的鼓动下，劳动课变为两天，再改为每天下午，开始了半工半读，一个新名词"勤工俭学"，由我们付诸实施。

学校里每周有一节政治课，大都讲的是时事，如：宝成铁路通车、除四害讲卫生、东方红拖拉机、总路线等等。说真心话，在小孩子心里，这些严肃的话题，绝无立锥之地。

童趣在我的记忆中倏然而逝。

我们去大成家山中背木炭。

家乡，到处都是山，最不缺的也是山。猫子山是走文县城的古道，山路弯弯，山路迢迢。山上的小溪淙淙流淌，溪旁的村庄在冬日的太阳下宁静地躺着，我们的到来打破了山中沉寂，叽里呱啦吵吵嚷嚷，吃着干粮，惊动了看家护院的狗们，大狗、小狗在各自家门上来回奔跑，乱叫，证明它的忠于职守。向我们扑来的几只恶狗中有两只，狗髭倒立，撅起尾巴，大张血口，叫嚣得特厉害，步步紧逼。两个四五岁的小孩，站在门前一棵皂角树下，痴痴地看着我们，怯生生地得意着。我们不得不离开村庄，绕道走田埂地边找捷路向上爬，顺手捡土块边走边投掷狗群，以防突然蹿到身后。进山对于我们，本是家常便饭，一个比一个跑得快。我是五十来人的队伍中最小的，即使有经常上山的经历也是摇尾巴，不过并不吃力。

离开村子，不大一会儿便钻进以栎类为主的杂灌林，枝丫戳天匝地，林下潮湿阴凉，行走空间有疏有密。看不见旧道痕迹，只有苍苔满地，红叶似火，有句古诗与此地景象暗合："苍苔迷古道，红叶乱朝霞。"森林真迷人，松鼠跳来跳去，鸟儿唱着各自的歌谣，见我们一群人在林子里乱跑，它们是被吓着了呢，还是在欢迎我们这些不速之客？逃得比我们更快。一曲悠扬的组歌，变成了无序的欢声笑语，甚或是巢倾卵破的报警。每隔几十米，幽林深处出现的空地上，村民们砍下的烧柴，一堆堆，被阳光照耀得白花花，亮晶晶。穿过一道石坎，老师给我们分工：六年级背板子，四、五年级背木炭。我是属于背木炭之列。

人多炭少，老师把年龄小的叫在一边，让我们给大孩子们的背篓里装木炭，他们背。我侥幸空手而返，好不开心！走出猎狗成群的村庄，悬起的心才落了地。村外田边地头，到处是柿子树，柿子无人收，挂满枝头，秋天被柿子染得金光耀眼，微风中的红叶，在阳光中闪亮飞扬，沸腾着静静的山村，我们使不完的傻劲儿派上了用场。我们爬上柿子树，火红的香甜、金黄的果浆唤起精神抖擞，吃饱了。我们在肆无忌惮地嬉戏中释放过剩的精力。

此后，每天下午摘酸枣、挖柴胡，不用背书，不用做作业，倒也消闲。老师依然敬业，每次考试后，成绩差于上次的都会找你谈话，且语重心长，隐去他们未上够课时的尴尬，也许是弥补身不由己的内疚，也许是怕我们产生厌学或懈怠情绪，尽到为师之责。

旧中国如一条破船，千疮百孔，换了舵手，新舵手划旧船，既想换部件又想添加润滑剂，大修不可能，又急于追赶洋船。背负千年沉疴的机体，难以加速，全凭乌托邦梦想鼓舞人们，人多力量大，什么人间奇迹都可以创造出来。洋船毕竟走得太远了。大潮在涌动，年幼的我们也被推入洪流，经受潮起潮落。

高年级教室从五龙寺搬到洋汤河边。学校开大会，会场氛围是热烈的，讲话者语气沉闷而压抑，无底数的心里陡增不知所措。

会后上龙池山开荒栽种党参、当归。干粮、被褥自带，住祖师殿中院楼上，供桌上是"文昌帝君"，我们睡在他的脚下。三两个人在神面前大气不敢出，人多了，神和人拉近了距离，人熟悉了神的常态，摸清了神的底细，严肃的表情似乎越看越慈祥。

几十个人开荒十天，对我而言，是劳动启蒙。那时的祖师殿，林涛起伏，泉水汩汩，远山近岭，莽莽苍苍，云蒸霞蔚。和尚种过的一块弃荒地让给学校，不用费太大气力。我分在捡树枝秸秆组里，堆起一座小山，点燃，果真是火大不怕青梢，由小到大，烈焰腾空，既暖和又好玩。空闲之余，远望群山巍巍，岚气淡淡，近观火苗跳舞。收工后，欣赏庙宇里的壁画塑像。高大的祖师，头及屋脊，手持利剑，左有周公，右立桃花，两廊十二天将，提锤握钺，严阵以待。从整个庙宇塑像、壁画可以看出，能进入此庙的神，都是人们心目中最欣赏的古人，不拘时代。如壁画里的舜耕历山，尧王禅让，《封神榜》中雷震子夫妻观阵，闻太师追赶黄飞虎，李世民身陷淤泥河，大院两厢塑的则是刘皇叔的五虎将。墙壁空闲处，也有远乡近邻，一些粗通文墨的乡贤们的随手涂鸦。我记得有乔念祖、陈希坤，还有二叔。字怎样，诗怎样，我们不懂，乡亲们不懂，有的只是不知所云的崇拜。

我们去冯家山开荒。一个与时代相去甚远，暮气多于朝气的校长作动员讲话。一件轰轰烈烈的事让他一讲，也没有多少温度。十几年后，我成了管理干部机关的一员，他在一个公社当一般干部，他的神色他的外貌，仍然驻守在当年校长的心态上，我意外碰到他，对我只用白眼仁多黑眼仁少的目光看了两眼，没有言语，浑浊的眼里看不出任何感情流露，蜡黄的脸依旧蜡黄，我给我的上司陈述了他的情况，把他调回了县城，可惜没等到退休就去世了。

冯家山，很有特色，在我家东面的大山中，日复一日，春夏秋太阳从不偏移，从那里的林梢尖冒出来。我们要到太阳的家里寻找太阳。背着干粮被褥，下河上山，走了多半天，到了山间小村。村后是森林，清爽宜人。这样的劳动，回想起来并无不快，只有新鲜和欢乐，大通铺一睡，有说有笑，有歌声；吃的是大灶，排队打饭，狼吞虎咽，干活分组，虽有目标任务，无压力，轻松愉快。群山相环，春光融融，藏风聚气。清晨起来，怀抱寂静的深沉蓝天，幽暗的山庄，炊烟在胸前飘拂，婀娜多姿，丝丝可数，阳光从山后倒射上来，给林梢镀上一层金辉；田里薄雾蒸腾，村下小路上三三两两背水姑娘、媳妇脸涨得通红，额上渗出米粒大的汗珠，在阳光下一闪一闪，和脚下土地一样质朴，率真憨厚，自然本真。黄昏，太阳从对门山梁上欲去欲留时，炊烟复又升起，散乱而无序，牲畜归来，崎岖小道上，牛羊挤蹄，你拥我踶，咩声沙哑，哞声浑厚。一个村庄一个样，各有特点。十几天以后，我们回家，沿桃园岭而下，群山巍巍，龙蛇竞舞！我们村的贡爷写洋汤河八景，这里达四处："老君炼丹回龙嘴，化龙头上一老仙。鲁班脱鞋桃园岭，金盆养鱼庙跟前。"

春种秋收，这些小生命像蚂蚁，空背篓上山，空背篓下山，那些粮、药材、木炭到哪里去了？我问比我大的同学，他们说，学校不是生产队，你还想分红？

不久，桥头坝街道上集中了能工巧匠做马车，其中就有给我们家做过门窗的尚怀琴，他的木工手艺是洋汤河最出名的，有了他其他木匠便省事多了。后来马拉车开始了运输，木轮滚动的嘎吱声响彻河谷。成功的喜悦激发了人们的灵感，往木轮轴上安装滚珠不更灵活吗？好！一日千里，只争朝夕，一天等于二十年，从车轮起始。

"滚珠轴承化"说来就来了，出校门进社会，每天下午砸滚珠。燕儿河边一处空旷地上召开大会，东边土台上站着洋汤河最高行政长官，两颊干瘪，唾沫星乱飞，牙齿喷射火焰。完不成任务不能回家！指出石头打出火，他的话不是儿戏！对于莘莘学子，老师开口一个接班人，闭口一个祖国花朵，是严峻考验也是要命的活计：将一厘米大小一节钢筋砸圆，而且是十颗。最大的困难是没有砸的工具，好不容易在三叔家借了砸辣椒的石砸窝，几个人轮流砸，砸到天黑，要说效果，只有石末，钢筋节由黑变亮了，棱角如故，每人手上都是两把血泡，疼痛、批评、罚站，是每天必过的坎。那一月时光，在诚惶诚恐交织中，总算熬过来了。滚珠之后，等待我们的是什么？心始终如绷紧的弦，今天想起来心都有些发颤。

节奏越来越快，东西南北，瞬息万变，白天夜里弥漫着喧嚣。各村各堡青壮年出发了，去了硫黄厂、铁厂。父亲去了天池水渠，整整半年，前脚进门，母亲又接到去二十里外抬梯田的命令。旧桎梏里解放出的生产力，焕发出的热情投入到最高理想的柴草、垃圾、煤炭混用的炉火中去了。我们村也用泥和石头在公路边筑起了土炉，炉膛里装着木棒，代替炉桥，孩子们去炉子里捉迷藏。学校门前的炉子比我们村的有进步，炉桥是铁的，我们去一个叫山村的地方背煤，装入炉子里，炉膛中冒出黑烟。我们去屯寨背铁，竟然是蜂窝状圆球体或烧得奇形怪状、张牙舞爪、伸胳膊展腿是石非石的怪胎。往返五十华里，到家多半在子夜。

10

一个盛夏，我离开洋汤河，走向白龙江，去一个叫临江的地方考中学，见到了老辈人常提到的州河，正值涨水，河水浑浊，漂满了大木头，横七竖八挤在江水与公路之间，有的就躺在公路上，直径比我还高，小镇街道进了水。从没见过这么大的江，不声不响里蕴藏惊心动魄。我们站在水边，杨树挺拔，柳树枝条低垂，青青叶子有节奏地划动水波，蝉儿尤休尤止地嚷嚷，发出一长串肆无忌惮的知——了——知——了，不厌其烦地释放无尽的热情！来自远方的涌动，有力，悄无声息，却势不可挡。那一刻我们被镇住了。这该是气压乾坤，量含宇宙吧。

此时的白龙江只有蒿子店有座铁索桥，可避免等渡船，只是山路难走，少有人走。有汽车我们没钱坐，六角钱太昂贵。公路好走，无桥，过往汽车少，有汽车驶来，才能跟汽车过河，不来车，你白等。在渡口等一辆汽车不易，遇到夏天那地方吝啬得一丝风都舍不得给，太阳把沙砾烤得烫脚，头上热浪扑面而来，一棵树都不见，火辣辣如坐针毡。晒急了去江边撩撩水，渴了，浑浊的江水也得喝；秋天更糟糕，雨不停地下，常常是浑身湿透，瑟瑟作抖；冬天更要命，江水带来的寒风尤为猛烈，穿心钻骨。从临江到渡口走路不到一小时，在渡口等船至少在五个小时以上。等个汽车过往简直是盼星星盼月亮。

那时正在修建白龙江大桥，沿路都在打石条，据说要修成石拱桥。有一次，我们回家，始终没车来，便去桥梁工地打发时光，桥墩已建好，上面搭了些木板，工人们来回走动，我们不敢近前，也未敢奢望从桥上过，心想到秋季开学就能过桥了。回到家，正好有几位修桥工人拉着人力车，在高楼山打野菜，来回都要住在我家，晚上他们拌些加野菜的白面糊糊，总忘不了给我留一小碗，我们村烧柴缺，母亲为了感激他们，再吃力都要给他们准备好做饭的柴火。三天一趟，雷打不动。该来的时间没来，一趟、两趟，日期过了还是没来，那几个汗流满面的年轻人终究未来，那每三天晚上一碗的白面菜汤说没就没了。

11

国际形势发生了变化，西藏叛乱了，国家遇到了困难。锅里少了勺里舀不上了，拿不出粮，吃不饱，踏不进学校门。课本不能当饭吃。我看见我的一位刚从师大分来的吴堃山老师，坐在凳子上，手里端着一小盆浑水汤，愁云密布的脸流着泪，滴到了汤中，老师的脸扭曲着晃动着，时而眼大嘴小，时而鼻歪眼斜，时而有口无眼，口在汤中占据了最显赫的位置，微微下垂，缺少了自信的嘴唇在颤抖，我站在老师身边，哭了。是哭老师的可怜还是哭我的饥肠辘辘，还是自身生命的难卜与汤中映现的另一个世界的脸而加剧了恐惧。秋天，我们去白龙江边陡峭的高山上收玉米，我分得了九斤粮票，对于农民，粮票与废纸无异，能从粮站打出粮来？白日做梦！老师可以，他是吃供应粮的。我们几个人将粮票默默地放在老师桌上，老师哽噎着，没有说出来话，只看见泪在眼眶盘圈圈，闪闪亮。学校撤了，老师走了，多数人回了家，少数人转了学。

胃里太难受，至于苏联撤走专家，达赖叛逃，印度人越过麦克马洪线，第一枚近程地对地导弹发射成功……我们被动关心，我们无力义愤填膺，也无力欣喜若狂。摆在面前的是，进城的粮食更难凑。父亲凑到的粮我在大灶勉强吃了一学期，到第二学期时，形势大为好转，村里炊烟浓烈了，只是往往春旱夏粮歉收，只好将我寄居于梁大伯家。万物复苏了，对我而言则是乍暖还寒。母亲一病不起，萦绕于心的读书梦恍如臆想。不幸，像水一样，哪里软便渗向哪里，接着是塌陷溃垮。祸不单行，春天帷幕初启时节，我染上了麻疹，一病半年。去学校的路给彻底买断了。我的青春开始了与背篓锄头为伍。

初春，农村气温回升，在悄然变化着，上山下河、开荒、种药，人们忙起来了。

我却高兴不起来，我以为生活没了，支撑信念的奢望没了，放眼世界的眼睛没了，飞翔的梦没了。

所有的指望……今后……将来……失去了应有的地位。今天要上山，明天得下河，队长说了算。我脆弱的身子在黄土地上吃力地爬行着。

我在当了一年牛倌，守了一年山庄后，荣任生产队会计——中国最底层也最不要紧的一名记账员。我的一位兄长接过了愚昧无知且随心所欲的记账分配体制，扭转了诸多混乱账务，让政策阳光和实际完美统一。我继承延续了公平公道，让刚度过灾难的乡亲们全神贯注地为充实肠胃而劳作。

不起眼的小会计，被称作队干部，也能参加"两基本保一基本"核算体制改革试点，也能去公社参加三级干部会议，也能参与讨论当年规划或五年规划：——在校学生达到二千人——医院病床达到五十张——碧口电站要开工，减少种粮亩数改种蔬菜——打通水渠若干条，包括我们村的水渠……让与会者满怀希望。

经济复苏，岁丰年稔，广播家家响，报纸村村有，水土保持、植树造林、修渠灌溉、改良土壤、整地平田，学雷锋、学焦裕禄，学阳山、大寨、大庆的广播不舍昼夜，宣传材料铺天盖地，把文盲半文盲们的心抚摸得如沐春风。阳山、火烧沟、何家庄，几面红旗招展在陇原大地。春节村村耍社火、演节目，已成村里文明的标志，公社机关吃皇粮的人多，人才也多，上演《三世仇》，我们摸夜去看，这出剧的剧情在我脑子里占据了很长一段时间，若干年后我见到了韩寿琪先生，就想起了他饰演的"三水狼"，他退休后出了本文集，请我写一篇序,他读后,惊异我还能记得他的演出。空前活跃的文化活动,激起了农民热爱新生活的又一轮热潮。

家乡十年九旱,缺水。一九五六年,县上决定引草坪河水,灌溉三个村的土地,"大跃进"中水通到我们村,还种过稻子。不久,黄土里流淌的水,满山满岭流窜,从小到大,山垮地陷,空喜一场。

"三干"会后,水渠又上马了。一年之计在于春。由我带领十多人上山砍柴烧石灰,为防水渠渗漏做三合土用。队里有庵房,是落脚点。庵房四十平米大小,底层人活动,二层住人,这里有父辈们留下的汗水,有他们坐过的木凳,我曾前后两次住过近一年时间。屋内的一切熟悉我,关切地看着我黄昏回家,清晨出门。我们将各自带来的面粉交大灶,统一开伙,技术员是四川流落来的一个瓦匠,吃小灶。我只有十六七岁,其余都是二三十岁的小伙子。我有些胆怯,大队也不放心,派了一名民兵连长做领队。肚子吃饱了,阳气回升,个个生龙活虎。我赞叹年轻,年轻,蓄积了超越一切的潜能。这帮人出奇地尊重我,当然我也有付出,那就是每晚给他们读书讲故事。白天分两组,一组由连长带领在瓦匠指导下打窑,我带一组砍柴。夜晚是欢乐的,四川师傅说书唱曲样样皆能,绘声绘色。小曲儿唱得腔调怪异,让人忍俊不禁。什么"太阳当顶过,先生放午学,先生哟放学,先放我哟,路上有耽搁……"有一晚讲了一个员外的女儿爱上了一个穷书生的故事,书生与小姐在树林里幽会,月光融融,书生动手动脚,小姐不敢,书生不住地挑逗,正在此时身后传来讨口子女人的呻唤声,他们屏息静气地听,书生问小姐:"听见了吗?"小姐说:"你真坏!"书生说:"男人不坏女人不爱,有道是皇帝的女儿状元的妻,叫花子的婆娘一样的屄!"把我们笑了个前仰后合。笑声划破空旷的夜,唤起一阵阵林涛呼啸。

无论出工收工,都有歌声伴随,那些年轻不安分的心,嘴上永远流出的是男欢女爱的山歌,给心灵以安慰,给山林以欢乐,有些听来真让人不好意思:"贤妹长得白漂漂,好像豆腐才开刀。山歌不唱难解愁,唱个山歌送日头。日头送到西坡去,把妹送到桂花楼。郎十八,妹十八,正是行家对行家。城墙跑马九溜子,厅房里点灯是通家。我和贤妹五六年,从来不敢炕上逛。回回都在檐沟里,好像吃肉没放盐。这山望见那山高,山上一树好樱桃。樱桃好吃树难栽,贤妹好要口难开。月亮上来万丈高,房前屋后都走交,后门子上拍三把,并无一个人知道;小哥哥甭计较,瞌睡把我迷住了。……"

一月后,我们轮流熬过五天五夜,第一窑石灰闭窑了。瓦匠嘴里哼着小曲,沾沾自喜,众人抬水一淬,白烟升天,窜进鼻子里一股石头热乎乎的味儿,石头碎成几块,并未变成灰。我一下子罔知所措,空气凝固得像化不开的冰,天气由晴转阴。……沉默,透不过气的沉默……十多张墨黑的脸朝向瓦匠,责问瓦匠,瓦匠张口结舌似驴把嘴踢了。有人骂开了:"你这老家伙,白面面片子吃得个好,十几个人忙了这么长时间,你说咋办?"瓦匠一改平日的能言善辩,低头不语。你一言我一语,说着说着开始你怪我,我怪你,打起内仗来。瓦匠啥时跑了也浑然不觉。

失败的消息传出,公社一位领导赶来,寻找失败原因,没归罪于我们,瓦匠跑了,无影无踪了,把责任推给瓦匠和杂木柴火火力不足。没几天,住地迁至对门一个叫银山的村子,新派技术员姓任,一张江湖嘴,同样不缺趣闻俚语,一样让人白天不嫌长,夜晚只嫌短。石灰窑建在村下旋潭沟,沟后一座宝塔形的山,长满黑叶子树(栎类),它将是石灰窑的燃料来源。公社运来了钢钎、大锤、锯条,以求快捷省力,确保进度。

山中、林中,最不缺的是雨,洁白无瑕的云快速游走,层叠起来,堆积起来,颜色由浅而深,迟缓凝重,时云时雨,山里这天气是家常便饭。另起炉子的头天夜里,就下了整整一夜雨。第二天一早,秋阳初升,玉米秆上果实累累,青青翠翠,较之长寿的森林来,年轻清秀,赏心悦目。潮湿的地上飘忽一层薄薄的白烟,好像叹着气,徘徊在树梢尖,不合群地丝丝游弋,相聚一起,涨红着脸看我们,有个性无牵无挂地在我们面前跑过。满山的黑叶子树中,轻雾悠悠。我们走向旋潭沟。

我们走进树林,锦鸡被我们吓跑了,稠密的黑树林,长长短短,粗粗细细,挂满泪痕。黑叶子树,坚硬细腻,是木匠们做推刨的上好材料,可在当你要锯要砍时,它显得比其他树木少了骨气多了配合,简直是一种享受。砍倒之后剔枝也很容易,划开时,如主干无节,三十公分大小,劲大的,一斧下去,会有一米长裂缝,主干有节疤,钢钎加楔大锤猛击,迎楔而开。好端端一片黑森林,在两个多月时间内砍伐殆尽。我们撤走了,我背上背着一背篓木炭,走到一个叫关山的地方,向后一望,在众山之间凸起的那座青山,丑陋得活像一伙秀发少年中夹杂了一个害秃疮者。石灰是烧出来了,不知啥原因还是未派上用场。

12

  青年时期，念念不忘有朝一日走向"流着奶和蜜的地方"，可始终未如愿。
  我曾多次努力，力图跳出农门，终因是弱势群体一员，无人理会。在队长的眼里，你算老几，党的支部书记也不正眼瞧你。村干部的霸气我是有切肤体会的。至今，有亲戚常来说家长里短，说村干部说乡干部在他们心中的位置。我在想，农村干部尤其是村支书、村长，不占任何编制，不在政府职员序列，与农民同锅搅勺，在粗识字、不识字的人中，他们就是政府，旧社会叫"舵把子"，代表政府管理农民，他们把政策只当尚方宝剑亮亮，多数情况下是用长期以来延续过来的"说道理"，说白了就是靠一张嘴，说圆说扁由他，摆平民事纠纷，遇到小事也能一言九鼎。来自政府对农民的体恤，最先受惠的是他们，剩下的才有群众的份儿，比如，招工、招干、推荐工农兵学员、农机员、财税员……进入新世纪，一代新型农民走上村干部岗位，政治、经济相对活跃，交通畅通，信息快捷，经济杠杆撬动，市场化加快，国家投向农业的项目增多，权力定夺这一切，权力管理一方事务也能配置钱物，避虚就实，权力也随之转轨。在他的辖区，他可以一锤定音，他有来自政府给予的堂而皇之的官位，政府给予的钱物在这里丧失了约束功能，边缘化、粗放化，成了管理这层人和所有投放项目的无奈。两边都靠，倒了锅灶。官位就是特权的化身，如果用得好，是中流砥柱，管不好，不勤政，导致政府与民众水火不容。三十年前，基层干部除隔三岔五开开会，在公社吃几顿公饭，多评几个劳动日，优先挑选民政部门下发的救济衣物，多领几十块救济款，多吃几百斤返销粮之外，能占的便宜不多。随着时间推移，社会发展了，农民自由了，权力升值了，调解民事纠纷少了，教育农民的职责淡化了。实际上这是一层最暧昧最尴尬的一拨人，政府所有对农民的帮扶支持都得借助他们落实，他们也就可以呼风唤雨，从中揩油。要说县一级最易出现腐败的话，乡一级公职人员直接接触农民，摸清了农民心思，用特有的便利将政策变通，糊弄农民，将上级欺骗。村一级好坏两不沾，不拿工资可尽占便宜，你想处理他，还没有任何条条款款将他们框得了，自然有法律，可不是事事靠法律管用。

他们啥时和农民背靠背的？很少有人关心。农民和村干部的背靠背，一系列惠民政策由谁来落实？中国农村的基石又有谁来砌稳？

和谐的前提是公平，没有公平永远不会和谐。

天气转顺了，阴阳调和，晴日已消千嶂雪。又到了收获季节，玉米长势好，这已经是连续五年丰收了。个人自留地、开荒地，也能补充大集体不足，山上再种些药材，集体有储备粮，个人的日子也有好转。有天，我正在给社员分玉米，公社通知我去一趟。我一时搞糊涂了，一个无名小辈，何时被公社管理者收入视野了的？狐疑不安，不知是吉是凶。两年前，我的同龄人中有一位写了"反标"，县公安局来人，把我们识几斗汉字的青年询问了一遍又一遍，对待我们像对付敌人一样，连吓带哄，要我们承认，后来还是笔迹鉴定才洗清了嫌疑。不知是哪位又惹了祸，又将问什么？我在公社大门口徘徊了好一阵子。进进出出很多人，都不认识。公社干部，我只认识两三个，其余的我认识他，他不认识我，进去了又出来，出来了又进去。后来下了个平生最大的决心，心跳气喘地走进秘书办公室。自我介绍后，秘书答复很简单："对门！"对门那位我认识，一见面就说："来了就好，被褥带了吗？"我一愣，随即回答没有。"从今天起你就参加工作了，工资三十元，转正后，定二十五级，四十二元五。"他说了一噜气，其实我早已走了神，我想起了春天曾经有人来过我家，要我写个自传，有过好事降临的预感，仅一瞬即过。因为，父母是老实巴交的农民，谁也不认识，和任何干部不沾亲带故，大队干部无处吃饭了，队干部领来我家，情记在队干部身上，什么好事到我跟前都要拐个弯，我在一篇文章里提到过，一九六五年秋，我在桥头街上见到一则招生广告，是天水卫校招收同等学力者可以参加考试，我喜出望外。我高高兴兴地去大队要证明，大队干部就硬是卡住了我的脖子，指头大的红印印就是不给你盖。心比天高，结果碰了个人仰马翻。村内也是如此，连个林果技术员十来八天的培训也没你的份。所以这两位走后，就忘得干干净净。我轻而易举吃上了公家饭，父母意外，我意外。平生第一次参加学习会那天，刚进会场，身后站着一个人，拍了我一下，说："账弄懂了吗，尕会计？"我才恍然大悟：发现我，推荐我的是这位。从那时起，在我心目中就有一个解不开的疙瘩，老是萦绕于心。我曾和我的大爹谈起过此事，大爹给我灌输的是宿命论，说是命运，另外他又补充了一句：必须有真才实学。我有一位姑父，会算命，摆古今极具天才，乡间轶闻趣事经他添油加醋，犹如身临其境，不由得替主人公抹鼻涕擦泪或提心吊胆或拍手称快。有一天他来到我办公室，说我命好，想给我算命。平日教育中排斥唯心论，思想深处已没有神鬼八字的地位。他也不管我爱不爱听就讲起了吕蒙正。他说吕蒙正早丧双亲，父亲弥留之际要儿子将家产变卖了去佛门学经，既可度日也可增长知识。父亲去世后，他便在洛阳一处寺院里安顿下来，不想天长日久，僧人百般刁难，他只好夜宿破窑，白日乞讨，后来发奋努力，考上了状元，功成名就后，人们问起他，他说那都是命运使然，他的《破窑赋》被宿命论者津津乐道，他记忆很好，倒背如流。我觉得很上口，拿笔记了下来，现在看来还是有些道理的：

蜈蚣百足，行不及蛇；雄鸡两翼，飞不如鸦。马有千里之程，无骑不能自往；人有冲天之志，非运不能自通。盖闻：人生在世，富贵不能淫，贫贱不能移。文章盖世，孔子厄于陈邦……

是命是运气我难以说清。

13

这一年国庆过后，我正式接手信用社会计，那时我只有十八岁，我的直接领导是主任，一个极为憨厚的人，三十出头，有五十岁的沉着。与我天天打交道的人是银行县支行派驻的办事处会计，二十七八岁，皮肤微黑，说话诙谐幽默直率，和其他单位的人相处得好，人们管他叫"黑蛋"，在我的印象中他有啥说啥，给我业务上的指导最多。除了业务上的领导外，我还受公社领导，因为农村信用合作社、供销合作社是农村人民公社的两大集体所有制合作组织。我第一个接受的是现金日记账，主任监交之后，分类账、总账，盖章核对后就由我来掌管，我诚惶诚恐，好似有千金重担压在肩上，透不过气来，生怕中途体力不支担不起，撂了挑子。紧接着，公社秘书见我见识少，乡下孩子好糊弄，趁机将公社经费支付业务给我挂在肩上，包括公社干部工资、办公费用、军烈属优抚款、救济款，给我增加了远比信用社会计业务量大得多的琐碎事务，每遇青黄不接，从早到晚，我连吃饭时间都没有。公社干部不住地煽起我的虚荣心，把钢板、蜡纸买来放在我的办公室，以便随时随地为他们刻蜡版，而且根本不问你愿意不愿意，好比我是一台机器，想什么时间制造什么就摁电源，他们只等产品。我到公社的第二天，秘书不失时机地找我，给我一项新任务，公社要开三干会，要我管伙食，大约三百人。那时开会是要收粮、收柴的，各大队"四类分子"是背柴的主力军，粮由各生产队参会者出，粗细搭配，粮票更好。去粮站换粮票，三十斤交四两清油。除少数大队交粮票外，多数大队仍旧是玉米面或麦子面。我们一组三个人，一个人收各队交来的柴，一个收米面，一个收粮票。好在会开下来，还节约了很多粮和柴，这让公社领导大为高兴。其后果是，我的分外事更多，我年轻的心局限在零星繁杂的具体实践中，无暇自由放飞。

　　从农民到能拿工资，对于我是破了天荒，事事新鲜，那些年轻干部们晚饭后去小学校操场参加篮球比赛，赛后回屋，扯起喉咙吼叫，新鲜新奇。他们用奇怪的眼神审视我，推荐我的那位去乡下驻队，修大寨田，一位妇联主任的大姐到过我家，常给我打招呼，邻村有两位，是我们村的女婿，盛气凌人，几年中总是对我不屑一顾，未曾想到，世事多变，多年后也开始向我献媚。在我孤独无助时，有位管市场的小伙儿走近了我，我们成了朋友，我们俩在街东街西的公路上消磨晚饭后一段难挨的光阴，送走落日，再由灿烂的晚霞照耀着回屋，进入狭小的蜗居，整理一天账务。正当我学记账熟悉业务的同时，这月的二十七日导弹发射成功，人们敲锣打鼓走上街头，庆贺胜利，我见到的是振奋人心的场面，同时被群情激昂鼓舞。受过困难时期磨难的我，国家强盛是梦寐以求的愿望。我知道腰杆硬了腿脚会更灵便，大渠水满小河溢的道理。

　　韶华在旷野里走失，又在轰轰烈烈中接受锻造；我不甘心在荒芜中耗散，心中潜藏着一股动力督促我，不要沉沦要奋起，去大浪里搏击。

　　那一段时间，我有空常去看一位老人写毛主席语录牌。老人中等身材，穿一身旧蓝布对门襟衣服补丁裤，黑里泛白的布鞋，垢痂放亮，消瘦微黑，双眼浑浊，沉稳，一步不乱，见你只是瞟一眼，便继续写他的字。木板做成的语录牌，用红漆漆过，大约高五十公分，宽七十公分，每一面牌上用黄漆写一段毛主席语录，不打格子，用手一拃，一段语录不管字多字少，连引文出处加上，恰好在牌面中央，那样合适，那样美观。字是正楷，赵形柳骨，写得熟练秀丽，有时我看一下午都不挪脚步，除了看，我还帮老人兑油漆，搬语录牌。慢慢地老人对我产生了好感，他找到公社领导要我给他帮忙，领导为了赶进度也就同意了。我去后，老人说他知道我是谁家的娃，我几个叔叔和他都好，你有家学底子，你也写，我说写不好，他说不怕，写不好汽油一洗就干净了。因为全公社各大队生产队家家户户都要挂，工作量大，有个人帮忙进度要快些。因为分散到各村各户不怕写重复，我就照老人写好的再临摹一遍，这对我以后喜欢毛笔字起到了关键的作用。事后才知道老人叫吕沛成，曾在县文化馆上过班。从小我就喜欢毛笔字，也在桥头坝街上经常看到一位姓赵的老人门上的春联，是典型的"馆阁体"，吕老的字庄重大气，柔中有刚，给我留下了深刻印象。

语录写完后，我去村上，一村一堡地收贷款、吸收存款。

三十元钱的工资要珍惜，尽可能避开乱哄哄场面，沉溺书本，少浪费光阴，多充实自己，埋头干活，加班加点给公社刻蜡版，白墙上写标语，我想无论什么人对于一个勤勤恳恳的人都不至于过分为难吧，这是我的小算盘。涉世未深的我，不管有多卖力，公社干部们只是利用我，有个别人在会上还指桑骂槐："有些人在大是大非面前当骑墙派，年轻，却无朝气……"

脆弱的世界观加上天生的胆小帮了忙。我蹑手蹑脚，不敢踏进任何一个陷阱，我用朴素的做人标准：不妄为、不过分，老老实实做事，踏踏实实做人。可以放飞思想，但绝不让它从七窍溜走，保持行动的循规蹈矩，绝不越雷池一步，日子过得如履薄冰。这也许就是：播种一种行动，收获一种习惯，播种一种习惯，收获一种性格，播种一种性格，收获一种命运吧。

一九六九年征了一次兵，当时国内环境如沸水滚滚，国际环境似乎也是山雨欲来，苏联于中蒙边境陈兵百万，珍宝岛事件、西沙之战，迫使失律的琴弦再度嘈嘈如急雨。来公社接兵的是新疆军区库尔勒驻军一位营长，河北人，他对我非常好，动员我参军，说不用体检，我心里也热乎乎的，我回去，见母亲病重，不忍提起，我给他谈了母亲的病况，营长宽慰我，勉励我不要放松学习，做什么都少不了知识。远隔千里素不相识的一老一少，邂逅在一起，长者的肺腑之言感动着我，让我第一次在生人面前流了泪。

那一段我很消沉，有一天二叔挨打，卧床不起，我去看，昏暗的煤油灯下一张蜡黄的脸，只有眼珠子还在闪着光。我是亲眼看到他和大伯一起被人打伤的，自那以后他俩就再没有从床上爬起来过。我宽慰了一番，看着他有气无力的样子，正想告退时，他嘱咐我："听说你要去当兵，没去成，不要紧，你是独子,家里有老有少,公事要干,家要顾,要紧的是别放松读书,珍惜身体,'万事不如身手好,一生须惜少年时啊。'"听着二叔的教诲,眼泪收束不住流满了脸颊。

这一年,我刚踏上人生的重要起点,复又重蹈命运的低谷。母亲的病每况愈下,我得白天伺候母亲,夜里回单位,银行营业所的那个"黑蛋"去县城治病,我得兼管他的业务,看守保险柜。母亲卧床不起,经一位刚从北京医学院毕业的蔡大夫检查,断定是癌症晚期,说服母亲去外地检查,母亲执意不去,他开了些药,只能减轻痛苦缓解症状,无力回天。焦虑与侥幸交织,痛苦与无助煎熬,我的神情恍恍惚惚,心力交瘁。在父亲跟前,我装得挺有主见,在母亲跟前我尽量隐忍啜泣,让母亲增加信心,活一天舒心一天。日复一日给母亲宽心,日复一日服止痛药,止痛药的量递加着,可母亲日复一日憔悴,眼神越来越暗淡。

我和父亲背地里开始准备后事,请人缝老衣做棺材。有天夜里,母亲有些精神,说她的病输了,今后的日子你要自己过了,把娃带好,少叫父亲劳累,他多活几年是我的福气。我再三说不怕,这几服药吃了等秋凉就慢慢好了,她说药度的是有缘人,她与药也无缘了,她让我们趁早该办的办,免得到时手忙脚乱。多少天来都在思索母亲在离开那一刻生死难舍的痛苦场面,听到母亲平静、大度的嘱咐,我感动得眼泪簌簌直流。准备丧事除了衣服棺板,还得柴米油盐。这期间我和父亲去磨面,在往马背上搭粮食时,马的四蹄在雨后的黄土地上一阵乱踩,本来是一匹长有畸形马蹄的马,挣扎中马的前蹄双双跪地,马在试图跃起时,畸形马蹄受力不匀,轰然倒地,马腿折断了。这匹马是全村人的重大财产,一百来号人,只有四头骡马,这匹马是队里用几头牛换来用于生儿育女的,旨在减轻肩挑背磨,父亲当时吓得直哆嗦。

在母亲生死之间,我们极度悲痛时,出了大祸,正当我们一筹莫展时,当时的两位队长起了怜悯之心,经通报社员,不但得到了谅解还为我们家帮种自留地,让我们专心伺候母亲。乡亲们的情,在风云激荡的岁月里显得比金子还珍贵,我终生铭记故土之恩故土之情。

好在是母亲见上了梦寐以求的孙子,我把孩子抱给她时,她的脸上出现了一年多来少有的微笑。那一瞬,痛苦消失,慈祥漾上脸颊,那是母亲留给我一生最美丽的笑容。

母亲倒在我怀里,终于离我而去了。从小依恋母亲惯了的我,在此后近一年中,神情恍惚,不思茶饭,做噩梦,慢慢地身软无力,病了。年纪轻轻地去武都下广元看病,曾经的理想荡然无存,一蹶不振成了我那两年的主旋律。

14

有一天,我去探望一位从小认识的大夫。供销社的仓库门锁着,我只能隔窗而望。朱大夫坐在一张只铺了一床旧绒毯的床上,神情沮丧。见我去看他,嗔怪我不该来。我问他,你又没经济问题他们咋把你也群管了呢?他说:"你不懂,欲加之罪何患无辞!""你赶紧走,这些人啥都能干出,你还年轻,不要让别人抓住啥把柄,影响前途,我没啥事。回去好好读些书,不要跟那些不学无术的东西搅和在一起,要在社会上立足,一定要有本事,学下本事,谁也夺不去,既润身又养家。"我默默地点头,心事重重地走开了。

多年前,我上小学,一次他来我们村,给病人不号脉,不听诊,只发一包或两包丸药。有一天,我路过他的卫生院,他老远就叫我"小鬼来一下",随即塞给我两包丸药,嘱咐说:"只管吃,不许胡说八道,想吃再来!"没多久,因为他在一个会议上说他见过的病人是饿坏的,并不是病,受到了批判。

事有凑巧,我有了工作,能和他一起开会、学习,接触机会多了,有时我跟人去玩、打扑克,如遇到他,他都会毫不留情地说两句:"年轻轻的不读书,跟那些人搅和啥?"要是心情好,他会讲很多道理,他说,生活是实实在在的,来不得半点虚假,工作的本领要学习,要出人头地,就要有目标,有理想,保持独立人格。此外还要学一门看家手艺,你喜欢毛笔字,为啥不练?所谓"打球照相吹拉弹唱,样样都得会,打扑克、下象棋也可以,但要有节制"。这是除亲人之外鼓励我的第一人。他也是一个什么都拿得动的人,夜深人静五龙寺传出悠扬的二胡声,必定是他,他还是县篮球队的主力队员。他常说,吃饱睡好,锻炼好身体,保持旺盛精力,多读书,勤钻研,做生活的强者,那样的活法才对得起天,对得起地,对得起父母。

后来他想调回老家宁夏,我正好能出上力。他回老家后,还给我父亲寄来了一件羊羔皮做大衣用,也常常来信鼓励我。

15

　　二十出头时,我的单位性质也变得扑朔迷离,属公社又属银行,在你管他管的夹缝中生存。我也很想另寻门路,但苦于无门。公社领导换过两任,他们提到我的殷勤像是提到一只好狗一样得意,有吃无吃,吃饱没有,谁也不闻不问。不过,寒冷的冬季也会出现小阳春。公社来了一位书记,几个月了我都没有照过面。有一天,他叫我去他那里一趟,我去了,他温和而客气,叫我老李,我心头一热,被年长者尊敬,受宠若惊。此前,所有的公社干部都是扯起嗓子叫狗一样:"李某某来一下!"他用颤抖的手给我倒了一杯水,他那磨去了原有光泽的脸,有些疲倦,一双黑白分明的眼睛里却释放着睿智,他用询问的口气说:"请你帮个忙,有一个材料你给我复写一下,不知你有没有时间?"突如其来的商量口吻,反倒不适应,心跳加快,嗫嗫嚅嚅,结结巴巴,连连嗯、嗯、行、行……我要出门时,他补充了一句:"耽搁你休息时间了,辛苦啊,有啥困难说一声!"那时的我是涸辙之鲋,对于这种纡尊降贵,也将从心底萌生的感激变为全力做好所交办之事的决心了。我交了一份满意的答卷。此后我对这位领导安排的事,怀着敬重和被信任了的热情去完成,我也极愿意替他做事,把本来的公事当他个人的事悉心做好,那是我由衷的,舒舒畅畅的,没有奢望,没有功利。不久,他一个命运多舛的外甥从玉门油田回来,我们很快成了朋友。也巧,时隔不久,县上选拔基层干部,他将仅有的一个名额,力排众议给了我。推荐我参加一个培训班,实际上是带有考察性的,半月培训,终了,每人有一篇发言稿,我在文化馆老赵那里查阅资料,写了一篇发言稿,脸烧心跳忐忑不安地在大会上念了一通,是好是坏,心中无底。地区来的一位胖乎乎、沉稳有些忧郁的人(后来当了地委领导),问我愿意不愿意去武都,我把父亲年迈等家庭情况说了一遍,他们深以为然,随即把我的稿子拿出来,说我的钢笔字写得好,文字不错,又说了些希望我努力之类的勉励话,培训结束了,我也回到我的工作岗位。

　　半月后,我接到通知去县里报道。一名集体所有制干部进入全民所有制,对个人是人生旅途的跨越。我清楚,是那位书记引导我走上这条道路,是他定位了我的人生坐标,而他缄口未提,我终生都把他神圣地搁在心里。后来我去保护区工作，他在县上做部门领导，曾劝我回县上工作，一切关系由他疏通，我十分敬重地谢绝了。说实在，那时我在上级部门中印象极好，人缘也不错，地委的重要部门，想去哪儿即可去哪儿。他退休后回老家，常不见面，老是想。我的书出版了，我备了一份礼，让儿子与书一块奉上，他很高兴，让儿子代问我好。他福寿荣归了，一颦一笑常常浮现在我眼前。

我被分到公社，曰青年干事。一夜之间又是一个意外，意外地留在县城。后来才知道一个叫杨清俊的大哥，看了我的简单履历和钢笔字，恰好有一项任务，认为我可堪担。

祖国开始抖擞起精神，气温慢慢回升，有种无形的东西鞭策着我，有种悬念撩拨着我，有一个渺茫的希冀在推动着我。我加倍努力，加倍读书，笨鸟先飞。父亲还在为我的儿女们劳作，妻子还在为我的一家老小起早贪黑，不能为他们接力替背，我得对得起他们。

16

此前我在乡下，一个还算平静的港湾，在只有十几个脱产干部的山中小机构之下，是一个集体所有制部门混饭吃的小卒子，平时被人视而不见，除非让你去当炮灰。相比之下，县城的水就深多了，那种错综复杂真叫人猝不及防。重要部门的人力配置也在随着形势的需要调整平衡，树欲静而风不止，我所在单位的工作人员，走马灯式地你出我进。我正好无污染，清白无瑕，和几位末班车上刚下来的大学生，无忧无虑，无论谁给安排活儿，都乐于接受，准时完成。新部门新面孔，要融入其间，得穿透那层无形的由那个群体构成的精神圈，需要语言与精神的渗透或磨合，我还游离于圈外。黄昏后的光阴难挨，我眼馋别人家妻伴子随，伤感我的顾影自怜，河堤载我眺望，岸柳寄托情梦，徜徉在冉·阿让、哈姆雷特、玛格丽特、娜娜、高老头、克里斯多夫的沉浮中。一个偶然，我捡到一部残缺不全的《红与黑》，向朋友借来完整版本，睡不着觉的时候，索性拿毛笔小楷补齐撕掉的部分，沉浸在于连与命运的较量中，替受侮辱与受损害者伤感、叹息。我的具体工作是整理干部档案，绝对保密，只要每天早上按时参加学习，学完后，进档案室，不受任何干扰。后来，我的直接领导走了，由我负责，两年时间，我和几位同事将解放以来文县近三千名干部的档案归类、装订完毕，几年后，我又一次把个人档案中的有关"左"的形势下装入个人档案的材料，和属于落实政策范围的所有东西清出，有的退还本人，有的销毁。迄今为止干部个人档案再未有人系统整理过。

我的殷勤打动着周围的人和上司，从小受共产主义教育长大的我，信仰成了唯一目标，顺理成章，我有了信仰，我为信仰而工作，个人和家庭降为其次。不是我不想顾及，我总在期盼着什么，预感着什么，在困惑徘徊中有很多惊天动地的事件出现，在敲击着我：发射试验人造地球卫星、首次发射收回人造卫星、秦始皇兵马俑的发现、周恩来逝世……我在期待祖国的强大……

17

那几年农业学大寨如火如荼，参观大寨已成时尚。县委决定组织各公社管组织的副书记、县直单位政工干部去参观，我是其中一员。一九七六年七月四日，我们从文县乘卡车，一路入川到昭化，上火车，抵阳泉，坐汽车到昔阳再到大寨。有组织部长、县委秘书带队，安排先遣组协调，吃住行周到妥帖。我们住昔阳郊区农民家，吃在县城一家接待站。参观团川流不息，有农民、工人、解放军、学生，有拍电影的，有搞摄影的，有唱戏的，热闹非凡。阳光火辣辣地炙烤着大地，大寨的土地一台一台，平展展，田与田之间都有机耕道路，地里人很少，绝无杂草。我们爬上虎头山，进入小松林，看大寨全景。这片松林是大寨人在解放后实施山、水、林、地，总体布局中的一项，树已有碗口粗细，整个虎头山绿树森森，据介绍有四十余万株树。从山上看周围，看山下，像伸开五指的手掌，可想昔日地貌的破碎。当初沟壑纵横的黄土地上，已没有了沟的痕迹，代之以高低不等大小不一的"海绵田"，梯田被浓浓的绿色玉米盖着，剩下田与田之间的黄土坎能看出曾经的七沟八梁一面坡。从一条曾经的干沟填起的梯田旁下山，我心里感叹大寨人多年来付出的巨大代价。"狼窝掌"，以前是一条最大的害沟，曾有民谣说："狼窝掌，有三害——山洪、饿狼、石头块。天旱不长草，下雨就成灾；穷人无法活，死了没处埋……"字字血泪。昔日的痕迹全无，称得上是天翻地覆。

全国农村的这盏明灯，招徕了每天数以万计的朝圣者，千里迢迢跑来取经，回去没明没夜学习。真正的真抓实干是秋后，高潮在冬季，所谓战三九练严寒。

我的孩子还不会走路，妻子每天早上背到工地，裹件旧棉衣，放在地里，晚上抹黑回家，不分霜寒地冻，迟去，早退，挨批挨骂，扣工分，是家常便饭。

下了山，走了几户农家，都不错，和我们家乡比确是天壤之别，不愧是榜样，震撼人心。

这一天我们去参观大寨展览馆，我和忠泽几人，在一块"奋发图强"牌子前，有"大寨"二字的山墙下留影。所走过的每幢房子均为两层，上面砖瓦房，下层为窑洞，依山而建，老远看去，像排排高楼，颇具气派。

照过相，我们在村里漫步时，哀乐声传来，心里骤然一惊，屏住呼吸，静听又是哪位西去的噩耗。说实在，那时虽然成天轰轰烈烈，心里总是在盼着国家稳定，领导们能健康长寿，把接班人选好。年初，倒下了一棵参天大树，星落银河恸，给国民罩上一层阴影，猛然又听到哀乐，心灵阴影又加重了一层。担心国家前途，自身命运，像我们这类人，靠共和国庇荫，一荣俱荣，一损俱损。用今天的话说就是忧患意识吧。哀乐过后，播音员用极为沉痛的音调播出朱德委员长逝世的消息，我的心又加重了忧虑。后来见到赵朴初的一首词，道出了我的心声：堪伤一载余，叠见众星陨啊！自然，我们是雾里行者，能见度有限，阴晴雨雪全赖天公喜好。

在大寨听到最多的是"火车跑得快，全凭车头带；大寨步步高，全凭党领导"，"苦不苦，想想长征二万五，累不累，比比革命老前辈""一颗红心两只手，自力更生样样有""集体是社员的靠山，社员是集体的主人""不怕生产没潜力，只怕思想有阻力，只要思想不停顿，生产潜力无止境""先治坡，后治窝"。现在看来有些滑稽，可在当时是警句是口头禅。不过，从始至今，苦干实干一直是大寨人奉行的圭臬。那时大寨已有年产五百吨的酒厂，同时附属加工醋、酱油、粉条。有年产一万吨的氮肥厂，吸纳劳力四百五十人。一处农场，近三百人，有七百多亩土地，以科学种田为主。

大寨的经验曾在神州大地刮起一股强劲的龙卷风，影响了亿万农民，至今，在农村搞农田基建，农民们仍叫抬大寨田，可见影响深远。随着体制的变化，大寨失去了原有的光芒。大寨毕竟是大寨，经过一段徘徊，毅然异军突起，成为市场经济的楷模。大寨是历史的存在，是一个伴随新中国风雨走到今天的大寨，在中国农村发展史上是一笔值得总结的财富。

多数人没到过北京，都想去，进京要手续，我们是一无所有，近八十人的庞大队伍要进京，食宿行困难重重，即便如此，我们还是进了京。我们住在一家浴室，放下行李，五人一组，便各自向各自的目的地奔去。这一天，我们走马观花地满街满巷地跑，我这一组到晚上十一时返回，自认为成果辉煌：故宫、天坛、地坛、雍和宫、王府井、工人体育馆、颐和园、动物园。晚十二点时，全部人马归来，有的竟连十三陵、八达岭都游回来了，真是强中自有强中手。不过，对于这座急速膨胀的城市，曾有多个朝代建过都城，有的是稀奇古迹，有的是王公贵胄高宅大院，左右你的好奇，引诱你的眼球，把你拉回刀戟斧钺或宫闱绣幔，也会将你领进戏楼纨绔的踢球场……一生也难弄清的京城啊，我甘拜下风。我只好带着遗憾坐上西去的列车，回到我的大山深处。

18

　　进城伊始，我的单调生活里走来了一位朋友，藏书极多，因为他在省报属站错队的"保皇派"，被一脚踹到文县，虎落平阳，背地里常有人指指戳戳。人最卑劣的性格无过于势利，几乎所有人都对他怀有敌意。我住招待所，他也住招待所。开始我听人说，他骄傲清高难以接近，后来他主动邀我。我去了，他直来直去，不拐弯，硬的不吃，软的不欺，官大他不怕，我喜欢这性格。他不打扑克，不下象棋，不喝酒，不抽烟，也不喝茶，好读书，我更喜欢这习惯。能从他那里拿走书的人极有限，我是其中之一。在那个年代，愚昧是排斥知识的，好比挂满农具的农家小院，是没有书本的落脚之地的，即使放在那里，也难免碍手碍脚，最终会被踩在脚下。

　　这是一起利用手中权力实施个人报复的典型事例。

　　那段时间他孤独无助，他在报社群管期间，据说妻子无奈揭发了他，他无法忍受亲人的背叛，自此断绝了关系，他成了没有人施以稍许温暖的人。下放后，因住招待所费用高，让他搬回县委，房子刚补修了地平，地上还在冒水泡，管理者逼他搬了家，他在潮湿的地上坐着，像流落在穷乡僻壤的"玛加尔"。没有电灯，一根蜡烛一张草垫，草垫上坐着他，从不抽烟的他，一支接一支抽，"好像这浩大的世界在用压倒一切的力量挤他，在残忍地摆出得意的威风来摧毁他",越坐越凉的草垫调动了他的犟劲,于是勃然而起,大闹常委大院。此举的后果可想而知。闻讯赶来看热闹的人,有惊喜,有沉思,有幸灾乐祸。有同情心的同事报之以同情,袖手旁观者冷眼旁观,甚至想暗中再加一把火。我不知道,这个和在场人谋面勉强一年时间,多数是擦肩而过的人,喜忧无瓜葛的人,为啥会对他排异甚至敌视呢?他动了谁的奶酪?那时我咋样都弄不明白。

冲撞领导,大逆不道。领导、权力,是金杖,是资源,浪费了可惜,不用白不用。有权可以操纵属下,等待他的是一场更大规模的肆意侮辱,大批判阴魂一招即来,上纲上线轻车熟驾,众多的人,言不由衷,阶级立场问题、路线问题……开了整整半月批判会,他依然扬起雄狮般的头颅,脊梁笔直,宁折不弯。外调者从老家找来了罪证,他家是富农,老家的窑洞几年前卖给了别人,有人说他是反攻倒算,在讨论会上,一位组织部副部长,历数了政策界限,一时掌控者哑口无言。秀才遇到兵,有理说不清……我的领导动员我发言,我以不了解推脱了,没有参与起哄,以致把我排除在他的人脉圈之外,我也知道有这样的结果,可我昧不了良心。我不能落井下石,每晚都抽空陪陪老王。从起始到落幕,目的是明确的——你再能,得由我们……

他在迷惘中等待……

他等到了春风化雨的那一天。

肇事者有的已作古,有的已威风不再,只有他仍挺胸昂首有力地丈量着都市里的大街小巷,桀骜不驯的头发,茂密花白,神清气朗。他是在改革春风的吹拂中回到报社的,走时居心叵测者还在,常委会还了他清白,为个别人揩了屁股。他是《民族团结》专栏编辑,经过几年采访,编写了一部《中华风情大观》,二百七十五万字的巨著奉献给了社会。书名题签:启功,题词:钟敬文,作序:贾芝。作为小弟,我难以评判他的作品,还是借用民俗学家贾芝先生的话吧:"他苦熬了四千多夜宵,写了一千〇六十四封信,向读者报道了中国五十六个民族的社会风情。这些信,也可称为一面中华民族风情宝镜。我深感作者的精神和所付出的辛劳,令人钦佩。"离别多年,我只看过他两次,反倒是他逢年过节问候我,并通过我问候他的其他同事。

有一次,电话里咳了一噜气,我问:有毛病了?他说:"好着呢,八十岁的人了,咳一咳,正常!"

他平时最大的乐趣是找木料做书箱、书柜,给他的书包护封皮,乐此不疲。我也在他的存书中找到了精神歇息地,在他的不到二十平米的空间里,初识了欧洲文艺复兴时的众多作家,中国自有白话小说以来最有影响的作家,还有印度、日本、朝鲜的作家和作品,让我享用一生。

19

佛以为,已经发生的和将要发生的都是必然的、不可逆转,非人力可挽狂澜;基督信仰者说,昨天今天明天是上帝安排。不管怎样,都被历史收容其中,任后人评说。

穿过了风雪,走过了冰凌,土地开始喧嚣,蓓蕾在阳光中次第绽放,暖风先放一川花,朝着一尘不染的蓝天,笑容可掬。童年的鲜艳来到了眼前,这在大地萌动的春天来得极为珍贵。每当这时,我都在喜悦中透出惆怅。喜的是,终于等到风平浪静了,惆怅的是,岁月不饶人,把青春虚掷于阴晴难辨的气候,没有静下心来多读些书,充实自己。爱好被时风忽悠,不能砭砭自守。应该说这想法过于自我。哎,庸碌民众,伟者几何?"你们要关心国家大事",我们在感时忧国中丢掉了自己,在缺失自我中,恰恰被"国家兴亡匹夫有责"的口号所左右。接下来的行程,我们还是身不由己,只盼望勤勤恳恳来弥补心灵荒芜,往往事与愿违。原因极简单:我们不是生存在真空,我们要靠国家强盛而获福。

我相信任何一种制度,无论是优越的或有缺陷的,运行到一定限度时,都会产生新的矛盾,积累弊端越多,前进得越吃力,这是事物发展的必然。一台机器转动得久了,一样会出毛病,得修理,得上润滑油。国家也如一部大机器,要省时省力多出产品,就得不断改进,摒弃旧思路,吸纳新思维,瓦解陈陈相因,待小修奏不了效时,大修便是必然。实际上开始的步伐和要拆除的步调同样是大刀阔斧的。

有一年我到四川出差,时间三月多。铁路沿线得风气之先,昭化又有三线保密厂多处,粉碎"四人帮"之后的空气异常活跃。各个厂每晚都放露天电影,饭后我们结队去看。经过多年禁锢,用如饥似渴形容并不过分。有些厂，接连放四五部，有的通宵，从夏看到秋，多年未看过的电影通通浏览了一遍。用那时时髦的话说——是重放的鲜花。

20

也许责任制只是权宜之计，单打独斗难成气候，并非终极目标。规模化、产业化、集约化是最终引领农业大国摆脱传统老路走现代化的唯一途径。

责任制起始是摸着石头过河，冠名"大包干"，好比第二次土地改革，让亿万农民抬头见了蓝天。受集体主义教育多年的各级干部，习惯了大集体的思维定式，要扭转观念，正本清源，转换思想的任务极为繁重，既要思想上拨乱反正，同时要实施真正意义上的解放生产力，尽快解决亿万农民的温饱。困难是，高层清醒，中间盲目甚至观望，好在是农民高兴，他们盼望已久。一九八〇年春天，我随地委组织部一位副部长去成县，任务是调查新形势下的党员教育。和我们同路的有一位新华社记者，一位甘肃日报记者，他们都是了解大包干中农村动向的。成县岳楼大队是老先进典型，在装满储备粮的大队部里，我目睹了记者与队干部、社员的多人采访，可以说绝大多数人不理解，尤其是队干部，在走熟了的路上掉不过头来。两位记者列举了很多例子，他们还是满腹狐疑。集体化把中国农民带到乌托邦的幻想中，不思进取，缺乏竞争，惰性颐养，勤奋收藏。穷怕了，饿怕了。真要变革了，反而踯躅徘徊。反对者有之，阻力在于层层官员，也难怪，几十年了这路是平坦是崎岖走习惯了。那时流行这么一句话："辛辛苦苦几十年，一夜回到解放前。"有的省领导就公然反对分田单干，要求旗帜鲜明走社会主义道路，说，名曰承包、责任，其实是变相的资本主义。"究竟是什么促使这些人得出的结论，现有秩序是不能改变，必须予以维持，而实际情况显然相反，现有秩序之所以未能改变，正是因为他们维持这种秩序"（托尔斯泰语）。

责任制是分步走的，第一步为分组，一个生产队分若干组，包括土地、公产、耕牛、大型农具，如拖拉机、脱粒机之类。我老家生产队，三十多户人，分了两个组，劳力少、耍奸避滑的无人要，得做工作。我的家，劳力少，两个组都嫌，有个当队长的小哥收留了我们。他几乎把平时勤劳但拖累大些的家庭都收在他麾下。人分了，分土地，把远近肥瘦划等分级，再是耕牛在内的生产工具，好坏搭配，公购粮任务分摊，债务分割，其次才涉及户与户和具体人，半劳全劳计算，按村东村西一分为二，选出组长，组长由原生产队正副队长担任，这过程较顺利，最后是抓阄，阄抓了，尘埃落定，这下就都较起劲来了。尽管主持者用不知所云的话搪塞，什么：谁知道今后如何，这是暂时的，不必斤斤计较，农民可不管你说的是政策还是瞎编，他们不放过每一个细节，为分某块地争得面红耳赤，为某头耕牛群情激奋，为公物互不相让，天天开会夜夜吵仗，吵到生米煮成熟饭了，便告一段落。牢骚并不急于偃旗息鼓，碰到另一个组的人挖苦两句，在集体出工时，道东说西你一言我一语，分组中的每个环节都是议论话题。"你不应该说那话，要是你慢一步，我就站出来，我看他谁能把我咋家！""明显是偏心眼，从根子上就是计策，你看，麻骟牛和黄犍牛的年龄、体力，就有差别，手扶拖拉机和打麦机价钱那么悬殊，这叫公道？""手扶拖拉机给你，谁开？打麦机可谁都能操作呢！"实际上仍是大集体的翻版，议论归议论，日子照样过，哪怕耳朵磨起茧疤，当干部的假装不知。

我们队十年九不收，是出了名的干焦地方，吃水都要花一天三成有效时间。由于缺水，人们渴望的是水，朝思暮想的是水，所以把本无滴水的村庄取名李家河，让初来乍到者颇费神思。一九五六年，县上决定将草坪河水引来，改变这个贫困村面貌，国家补助炸药，群众投劳，当年动工，一九五八年通水，在"水稻上山"的欢乐声中，渗漏塌方，在垫、围、聚、堵的人水较量中，秧苗干枯。离经叛道的水，最终重蹈旧路。二十世纪六十年代再次上马，一穷二白的生产队，底子薄的国家，都想到了水泥，却巧妇难为无米之炊，又一次不了了之。时间流淌到"文革"期间，谁也没想到的机遇谁也不敢奢望的机遇再次君临滴水如油的李家河。"农业学大寨"运动风风火火，武都地委一名副书记带队的工作组到桥头公社，我们队住进了一位地区某厂厂长，实事求是，善于和农民打交道，一个冬天领导全村将半数以上的坡地修成了水平梯田。接着，一名地区革命委员会的副主任，住进我们村，以专修水渠为己任。农民投工，地区领导以身作则，同吃同住同劳动，身先士卒，雷厉风行，组织调运物资，分段负责，不到一年一条水泥浇砌的水渠修通了。几十年如一日水流款款，至今人们怀念那个瘦高个儿，一眼即可看出是果敢坚毅性格的人，他是一心一意为人民服务的人，对群众并不摆出与他职位相等的架子，业绩与作风赢得了群众信任，群众这杆秤至今将与一拨一拨进村的公职人员对比着、衡量着。他在这里做了一件造福一方功垂千古的好事，他的形象像神一样深入人心。

真正以户为单元的责任制在一九八〇年上半年开始，理论上叫土地联产承包责任制，责权利分明，农民管它叫分田到户。

责任田分到户是在第一次分组的基础上，细化到户，繁杂而琐碎。除了土地外、耕牛、树木、荒坡、公购粮到户，事无巨细。那时的各级干部负起了类似土地改革的重任。无休止地开会，讨论办法，我们队和其他队不一样，多了水浇地，成了分田中的一大难题。改革的劲风在吹拂，多年被压抑甚至被扼杀的生命之本能——私字，绝地逢生，大放异彩。我回家参加过一次丈量土地，人们绞尽脑汁，用尽了心思。表现形式千奇百怪，声东击西的、小利迷人的、瞒天过海的、避实就虚的、以逸待劳的、暗度陈仓的、坐收渔利的、假道伐虢的、高声谩骂以势唬人的、出拳动武以强悍取胜的，智慧大显身手，嘴手双管齐下，让人瞠目结舌。焦点是地的远近、肥瘦、水路便捷，唯一统一的是将丈量绳改作一市丈算作一米。经过反复协商，讨论争辩，在各自怀揣种种遗憾、侥幸里、无可奈何里，既成事实。他们迫不及待地走进自己的地里，掂量优劣，一家一户地排类，有人暗自窃喜，有人自给自宽心，有人也只好如此，有人则寻干部大闹出气。

我们家，在驻队干部的关照下，才不至于吃大亏，分得的土地还算过得去。此前干部家属与五类分子的待遇差不多，他们见到我本人笑脸相迎，总想让你给他小便宜。你一离开，家属的普通社员资格就回落，在个别队干部眼里，我们是挣钱的，你不给他好处，苦活累活照顾你，你有孩子，中午要给孩子喂奶，他偏要给你分一个中午不能回的活儿。为了孩子，烈日炎炎中，妻子都要赶回，稍迟一点，扣工分，还要挨骂，起初她们还申辩，也骂："你们不是人生的？"任你说啥，他不回应，你干气无奈何。遇到队长婆娘也有小孩，她们也就跟上"娘娘"沾光，但轻活便宜活没你份，那是队长娘子的专利，也只好背地里发发牢骚了之。记得有次回家，正好这天为给孩子喂奶妻子跟队长吵了架，晚饭后她去看评工分，我怕她又和人吵，随后跟去记工员家。那里已挤满了人，走近一看，妻子站在人群中，不安的脸上还有一种随时准备战斗的愤然，等待给她评分，也看给别人咋评，看有与她同等情况咋评。其他人有的看到自己的分评得合理悄然退出，有的还未轮上，眼睛死死地盯着，看队长咋说话，某某人评几分，记工员征询队长意见。队长旱烟锅两咂，取掉，吐一口唾沫，"他要比某人早一些，十分吧"，这个呢？"他来得迟，八分！""羊吃青苗去了，放羊娃赶不出来，我撑了一面山，为大家的事也要扣分？那以后遇上就不管了！"队长来气了："那是放羊娃的事，年终扣他的，你的亲戚不负责任，羊吃了庄稼，你是给他帮忙！"又一个答言了："算了，算了，特殊情况，扣一分算了，叫娃们今后注意些，一群羊进地，半块地就没了。"队长再没吭气，记工员问："咋评？"队长烟锅子掌起，只顾吧嗒吧嗒抽烟，几个人同时打圆场："写上，写上，尽问啥！"队长还是未吭气，记工员说："写成九分了？"队长仍旧大气不出。我见妻子脸上绷紧的神经舒展了，她以为只要在这人跟前松动了，给她评工分就会顺利些。结果还算圆满，双方没再坚持。也许我在现场的缘故，给妻评分时，队长特意说，给娃喂奶的迟一点的都不扣了。妻和几个妇女顿时有了说笑声。回家的路上，妻说今天你不来，吵一仗是少不了的。我每次回家，妻都要把一肚子冤枉哭诉一番。我只有长叹一声：跟上官人当娘子，跟上屠夫翻肠子！

　　队里个别人当了干部，不知出于何目的，总是给我家找不完的麻烦。有一次，县上调来一批花椒苗，队里分给各户栽，我的小儿子去领，对方脸一黑，"去！哪有你的！"林业局驻队的亲戚打圆场，交给栽去嘛！那一位理都没理。我在家收拾房子，用十来米水管接水，队里有一盘塑料管，我想借用几个小时，全村人都给我帮忙，眼睁睁等水管，可当队干部的就是不给，问他理由，他说："没理由，就是不给！"双贵是个出了名的恶人，实在看不下去了，叫保管员去取："去，取来，我看他敢说啥！"我曾在县里管过干部，来自农村的干部家庭个个都是如此，劳力少，年年是找钱户，钱兑现不了，队里按人口分的那部分粮就得不到。国家给的优惠她们是难以染指的，就连返销粮都没有你的份，要是厚着脸皮要，甩过一句："挣工资的人，还凑这个热闹？"经常有干部来反映类似问题，有什么办法呢，土皇上，谁惹得起呢？这下好了，吃点苦，自由，再不受窝囊气了。

　　我热爱我的家乡，那片土地养育了我，那些憨厚的人群给了我无私帮助，对我胸怀妒意的只是个别人，由于他们先天不足，都是文盲，正是这个可怕的文盲，把他们变得狭隘，把本来可以进化为智慧的东西让生活抛向狡诈。

宽容地说，他们只能从自身利益出发，围绕自身看待一切，不可能胸藏丘壑，由此也衍生了卑污和嫉妒。我们有了点文化，站得层面就高些，距离越大，他们就越渺小，我已经冰释了一切，他们在我面前却猥琐得可怜。又由于他们自认为如鱼得水时，小便宜占得多了，唯利是图惯了，在乡亲们中失去了光彩，风光不再，吸不上共和国的养分，花萎叶蔫，杆枯枝茶了。做人悲哀于此，也算到家了，可他们浑然不觉，倒是时时有失落和牢骚，设或还有忆起往日时的暗暗窃喜，以为命运光顾于他，在共和国的仓库里饱餐了一回。

21

今天看来，这是一个既荒谬又愚蠢的故事。当时虽说已被大多数人不解、痛斥，但他们知道这类事情在乡下并不陌生。多少年来他们都是在"重自家骨肉"的堂而皇之的形式中为亡者送行。褒扬兴家立业艰辛，评说一生业绩，意在教育活着的人承前启后。千百年来延续的好习俗，使死者瞑目，生者受教。倘若殁于病或非正常死亡，就有隙可趁有文章可做。活着要报病，死了要报命，不能让死者死得不明不白。在履行这些程序中，对方必须说清死因，如有疑问或蹊跷，就得寻根找据，降下种种不是，让对方吸取教训。确有失误，便提出苛刻要求，迫使对方出水，也有个别人暗中收点好处，于是又有了"话要说，事要切"的变通说法，然后多吃两天"十大碗"，沾沾自喜返程；遇到娘家人、娘舅家，也会无事生非。死人一方困难些，便会借此口实滋生事端，用死因不明作筹码要挟，敲一棒子，甚至还会演化出疯子般的罪行，使亡魂不安，生者不宁。

时代在发展，文明跨越了一大步，有了抑制罪恶的种种法律，让生者有序死者安然。

二十世纪九十年代，有一年腊月下旬，农民们还在忙积肥，忙弄柴火，好像春节是城里人的与己无关。年短月长，农村人把过年当成负担，一家人换季得花钱，三亲六故走走也得花钱，难呐！

有一家人好几天不见在村里照面了，多数人浑然不知，近邻一清二楚。这家媳妇病了，这媳妇娘家的赤脚医生为她治病，怀疑是脑膜炎，刚红火起来的一家三口，一个老母，病倒一个媳妇。一个近三十的儿子，腊月二十七八了还在上山下河请医生、抓药。他忙前忙后，注意力集中在病人身上，他心里急啊，医好了媳妇的病，开春得把庄稼种好，有粮食才能修房。木料买回了一些，瓦自己会烧，拖拉机自己有。一切的一切正按预想目标发展。

一个简单的感冒，没想到输了几天液体不见好转，似乎越来越重了。倒厅里布满了愁云，外面人仍然认为只要把药用上，过几天就好了。

就在人们停止劳作，正式进入年期倒计时的腊月二十九，病情逆转，这位还未尝到兴家立业的年轻女子兰催玉折，早赴玉楼了。一直守候女儿的父母，撕心裂肺，痛彻肝肠，流着泪颤颤巍巍地无功而返。多少天的期待，换回的是泪雨滂沱，女儿的僵尸孤寂地摆在土炕上，痛苦之状定格在脸上，两串泪痕依稀可辨。人们疾步涌向古老的四合院，散尽光泽的"松竹并茂"匾额依然高悬在正厅门楣上，曾经的辉煌随着一户一户离去，已显得空空荡荡，灰灰暗暗，萧条寂寥。

悲哀充满四合院。匆匆的脚步声，抽泣、号啕声在村东弥漫，主事者安顿做棺材做衣服的声音要高过嘈杂一片的叫喊声才可奏效。

人在出世时太简单，只有一个母亲把他（她）领到世上，没有人特意欢迎，因为他（她）赤条条来，无朋无友，无人认识；死时就不同了，老者有亲朋有子女，夭亡者有乡邻，他们不舍、惋惜，满把眼泪，八个人抬着，众多的人送行。

人死后的面相多数人不敢看，每遇死人，都是五十出头的老头们给逝者穿衣服，人们说他胆子大，无论老少几乎均有他们在场，他们成了义务理容师。

全村人聚在小厅房内，商讨安埋事宜。形成两条意见：大年在即，入土为安，亲人和全村人眼不见少些悲伤；娘有娘主，儿大女大，大不过户下，速去给娘家报丧，并请娘家亲人在入殓前见上一面。无论老幼，里里外外连夜分头准备，一切都在有条不紊地进行。娘家人来了，根据意见再弥补，再入殓盖棺。次日夜深人静也未等来娘家人，大家预感到一定会有麻烦事儿在等待这一百来号人，春节注定要卷在是非窝里了。琢磨来琢磨去，水来土掩，兵来将挡，最终决定：来不来，安葬！

按祖辈沿袭传统，二十出头死去的人叫少亡，阳气重，阴魂不散，随时随地会悄然回来，得给她找个摸不到来路的地方，摆下一个迷魂阵，不能把她从大门抬出，出殡时间得在更深人静，以免阴魂从原路返回。几个人在山墙上凿了个洞，将棺材栓上麻绳吊出，据说这样她就摸不到东西南北了。夜，黑得左手摸不着右手，全凭火把照亮。年轻人抬的抬扶的扶，坡陡坎高，幸好人多，连拉带扯将棺材抬进墓地。此时，正是大年三十夜，周围大村小寨锣鼓喧天，鞭炮齐鸣，他们在享受祥和喜庆的除夕！

人心难料，谁能把人性中的乖张说得清呢？安葬人员回到家时，女方娘家几十个人挂着棍棒来了，这是充分酝酿之后精心设计的行动。没想到，闹腾了一阵走了，大家也以为可以无忧了。据有经验的人分析，事情并未完，黄雀在后。

没有人团年，连年的概念都被这个年轻生命带去了，悲痛成了这个三十夜的主旋律。

大年初一又是一番景象：清早，女方娘家一大帮中年妇女，长声长声哭进村，全村人默默地囚在家里，像蹲大狱似的，再加上那些妇女长短相间的干号，此起彼伏，犹如天要亮不亮时的鸡打乱叫，聒耳得人立坐不安。这一伙人从村东哭到村西，没有人正视，也没有人睥睨，以无泪的假哭，在不理不睬的尴尬中，灰溜溜无滋无味地顺马路躲躲闪闪走了。留下了满村子怨愤，满村子噪音，满村子忧郁，满村子狐疑满村子焦虑。

没文化的人是愚蠢的人，愚蠢的人是无药可治的。没过两天，早餐不久，死者娘家人竟然将死者从坟墓中挖出，八个人抬上，一群人拥上，像耍社火一样，穿街走巷，一直抬进死者婆家大哥家堂屋。这一举动始料未及，让全村人目瞪口呆，长者们说，打有记忆起闻所未闻。人们都傻眼了，不知所措，眼睁睁看着这奇特的一幕，仿佛在地球上看外星人演戏。

村中掌事者，吓蒙了，不知去向，派出几拨人没找见，好不容易在一家田坎下找到，已瑟瑟作抖，语无伦次。大家一起商量对策，嗡嗡嗡一锅粥，有的主张以牙还牙，有的主张谁家的事谁家出面请人解决，有的说，一家人的事就是众人的事……公说公有理，婆说婆有理，莫衷一是。平日里呼风唤雨的队干部，六神无主，群众七嘴八舌，说不出摆平事件的道道，那种朴素原始的感情——只剩愤愤然：奇耻大辱，欺人太甚……队干部被众人目光蛰得青一阵红一阵，人们毫不隐讳地要他说出个办法，可这个吓破了胆却心计颇多的人，说出了一番既能煽动人心又能使自己成为第三者，最终是胜是负是赢是输，他尽可说二面讨好的话。他的目标指向我，他说："我们这里是卧老虎的地方，出现了这等怪事。"手指着我说："你是这村里人，又是'那面头人'，你能咽得下这口气吗？你见的世面多，你说个办法！"他在将我的军，好像他什么责任都没有。不言自明，只要把众人视线转移，他便可坐山观虎斗，坐收渔利。而群众的目标也在我，只是对他施加一点压力，叫他狼狈狼狈而已。说实在的，我责无旁贷，我也想看看平日里颐指气使的干部们在紧要关头的表现。从开始我就在思索，该如何了断，据说那庄人已有过两次"吃人命"的甜头，都是扛着赢家大旗凯旋的。可以看出，这一次是在前两次顺利脱身之后的又一个"山寨"版。时至二十世纪九十年代，法制趋于完善，发生此事，终究还是新与旧的较量，并非一个家庭一个村一个乡的事。我提出两条意见，一是由我写信就近去请县司法局律师周先生，二是派人去乡上汇报情况，看乡领导是否肯出面调解。大家静静地听着，脸上顿时舒展开来。一致认为这才是解决问题的出路。周律师与我同在一地共事过，又是多年朋友，下午如期而至；乡领导来了，大气未出走了。周律师了解情况后，认为这是一起违法行为，必须让群众知道违法违在哪里，什么是正确方式，还要让群众知道这类违法行为再不能重演。他通过播放相关电影去对方村和我们村宣传，稳定群众情绪，把盲目的正在燃烧的激愤降下来，只有冷静和理智地对待已发生的事，才是达成和解的唯一途径。周律师对工作的认真负责，感动了双方群众，大家一致接受了不采用法律手段，以较温和的方法处理，意在教育群众——由肇事方重新安埋死者。

这一天天气晴朗，太阳升到一竹竿高时，还是那么多人抬着死者棺材，从马路上一路下到村庄之下，路边、坎上、坎下，站满了五六个村的老老少少，用各自复杂的表情，目睹这出闹剧收场。这是这一面山所有群众见到的最值得深思的一幕，也是法制战胜愚昧的最伟大的一幕。

我相信这是旧时代遗留的最后一抹阴霾，也是新时代战胜黑暗迈向法制社会的胜利曙光。

梦见母亲

母亲离开我五十年了。每当遇到难事儿或拿不定主意时会梦见她，有高兴的事儿也会梦中见到她。有时是迎面而来，带着关切的眼神，让我如沐春风；有时是背对着我，越走越远。我以为她生我气了，急急地追赶，却追不上，只看见脚下的尖尖鞋塞塞窄窄，我就愧疚得无地自容；有时是在地里劳作，背上汗水湿漉漉一片，我恨我枉为人子；有时是我要出门，她给我收拾行囊，反复掂量，哪一样该带，哪一件恐成累赘，千叮咛万嘱咐，我的心一阵热似一阵；有一回梦见母亲说："娃们吃饱穿暖容易，教育是大事。穷汉惯娃娃，富汉惯骡马！"我从梦中惊醒，凝神静睇，忽然有种朦胧的意识滋生——母亲在庇佑着我。这就是母亲，让我终生铭记的母亲。

昨天夜里，我又梦见了母亲。也怪，仍然是一身旧得发白的长布衫，我鼻子一酸，抽泣起来，叫妈妈，怎么也叫不出声，挣扎了一身冷汗，醒来一看手机是农历六月二十八日，巧了，明天正是母亲忌日。啊，难以忘怀的亲情！

母亲是躺在我怀里闭上双眼的。那一瞬，我先是一愣，随即是天塌地陷的感觉，眼泪一串串滴在母亲脸上。当我双眼模糊看不清周围人时，孤独感隐隐袭来，猛然号啕大哭，泪像大水漫堤。

母亲遗体移入厅房，我已没有一滴眼泪，呆呆地看着遗体，一张黄纸遮盖了曾经的慈目善脸，从此关山阻隔迢遥相望了。而母亲呵护我的往事一桩桩涌现眼前。

有一年我去上初中，从家到学校六十华里，有汽车，没钱坐，得步行。父亲说背个布袋就行了，母亲不依，说不好看，娃小，不安全，执意请了个木匠做了只小木箱，里面装了些炒好的臊子、熟油辣椒、几斤炒面。那时没有换洗衣物，箱子虽小，也没装满，也就二十斤左右，加上被褥，母亲掂了掂，说重了，走长路，越背越重。想了好一会儿，出门去央求比我年龄大，年级比我高一级的同村学长把我的被子捎带上，说到学校两个人合铺冬天暖和，并且答应做几天劳动日，工分评给他们家，学长乐意，叔叔婶娘也高兴。在母亲的努力下我轻松地走到了学校。

母亲在旧社会受了太多的苦，父亲要躲丁躲夫，她一个人既要照顾一家老小，又要种庄稼。有一年父亲被抓去当民夫，她独自在深山务党参。一天黄昏，她还想赶一阵活，突然下起暴雨，急忙往回走，慌不择路，被树枝绊倒，摔下坎，滚在刺玫架中，蹒跚爬进庵房，全身湿透顺裤腿还流着血，肚子一股一股地疼，衣服来不及换，立起，坐下，跪地，咬紧牙关，不让自己倒下，她知道一旦倒下，会昏迷，大人孩子就危险，方圆十几华里全是森林无一家人，只有靠自己了。汗水出了一身又一身，天麻麻亮才将孩子生下，铰脐带，找衣服包裹停当，猛然发现孩子眉眼不睁，她的脸贴着孩子的脸，可小脸越来越凉，母亲松开手，怔怔地盯着，不相信，不甘心，终于，失声痛哭起来。母亲和着泪，在虚弱，悔恨，忧愁，无奈，迷惘，饥一顿饱一顿地挣扎中度过了一个伤心沮丧的空月子，病根也就此落下。

我是独子，母亲从不娇惯，我犯浑，她严厉，甚至细枝条上身。当生活发生困难，在打野菜代食品度光阴的日子里，为了不让我饿肚子，亲戚们周济一点熟食，他们省给我，挖了好吃的野菜，留给我，并且在生产队农田以外的荒坡、地坎，种些大麻籽，收回后脱下籽，用土办法，将麻籽装在碓窝里砸碎，放入锅里煮，将水面漂的一层油花舀出，再用大火熬，待水分挥发尽，剩下的就是油了。没有面粉，把洋芋煮熟，剥了皮，晾温，砸成糍粑，切成片，用少许麻油炸一下，撒上盐，给我的肠胃添荤。

我从小就费鞋，新鞋穿不了几天不是露脚指头就是鞋底穿漏，最怕的是母亲给我做新鞋，她把鞋帮子加厚纳密，鞋底子纳得更密，硬邦邦地，双手折不弯，第一次穿，脚挺难受，搭脚，再穿，脚夹得生疼，把靠后跟的鞋帮子用斧头背捶平，这样拾掇后也要十来八天才适应。有一晚，我一觉醒来，母亲的煤油灯还在亮，我起床劝母亲早点睡，不想母亲手里拿着一只刚绱好的鞋顶着心口，额头上冒汗。我问母亲哪里疼，她说可能是"羊毛丁"犯了。

我给她烧开水，她说不喝，要我用绱鞋针在她心口挑，我不敢，她说不怕，挑几针就好了，开始几针我还有些手软，后来见母亲呻唤得慢了，也就大胆地挑开了，直到她说好了为止。几十年后我才知道那是胆石症。

母亲生我之前，除了小产，还生过两个小孩，都是得黑热病夭亡的，那时叫"痞"，无药可治，连怄带气，加上终日劳累造下了多种疾病。每有病痛复发，经常是一句话："唉，都是旧社会造下的！"

三年前我做了一次大手术，孩子们守候在身旁，按摩的按摩，擦汗的擦汗，喂水的喂水，我想起了母亲生病时，经济条件差，缺医少药，没有得到很好医治，过早地离开了我，不由人一阵阵哽咽。

每年春节前，孩子们都要为我添置新衣，当新衣上身时，不由人就想起母亲用新布做面子旧棉花翻新，拆旧衣料弥成棉衣里子，做一件外面看起来崭新的棉衣，母亲呢从没给自己翻新过棉衣，由此，我都要长叹一声，旋即抱怨孩子们："年年买新衣服，太浪费！"

每当我给小孙子们讲起这些往事，她们睁大眼睛惊奇地看着我，似信非信。

是啊，物资匮乏已成过去，好年月一天胜似一天，不过，我却更想念我的母亲了。

女儿是水

　　小城的灵魂在于一条江，病了一段时间，刚有力气就想去见一见那青幽幽的江水，不光是疏散闷气更多是吸纳清新。

　　滨河路上，暖阳融融，江边一岸翠柳，树上麻雀飞旋，喜鹊跳跃，江水舒舒缓缓，眨着明亮的眼睛，悦目怡神。信步走到电站进水口，水立马显露出不一样的景致来。

　　水的属性在于自由，人为地堵石挡水，水才不愿就范，于是，水冲击卵石，卵石被动抵挡，归于埝渠的不甘心，抽出一流向弱处发功，向石缝里猛冲，撞出浪花四溅。好久没面对水仔细打量了，忽然觉得水的博大，温厚，柔里藏刚，无坚不摧！心一阵感动。其实水不光是柔软可塑，她还包容一切，可洁白，可晶莹，可青，可碧，可蓝，可橙，可黄，可绿，既可盥洗大地尘埃，也能净化污秽，如镜，收揽山川，如珠，在一叶上滚动，可浩瀚无边，可温雅秀逸，可波浪滔天，可静谧无澜，可天马行空。老子把话说到家了："天下莫柔弱于水，而攻坚强者莫之能胜，以其无以易之。弱之胜强，柔之胜刚，天下莫不知，莫能行。"

　　忽然，手机铃声响起，接听键一摁，是女儿，甜甜的一声问候，暖流遍布全身，接着说病刚好不要过度运动，再吃某某药巩固巩固，另外说家里收拾房子，不能来帮忙，打过来些钱补贴补贴……不由人想起了《红楼梦》里贾宝玉的那句话"女儿是水做的骨肉"——也不由人沉湎于往事里，女儿小时的点点滴滴敲击我的心灵……

　　还是在女儿四五岁时，我带她进城，有一天前方扎了一堆人，她拽着我去看热闹，她挤进人群一会儿又出来了，说里面有一位大姐姐只有一条腿，可怜得很，让我给点钱，我说这样的孩子太多，下次再给，她哇的一声哭了。我被她的善良倔强震动，给她两块钱，她破涕为笑，接过钱一溜烟钻入人群，出来时异常愉快地说：那姐姐还对她说了声谢谢呢。我把她揽在怀里，用手抚摸她的头，突然，我的手像触了电，心里涌出了一丝凄怆……

女儿刚能走路，正好我回家，早春天气还有些冷，我在一旁做事，孩子围着火塘烤火，孩子把着吊钩上一只盛满煮水的耳锅玩，我没发现，突然孩子大哭，我急忙过去，迟了，锅里的带面汁的水给孩子浇了一头，忙人无计，又是洗又是擦，不一会儿，头上冒起血泡，我也傻了眼，听人说撒些白糖可以降温，坏了，结果结起一层硬痂，起先又哭又闹，后来一声不吭，只有泪滴，没有泣声，直至去医院，大夫用手术刀刮除硬痂时也未哭出声来。此后，我一见女儿就有股悔恨挖心袭来。

在几个子女中她受的磨难最多，她的童年是在眼泪中度过的，正是这些眼泪造就了她的坚忍和心地善良。我在外，无暇顾及远在乡下的家，妻子靠挣工分吃饭，每天早上把女儿背到工地，裹件旧棉衣，放在地里，直到落日西沉收工，无分霜寒地冻，烈日炎炎。有年冬天，我坐一辆敞篷卡车回家，远远望见村里人正在修"大寨田"，田塄坎上寒风卷得红旗猎猎作响，空旷的黄土地里，推鸡公车的，挖土的，铲土的，人来人往，三个人一簇，四个人一组。有几个孩子坐在地中间，我一眼认出了我的孩子，赶忙喊司机停车，跳下车直奔工地，孩子从烂棉衣中爬起，惊喜地叫着爸爸向我扑来，我不由得一阵鼻酸。孩子的脸冻得乌青，双手包着用旧布做的棉套，我取下棉套，小手像发酵般黑紫，我心疼地将一双小手暖在两腋，我无法抚慰孩子，只有无言的泪水和愧疚。接连经过两个严寒的冬季，孩子的手脚冻伤留下后遗症，至今每年进九都会溃烂，入春才逐渐好起来。

孩子长到六七岁，她母亲已把她当成离不开的帮手了，一天放几头牛，回来时还得捡一小背篓牛粪或割一捆草，她知道母亲的苦，父亲的无奈，从不吐一个不字，让一个不谙世事的孩子分担家事，这对孩子太不公平，我下决心接她进城读书。

高考落榜了，好心人怪我对女儿关心不够，她却说，是自己不努力，我听到自责愈胜。

我给她找了一个学技术的学校，她为了不让我操心她的未来，决定自谋出路。她谈了个对象，不敢对我说，通过她母亲转告，我正为她的将来筹划，又深知女儿是不会轻易决定终身的，尽管女婿家苦焦，我在她的童年已经留下了刻骨的伤害，内心常常隐隐作痛，我不忍再忤女儿意愿，那脆弱的心怎能接踵受到伤害呢？我接受了女儿的选择。

女儿出嫁那几天，我的心里波澜翻滚，无一时不在审视我虚度的岁月，无一时不在鞭挞我的无能，女儿上车那一刹那，表露出的留恋、强装的餍足我怎能漠然视之？女儿刚走，我的一颗大牙开始疼痛，最终不保，这是亲情割舍时丢给我下半辈子的记忆，舌头一伸就触到那个豁口，让它来点醒我的神经。

她无缘父母庇佑，她得自食其力，靠双手经营自己的人生。

经过努力，他们住上了新房，这两年，我们尽量去她那里住一些日子，陪陪她。见她忙里忙外，她妈总心疼地说："一天这么忙，受得了？"她总是说，习惯了。一个简单的回话里不仅有女性应有的温婉纡曲，又不乏凌厉执着。

她的懂事在天寒地冻的洗礼中完成，她的倔强在伤筋动骨中构筑，她要用这种倔强，咬紧牙关，走她自己的路，像东去的流水一样迎接各种各样的挑战，战胜人生旅途中将要发生的种种磨难。

女儿是水。

子夜絮语

一

  宏观讲，人生很简单，只有生老病死四个字，实际上，从少年、青年、壮年、老年一步接一步走下来，最终回首那些深深浅浅的脚印却无一不是血汗铺就。

  文学作品里歌颂的爱情和青年人追求的爱情，可以说绝大多数都是人们的渴望或理想，与踏踏实实的生活是有距离的。

  常言道，少是夫妻老是伴儿，实在的生活是抛却精神层面的，年轻时总无暇顾及细枝末节，对于父母、妻子、孩子付出得太少太少，把一腔热血沸腾在学习知识、干公事上。当步履蹒跚了需要人体贴时，老伴儿重要了；有小病大疾了，需要有人跑腿取药啥的，对养儿防老这句话方有切肤体验。每当老伴和孩子关心自己的时候才想起曾经的不负责任和曾经对他们的忽略。

  今年得了一次病，本是小病，却差点要了命。一个不起眼的外科手术后的第二天午后突然像打摆子一样全身筛起糠来。初时还能看到老伴和儿孙们掉眼泪，后来精神瞀乱——怎么不在医院而在医生家里，一个有葡萄架的小院，我竟然是走进去的，躺在了一张病床上。护士还是那位护士，医生也是那位医生，忙忙碌碌，围在我周围。啥时从死亡之谷回来，浑然不觉。"醒了，爸——爸，这阵感觉咋样？"我细声应道："好多了——"见亲人们都是满脸泪花的惊喜，两个小孙子轻轻抚摸我的手，镇定自若地宽慰我："爷，不怕，有医生呢，我们都在这儿。"老伴儿用手背抹着眼泪哽咽道："你把人吓死了！"病房里的空气慢慢由阴转晴，儿子们轮流用酒精为我擦拭退烧，儿媳们忙前忙后取药递水，他们都说，我发病后自己下床就向外走，以为去上卫生间，看到不对劲儿了才扶我上床，上床后就不省人事……

  这一夜，一个儿子用酒精为我擦拭退烧，一个儿子给我做腿部按摩，老伴儿拉着我的手趴在我的胸前轻轻地摩擦，目不转睛地盯着我，生怕那惊险的一幕再次发生,谁都没眨一下眼。我很虚弱,看到他们全神贯注地匍匐在我的周围,满足的泪水滴湿了枕头。

女儿赶到已是次日下午,劝她母亲回家休息,她怎么也不肯,说谁都可以回去,唯独她不能回。她找了一条无可辩驳的理由——接大小便比你们方便。女儿问她妈发病情况,她妈絮絮叨叨,边答边数落说我平时不注意身体固执己见,这些关切的责备让我既内疚又赧然。

她们见我没动静了,熄了灯。地灯一丝微弱的光,照在女儿的后背上,显出朦胧的轮廓,输液瓶黑黝黝地悬在头顶,像宇宙间一颗不动的恒星……"你大命苦哦,弟兄姊妹都没一个,平时不觉得,有个病啊啥的,就显出孤单了……你看人家,有个三灾八难,亲人一大堆,我看到就眼热,这两天不是你侯叔和勤德来坐坐,真叫人惭愧哦……"声音小而清晰;女儿说:"哎,不,爸的命大着呢,儿子在跟前,媳妇也孝顺,尤其是两个孙子,多懂事,上学回来直奔医院,一进门就问候,我看命大。""也倒是哦,这么说来,我的心里就宽怀多了。"老伴说。我听到这些勾人情愫的话,心里涌出涩涩的甜味儿。

我的思绪缥缈起来。

记得刚结婚不久,有一次,三言两语我就拿出男子汉的气概,一巴掌照妻子脸上打去,万万没想到,她竟然毫不畏惧地以脸相迎,面对那凛然之举,我猛烈扬起的手羞惭地停留在半空,无奈地将一腔怒气咽回肚里。自此以后,我再也不敢贸然动粗。随着年龄增长,家庭负担越来越重,加之离多聚少,连发生口角的机会都被琐碎的家务分解了。

我们的婚姻是父母包办的,没有体验过理想主义的爱情,今天的感情弥笃是眼泪中建立的。那时妻子既要带孩子又要挣工分,起早贪黑,我呢忙于公务,难以脱身,一年回家四五次,一次最多超不过四五天,每一次妻子总有说不完的委屈,流不完的眼泪。

有一次她去五华里外的河谷磨面,被骡子踢伤了,仍然坚持把面磨完驮回家,我回家时,她已经卧床不起,出口大气都吃力。我把她接到县城,去医院拍片检查才知断了三根肋骨,我后悔我无力改变现状,而她看到同事们和领导前来探望,反倒安慰我,不要过分操她的心,她能撑得住。当我孤立无助时,这种理解与支持就成了我迎接风浪的动力。

她的伤稍有好转,就决意回家,我想让她多住几天,她说单位上的人那么好，为她耽搁的时间长了对不起人家，嘴里说得果决，可眼睛里却充满了眼泪，我说："明天再走！"她说："迟早要走，就今天！"我把她送回家，第二天就催我回单位，说平时了你多住几天，这回得给人家上班，说着唰的一串泪珠就从脸颊上滚下，我刚提起的行李随之放下，她吃力地捡起行李，拖着女儿的手先走了，我默默地跟在后面。公路虽在门上，那时车少，不好坐，得抄小路去五华里外的地方候车，有时也未必能坐上。

妻子送我到一处山梁上将行李递给我，我没正面看她，怕她伤心。我嘱她领孩子回去，她低着头掩着面说："你走你的。"我沿山梁下到半山腰，她们在那里，下到洋汤河边，她们还是纹丝未动。我走到了候车点了，看见高高的山梁上，仍然站着一大一小，背依着蓝天，一束织物在头顶上飘动。半小时后，汽车行至她们跟前，她给我招手，我的眼泪不由人流下，女儿的小手摇着红围巾，直到很远了那红色还在热切地拂荡。

旭日照在红色窗帘上，女儿和老伴沐浴在一片红光中，鬓角那一抹白发让我的心像被黄蜂蜇了一口随即一袭亏欠感在心中弥漫开来。

老伴儿不识字，可心肠热，我们没有烂漫的青春，只有惺惺相惜，在最难抉择的时刻她能助我坚定信念，她的心温暖了我的心。

心疼人，懂得人，我以为这才是经受了时间考验的爱。

人生最大的幸福，莫过于被人懂得，那份感同身受的温暖足够驱散你的病痛，足够温暖你的眉眼，点燃你的生命之光。

温煦的冬阳

1

冬日，迎着明媚的早阳，信步滨河路，山坡有些苍凉了，河谷还是青枝绿叶。走近廊桥，见一家人推着一位老者在桥头晒太阳，紧挨红色桥柱，背景为桥南公园里迢递亭台和欢快奔来的晶晶亮亮的江水。走近前才认清是老马，一位为新中国建立而流过血的老战士。朝阳下老马虽已九旬，但精神矍铄，尤其是眼睛，从层层褶皱里射出满足的光。后面老伴扶着轮椅，左面一个女儿，右面一个女儿，紧靠父亲，那姿势像是与太阳合影又像是向旭日致好。伟大的阳光和博大的爱相融，令人羡慕。

好长时间没见老马了，很想上前问候一声，可我不忍因为我的唐突让那幅拥抱霞光的图画倏然消失，老马应该长久地享受那种快乐。

我认识老马还是他刚平反那会儿，有一天他从一个高山农场来县城办理恢复公职手续，我看了简历，他原在白银公司，是黄罗斌麾下，我问他，北京、兰州来的大学生，包括来乡下不久的都涌向大城市你为啥不回原单位？他说了一句意味深长的话："哎，此一时，彼一时，我不能和人家比呀，小李，何处黄土不埋人啊！"此后，我们在一个大院内出出进进，见面他总是先与我打招呼，问家庭，问个人，有种父辈的慈祥，其情感人。那种不居功不自傲的谦逊给我留下了极深的印记。

忍不住又回望一眼老马，那一脸喜悦越发精彩，女儿们温柔贴耳，指这指那，那氛围散发出一种极度的温馨和感动天地的欢乐，心里暗暗祝福老马晚年安康。

如此和谐的场面，在小县城鲜见，这不正是《孝经》上说的：夫孝，天之经也，地之义也啊！

我感慨万端，缓缓地移开脚步，沉思着……

2

暮色湮没了夕阳余晖，黑夜里天空更黑，慢慢地一轮明月分娩于山尖，顿时被城市的五光十色吞噬，好在是八楼的高度足可迎来一缕月光，白色的被单上，斜洒了一层银灰。中秋夜，本不该是沉郁的夜晚，命中注定晚年有此一劫，躺在嘉陵江畔一家医院了。和平素不一样，思想翻腾，有时甚至波澜滚滚。我看儿子眯着眼看着屋顶，没有言语，呆呆地仰躺在陪床上。我一阵内疚。

人人都想少生病，谁又能躲得过生命中的一劫又一劫？食人间烟火，具七情六欲，无病无痛不是俗世生活，只要你吃五谷杂粮，都会有病魔光顾，据说不食人间烟火的神仙也会有恙，曰"天人五衰"。

植物，包括养人的五谷是一年一生一枯，人的生命与一棵树一株庄稼不一样，树木有轮回，春来生发，秋后凋零，像箭竹，生命的周期是六十年，只要开花结果就死亡，不一样的是种子落地，第二年又有新苗破土，如此代代延续；上帝给予人类七八十年寿命，死了即死了，延续的方式是子女，那么，这七八十年漫长的过程，要接受日复一日的劳作，日复一日的填饱肚皮，日复一日的风霜雨雪，其间少不了偶遇风寒，脏器失调，小则犹可，急危重症，对于亲人、子女，都会是劳神费心焦虑担忧的过程。

往年，八月十五，我都将我的全部情思安放在自认为暖暖的诗意里，安享绕膝之欢，笑对孩子们推杯换盏。而今天，大儿子忧郁地坐在我对面，心事重重，他在预测将要发生的一切，比如：手术，死亡，或术后化疗，痛苦会一个接一个。病房里另两位化疗者，一个老姐姐，是贲门癌，术后一年过一点，一个比我小的男士食道癌半年，明显，前一位羸弱，后一位精神尚好。参数在即，他的父亲能忍受那些化疗药物一瓶接一瓶添加，伴有恶心、头发脱落的煎熬吗？

眼前的忧心忡忡，在家的，他们的目光又是怎样聚焦巴山蜀水，心急如焚地对月嘱托遥念的呢？

生活要翻烧饼了。

人一旦知道得了不治之症，等于撕裂了久不疼痛的伤疤，也惊醒了对死亡之路的探寻。平时思想再散漫也不得不往深里想了。贪生怕死是人的本性，很少有人安详地面对死亡，何况我一介平凡得无法再平凡的人，明知无益还是一个预想又推翻一个预想地想，不停地想。这时，任何宽慰都不能打消绝望与挣扎的心，此时此际有人大谈豁达都会苍白无力，都会适得其反。

月光聚，月光散，月光把人心搅乱，寄情有它，祝愿有它，你这欢乐与悲楚的载体哦！

一个又一个平凡人家，月上中天，家人聚于庭院，桌摆石榴、月饼、黄酒、烧酒，长的小酌，小的拿着月饼，"小饼如嚼月，中有酥和饴"，和和美美。由于我的病让一年一度的团圆化为乌有，平添家人无限揪心。

近几日，心头痉挛、惊悸，进而荒凉，夜不能寐，落寞的思绪在夜色里徘徊颤抖，总有生命渺茫之感挥之不去。

七月初去女儿家小住，交八月每日晨起痰中带血，女儿女婿催促要进一步检查，说估计是支气管或肺上有毛病，于是十三日女婿陪我去市医院，先做CT，结果为右侧叶间胸膜肥厚；右侧胸腔少量积液，依女婿干脆住院检查。我认为没大毛病，要住，估计也就三两天。未曾想，过于乐观，遗憾的是可望能查清病因的支气管镜做了，活检做不了。女婿要带我去省城，我执意谢绝，内心想还是回家再作打算，不能把女儿女婿耽搁得太久，就此，也误女婿近一月工作。

入院第三天，妻子和女儿便急忙赶到医院探望，我怕她们着急又来，九天中就回家三次。同房的病友误以为女婿是我儿子，当知是女婿时，交口称赞，夸我福大命大。本来我的身体状况是正常的，住院期间的琐事都可以自理，但女婿不让，从早上的洗脸水、漱口水、买早点、检查排队、服药、铺床、睡前洗脸洗脚无微不至，有一晚为了降一种体内指标，电子泵药，每隔半小时叫护士测一次体征指标，再是一小时、两小时，直至凌晨四时起改为饭前饭后。他用手机定时，铃声一响立即起身，我大汗淋漓，赶忙揩汗水，我让他睡会儿，他说："你睡你的，你千万要休息好，我们年轻没问题。"

医院设在新市区，这座高原城市缺水，被一个苦甲天下盖过了一切，其实它并不缺少人文情怀。比如有新石器时代著名的马家窑、齐家、寺洼、辛甸文化，丝绸之路的必经之地……晚饭后女婿怕我寂寞，特地带我去"中山垒"遗址小坐。读过《明史·徐达传》，未加细究，在此重温一下那段历史也倒是一件提神的事。

园区正面是四匹奔腾骏马拉一辆战车，气势夺人，接着是一高台，拾级而上，顶端平台中央徐达塑像凛凛而立，战袍铠甲，盔缨飘拂，左手握刀右手指向他的军队，那种横扫千军的气概震撼人心。这里近观安定，北望巉口，绝佳的一个指挥中枢。洪武三年徐达在这个点将台上发出向沈儿峪进发的号令。在这场势均力敌的战斗中，"整兵夺沟，殊死战"，战斗极为惨烈，由于徐达亲临前线杀敌，明军将士同仇敌忾不但全歼元军还俘虏了元"郯王、文齐王及国公、平章以下文武僚属千八百六十余人，将士八万四千五百余人，马驼杂畜以巨万计"。只有扩廓帖木儿（王保保）携妻数人逃脱。此一役，成为明军控制甘肃的决定性战斗。

一生喜欢历史，想在几千年的过程里寻觅一些细节，看看我们的民族是怎么过来的。在这儿，有了历史遗迹，每日下午寂寞的心就有了安放之地。

洮河水引来了，去掉了荒凉，褪掉了苦焦帽子，古老的土地恢复了生机，时代的雨露滋润了这片黄土地！

回想住院的日子，我的心情出奇的好，女婿照顾得好，医院环境好，医生尽责，护士履职，起码超出省级医院，我怎么也想不明白，这样好的医院做检查取活检竟然没有冰冻切片设备！

我一直对尖端医疗设备配置大城市，优秀医生滞留大城市的做法很困惑，难道广大的农村就只能由中专生应付我们的衣食父母吗？让数以亿计的弱势群体中的病患者耗干家资去千百里外拿生命做赌注吗？曾被伟人批评过的"城市老爷卫生部"比五十二年前更盛！

女儿远嫁是久积于胸的心病，不在身边，难以顾及，看到女婿有担当有怜人之心，我放心了，这是一个可以终身依附的男人。

我不得不于八月二十四日出院，二十七日从女儿家返回。

经过几天的检查，决定手术，具体是哪天还不清楚，术前的日子太难熬也太漫长。

九月十一日天阴沉着，我与大儿子入川，幸好上午十点钟就到了，下午就做了支气管镜检查。这无疑是一次极具风险的经历，比起我前不久做气管镜的手法，想起就打寒战。那次做支气管镜时科室主任、主治大夫、主管大夫都在现场，指导支气管镜的操作，看似瘦弱的女医生手法娴熟，不停地给我打气：不怕，不怕，很快就好！听了医生鼓励，痛苦也小了许多；这次支气管检查大夫姓赵，是个中年男人，把我放在检查床上半小时不见人影，我心里暗暗嘀咕起来，唯心的说法是"风头不顺"。好容易等来了，拿起装有摄像头的黑管子就毫不犹豫地从鼻孔直插下去，好像我的气管是烂拖拉机的油管，用钢筋探条在里面横冲直撞，试机油的深度，捣鼓了二十分钟才算过关。当即，不出血的气管又出血了，而且口口都有，心里不免发毛起来。

　　第二天，老天不怀好意地下起雨来，在街道一角找了个小诊所消炎止血。下午雨歇了，为排遣心中焦虑，我们父子饭后沿嘉陵江无目的地乱走。就近四座桥沟通两岸，以后两天等待结果，是打发时光，也是减少焦虑，接连往返过几次。城市霸气十足地拓展自己的领地，大片的田园被钢筋水泥禁锢，人们的生活不再依赖土地，土地与生活脱钩，且背道而驰，给你的印象是城市已经不食人间烟火了。不过到江边看，自然的面貌还是可人的，除了没有农田，天是蓝的，山是青的，水是绿的，嘉陵江两岸有宽敞的大道，绿树掩映，鲜花盛开，赏心悦目。

　　有一天不经意下到嘉陵江边，侧身一看河堤壁上是一幅一幅诗歌浮雕，那才是呈现古州郡精气神的地方，涉足其中楼房之下的压抑一扫而光。把灵魂交给青山绿水是再惬意不过的事，从李白塑像处的河滩上，蒹葭苍苍，栈道逶迤，三千米河堤，布满古人咏唱蜀道歌颂剑门歌颂广元的诗词，由本土名人和外省书家书写，楷书、行书、隶书，或飘逸或遒劲或朴拙，一步一叫好，一步一振奋，在人与自然、人与文学、人与历史的隧道里遨游，尤其是在心情慌乱难以稳定时，不失为提神悦心的美事儿。浏览完诗歌大道时间还早，过铁桥，走向对门江岸的步道上，在皇泽寺门口我们歇下来，儿子说他进去过问我去不去，我说算了吧，待病理结果出来了再仔细看一次。——我始终侥幸会检出个好结果，再高高兴兴玩，高高兴兴回。

　　对着寺门，我被郭沫若先生书写的对联吸引住了："政启开元治宏贞观；芳流剑阁光被利州。"用这十六个极为普通的字，概括武则天的一生，真是绝妙极了!

　　二十岁时来过,那时,这块土地在盆地边缘静谧的天空下,敞开胸怀无私地供养着她的人民。古香古色的房屋,擦身而过的江水使小城灵动且充满活力,稻田青青,竹林摇曳,绿树荫荫,蝉鸣蛙叫,"喓喓草虫,趯趯阜螽",稻田里黄鳝自由游窜,蜻蜓飞,蝴蝶舞,共同吟哦生命的恋歌,唤醒人愉快的心情。城虽不大,小得雅致,不大一会儿可横穿几条街,街道不宽,一律木结构二层房屋,店铺林立,很繁华,餐馆多,不同于蜀中腹地,大餐小吃应有尽有,南人米,北人面,酸甜咸辣兼备,一天吃不上一元钱,便宜舒适。街道不拥挤,你来我往,慢慢悠悠,偶尔有人推一辆脚踏车,摇着铃儿避让行人,穿英丹布衫子的挑子客,筐子上下晃动,口里叫着,歌声般的川音飘飘悠悠,入心入耳。水淋淋的蔬菜摆在街沿,别是一番韵味。有一条街道,倚江而建,柱脚悬立于江中,江摇动着街道,阳光洒下,波光粼粼,秀气逼人。洗衣女子的身影借助衣物摆动袅袅娜娜,嬉笑着。温馨而生动的气息预示着未来一片美好。

　　那时,我才见到还有这样愉快的人生。

　　我是随一位公社当秘书的任姓兄长去的,借宿在曾与我们一起相处过的姚大哥供销社转运站,任兄来的次数多,阅历深,是他把我引到了"皇泽寺",第一次知道是武则天的出生地,也初次领略了北魏石刻的古意,那种天人合一的景象已一去不复返了。

　　十三日取来检查结果:"高疑鳞癌。"一张打印纸,把这次风险推到了高潮。我不太相信,决计返回,儿子不让,他说:"既然知道了病情,就必须住院治疗,不想在这住,我们明天下成都。"查出肿瘤对儿子不啻是平地风雷,他也很惶恐,我知道我的娃们都胆小,又没经过大事,我思忖不能由着性子叫娃们左右为难,要住就在这儿住。我们来时都是一身短袖,薄裤子,他早就有了准备,瞅我在旅馆不想动的空隙,已经买回了换洗衣服、睡衣和鞋,我不能固执,活着就能拥有世界,活着是娃们的福气,肯定是要经过一场暴风雨,躲避不是办法。孙女昕坤从哈尔滨归来,说她爸爸给她姑姑去电话时哭了,还哭过好几次,又说到她与她姑姑通电话时,两人长时间泣不成声,她悲泣:"我快要没爷了!"可知孩子们的担忧是我以前难以预料的,把孩子们的痛苦置之度外,未免太自私,给娃们带来的是无限惆怅!

娃们从小在农村长大，也许对《礼记》中"孝子之养也，乐其心，不违其志"，古时郯子鹿乳奉亲、王祥卧冰求鲤、黄香扇枕温席的孝道故事是陌生的。但农村在老者过世前的程序是目睹过的，孔夫子的话：生，事之以礼死，葬之以礼、祭之以礼，至今是乡间遵循的金科玉律。比方老人病危时要给亲友报病，死之后要报命，谁孝顺，谁不孝顺一件一件、一桩一桩，都要说到明处，用"前檐的水不到后檐里去，点点滴到旧窝里"来教育当事人和在场所有人。自觉的孝和被动的孝结合，是一种极为珍贵的文化。在农村，你的父母得病，怎样诊治，怎样伺候，让其少受痛苦，是你自己的事，但你不要忘了你周围的人群，你的一举一动，他们看在眼里，记在心上。男是众房丁，女是众房亲，也就是说，父母是你的父母，一旦过世，亡者为大，便是一村或一堡众人的事。孝，是一个过程，是一种期盼，一种植入骨髓的东西，时刻昭示你，提醒你，这也是几千年文明得以延续的内在动力。

十四日住院，医生看过门诊检查报告后说：手术！要进鬼门关了，我关掉了手机，切断了与朋友们的联系，不能让朋友们挂念。

把我比作一台机器，这一次算上已经有过两次大修，这是第三次，唯这次心里发怵得厉害。哎，要来的终究要来，俗语说：八字落地命为真。

之后是无休止地测血压、量体温、挂吊瓶、雾化吸入。儿子接连给弟妹通了电话，告知了病情和做手术的决定。他又到处打听，医生还有啥潜规则，同室病友都说没有，但愿不像我们想象的那样。

十六日老伴与二儿子赶来，十八日女婿也到了医院，二十号女儿和两个儿媳同时围于我的病榻前，除老伴不知确切病情外，其余人都以为凶多吉少。他们的接踵到来让我一次次感动，一次次欣慰。这时，我的亲人或血脉相连的子女，既是安慰也是庇护我的大树。他们进病房那一刹那急切的目光，有意掩饰巨大担忧的神情，强作镇静的问候，无不暖彻心扉也诱发我愧疚丛生。尤其是女儿拉着我的手，那种一心想替代我痛苦的神情，不由人鼻酸泪溢。此前，哈尔滨读书的孙女昕坤在电话里哽咽难语，停停顿顿，悲悲切切，哼哼了老半天才缓过气，我猜想她是怕给我增加压力，鼓了好大勇气才把悲痛压下去，一听她爸爸说就汪然出涕，已经两天眼泪没干了，现在想通了，安慰我："爷，检查有时也有误差，不至于那么严重，有爸爸，有二大，有姑姑、姑父，婆也在，好的！"不多时，小孙女欣雨来电话："爷，你好啥？甭怕啊，哦!"话不多,句句沁人心脾。这些灵魂的安抚,我宛若暗夜里进了天堂,心在莫名颤动之余,也坚定了信心。

家人来了,亲情给予我后盾,我享受着王子般的殷勤呵护,即便如此,对吉凶难卜的手术惧怕还是萦绕于心难以驱散。缺少医药方面的知识,独自猜想——要切肺,不截断几支肋骨取不出来,要是截断几支肋骨,今后胸部将如何支撑?后面的日子咋过?

那天,去走廊的另一头,一幅宣传画挂在那里,画的正是肺部手术示意图,画上是将肋骨撑开,不知是否如是?

等待手术,白天等不到黑,夜里等不到亮,睡意全无。寂静的夜里呼噜声响起,聒耳噪音,变得优美动听,甚至羡慕之至。正当幽深而错综复杂的冥想交织得难解难分时,护士长带着四五个小护士,站在我面前,李叔,明天手术,也就是二十一号,别紧张,现在给你做术前准备,话毕,护士们扎滞留针、皮试、查血型各执其事。不一会儿主管大夫也来复述一次。心里无数次盘算过的,抱定任人宰割的手术,真真实实地临近了,心不免一紧,空气像凝固了一样,老半天没人说一句话。我知道,孩子们比我还要紧张。当他们被招进医生办公室,面对一纸霸王条款,对方恐吓般地说到可能出现:下不了手术台,也有可能由于突发情况变成植物人,如此等等,一个个脸色骤变,让未经历过这阵势的孩子们面面相觑,茫然不知所措。我挤进去签字,被孩子们劝回,长子为大,大儿子说他签。手术前的这一幕,把他们搅得头绪纷乱,低头不语,医生嘱我午后不要再进食,儿女们似乎也忘了夜饭,默默坐在病房,一动不动,我几次提醒他们去吃饭,才快快离开,不大一会儿又静静地走进病房。这个夜晚注定是难熬的。

晚十一点钟了,他们还不想去旅店,女儿上午刚到,她说啥也要和女婿陪我,我劝妻子把娃们领去休息,你说,走!他说,走!始终在原地,像生死离别似的。

同房的病友离家近都回去了,女儿女婿扶我洗脸洗脚,刚躺下又挂上了输液瓶。女儿轻轻摩擦我的手,女婿给我肩部按摩,我心里甜甜的,涌出一股幸福的泪水。活了近七十年,没有深度思考过何为父子,何为父子情深,现在倒是体会到了,可对其中的哲学含义还是不甚了了,除了爱还有什么?

他俩看护我没工夫睡,更无心思睡。他们在操心明天的手术,等待那个决定命运的时刻。我蜷缩在融融的温馨中,我想到了生命的无常,我为什么会对儿女们犯下这样那样的过错呢?是生活所迫还是性格使然,间或是年轻无知?

3

子夜已过,街灯反射进病房,像是特来通报我:你准备好了吗?

女婿半躺在靠窗的床上,女儿的床挨着我,她的疲乏都让将要来临的手术驱赶得无影无踪了。她用担忧的目光注视我,时刻保持警惕,稍一翻身即到床边,这时任何关怀他们的语言都是多余的。然而,怜惜的话不能不说,我说,她听,我们父女在心灵上都有一种缓缓的热流涌过。

凌晨四时不到,老伴摸进了医院,哎,她比谁都着急,此刻,谁劝她都无济于事,急不顶事,急,又能急出好结果来?她懂,她就要时刻不离地看着,几十年相濡以沫,生儿育女度过了一道道难关,这爱是敞开心扉的,与儿女们的爱是不同的,儿女们是敬爱,是血肉互动,是责任与义务的混合。她如何放得下心呢?她一个劲地抹眼泪,说话的声音也低沉了许多,像山要崩地要裂似的。女儿女婿安慰她,她只是一句话:不由人,心里焦躁啊!

儿子媳妇们一个接一个地进来站在病房一角。回家的病友一前一后也来了,以过来人的经验告诉他们,不要怕,现在手术不比以前,一点都不痛,麻醉药过了也不痛。还说:放心,这医院技术过硬,像你爸的体质,不必担心!经验之谈如镇静剂,暂时抚平了他们忐忑不安的心。

不觉中,护士来插尿管,温柔,也很和蔼,"老太爷,忍着点,很快就好!"她的手不像是给有生命有思想的人的敏感部位插管道而是熟练地往一部精密仪器上旋螺丁,小心翼翼,轻了又轻。不一会儿,两个护士替我换上白底蓝条病衣,儿女们帮忙把我挪在推来的空床上,离开病房,推进电梯间,纯粹一具任人摆布的皮囊!家人恓恓惶惶忙这挪那,紧跟其后上了手术楼。

手术楼设在楼顶,有两位护士接过推床,又进一道门,与家人隔开那一瞬,个个神情紧张,福与祸一齐去了,去到家人看不到、自己不知晓的地方。护士把我放在一个宽敞的过道里,给我盖了盖被子,问我冷不冷,我说:不。旁边连连推过三四人,都像我一样挂有输液瓶,手上脚上布满管和线。几分钟后又将我推入一间空房，护士不见了，老大工夫无动静，我像等待火化的死尸。大约三五分钟，恍惚是护士打针，男士检查心电监护、呼吸机管线。之后的时间是长是短，已记不太清，只记得从这间屋子进了另间屋子，上面有无影灯，可能是手术室了。两个人把我移到手术床上，随后是往气垫里注气，觉得挺舒服，一男医生问我冷不冷，我也没力气，只摆了摆头，以后再无记忆了。手术时间长短我不得而知，啥时转入重症监护室已不在我的记忆里了，记忆叫麻药给关进了笼子，我只记得床边站着护士，同房还有几个病人，离我远。后来才知道我是下午六时出的重症监护室。亲人们拥在身边，虽然还是懵懵懂懂，亲情的力量助推我，我又有了与他们共度人间的缘分，胸臆里慰藉暗暗升起，我意识到我还有气，从雾霾中挣脱到了清新空气中。亲人们见了我的状态，紧绷的脸松弛下来，小心翼翼地扶着病床周围的管线，挪回到原先的病床上。一小时过去了，两小时过去了，大脑慢慢清晰起来。发现床头多了心电监测仪、电子血糖检测仪，指尖也夹了一个卡子，鼻孔里有氧气管，胳膊下接连两根指头粗大的引流管，下身有导尿管，一身羁绊。老伴的担心凝结成喜悦的泪水夺眶而出，问我："疼不疼？""不疼。"我说。其实这时麻醉未退浑身木木的，回答他们的问话声微弱到只能猜测。这句，不疼，道出了虚弱，道出了手术是不一般的手术，也道出了今后恢复期的漫长。孩子们见了小了一圈的我，拉手的，按摩腿的，不约而同一句话：天哟，光骨头了。

他们在手术室外站了一天，他们饿了一天，我是无从知道他们的感受，他们的焦急，他们的担心，他们的默默祝愿，他们内心承受了他们一生中最为剧烈的煎熬。这种亲情，这种血肉相连的揪心，是任何语言都难以形容的。

半夜里，还是让女儿女婿争到了看护权，他们一个个叮咛嘱咐："有异常，找医生，来电话，精心点！"不用说，老伴要留下，她性子急，老是擦眼泪，任何事都想立竿见影，恨不得叫我立时站起来，回旅馆也难入睡，她要眼睁睁看我一分一秒阳气回升。这一夜，他们三个人围在我的床边，用棉签蘸水润我的唇，用热毛巾沾汗水，脚手按摩，想尽快恢复被麻醉的肉体。主治李晓明医生、责任医生牟德海也不时来观察一次，护士长、护士们来得最勤，看仪器指针，量体温，用特有的川腔甜甜地喊李叔怎么样？老太爷感觉咋样？一声声的问候，温热心肝五脏。

这一夜，最关键，值班护士知道，往往会出现高烧或其他难以预料的险情，老伴一眨不眨地注视我，女儿女婿目不转睛地观察我，女婿是医生，一会儿看看仪器指标，一会儿理理管线，一会儿调调氧气，一会儿查看引流液体颜色，一会儿又拔掉导尿管接头倒尿液，一刻也未闲。我呢，身子无法动，左手指可以动一下，右手指动不了，眼角有点痒，我把头摆了一下，女儿警觉地问道："哪儿不舒服？"我说："给我眼角搔搔痒。"听女婿说，晓得哪儿不舒服了，是好转的征兆。老伴女儿的眉蹙了一天一夜，凝重的神色立时有了和泛，老伴吁了口长气，说了声："你的大，前世造的啥孽来，打这回已三次手术了！""病不由人，手术了，就好了，这医院条件好，肯定恢复得好。"女儿说。

看护病人，既劳心思也劳眼力更费体力，他们一会儿坐下，一会儿起来，我看着他们忙了一夜。

凌晨五时过一点，两个儿子来到病房，一阵好劝，才劝走了他们的妈妈和妹妹、妹夫。

晨曦进屋，阳光临窗，万物苏醒，可我一动不能动，大儿子给我洗脸，毛巾轻轻于脸上拭过，我才真切地意识到我的体征真的正在恢复：感到了不舒服，总觉床垫太薄，脊梁骨少得可怜的一点肉也被无情地啃噬着，就怕术后硌得难受，事先多铺了床棉絮，也无济于事，倒把汗水捂出来了。他们两个轮番用手掌插入腰下，一会儿抬一抬，一会儿抬一抬，少些吻合，多些间隙，让几天不见空气的肉体舒张一下，缓解长时间躯体与床褥贴合出现的不适。

早饭后，同房两位病人回到病房，见我的儿女们簇拥在我身边，向我问好的同时夸我的孩子们孝顺儿媳们好，"你命真大！"

其实，任何一个家庭值得敬仰的都是女主人而不是男主人，女人应该像神一样被供奉起来。人说，人生人，吓死人。我的两个孩子降生时我在妻子身边，孩子在离开子宫时的那种不顾一切，给母亲带来的痛苦是撕心裂肺的，一阵坐一阵站起，大汗淋漓，那一声吱哇来得太漫长！待到把那个皱巴巴的眼睛眯起一条缝的小东西捧在手上时，她不顾虚弱，急切地要一睹那个紫红色胎腻子累累的肉疙瘩，完全把经历过的酸涩、受过的折磨统统抛却脑后，看了又闻，闻了又看，像欣赏一件艺术品一样；而自此，儿女贪婪地吸吮母亲的乳汁之后献给母亲的是尿液和黄蜡蜡的排泄物，直到牙牙学语，再到步履蹒跚，母亲百般呵护，再忙再累孩子都记在头匹肋子。但这些在他们的记忆里慢慢淡去，童年里在土坷垃中摸爬滚打的记忆越来越清晰，以此不断憧憬未来，勃发人生动力。儿女们把爱施之于我，我在他们的婴儿期和童年期缺了位，我受之有愧。

的确，每每耳闻谁谁谁对父母不管不顾，某某某，经常对父母大声呵斥，老伴都会叹息，要是轮到我们咋办。多年前，有一次，我的一位伯母路过儿媳家，她儿媳正在做油炸馍，见她进门，三把两把将灶膛里的火灭了，伯母饱含泪水诉说给我妻子，妻子说，没啥，你儿多，这个不孝有那个呢。说实话，这类事毕竟少，却最伤人心。就说小县城吧，也不乏威逼父母的，打骂父母的，乡下也有，常年不问一声父母生活状况的也有，更有甚者，逼母亲跳崖，上吊，喝农药，不一而足，真名实姓可以列一长串。

我七岁起从一个充满文化的大院搬进新家，邻居一左一右，一个是女孙入赘外爷家，一个是老两口招女婿，不是这家骂外爷，骂舅母，就是那家拼命，跳崖，声音十分洪亮，用足了力气，生怕别人听不见，三天两头有战事。今天回过头来想，无非是两种原因：一是没文化；二是穷。衣食足，知礼仪，眼下，生活条件大大改善，此类忤逆事，比起过去相应少些了。

当儿子女儿为我擦身、按摩臀部，我都会想到我的父母，想到儿女们小时候的一点一滴。

三年困难时期刚过，再遇运动，波高浪涌，浊浪排空。我拿到三十元薪水不久，母亲便过世了。那时，一个近万人的乡下卫生院，在6·26指示的荫及下有医科大学毕业生四人，用今天的眼光审视仍是农村医疗卫生事业的巅峰时期，救过无数农民的性命，至今让农民念念不忘。

母亲病了，我把母亲的病情告诉了毕业于北京医学院的蔡德培大夫，没有走过山路的蔡大夫欣然愿意为我母亲检查病，他仔细诊断后说已是晚期肿瘤，那时，条件差，没有能力送母亲到外地去进一步治疗，看着母亲受病痛折磨直至去世。我常恨自己无能。后来，遇到谁家老人病故，谁家老人送到某某地方看病去了，我都会触景伤情一番。母亲的去世使我过早地承受了孤独与无助，痛到深处的我，很长一段时间，白天精神萎靡，夜里一闭眼母亲就在跟前，叮咛我，呵护我，这几个梦在我的几篇散文里都真实地记录过。母亲性子急，从不以我是独子而溺爱，我犯浑时，她给我以巴掌，我受冻她以体温暖我，我很难忘记母亲柔弱而近乎武断地匡正我只许向上不许旁逸斜出的往事。

　　母亲过世二十年后父亲去世。那年月，父亲、妻子不停地劳作，年年缺粮，靠吃返销粮维持日子。日用百货要购物证，父亲、妻子、我、儿女谁都没享受过新年穿新衣的殊荣，每人二尺五寸布票咋穿？父亲又要挣工分又要为我带儿拖女，我的能力仅是尽量不让他们挨饿受冻而已，没有给他一点点超出一般人的享受。有人对父亲说，你儿子挣钱着呢，父亲回答：工人，工人，供一个人；干部，干部，干了一架床铺。他一生勤劳，省吃俭用，他是民国十八年挨过饿的，受的罪太多，七八岁开始便顶大人使唤，在苦难中学会了克制自己，除吃饭以外的东西，有，可享受一点，没条件绝不强为，年轻时一心致富，上山种党参，卖了些钱，也卖了些鸦片，那时吃鸦片的人很普遍，他硬是没沾上烟瘾，终于修起了新房；平时吃蓝花烟，自己种，茶，每天早上一杯，两个月一斤，想喝点酒，酒缺，我想方设法求人弄张票买一二斤，到外地出差不忘带一两瓶，有时借开会之机忽悠食品公司经理开张批条，将此为母本，一连复制几次。牛皮癣犯的季节一滴也不喝，不犯病的季节，他才咂两口。他病得突然，也没有来得及住医院，就走了，不过走得舒畅，走得瞑目。那时我的境况已有所改观，他没享受上，为排遣愧疚，我常常下意识地拿起《陈情表》，读李密对祖母"敬"与"顺"的文字，除了泪盈胸襟就是自责和遗憾。

　　我的大儿子，吃的苦多挨的骂也多，他一生下来就没奶吃，那个时代物资匮乏，经济拮据，奶粉难买，吃炼乳，代乳品，有时就断了顿，不得不灌面汤汤，为减轻家里负担我带在身边，饥一顿饱一顿，他母亲常抱怨，娃跟上你吃尽了亏，个子没长大。可在家照样受罪，五岁左右，下河磨面三更半夜他妈去要带上做伴，爷爷去跟爷爷下河，爷爷上山，跟爷爷上，妈妈上山，跟妈妈上，嫌走得慢了，起得迟了，都要骂，甚至枝条上身。七岁他去一个叫岳家河的村子上学，那一年特别冷，给他拿的午饭是玉米面馍，馍冻住了啃不下来，他母亲在一个叫柏林坪的地方修水库，他跑几华里找妈妈，为的是喝一口放了盐的青菜水；有年冬天，分得的责任田不平，全家人齐上，高处垫低处，土要靠人力背，他小学还未毕业，我嫌他走得慢了，一时性起，向小腿踢了一脚，连人带一小背篓土扑在地上，见娃在地上爬不起，我后悔了，可没有去扶他，以后很长一段时间他的腿都有些跛，寒假里我才把他带进城治病。第二年考上初中我把他领进城。到城里了也不轻松，我下乡，他一个人做饭，尤其是我去徽县半年，中途害了疥疮，迫不得已回老家，好了，他才一个人又进城读书，想到这儿，不由人泪溢心酸。

老二穿衣服费，经常像狼抓过的一样，夏天露肩晾肚，冬天棉花外翻，脚趾头露在外面，碰上赶集的人，都不无揶揄地说："这是拿工资人的娃！"他妈挣工分，他爷爷挣工分，我三两月回家一次，他头发长得老长，我给他理发，推子夹头发，他死吆唤天，他要挣脱，我硬要坚持推完，推一次，怕一次，见我如临大敌。有一年放学回来爬上柿子树，摘柿子，从树上摔下，我赶回已是子夜，他昏迷中还喃喃自语："甭给大说，甭给大说。"

也许，随着年龄增长，淡忘了他们童年的苦，只记得父母的不易，懂得了担当；或许，在他们有了自己的子女以后，渐渐明白了儿时的艰辛是必须付出的成本，坎坷是走向成熟的动力……

中午，做过床前胸部数字化摄影，医生说可以喝点流质食品，孩子们顿时脸上有了喜色，你说要稀，他说还是要黏一点，一位病友说："清清的不见米粒为好。"于是去买的，洗调羹的，像迎接一场即将开始的盛宴。

大儿子买来了稀饭，女婿把病床摇至半躺状，老二扶头，女儿喂，先是舀半调羹，轻轻一吹，缓缓送到嘴边，徐徐倒入口中，好像奶婴儿，惭愧的是，他们小时，我在外，缺席了抓屎掇尿，喂他们都是他们的妈妈和爷爷，心里就不是滋味，加之胃尚在半休眠状态，稀饭没喝下几口，就不想喝了。也算大有进步，几口稀饭缓和了儿女老伴的紧张神情。

也怪，是喝了几口稀饭的缘故还是我又能进食的振奋，左胳膊可以摸到头，右手也可抬高一寸许，背部的不适也可以用左手掌插进撑虚一下。

一天总算过去了，孩子们给我擦脸净手，毫无表情地看着我，话依然不多，沉闷在继续，脸上的阴云还在飘忽，唯一的说头就是问我哪里还不舒服，也在盼望我能下地，以为那应该是希望所在，我也在想啥时能重新站起来。

术后，护士来换引流瓶，要我咳一声，必须抱住胸，不敢用劲，以出大气的方式，反复多次，那一声，真要命，五脏颤抖，才出来一滴痰，痰吐出就轻松多了；不换引流瓶时，过一会儿气管里也会有异物感，仍然得娃们把胸部抱紧，一遍一遍，反复多次咳出一点。

两个儿子留下了，其余人回旅馆，他们的母亲还是不愿走，她说这三天很关键，说县医院一个小手术，术后第二天高烧把人都烧糊涂了，差点要了命，大儿子说县医院敢来这比，为这，娘俩争执，他母亲生气地说："你就是看不惯我！"儿子委屈得不再争辩了。老大有啥说啥，口臭心善，也心细，平时他们是另开火的，他住的楼层高，买来菜每次都要给我们一份，衣服一年两次不知道就买来了，牙膏、洗衣粉、香皂，包括他妈的护肤霜，也想得到。这回在医院为我的病娘俩看法就不一致，都是鸡毛蒜皮的事儿，吃饭吃不到一块，扯一阵皮，话不投机也要争辩几句。老二会哄她妈，他妈气他，他一声："天爷，这妈！"就过去了。这场口角之后，直到零点以后他妈方才离开，老大要送她去旅社，她妈说："莫非我找不到！"我知道，他们的心里还有一块石头没放下，都急，人一急脾气就躁。

夜里还是没一点睡意，平躺不能，只有半躺，腰下一阵硌得难受，一阵又觉角度不合适，弟兄俩一个坐在床后，随时摇床，一个在床侧扶我，按摩腰，一刻不得闲，我的左肩膀冷飕飕地，还得暖个温水袋。我无法入睡，他们也没合眼。凌晨五时他们的母亲又到了病房，我问咋来这么早，她说："睡不着，还不如来这儿。"可想她的焦虑程度。

又一个黎明来到病房，一个打水，一个为我洗脸洗手，迎接术后第三个早晨。女儿、女婿、儿媳一个个来到病房，询问昨晚状况，我觉得无丝毫长进，他们说有起色。大夫查房时也说还可以，儿子们说，可以倒是可以，就是睡不好。

上午护士来拔掉了尿管，一件枷锁卸掉了，一条腿也能慢慢蜷一下，蜷腿时猛然间右侧臀部有些痛，老二伸手去摸，说有个硬块，医生曾告诫过勤翻身，我们都未当回事，这是褥疮的前兆。本来就忙，按铃、翻身、洗脸、洗脚、擦汗、买饭、喂饭、扶下床、上厕所，又增加一项臀部按摩，真难为他们了。除了他们的母亲问这问那外，他们个个都埋头围着病床转，谁也不多说一句话。

中午吃了小半碗面条，感觉有了五谷香味，我自认为前进了一步。三个夜晚他们都没睡好觉，熬了夜的，回去也是睡两个来小时又赶来医院，没值夜班的照样无法入睡，操心以后的事，生活、医疗，做过大手术后，身体受得了吗，一个个疑问困扰着他们，我心里也不是滋味。

看着他们忙的忙，打盹的打盹，我开始恼恨自己，俗话说"病从口入，祸从口出"，生活无规律，不注重保养，自己痛苦自己受，不想灾就给娃们造下了。正想入非非时,护士通知儿女们去医生办公室,他们知道手术时采了样,一个个拔腿跑去,站在医生办公室里,像罪犯听审一般,大气不敢透,在他们心头出现了手术中取下的一块肺叶,那血淋淋的脏器和医生告知说,你们父亲是癌症无疑,怕只有一年生命了,今天的结果是否还是那天的重复?老半天了,医生才缓缓问道,都到齐了吗?回答:到齐了。"病理诊断结果出来了,你们的父亲不是肿瘤,放心好了!"顿时一个个心花怒放。

有了良性结果,他们高兴,我也踏实了。

绑在我身上监测生命体征的枷锁也相继拆除。

医生给我的任务是吹气球,我没有力气,连咳痰都得有人按住胸部,咳好多次,才出来一点,有一点,娃们就高兴一次,认为有了起色。

病房里活跃了,多日愁肠百结的心舒展了,脸上都有了笑容,话也多了。

由于晚间睡眠不好,每晚十时护士都要拿来一片安眠药,我坚持没喝,这晚照例送来一片药,我还是没喝,我以为,肺部手术是一次大放气,元气大伤,恢复平衡不是一朝一夕的事,伴随而来的是一丝一丝复原,复原的过程就是不舒服的过程,有时甚至是疼痛的过程,睡眠不好蛮正常,也是劫难的延续,日子会很长,但终归是朝好的预期迈进。术后液体多,白天一整天,夜里要到凌晨两三点,加上要记录胸腔渗液,两小时护士来查一次血压、体温、血糖,没空睡,也无睡意。

4

三天已过,第四天早上换药,当揭开纱布亮出刀口时,娃们一个个争看伤口长得咋样,看到长长的口子,惊讶道:"那么长的刀口?"医生换好药,说:"伤口长得好,加强营养!"

时隔一小时,主治医生进来拔引流管,拔时不觉得,贴胶布时医生的手心猛压下去,旋转巴掌那一刻,奇痛无比,冷汗直冒,缓了好大一阵才透过气来。累赘去掉一个,只剩一个,轻松了一截。

心定气匀,我想起床。人不嗜睡,睡,太难受。孩子们拔掉氧气管,扶我起床,我站在地上,心里虚虚的,换了一大口气,开始挪动脚步,五脏惊得像脱离原位,左手赶忙抱住,孩子们提引流瓶的,搀的,扶的,像对待幼儿学步,不是蹒跚而是一寸一踮脚，走到房门歇了一气，想伸腰，伸不展，再呼口气，继续移动，十分钟走十米，不行了，回。

温水袋，继续暖，咳痰也是不小的事，很费力，也是儿女的第一要务。

老伴说我的右锁骨塌陷一个坑，我想，做过手术的肺，需要锻炼肺活量，医生叮咛吹气球，是有道理的，起先我不理解，没当回事，女婿也说吹气球能帮助肺功能恢复，他买来了气球，气嘴上扎了一个吸管，那样一只手就可以了。开始能吹拳头大，慢慢地可以吹更大，不过很乏，一天吹几次，吹的次数少，缓的时间长。

绑着的娃儿挨得了打，输液瓶又挂上了，滞留针，太难受，取掉，重扎，人老了血管萎缩，找不着，实习护士未扎上，我鼓励她尽管扎，是我的血管不争气，她拿起针随即又放下，脸红红地说了声对不起，走了，护士长来只一针，到底不一样，姜还是老的辣。

年轻时做过胆结石手术，一天一起色，第四天我已可以下楼过马路吃牛肉面了，这次，一则年龄不饶人，二来手术大，左手没力气尚能抬起，右手功能没丝毫改观，洗脸不能，洗脚不能，吃饭要娃们喂，漱口要水到嘴边，小便没娃们搭手会尿床，这样的病人不如婴儿好摆弄。小便、喂饭都会勾起我的尴尬和无奈。我有时想：人生无常，小时我对他们抱得少吃喝拉撒睡管得少，谁曾想在他们几十岁以后，他们给他们的父亲施以婴儿般的照顾，这该是人生的轮回吧！

按我的经验，三天过后危险期就过了，娃们也这样认为，虚弱是虚弱，那得慢慢缓，我向做过同类手术的病人打听，他们说拆线得九天，出院至少半月，医生来也是这说法，我劝女儿、女婿回，长期关门不行，他们以为七天以后走，才放心。她妈她哥都是这说法，我也只好默认。

看护病人最累，最操心，术后，白天夜里都是三个娃一个女婿轮流看护，夜里值班的中午饭之后就来了，夜间大多是女儿和女婿。女婿是医生，除了吃饭、喝水、洗漱、吸氧、记录引流液、倒引流液、打针，一天还要扶我在楼道里走两次，联系医生，找护士都是他。女婿在，大家都少操心，有个医生在身边我也稳心。

是吃饭太少还是手术后肠功能尚未恢复，六天了还不解大便，用"开塞露"没有效果，女婿去街道买来一盒通便灵，晚上吃了，第二天早上还不见动静，他们都着急,女婿说再等等,过了一刻钟,肠鸣咕咕,我想下地,似乎来不及,叫大儿子拿便盆,刚放进被窝,几天宿于体内的废渣,噗噜噜出来了,一下子轻巧了许多,精神为之一振。

这已是七天了,大家都说这一天过后算是真正无大碍了。也怪,医生也在这天下午安排做了 DR 检查,结果表明,手术后的肺还有感染现象,右侧胸膜增厚,仍有少量胸腔积液。医生说再用两天药就可以了。

二儿媳的父亲病危得赶回,学校忙,大儿媳也得返回。女儿的营业室,关了八天了,国庆期间一定得开,我催女儿、女婿一起回,女儿不放心,说再过两天。

时间一天天过去,看护的人陆陆续续返回,好在是有了明显的起色,饭量也增加了。

最后一个引流管也在国庆节前拔掉了,刀口的线拆了一半,我一直担心拆线会疼,结果一点没觉着疼,留了一半,医生说走时再拆。随即液体明显减少,上午输液,下午可以自由活动。纵使没力气,也能在儿子们的搀扶下在过道里走两圈,有好天色还可以下楼晒晒太阳。多数人一走,我们四个人虽然有些孤单,但心里踏实多了。

夜间依然睡不好,仰躺为主,转身也只能向左,不过也是一两分钟又得平睡,两个儿子一人一个夜班,咳痰照样吃力,不把痰咳出,不舒服,咳吧,得把胸部按紧,有时咳出多一点,好像是一个大胜利,人顿时轻松。

在这个特殊的国庆里,孙女欣雨从武都赶回,第二天就来到了我身边,我一阵感动。还是话不多:"爷,好些了吗?"一股幸福的热流涌向心头时,我又想起了远在哈尔滨的昕坤,人家都回家了,她一个人这个七天咋过?

医生查房,仅是一句:吹气球!液体再次减少,从两组到一组,除了换液体护士也不常来。

吸氧的次数少了,也能借助坐便器自己解便,睡乏了也能自己起床,站在窗前远眺凤凰山,还能拓展一下想象力,比如武则天小时,在那里玩过吗,那个时代怎么个玩法呢?

一天夜里,斜对门病房一位老太太咽气,一个女病人,年龄比我小点,和我一样的手术,迟我手术一天,怕鬼,转入我们的病房,从此,我们的病房夜间一家人的格局打破了。这个病人精神状况好,吃饭也好,白天睡几觉,晚上睡不醒，不睡觉时坐在床上吃水果，我很羡慕。

我以为国庆期间不会有人住院，可恰恰相反，还是有人又住进来了。我们这二十天，病房另两位都是近处人，上午输液，下午回家，还特意嘱咐我的孩子们晚上睡他们的床。二号来了个六十岁过点的女人，有一个四十过一点的女儿陪护，整个夜晚被这位母亲占领，鼾声如雷，一刻不停；白天，是她女儿的天下，对着她母亲一个劲地说话，从家乡医院讲到县医院，从拍片说到CT，从转院说到与丈夫离异，从家庭琐事，说到修房，无所不说，无所不讲，如竹筒倒豆子，声音大，响亮，把房都能顶起来！看得出，这是一个在家中主宰一切的人，嘴是表现形式，也是让人生畏的令牌。她没认为这是医院，她以为是在大街上推销商品，也在向我们宣布她们母女相依为命，及对母亲身体的重视，其次是声讨远离她的丈夫，她在向我们广告：她是世界上最好的女儿。她的听众是她母亲，她说啥她母亲都无回应，可同病房的人就得活受罪。

这一闹，闹得人立坐不安，毛焦火燎，本来想多住些日子，等精神大好再回家，忍耐不了了，急于想逃离这间烦躁不安的病房，家，显得异常重要，那才是自己的天下，那里才是休养生息的地方，那里才是精神的皈依之所。

正常上班了，医生来了，掐指一算，术后已半月，该回去了。

当贵林和爱娃站在我面前的时候，我如遇大赦一般。多见一个亲人，多一番惊喜，多一分希望。

我终于站在光天化日之下，望着那幢外科楼，百感交集：没有苦难，人生不完整，没有病痛不知健康的重要。

亲情，儿女情，不光是个人情，家庭情，更是国之情，由此而衍生的孝，是中华民族一种不朽的美德。

现代医学让我躲过了一劫，是亲情让我跨过了这一生命台阶，给了我又一次安宁，让悲观隐遁，希望再生。

冬阳照我，依然温煦！

借用一句蒙田的话："剩下的生命愈是短暂，我愈要使之过得丰盈饱满。"

民以食为天

西方人见面的第一句话是："您好！"而我们日常听得最多的问候语是："吃了吗？"似乎比西方人热情得更具体，更到位。其实，这穿越时空的问话，隐含太多伤痛，让人回味起来如鲠在喉！

根据联合国粮农组织的数据，即使现在，全球每七个人中就有一个因饥饿而死亡的人，非洲最甚，亚洲次之。

千百年来，人类为食物之本的土地而争夺，为吃而械斗，为吃而哀伤，恩怨也由此而起，无休无止。拥有了广袤土地者成侯成王，王与官，官与民，矛盾接着矛盾，关系永远在调试中，和谐可望而不可即。管仲说："王者以民为天，民以食为天，能知天之天者，斯可矣。"任何人在拥有了政权后将"民以食为天"要挂在嘴边一阵子，随即绕开"王者以民为天"，把民置于脑后，目标移于增加税赋，进入享乐的温柔梦里。

也不是一味寡善多恶，利民之举也不乏其例，修渠灌溉兴农事桑，历代都有，商鞅、王安石、张居正，都试图施仁政，抑制豪强施惠于民，最终绕不过既得利益集团的盘错根系，让网状根须扼杀。富者田连阡陌，贫者地无立锥，家无儋石，仍无改变。历史，爱恋权势，媾和于王公贵戚。

即使是风雨和顺政治清明，老百姓也只是有可能少受骚扰，靠一丘黄土，晨起顶日，暮来背星，为吃饱肚子奔波，还是半菽不饱。没有想啥吃啥的份儿，只有有啥吃啥的命。官家应付民众惯了，民众忘却了官员们还有利农、顾农、兴农的天职，只知道父母官就本应高高在上，下民只有匍匐在地，永远禁锢在皇恩浩荡、天命难违的枷锁中。偶尔见到官员饕餮酒宴，一边羡慕，几滴口水后沉浸于过屠门而大嚼之陶醉，幻觉消失，幡然醒悟，悄悄骂一句：吃断江山的！

百姓盼的是安居乐业，怕的是天灾人祸。宋代李思衍《鹭孙谣》诗里说，有一个八十老翁，因天灾逼迫卖掉孙儿，梦里还习惯地唤孙儿乳名，碰巧把他从梦里惊醒的是"县吏催租正打门"。鲁迅先生说："我翻开历史一查，这历史没有年代，歪歪斜斜的每页上都写着'仁义道德'几个字。我横竖睡不着，仔细看了半夜，才从字缝里看出字来，满本都写着两个字是'吃人'。"

鲁迅先生对封建社会的鞭挞入木三分。从历史上看，天灾和人祸是孪生姊妹，唯其人祸，宿积于历史的胃囊里，难以消化，弄不好便犯病：无独有偶，北宋靖康之乱时，人肉比猪肉便宜，金兵南侵，官兵、百姓均无粮可吃，就腌人肉吃；范温组织义军抗击金兵，兵败无食，同样吃人肉，人类爱国爱家的正义与动物性的丑恶，在动乱灾荒的特定环境里同时出现。十六国时石季龙的儿子石邃，将有姿色的尼姑奸淫后杀掉，"合牛羊肉煮食之，赐左右"。人性趋从兽性，又炫示野兽难以企及的残暴。隋末，朱粲趁乱引兵掠荆、沔及山南郡县，史书上说："所过噍类无遗。"见有活着的人就吃。《隋唐演义》上专门有一回，说的就是朱粲吃人肉的事。唐末天下纷乱，有个叫秦宗全的人，见千里无舍烟，兵无粮吃，下令："'啖其人，可饱吾众'。官军追蹑，获盐尸数十车。"一个"吃"字，将人变为兽、变为魔。

当然，宴安时统治阶级虽然放下了暴戾恣睢，又用另一种形式展现另一面暴戾。历史上不乏"食前方丈，侍妾数百人，我得志，弗为也"。(《孟子·尽心下》)日食万钱的主儿。"烧鹅而恣朵颐，且愿鹅生四掌；炮鳖而充嗜欲，还思鳖著两裙。"王渔阳有诗曰："滦鲫黄羊满玉盘，菜鸡紫蟹等闲看。"自古，无论是千古唾骂的暴君，或是为人不齿的奸佞，叱咤风云的武将，有谁记得下民？少有！赵匡胤宴请出征归来的将军叙旧，为的是杯酒释兵权；曹操铜雀台设宴，是希望文人帮助他成就大业；成吉思汗斡难河之宴，是亡金、灭西夏、吞西辽直至南宋的誓师会；而王羲之等文人，一觞一咏，畅叙幽情，其实是消极遁世放浪形骸；那么偏居一隅的南唐，夜夜笙歌，意不在宴而是穷途末路中的自保。石崇常用夷人进贡的蜡烛做饭，杀妓饮酒，庖膳穷水陆之珍，晋武帝女婿王济将射马场的围墙用钱币编满，时人谓为"金沟"。有一次请皇帝吃饭"供馔甚丰，悉贮琉璃器中。蒸肫甚美，帝问其故，答曰：'以人乳蒸之……'"连皇帝都嫌太奢侈,未吃完就走了。更是忘国忘民动物本能的放大。

黎民之苦,只有少许遭遇不幸的文人,哀叹数声,且声音极其微弱,几乎无人听得见。"不稼不穑,胡取禾三百廛兮?不狩不猎,胡瞻尔庭有县貆兮?"尽管四海无闲田,依然"饥民羸卒如流水,掘尽原头野荠根""朱门几处看歌舞,犹恐春阴咽管弦"。

连大诗人白居易都是挥金如土,嗜酒如命,狎妓成瘾,狎妓虽有规定(唐时五品以上官员可养三至五名家妓),就可以看出下层民众的命运了。

流浪、饿殍、哭泣,一切伤心历史,历史的伤心,被一九四九年初升的那轮红日照耀,改变了千年一贯"月黄昏,夜生凉"的气候,猖狂过华夏大地的寒风被暖风融解。

这股暖风,改写了历史。

这股暖风,吹醒了大地。

万物复苏了。

新生的政权感动着满目疮痍的中国,也感动着被列强称为"东亚病夫"的人民。

困难犹在,但新中国以人为本的执政理念,深扎于国民心中。

我在寒夜里降生,在春风中长大。

出现在闭塞山区的第一道风景,是减租反霸,土地改革,实行统购统销,计划供应,生产热情,空前高涨。此前我们村有一半人粮食不能自给,靠帮工度日,我能记事时,已是家全人全,安心生产,粗茶淡饭吃饱。

我在阿婆怀里长大,阿婆常讲挨饥受冻的日子。

每当我掉落馍渣、碗底剩饭时,父母都给我忆苦思甜。

除却那个特殊年份,在农村想吃一顿香喷喷的饭菜,还不那么容易。主食以玉米面、洋芋为主。细粮少,小麦多遇春旱,往往歉收。

我第一次吃净白面馒头是在"大跃进"时期,时值以公社为单位核算,沾了"一大二公"的光,中午饭在桥头大队苍蝇飞旋的食堂里,一碗菜汤,一个白面馒头,可惜才四五天便又恢复了掺糠掺菜的午餐。很久以后回想起那些白面馍,那种滑腻,重回喉间,口腔都会浸润起来。

记得上学时,在全城仅有的一家私人饭馆里吃了一碗臊子面,碗上面漂着一层红艳艳的辣椒，夹杂些绿色韭菜叶，红的红，绿的绿，那个香法，那美好的味觉余香缭绕了若干年。

　　后来，我有资格参加一些会议了，回到家，乡亲们羡慕地询问，会上吃的啥？我不无自豪地告诉他们："四菜一汤！"他们舌头拖得老长："哇，四菜一汤？"

　　二十世纪八十年代后，日子一天比一天好，吃啥有啥。农村虽与城市有差距，而婚丧嫁娶，立房乔迁都能摆个十大碗，上个瓶装酒，六六顺，四季财，满脸发红光。

　　二十世纪九十年代以来，久违了的食不厌精脍不厌细在记忆中复活，消瘦的脸油光放亮了，管束不住的腰凸起了，脂肪堆积，三高缠身，如何抑制脑满肠肥，已经提到了自身健康的角度加以重视，提倡运动，讲求科学合理的营养搭配已是家庭膳食的目标。

　　从吃好，讲风味、讲特色、讲营养，到疏远肉禽蛋，追求低脂肪粗纤维，健康食品成了现代人的追求。国民中悄然改变了"吃了吗"的问候，代之以"您好，谢谢，再见"。这是幸福的表露，是历史的跨越。

安之居

窗外正在拆房，这是二十几年前修的一幢办公楼，5·12一阵剧烈颠簸，七拗八裂，曾经温暖过我们的阳光里洒下几许冰霜，把幸福和陶醉骤然关闭。

无论有灾无灾，变是永恒，不变会老，不变会死亡，要么成精。

二十世纪八十年代初修这幢三层楼时，小城除政府机关有楼房，再就是青砖砌墙灰色瓦盖顶的平房了。我在小楼里出入十几年，多了个卫生间，就觉新鲜舒适，档次骤升。

家属楼也是县城最早的，两室一厅一厨一卫，或一室一厅一厨一卫，各自为政，适于安享天伦，我无缘入住，属农村户口，而依然满怀憧憬。

多时不上南山，某日，心血来潮，想上南山出出臭汗。南山陡峭，小道迂曲，走不上千米，已是大汗淋漓，向下一望，江北一沟，白水江造就的冲积扇由高而低，碧蓝的江水呈"S"形，在两岸河堤的挟持中显得乖顺，以水为界把小城分成北多南少。东面向城外蔓延，有机关办公楼，有商品房在建，如火如荼。已建起的楼房临江含笑，正建的，塔架林立。北面冲积扇上楼宇高矗，当初占地面积宽阔的政府大院，纡尊降贵，率先将五百三十多年基业拱手让给开发商，以新的姿态合唱双赢曲。白水江两岸山崖坡坎，无论肥沃贫瘠，争先恐后长出楼房。原先麦浪滚滚的西边台地，葱绿消失，改种楼房。代表沧桑地处于险要不足百米的城墙，要不是无法涉足，恐怕也为楼房占据。这已不是我初识的文县城了，不是，绝对不是。变了，大变了，我们在琐碎中、事无巨细的人生过程里无暇顾及，新与旧的差距让生活忽略。

二十世纪五六十年代的小城，有白水江廊桥，麻关谷廊桥，桥下江水滔滔或溪水长流,橘红色的电灯瞭望着尚余古香的街道,文静而不失雅致,一副自得其乐的样子;二十世纪七十年代的小城,沟干水绝,小城依然一分为二,县城西门与所城东门相隔至少五百米,两城之间夹杂了些石板房,从甲城到乙城,由小拱桥连接,城墙在山坡上断续蜿蜒。所城城楼上高音喇叭晨起《东方红》,正午《大海航行靠舵手》,黄昏《社会主义好》,响彻山谷。封建社会最后一堵防线——城墙,衰败得羞于见人,有段被房屋代替,有段正在承受镐钎攻击,文昌楼孤零零地悬在临江一角,风雨飘摇,意欲叙说不幸却不敢启齿,等待末日来临。从低矮的平房里,东一个西一个走出背手趿鞋人,散漫游走。静谧的小巷,始有两三对语者,无外乎"吃了吗,吃的啥"。陈旧的木结构二层小楼,守候在丈八宽的街道上,有的铺面像争取上天多给些阳光似的,仰起面享受天露,有的体力不支被旁边的"壮汉"挤压,苦撑危局,婉约不再。汇聚全城人气的商业门面——百货公司、供销社,传统中多了青砖门框,似村姑进城,土布衫子外套一件列宁服,不伦不类,隔三岔五壅塞些争相购买紧俏商品的人群。所城的主街道上,有一处国营大众食堂,教堂式门,小二间,四五张桌子,食者寥寥,蝇蚁横飞,墙壁屋顶是它们温暖的栖息地,黑麻麻,三两个服务员有气无力,偶尔有一二个精神病患者,不请自来当扫盘将军,招徕行人张望,提提神,取取乐,不然瞌睡虫爬上眉头,蝇虫会在她们脸上布点打圈儿。隔壁有个照相馆,也属国营。有一老年师傅,长着瘦削的脸,我记忆中他从来没有笑过,或许笑过,我没看到。经常晃动在一帘亭台楼阁布景前,摆弄黑布罩下的相机。后来有个脑袋微偏,面相温和,看不出年龄的二当家,站在低矮的门前,茫然无目地清点来去行人。再下有个电影队,去农村的很少回城,在县城的,晚饭后穿过斜对门小巷,为居民放露天电影,日日不辍,乐此不疲。街南面设有文化馆,大门上搁两面黑板,周期性地写些重大新闻,后来换上了三合板活动专栏,糊一层纸,画上宣传画,用毛笔写上时事要闻、重大事件,点缀些题图花边,给小城增添亮点,过往人群无不伫立观看。出所城东门,进县城西门,靠北面大部地域给学校、政府占据,一样只有平房没有楼房,一个是全县中枢,一个是未来的希望;靠南一色民房,也有一两座四合院,有的住了外来公职人员,嘈杂无序,生机鼎盛,幽香不再。

小城邋遢无序。

唯一灵动的是那条江水，从城南飘逸而过。《水经注》上说："白水又东南迳阴平道故城南，王莽更名摧虏矣，即广汉之北部也。广汉属国都尉治，汉安帝永初三年，分广汉蛮夷置。……白水又东迳阴平大城北，盖其渠帅自故城徙居也。"我佩服古人，几句话把水流走向和注入的支流，经过的地方，发生过的大事件，都说得一清二楚。

小城一改旧样，是在二十世纪九十年代末，姓公姓私的竞相崛起，长期紧张的职工住房开始缓解。跨了世纪，商品经济为腾飞插上了翅膀，天上地下有形无形的资源敞开胸怀，让敢于搏击的弄潮儿攫取，原属公、属国，已倒闭的单位房产，廉价改姓私。小城突飞猛进，有了最高九层的政府办公楼，有了二十几层的高楼，有了一百四五十平米的套房，也有了数不清的私家小楼，有的私家楼房占尽风光，竟敢胁政府大楼与腋下。进城成了农民时髦，成了荣耀，成了能力价值体现。靠药材致了富的泥腿子在小城也有了方寸之地，小商小贩大款权贵手握资源配置大权者，"二捣鬼"们，是最大赢家。铺面、豪宅、别墅、办企业、外地购房、洗钱，明修栈道暗度陈仓。小城五彩缤纷，小城开始轰轰烈烈，当然轰轰烈烈底下也不乏罪恶涌动。

小城的居民、在小城走动的公职人员，不再有住房危机，而是处心积虑提高档次，向舒适型享受型迈步，追逐时尚。

曾经灰蒙蒙的农村，也像那生机无限的土地一样，绿树青苗野花绽放，艳丽无比。实际上，二十世纪七八十年代是农村建房高潮，绝大多数人住上了新房，至于他们在怎样艰难的环境下营造安乐窝的，局外人难以想象。任你风吹雨打，他们总对生活充满希望。

在我记事时，我们村有一院新房，人们叫它新房子，门窗上雕刻花云与陈友谅大战太平城的故事，我常去那里听二叔和五叔讲草莽皇帝南征北战。那时高山还有茅草房。新中国建立前，农村人的经验之语是："有粮有瓦，修房如耍。"困扰人们的是粮食是瓦。在农村，苛捐杂税、敲诈勒索，地少地薄普遍，靠天吃饭，活命第一，粮食第一；其次是瓦，劳力缺，处在半饥半饱状态下的人们，体力不支是制约因素，加之鸦片流入，将本来羸弱的部分民众又拖入难以自拔的深渊。本有条件自己动手烧制砖瓦，却无经济能力。他们居住的多数是百年老屋，难经风雨。

我们家是全村翻了身之后第一家住上新房的。解放了，父亲趁着好天气上山种党参，两三年见效，下碧口一趟回来就择地买木料。那时高半山大树参天，五升小米就买回了全部木料。父母用了一个五年计划的时间，改变了住房条件。不用说付出的心血付出的体力，尤其是那个年代，温饱并未摆脱，百废待兴时，难度是不言而喻的。过分透支体力，使他们未能长寿，与国家振兴失之交臂。乃至我一个人独处时常常会落下遗憾的泪水。

每当我回乡一次，心灵都会震撼一次。一个十年九旱的枯焦村，有了一渠清水，树满村粮满仓。全村人都住上了新房，瓷砖铺地，窗明几净，把黢黑扫得一干二净。曾经的口号：楼上楼下电灯电话，耕地不用牛，点灯不用油，成了现实。没有被预言过的电视成了家庭必备，几十户人的小村庄，拖拉机、汽车几十台。原来全村只有八个残缺不全的四合院，两院稍微好点，其余摇摇欲坠，今天竟达四十多座新房，玻璃窗，地板砖，亮堂堂，家电几乎全用上了，脱粒、打面足不出村，小农机具为多数家庭必备。人们在发展的路上一旦忆起旧来，才知道口号成了真，梦想成了现实。

爬上高楼山顶，前后左右，任何一方都是亮堂堂的村庄，前所未有！农民安居乐业了。

蜉蝣之羽，衣裳楚楚

　　食禄乘轩着锦袍，本是冯梦龙讽刺虐政的，新中国建立后的几十年来，经济连上台阶，综合国力不断增强，已让世界瞩目。一九五二年，世界主要国家和地区人均工业产品产量为：钢八十二公斤，煤七百二十四公斤，原油二百四十二公斤，电四百四十八千瓦时，而我国的数量少得可怜：钢两公斤，煤一百一十五公斤，原油0.8公斤，电十三千瓦时，称得上陵谷变迁霄壤之别。

　　旧时不敢问津的享受，今天悄然落居普通百姓家，美酒佳肴不稀罕，高楼大厦不是梦，棉毛丝麻绸皮，西装革履，艳丽多姿尽显风流。前人想象的千里眼，顺风耳，缩地法，脚踩祥云，上天落地，一个筋斗云，十万八千里，已成现实。

　　我们老了，老有所望；儿子长大了，一鼓风帆；孙子出生了，乘风破浪！每当春节临近，小孩子吵着要新衣裳时，老辈人就用：正穿三年，反穿三年，缝缝补补又三年来搪塞。大人无奈，小孩失望。

　　冬天来了，欣雨气喘吁吁上楼来，怀里抱着一件防寒服，说是他爸爸给我买的，让我过年穿，我问多少钱，她说七百元，还是名牌呢，我说太贵了，她说："穿！经常穿得灰乎乎的，一点都不精神，叫人笑话！"我笑了。

　　欣雨的话，让我想起了一段往事。小时，邻居家一位兄长在外当乡干部，领来了几个穿洋装戴沿子帽的人，我们跟上跟下看稀奇。四个兜，肩是肩，腰是腰，笔直的两条裤腿儿，站在一群长袍短褂脏兮兮的人群中，简直是人中之龙。还有一位穿的是细布，背部无接缝，袖口还缀有扣子，更是光彩夺目，和这家厅房中几张画上的人，穿着一模一样。多么让人眼馋，有种新鲜的力量在煽动着我。

大爹见我老是围在人家身边，便把我拉到一边，说："看啥呢，你将来也会穿上那样衣服的。"他的话，让我们睁大了眼睛，将信将疑。我问那些人穿的是啥衣服，闻着都有香气。他见我缠着他，只好告诉我说："那叫'中山装'，衙门里的人才能穿，是孙总理规定的国服，四个包包分别是礼、义、廉、耻，袖口三颗钮子，代表民族、民权、民生，源于孙先生的三民主义。"在我一贫如洗的脑海里钻进些奇妙东西，自然如云似雾。

对交通便利的城市中人而言，一九四九年，是青袍不足换红袍，而山区，还处于期盼铺天而来的暖风早日惠及。不光是衣服，还有更多。

大地还没有苏醒时，父辈们能买到贾昌布、阶州布就沾沾自喜，不亮肉是最大满足，他们奢望的是"岳池布""英丹布"。

我们的祖先很早就学会了织布，丝织工艺在世界独树一帜。不用说，绫罗绸缎，绶带轻裘，只属于王公缙绅，簪缨士族，留给自己的却是棉麻粗衣，且悬鹑百结，所以典籍里把庶民屡称布衣，正应了"遍身罗绮者，不是养蚕人"。

到我记事起，已是处处歌声，常记阿婆有句自言自语的口头禅："如今的人噢，咋那么欢乐呢！"我问她，你会唱歌吗，她说："连眼泪都擦不赢，哪来的心思唱！"

世事在父辈们眼前突然就倒了过来，底层的贱民成了主人。父亲迎着初升的太阳下了一趟碧口，去时背药材，回来除了食盐还买回了农村少见的细布——一种蓝色的叫华达呢的布料，给我做了件小小中山装，一时成了乡间新闻。旧衣服，透风贯气，酸枣坡，土塄坎，上下扯挂，在所不惜。穿上小中山装，皮肤遭遇约束，行动受到限制，不自在。最要命的是，我俨然成了一位小王子，一出门同伴们就围来，怯生生地来摸摸胸前的小包包，捣蛋鬼不怀好意地拽你一把或撒一身土，更有甚者，溅你一身脏水。大人们碰上也忍不住瞧了又瞧，我充当了一具活的道具，搬弄来搬弄去，引来羡慕、友好、巴结、嫉妒的目光。这件衣服从穿上身那天起，从不习惯到喜爱，创造了一生穿衣的三个奇迹：有生以来第一件，也是全村第一件中山服；一生穿得最久的衣服，直穿到衣小人高；一生穿得最烂的衣服，由于很少见水，两只袖子褶皱自行断裂，前襟开花，似飘带来回晃动。

还是那一次，父亲给他自己和母亲各扯了一件上衣，母亲执意不要，她要父亲里外全新地做一件像模像样的棉衣，母亲怕辜负了布料，还专门请来了一名手艺好的裁缝。等到衣服做好了，父亲穿一阵脱下，又穿上脱下，最终未舍得穿，母亲多次催他穿，他说："做庄稼的人，泥里来雨里去，一身汗一身土，可惜！"一直放在枕边的柜子里，只是偶尔拿出来看看，过过眼福。后来我有了一份工作，要带被褥去单位，那时正好赶上实行票证制，刚从二尺五寸布票涨到五尺，三口之家一丈五，衣服被褥加起来好几丈，一时凑不到足够布票为我改头换面，父亲便找出了那件棉衣，母亲神情严肃地双手递给我，"你大多年都舍不得沾身！"我鼻子一酸眼圈一热，父亲见我伤心了，说："就是给你留下的，我穿那么好可惜！"

这件棉衣伴随我从乡下走进县城，换了化纤换毛料，都舍不得丢，那是我的文物。

闭塞的小城，从土布到机织布到化纤，经历了几十年时间。要说是花色齐全，品种繁多，追风赶时，当是近些年的事儿，称得上日新月异。逢年过节我们无论走进哪个农村，人人都是新衣且不乏名牌，尤以少女更是花枝招展。当然，城市人无疑是服装潮流的领头雁，他们与时俱进，夺改革之先声。在他们身上能充分体现"衣冠之国，礼仪之邦"的意蕴和知性的吸引力。

我们把眼光从自己的肚脐眼移开，宏观地扫描一下自己能感知的社会，把半个多世纪以来人们的穿戴作一番比较，便会惊叹不已。

听年长些的同事讲，二十世纪五十年代初，城市里男人穿开襟长衫，女人穿旗袍；农民们男的短褂长裤，女的左开襟短衣长裤；小城镇以细布为主，农村则用自织土布，能种棉花的地方织棉布，不种棉花的农村，用胡麻织麻布穿。经济发展加快，平纹、斜纹、哔叽、华达呢、条绒、平绒大量上市。城市总是开风气之先河，传统中山装、舶来的列宁服、人民装、青年服、学生装，姑娘们穿一种叫"布拉吉"的苏式背带连衣裤，焕然一新。自然乡下人有诸多制约因素，只能在人民币上看到，在电影里、图画上见到，心中希望始终在倔强地燃烧着。

我能感同身受，已到了二十世纪六十年代，样式依然不多，色调青、灰、蓝，讲求耐磨结实。农村以棉布为主，手工缝制，少有交缝纫部的，城市成衣多，工薪层男士以中山服为主，女眷则开襟双排扣，做工者有工作服。你能见到穿一身呢子衣服的，那必定是大官，别人玩不起那个洋格，那是一个普通干部多半年的工资，四口之家农民的全年收入。二十世纪七十年代县级局长中也能见到穿呢子上装的，仅限于家境好负担小的个别人。

令我难忘的是二十世纪六十年代末，票证主宰生活，那时正在推广化肥，供销社营业员，个别与供销社有来往的人，将日本进口的标有日本某某株式会社的尿素外层尼龙包装拆下，做成衬衣，雪白，那种飘逸感太诱人了，我只有垂涎而已。

二十世纪七十年代，有了"腈纶、锦纶、涤纶、尼龙、凡尔丁、的卡"之类的布料，使原本单一的布料有了质的飞跃，收布票也少了，可出售的成衣还是供不应求，小县城的裁缝挺俏，做一套衣服淡季都得十天半月。要是百货公司来一批成衣，队伍排得老长老长。主流是军便服，我买了一件的卡军便服，二十一元，近乎月工资一半，五六年都穿不烂，双肩、屁股蛋上补疤只要对称不算不雅。

近几十年的发展更能体现"新中国"三字的含义。

服装面料品类繁多，高潮迭起，种类变化无穷，丝绸、麻纱、毛料、羊绒、牛绒、驼绒、马海毛，纯的、混纺的，琳琅满目；真皮系列、真丝系列、毛系列、羽绒系列、涂层系列、麻系列、纯棉系列、化纤系列。理念上以"唯一不变的只有变化"为指导，色彩丰富，造型绮丽多姿，西洋的、民族的、中西兼顾的，提花、刺绣、水晶、米粒、不规则图案，一应俱全。面料创新步伐加快，弹力纱、塑料金属纱、涤纶金属纱、醋脂纤维、尼龙、精纺纱和棉，密度忽松忽紧，网眼忽大忽小，工艺不断翻新，永无止境。

服装样式千奇百怪，国内名牌、国际品牌已成了挡不住的诱惑，满足各色人等需求。西装仍是工薪阶层、官员、大款首选，以收入决定贵贱，万元、几千元、千元以下不等。平常以休闲装、夹克衫为主。尤以女性最为靓丽，袒胸的，露肩的，短裤穿在外面的，色彩琳琅满目，吸纳五洲服饰精华，从紧身到宽松，从传统到现代到怪诞，从美丽到舒适，开襟的拉链的无扣的应有尽有。

有一次我去学校接学前班就读的小孙子，家长们扎在校门口，目标瞄向教学楼门口。当下课铃声响罢，小学生们从各个教室涌向两个出口，迅速从操场散开，就像撒满一地五光十色的水晶，连小女孩头上的蝴蝶结雷同的都不多，艳丽的上衣互有样式，说不上准确色调的裙子各有个性，那真像千朵鲜花舞出校门。我的眼睛睁得大大的,看这一个像,走近不是,再瞅那一个,又不是,一次次落空,直至院落寂寂,无功而返。回到家时,小孙子已经开始做作业了。

几十年弹指一挥间,几十年变迁越千年。

几十年,我们的民族彻底摆脱了衣不遮体,真正走上了《诗经》上所唱到的"蜉蝣之羽,衣裳楚楚"了。

大路歌

绿色成熟的时候，我乘一辆尼桑吉普入川。刚出门，雨就下开了。汽车急于摆脱雨的纠缠，开足马力与江水赛跑。挡风玻璃上发出有力度的沙沙声，山坡上哗啦啦流来洪水，盛满水沟，溢过路面，泻入白水江。密密匝匝的雨塞满天地，车子在迷蒙中摸索前行。虽说再无淤泥陷车之苦，在混沌相连的天气里本应疏朗的心情漫过淡淡惆怅。心中暗自嘀咕：这雨下得真不是时候。

好在雨已无碍四轮飞奔，照样风雨兼程。不觉中，雨雾四散，云淡风轻，地现眉目，天彰其形。雨水洗濯过的山峦，如浴后佳人，"灼若芙蕖出绿波"。路边几户人家，门前几丛大丽花，青翠的叶面、粉嫩的花冠上，雨珠滑动，闪闪发亮，灿开笑脸目送我们穿山越岭。江对岸，一条毛毛路若隐若现，酷似一条蛇蜕下的皮，搭在高低不等身不盈尺的木本植物间。悬崖挡住了路，石壁上一排圆孔，看起来倒像一篇史料中的省略号，又像骷髅头骨上的眼窟窿，流着泪——也许是血，挂在江岸上、石壁胸膛上。岁月斩断了插木，只剩禽鸟难栖的倒立峭崖。积满陈垢的孔里，还残留着多少记忆？遗失了多少信息？洞孔旁的小树，静穆而沧桑，吃力地吸吮有限的能量，把年轮深深掩藏。它们多少岁了，记得往日吗？石壁那头，又现小道，被无数次金戈铁马践踏了的受伤之石、受伤之土，抬举过那些死亡线上谋生的人们瘦小身子骨的石与土，无人马踩踏了，沉默了，连嫉妒这条亮晶晶柏油大道的资格也丧失了。此岸，唱响《我们走在大路上》；彼岸，空留下一束溜走了内涵的旧皮囊，《蜀道难》的旋律散落在无声的寂寞里。

啊，让历史迈不开脚步的阴平古道哟！没有憧憬只有渺茫，或者苟延残喘。

那已经不是路了，即便在很久以前，也是一条畏途。

"崖梯石磴晚仍攀，半是江流半是山；邰忆曾登大石顶，始知此地路尤难！"宋朝人李日强如是说。

诸葛绪、郭淮、邓士载、姜伯约、廖化，之后的傅友德，戟矛喋血，演绎过多少悲壮呢？很难想象他们是如何将那么多军卒辎重运筹自如的。

一座双链铁索吊桥，跨越两山间，彩虹飞架，锁钥陇蜀。

"郭淮城"在哪儿？"桥头"在哪里？"玉枕"又失落何处？

给我的答案是：一片汪洋。

端庄秀雅的白水江，遇到桀骜不驯的白龙江，震慑了，那踟蹰之状，似乎意欲，洁者自洁，可在画了一个漂亮的蓝色弧形后，最终未能抵御得了白龙江霸气十足的剽悍。

太阳驱散乌云，射进车窗，爬上肩头。青山青，阳光暖，我感到一种酣畅，一种甜蜜。不多时，平湖下的碧口小镇就向我招手了。

中华人民共和国刚诞生那会儿，父亲赶过一次碧口集，从老家出发，走的是白龙江驮道，二百华里路程，来回用了七天时间。短短几年里，曙光就惠及了这一方山水，武都来文县，文县至碧口、下广元、上九寨的蜀道，便梦幻般车轮滚滚了。

栈道上马帮的铃铛脆响，背脚夫们幽怨的山歌，江边悲凉的船工号子，远去了……崖石间卵石上沉积的血泪随风飘逝，已分辨不出哪些荒径承载过青筋显露的脚掌，哪些绊脚石擦伤过带血的脚趾。忧与欢，痛与苦，被时间风干被历史凝固。

父亲年轻时，是打通甘川公路的一员，未能坐过汽车，我带他去过一次省城，回到家逢人就讲："小车子到底快，一天要走上千里！兰州真好，尽是高楼，人在街上像蚂蚁子；黄河真大，河这边看不清河那边的人。"在他衰老得成天唠叨时，这条路，遇山穿山，跨江有桥，打扮得锃亮。

机声隆隆，惊醒了思绪，咦？那该是兰海高速公路建设工地吧！对，应该是。转眼，白龙江上钢架林立，焊光喷射，又是兰渝铁路施工现场了。我暗自计算，从家乡到兰州竟能省时过半。

我们生逢其时，安享一日千里。

兴奋中，车子进入绵广高速，我接着体验蜀道流畅的快感。不出一小时，车到江油，父辈们津津乐道的地方，心目中的天堂。

我们漫步在老中坝街头。欣悦中涌起一抹无名悲伤，脑海里叠印出父亲六十三年前赶中坝集的情景：身背八十斤重的药材、花椒，从洋汤河迈向白龙江，从白龙江辗转于涪江；从高楼山到摩天岭，翻越左担道，再进龙门山。走密林，攀峻岭，顶烈日，冒风雪，涉河蹚水，遇村歇村，无村野宿荒郊。来去二十几天里，双脚打过多少血泡，流过多少血，洒下多少汗水！能阐释这一切的，只有一个字——苦！

生在乱世的父辈们，贫穷催促他们，将生命作抵押，用体能换回食盐，以艰辛争取饱腹，到头来仍然饥饿，撵不走的贫穷。

阳光照耀着灾后重生的江油，阳光舔舐着我。

据说市中心这一角，便是当年的交易市场。街道宽阔，商厦、超市井然有序。我寻找父亲可能走过的足迹，踏进的商号。这儿？或许是，或许不是。那儿？面目一新，天翻地覆了。是也，非也，只有满眼风光。唯有磕碰卵石的、踏过枯枝败叶的、汗流浃背的、避贼躲匪的身影镌刻于心。

每次想起父亲，就陡生渴望，试图探寻父辈们经过的那条晦暗阴森的路，找回他们流失在时光隧道里的细节，把上塝下洼，左坎右坑弄明白。难！

春秋轮回，当又一个甲子来临之际，当新与旧、过去与现实交错时，置身盛世中的我，由衷地振奋，心灵深处常会跳出一个词——幸福！

不觉中信步走到江油市"抗震救灾周年纪念大型文艺活动"演出现场，思绪让《天路》高亢辽远的旋律吸引了过去。

这恰好是太白广场，是汪洋恣肆、抚膺长叹"蜀道之难，难于上青天"的大诗人李白的家乡。此时此地此歌声，能不让人感慨万千，灵感顿生！

我想，我们在唱阴平古道大路歌的时候，诗人如在天有灵，面对宝成、兰渝、兰成铁路，绵广、兰海高速，他一定会激情汹涌如滔，不再吟唱蜀道难，而是一曲大路歌！

江边随思

一

初日瞳瞳，晨风拂拂，我信步走上文昌楼。无垣伸展无郭相携的孤楼，躲过了突如其来的"5·12"，重现死里逃生的欢颜。此前的五百多载时光，如陷囹圄，在苦难中无力自拔，对山外的惊心动魄一无所知。这不是它的性格，它在默默地等待，等待曙光，等待文明昌盛。终于等到了翘檐上升起第一面五星红旗，等到了万众欢腾。

我的两颗凝滞的眼珠出神地望着峡谷中的县城，旧貌新图于时空中流转，在岁月里更替。稀稀落落的青瓦小院消失了，灰砖平顶二三层"火柴盒"已了无踪影。米黄、乳白、粉红色楼房如新竹抽笋，满眼生辉。

我把目光落向穿城而过的白水江。这江，见证了第一批阴平垦荒人，目睹过旌旗猎猎的阴平郡，金戈铁马的文州城，从千百年的惨淡哀愁里淌过，一直淌到欢天喜地的新中国。

二十几年前，江边的小城尚不入时，夜间橘红色的光晕悬浮在街巷，幽暗而清寂。

新是追求，变是动力。一九七八年以后，江水再显春潮，几十台电机转动，输变电线跨谷越崖，小城有了白日富丽夜间堂皇，村村寨寨马达响机器鸣，山山岭岭披霞光。

缺吃少穿成记忆，经济发展有了助推器：纹党，花椒，茶叶，水电，硅铁，重晶石，黄金，撑起腾飞的翅膀。

我下楼走向江边。清澈的江水争先恐后，勇往直前。我顺着江水不觉中走到由深圳援建的清水坪村新址——徐家坝。地震使一百〇八户人家房屋倒塌及严重受损。两年，七百多天，一个功能齐全的新农村展现在眼前。城郊比城区更显优势，少了嘈杂多了五谷清香。街道宽敞，有的自建了二层甚至三层小楼，整洁漂亮。我绕道小广场。场中矗起一座石碑，上刻："汶川之殇，华夏同悲；深圳儿女，解民危难；深甘家亲，造福桑梓；大爱盛歌，镌以永志。"以广场为中心，分别有村民活动室、文化室、卫生室和五保家园。街道旁，广场内外，香樟树在各自的位置上为新村缀满青翠。

我走出村，伫立江边。头上荡过亮晶晶的垂柳，击节律动，似在吟诵希望的诗章；平时不起眼的杨树叶，经朝晖涂染，陡然生机。我蹲在江边，用手指划开水波，那润腻、柔韧，一泻千里的执着，令人感叹。水的无私奉献，水的包容给予，水的广阔胸襟让人肃然起敬。那液态的温婉与固体的坚强，动静间，潜藏着难以道清的深邃。那些跳跃的水花宛若一节节音符，奔向音乐圣坛，加入唱响世界的大合唱。我忽然顿悟：这是一种伟大！

是上苍的有意安排还是工农大众熬到了头，在遥远的江南，这无往而不胜的水，承载过一叶小舟，奏起了信仰的汽笛，扬起了希望的风帆。这信仰引导国民渡难关闯险阻，取得一个又一个胜利。

在一个成熟的季节里，我走近那只小船，不想离开。这湖，靠钱塘连大海，这船，由彼岸春潮托起，由民族精英驾驭。读读这条小船，即可知从苦难中走来的百姓们的渴望，以及要摆脱沉疴的决心。小船冲破死水微澜，直至惊涛骇浪席卷八荒。在七月的天际升起了一束光环，将历史的天空照亮。

古老的航船，从此有了方向，带领华夏儿女，走进上海，走进江西，走过雪山，走过草地，走进陕北，走进西柏坡，走进北京城，走向康庄大道。

在开创新纪元的战斗中，无数先烈抛头颅洒热血，前赴后继。李大钊、方志敏、杨靖宇、江竹筠、刘胡兰等千千万万的英雄，在追求光明的斗争中，他们悲壮地、高昂地倒下了。

在古田，我见到这样一张便条："老板你不在家，你的米我买了二十六斤，大洋二元，大洋在观泗老板手里。——红军"。有这样的军队，何愁推不倒三座大山！

当地平线上冉冉升起一轮红日，那是党的面庞，和煦，慈祥，群山朝拜，万物匍匐，大地锦绣。

复活了的土地，一样有酷暑寒冬，一样有藩篱有桎梏，需要调试需要加油需要超越！太阳公道，她以她的宽厚以她的多种姿势，使其光辉普照每一个角落，使山峰伟岸，树木茂盛，花儿芬芳，鸟儿高唱，江河朗笑。

我们幸运，鲜血已经流过。

大路永远朝前，永远有坎坷，气候有冷有暖，那是规律，我坚信，党有能力排除障碍，不断清除垃圾，补偏救弊。

我们变老了，共和国越活越年轻，党越来越成熟。

祖国蒸蒸日上，脚下的土地万紫千红。

我没有华丽辞藻，只有在党的华诞来临之际，献上一曲赞歌。

梓里笔记

故土情结

如果说土地是乡村的灵魂,那么,我就差一点成为乡村的弃儿了!

自二十出头离开家乡,沾染家乡的尘土就少了,与乡亲们也隔生了,可总有一种说不清道不明的情结萦绕于心,而且越是增年添岁,思念越切。

或许,生命里有些东西注定是无法割舍的,比如乡情、亲情,随着岁月的递增将儿时的乡恋唤醒了吧,不管你如何去掩埋,依然会飘到眼前,徘徊在梦中,撕咬你撞击你。

入春以来,随着和风吹拂,思想也活泛起来,孩提时不顾衣衫褴褛,光脚片,踩雪追逐,去白花花冰凌上开仗的往事,乍然间涌现心头,时而会心一笑,时而喟然浩叹,一次次把胸怀煨暖,由是,回归故土的欲望日胜一日。

夏日,青草繁茂,阳光明媚,我回到老家,又见炊烟,又见土舍,把身子安放在老屋,一觉天明,出奇的踏实与安稳。

不觉,晨曦挤进窗格,道道银柱斜落被单上。我忽然明白,一向魂牵的天堂,其实就是家乡。

旭日催促,翻身离床。

门外,灼灼其华,一尘不染,一个朗朗乾坤扑个满怀。

那些无数次在眼前虚幻的家乡,真真切切地进入了眼帘,踏在脚下,顶在头上,让我情不自禁。

顾盼小村,猛然发现,只有我的旧宅还不安地佝偻在那里,余者容光焕发,不敢相认,有点怯生,接着是欣慰,隐隐袭来些许愧对祖宗的无奈。

在村中转悠，抚慰我的是密不透风的绿荫，尽管艳阳高照，也只有叶罅间漏下点点亮光和沁人的负氧离子，使每一处毛孔里都浸润着安适。

踏在青灰色的村道上，充满踏实，姿势和装束盎然鲜亮的房屋齐向我投来得意的目光，让我兴奋异常。

曾经的家乡，干旱得萧条而刻板，人们的记忆里，仅剩宿命的苦难和挣扎，眼见的是邋遢老态，维系生命存在的热度只有村子周围一圈大柏树和田间地头散落的柿子树，以及祖上的一座座坟茔。七十来口子老少，八个残缺不全的院落，进大门，黑黝黝，人畜混杂，蚊舞蝇飞，灶膛里溢出呛人的柴草味儿。惹眼的是一座新气未褪的三合头，门窗刻有菊花、牡丹、朱元璋部将花荣攻打太平城的雕饰——那是我大爷为儿子们修造的。清末贡生旧宅与我家紧紧相连，已没有了他生前期望的"富润屋、德润身"，烜赫一时的匾额"年高德彼"，沦为三餐难离的厨房门。

儿时，我的小书包装出装进的，是小孩子们的满腮鼻涕，女人们的大襟长衫，男人家对门襟汗褂、补疤裤，还有憔悴过后的舒心。

多少代，祖辈在这里艰难地消化着春夏秋冬，咀嚼着苦涩的日子。

新时代的年轻人，已经淡忘了羊咩牛哞和拖泥带水，那些细节都散落在那几棵大柏树上了，他们没有心酸羁绊，以清爽姿态迈入一条崭新的航道。

我从东家进，西家出，品尝今天，寻觅昨天。不管昔日是怎样一个萧条，今天的新貌终究替代了往日的苍颜，这也是亘古以来低微、善良的农民的最高期望值。

看着乡亲们的劳动结晶，我感慨万分：他们热爱生活就像鸟儿热爱鸟巢！

一个院落，没大门，大院子，正房砖墙木架，厨房、厢房混凝土平顶，上面架设太阳能热水器，我还没把原来的地势审清，侧面砖混房里走出一位年轻媳妇，未等我开口，就说她的女婿是某某，热情地让我进屋。我再次打量四周，才想起是二哥的孙子家，便抬脚入屋。我见屋内吊了顶，新颖的门、锃亮的窗，地面上铺的是瓷砖，靠墙摆顾桌、组合柜，中西搭配。大彩电里正播放华北人民抗击日寇的电视连续剧。我问："你女婿呢？""打工去了。"碧绿茶水的热气从玻璃杯里袅袅升起，一尘不染的空间显得曼妙无比，我的思绪也开始在一个久远的记忆里弥漫开来……

大儿子去南坪给人当长工未回，二嫂去世后，二儿子婚后搭了一间偏房另居。

　　二哥和他的小儿子吃住在十一二平米的小屋里，相依为命。老的满是血丝的眼角，模模糊糊，泪水没干过，凭感觉摸索着编草鞋，出门靠棍子探路。儿子给生产队里放牛羊，逢集带上草鞋去街市出售，买回煤油、食盐，以供家用。

　　今天，二哥一家，已有四个院落，一个比一个打扮得亮堂，这是他老二家二儿子的住房。

　　走到村西头，公路下有人叫我，是我妻子的侄女，也是我刚去的那媳妇的大嫂。大门外面停着一辆大卡车，一辆农用三轮，院外另有一座小楼，粗略一瞅，楼上杂物，楼下农机具。我进院内，正房同样是木架二层楼，左厢是二层木架房，右厢是一幢砖混结构新房，房上亦装有无塔上水器和太阳能洗澡设施，整个院子敞亮洒脱。洗衣机正在院子中央转动，地上堆了一摞待洗衣物。侄女催我去喝水，我一边应承一边走进厨房：灶台、碗柜、冰箱、电炊具，应有尽有，对于曾经烟熏火燎的农家，已经是一个超乎想象的跨越。掩门入客厅，彩电音响、大沙发组合柜，井井有条。

　　我见门外摞了一堆工程用厢板，问侄女准备做啥？她说，村里的水渠要维修，是工程队的，据说投资过千万。我激动不已。多年吃水靠"抢"的苦焦村，连养个鸡儿都萎靡不振。几十年来，修修补补二十华里水渠，是全村人宗教般的神圣事业，几乎占据了父老乡亲们整个的心思和体力。也是这条时断时续的生命轮回之水，重塑了李氏宗族的荣光。又一次整修，有了源源不断滋养禾苗的水，小康之梦就近在咫尺了。

　　村子比以前扩大了好几倍，绕一周要个把小时，一家挨一家，都是簇新的，传统木结构房记忆着过去，砖混小楼展望着未来。被小村收藏的陈旧让一个"新"字书写着，内心不断奔腾着喜悦，让我心中的希冀和憧憬无限地拓展。

火红的夏天

　　农民，有了"退耕还林"资金援助，有了最低生活补贴，还有粮补、种子补贴，旧房改造，村道整修，农田水利设施项目，尤其是家家楼顶新装上的太阳能热水器，使整个村子精神抖擞。

　　温饱了，地里再不清一色了。满足粮食种植外，花椒、核桃、油菜籽、柴胡、紫苏，什么能赚钱种什么。

我回家正值夏收，全村人早晨五时出发，收油菜籽，午饭在地里打发，黄昏来临时一辆辆农用三轮才陆续满载而归。

收完了油菜籽，紧接着割麦子，仍然是天不见亮出发，夜幕降临收工，在电灯底下锅碗瓢勺交响声中，一天的忙碌才在杯盘狼藉中停息。拧开热水龙头，冲走疲乏和汗渍，把肢体交给席梦思床，让鼾声迎接次日黎明。

人，空手出，负重回，房屋静静地看着主人忙碌，主人并没忘记给院子、平顶房做贡献的机会。院子、屋顶晒满乌黑发亮的油菜籽。油菜籽归仓了，麦粒又在绿荫的衬托下像一页页铺洒的金箔，于屋顶上院子里洋溢出鼓舞人心的绚烂，那种久违了的农家风景怎不令人情弥缱绻呢！

麦子晒干扬净，又到收获"大红袍"的时候了。太阳一天比一天明亮，人们的心劲一个比一个高涨。妻子决定给邻居家帮忙摘几天花椒，一清早就加入了收椒队伍。

人走了，把村子与阳光留给我。不见汪汪狗叫，少有鸡鸭咯咯嘎嘎，静悄悄地，只有房顶上晾晒的花椒，前院火红，后院灿灿，酷肖百元大钞在空中闪闪烁烁。"大红袍"把热烈的容颜献给蓝天，太阳不吝光辉，煽起了我的愉快心情。

农家少闲月，五月人倍忙。我坐不住了，决定去花椒地。

出村，花了一个小时，爬上一座小山包。风儿在欢乐低语，给我示好，提醒我：你已融入了自然的怀抱。我不得不停住脚步，背过身，面向天阔地旷的山川。一条一条的山，一条挤压一条，那些柔美的曲线，迢迢渺渺，淡岚茫茫。静卧于远山一簇簇树荫下的村庄，一溜一溜农田，有树的山梁，青蓝的石崖，天造地设。脚下，无鸟飞，无蝉鸣，阒然寂静。尽管汗流满面，心情反倒异常疏朗。

走进椒林，如伞树冠，扑鼻的是椒香，打开畅想的也是椒香。如果，我能拥有一块椒林，我给它们施肥，给它们修剪，收获红艳艳的果实，该是多么充实的事情啊！

说实话，多年不做农活，没和乡亲们打过堆，也想见见他们，看看收获的场面，分享他们的开心。

偌大一个山湾，往上仰望，全是青油油的花椒树，寻了一条小路爬到最高处，向下俯视，成熟了的"大红袍"仿佛不是花椒而是艺术，给我的兴奋如欣赏关山月的梅花，或那幅著名的《江山如此多娇》图，壮丽、华美。阳光下，红与青，青与绿，有试比高下的气概。那种富有霸气的律动，让人激动不已。

看不见人，只听见说话声，细听都是讲谁家花椒作务得好，要卖七八万，不知谁说了句俏皮话，一时笑声在椒树林里飘出。坎上一块地里的人高声发话："啥高兴事儿，到地边上来说给我们也听听！"从语气里都能听出情绪的欣悦。

妻在她女伴的椒园里。她女伴一个人，孩子们要来给她帮忙，她不让，她说："娃们有娃们的事，一个人惯了，别人摘完了，我也摘完了，我摘万把元钱，急啥？"另一块地里的人听见我的声音，几个人同时招呼我过去吃午饭，他们怕椒树林里不好走，不容我推辞，送来了冰红茶饮料、干粮，嗔怪我，中暑了划不着。妻说："你们都不怕，我们咋不行？"一位弟媳说："那不一样，我们日晒雨淋惯了，点把点头疼脑热出身汗就好了。"我去摘，她们说啥都不让，"又晒，又扎手，你能来看我们，我们就高兴。"我只好到椒林里去品尝全村人的丰收果实。

走到一块椒园，有一家人，婆婆、儿子、儿媳还有两个孙子，正在椒树下吃午餐，地上一字摆放有矿泉水、暖水瓶、两个大西瓜、馒头、盒装方便面。

"吃得这么丰富啊！"我说。

"哎呀，舅舅，这么大太阳，你咋来了？快来吃点。"

"吃过了，来看下你们收得咋样了。"

"坐下，快了，再有两天。"

我问能摘多少？"今年儿子在县城打工，就媳妇子一个人，务得少，顶多万把元"。

他儿子拽住我定要尝尝他们的午餐，犟不过，只好吃了一牙西瓜。我不能耽误他们宝贵的时间，告辞去另一家。

抄小路上高一处台地，正巧是侄女家。孩子们都在外地，就他们夫妇。草帽下两双手灵巧地上下飞舞，像给花椒树上点缀什么，随意而优雅。

"姑父，你咋来了？这一树马上摘完了，你在这儿吃晌午饭？"

我问今年收成，他们说，今年不行，都生虫了，没治到时候上，明年有两块地就挂果了。

"一年家里能收入多少？"我问。

"花椒加柴胡，少算两万多，打工三四万，凑合过了。"从说话的口气、表情揣摩，他们是餍足的。

告别侄女，我向另一个村庄的路上走去，朝下一望，花椒地之下是一条通往县城的公路，路边停靠了一溜小轿车、面的、农用三轮、摩托车，似一条彩色的龙。有了它们，农民迈向小康的步伐当更快捷。

我虽没有帮乡亲们摘一会儿花椒，却领略了他们淳厚的快乐，心里是满满的舒畅。

尖岭梁

众所周知，李家河无河，也许是太渴望水的缘故，以一个"河"字遥想未来，这该是我们祖先对后世生活的期望吧。

村子背靠的尖岭梁，是与金子山分道扬镳的龙池山余脉。从东向西看山的走向，似一条腾空而下的巨蚰，饮水洋汤河。从北面一个叫水湾的地方，朝南看，尖岭梁酷似一座金字塔，矗立村后，像智慧老人安详地注视着一切。

从我记事起，尖岭梁，干焦且荒芜，少草无树，唯独顶上一株柏树宛若饱蘸香墨的如椽大笔，给这座山梁赋予了灵气，也使岭下的村子精神抖擞。

这棵树有四米多高，长在沙石梁上，迎风傲雪，沐阳承露，镇定，从容，挺拔于岭尖，成了远近几十个村庄的地物标。我问过老辈人，这棵柏树栽于何时，他们说，他们爷爷的爷爷时就有。

每年元宵节夜晚，三声炮响过后，年轻的，一拨敲锣打鼓，一拨舞动火把，年少的提上灯笼，上了年纪的紧随其后，出村上山，每隔二十米摆一只灯笼，人在前面走，身后白纸糊的灯笼里红光摇曳，到两华里的梁顶柏树之下，所剩灯笼一字摆放于梁脊。回首岭下，灯笼星星点点，犹如一只伸颈凤凰展翅飞翔。

每年农历四月十二日，全村人定时又来岭上，杀一只羊，祭拜风神、雷神，祈求风调雨顺。这座山，这棵树，是他们心中的神祇。

一棵树，点缀一个村庄，祖先把一个堪舆平平、十年九旱的村子，培育得清清爽爽，让四围村庄的人啧啧称羡。

我们村人口虽少，所幸清末出了一位贡生，之后，识文断句者时有涌现，耕读传家蔚然成风。有好事者避开头悬梁、萤火照书的用功于一边，以为是背靠的那座尖岭，还有岭上的那棵柏树灵性。

本村老辈人亦认为这棵树是村庄神韵所在，百般呵护。

其实，贡生在地方上虽是高学历者，从整个科举层面看，却是较低学历，是秀才中成绩或资格优异者，要去省级书院深造才能有望举人一级考试，要考取进士还有一段艰苦的历程。

长大了我离开家乡，每次回家都不由自主地把目光落在那棵柏树上，有一年猛然发现，那棵树不见了，村庄一下子失去了精神。到家迫不及待地找乡亲们询问，答复是叫邻村人砍了。我问为什么？答复是：可能是不懂事的放牛娃们造的孽吧。你想这沙石梁上栽活一棵常青树，且活了数百个春秋，与岭下这庄人一样，该多不易啊！树，要付出多少努力，如何在艰难中吸收少得可怜的水分，那根须要比黄土地里遇到的阻力要多得多，它的常青是和严酷的自然环境抗争的结果啊！

没过两年，岭上又有一棵柏树拔地而起，我对乡亲们培育村容的做法很是感动，专程去了一趟。在原址，不但栽活了一棵三米高碗口粗的柏树，还在周围打了土墙，以防有人破坏。

又过了几年，那棵树，再次消失，墙也毁了。

不知为什么，打那以后，我的心总是空落落的，被家乡一直温暖的心渐渐冷却，对那个沙石梁下的那些小孩设或大人的所作所为百思不得其解。

慢慢地回乡次数少了，但那棵柏树的模样，总在脑海里挥之不去。有时乡亲们进城，我都要鼓动他们继续栽，不能没有那棵树，你想独独一棵树屹立于山尖，多出彩，一砍，村庄就黯然失色了。有一回乡亲们进城告诉我："现在好了，国家禁止了天然林采伐，实施退耕还林工程，村里已经议定，把绿化重点放在了尖岭梁，要不了几年就把整片山绿化好了。"听了这话，我的心一下温热起来了。

今年回乡，岭下树木繁茂，翠绿欲滴。乡亲们引以为豪的也是村庄前后左右的绿化。多年坚持不懈，精选树苗，挑水浇灌，专人管护。现在，这片林子以它森森气派，给小村一个绿色惊喜。不光是景致，它还是国运昌盛，民心凝聚的象征。

虽然那棵独立的柏树没有了，这围绕村庄的树林，太招人喜爱了，有天早晨，我信步爬上了梁顶，很自然地坐在曾长过柏树的聚水坑边，我被树林和居高临下的爽朗相拥，腾云踏雾般飘飘然了。有了高度，我的思想便可以驰骋纵深了：脚下树木葱郁，远方山来山往，洋汤河在山梁迂回中时隐时现，身后的金子山云聚云散，西边龙头山、草坡山围起一道屏障，山下展开一片宽阔的五龙乡台地，以一个漂亮的弧形，去护卫洋汤天池，和挺拔高峻的天魏山牵手，又一个弧形到达白草山，辟出一个深厚的百顷良田，旋即又将身子交给跌宕透迤的山岭，去欢送白龙江高歌猛进。这一切让人神思缥缈，怡然自若。忽然想起庄子的话："吾在天地间，犹如小石小木之在于大山也。"

当太阳从东山射过来时，众山朝东的一面，依次撒上金晖，洋汤河流域犹如一个巨大的宫廷，灿烂辉煌，光彩夺目，与这片新绿遥相呼应。

有了这片树林，添加了家乡的秀色，提升了我的新温，家乡再不枯燥，虽然点睛的柏树没有了，但有更多的树木驻守，我愈加热爱我的家乡了。

想起卡逊

有一天，我从花椒园走出，见东边有一片玉米地，绿中泛蓝，挺惹眼。迂回过去，玉米苗枝叶茁壮，白的顶花，秆中间挂出粉色胡须，妖娆动人。到底是养人的五谷，一见倾心，令人不想离去。

站在田边，四野豁然，有一种原始的寂寞扑向我。我与群山融为一体了，天蓝得绸缎一般，流云浮在上面，风习习拂抚，像是小儿嫩指挠痒，让人目眩神迷气凌宇宙。

大地如此至纯，不由人就想到了拥堵相塞的城市。在我眼里，城市五光十色，高度人性化，但吃的是污染食品，吸的是污浊空气，好比迷人的罂粟花，花俏，人在其中，若误入魔窟，不知从哪里来，到哪里去。只有在高山之巅，一览众山小的地方，人才会觉得真实，除了无限，就是广博。

忽然间眼见的至纯被破坏了，不远处，有小泉一汪，泉下一片洼地，洼地水中丢弃了一堆用过的农药瓶。大的、小的、袋装的均有。商标经紫外线照射，颜色泛白，字迹依稀可辨。有"农达"（草甘膦异丙胺盐）、"乐果"

还有其他农药及叶面肥、增长素、花椒一片红等等。拿起药瓶，药味呛鼻，接触过的手指，洗了好几次，药味犹存。正好一位乡亲走过来，我对他说，这药瓶用过后不能随便丢。他嘿嘿一笑："都这样，好的。"这种讥讽我不识农事的答复，让我猛地一惊。

偏僻山区也这样，世间还有绿色食品吗？

不由人想起蕾切尔·卡逊，她在《寂静的春天》里说：我们咽下的食物中残存的或被谷物转化了的药剂不觉中悄悄渗入了我们的骨髓，我们却浑然不觉⋯⋯

——这是五十六年前美国的情形。

科学家测定，我国受农药直接间接污染的粮食、蔬菜、水果、肉类奶制品、茶叶、中药材及加工食品，还有滥用生长激素、抗生素和某些化学合成药，带来的后果使妇女更年期紊乱，孩子性成熟加快，男性生育能力降低。我们保守地用一九九八年的研究数据：以上污染，进入人体后，即使在十五年到二十年内停止生产和使用持久性有机污染物，最早也只能在第七代子孙体内不再发现这些物质⋯⋯

我的一位亲戚讲了发生在他身上的事。有一天他去坡里放牛，捡到一只羊，身上有伤，还未断气，背回家剥皮卸肉，以为可以美餐数顿，不料吃过不到一小时，上吐下泻，儿子准备送县城治疗，他缓过气来后，见天色已晚，执意天亮再走。幸好，呕泻未止，保住了一条性命，三个月症状才消失。病好后去拾羊的现场查看，发现，旁边有块玉米地，地坎边有个沟，沟里丢弃了很多农药瓶。结论十分清楚：羊吃了打过农药的玉米，人吃了中毒的羊肉。

人类以主人自居，动不动就突发奇思，一方面，大肆破坏森林，致使每年全球五万多个物种灭绝，如化疗药物一样，把有益无益的细胞统统杀掉。富国强民没错，但不能太随意，比如，向天，每年有近百亿吨污染性二氧化碳排入大气层，臭氧层耗竭，南极上空出现大如美国国土、深如喜马拉雅山的巨大臭氧空洞；入地，过量施放化肥农药，致使土壤僵死，淡水资源变异⋯⋯

喜马拉雅山没使用过农药吧，科学家照样在其积雪中测出了"六六六"，可见农药安全监管之滞后。

健康才是人类文明的唯一前提！

目光回到眼前。祁连山，西北重要的生态屏障，黑河、石羊河、疏勒河水电设施违建，偷排偷放，违法违规探矿、采矿，二〇一七年七月二十一日，人民日报就中办、国办通报祁连山国家级自然保护区生态环境问题，发表评论员文章：《扛起生态文明建设的政治责任》向全国曝光。环境保护早已是国策，为何还有人置《环境保护法》于罔闻？

河西走廊——一个让人荣耀又让人沮丧的走廊，祁连山冰川缩减正在威胁着河西走廊生态，随着冰川融化水的减少加上北方强冷空气南下引起的"狭管效应"，北临腾格里沙漠、巴丹吉林沙漠十二万平方公里的戈壁和沙地，一千多公里的河西走廊以及内蒙古阿拉善盟，已经成为我国北方最大的沙尘暴源头，从祁连山流出的黑河，由南向北过张掖入内蒙古额济纳旗，上游截留量猛增，造成东、西居延海，分别于一九六一、一九九二年干涸，居延绿洲大面积退化萎缩，梭梭林急剧减少，草场退化，草本植物由二百多种减至几十种，除了气候因素外，人，可能有不可推卸的责任吧。

水是生命之源啊！

马可·波罗记载过的黑城，因为黑河改道沦为废墟。

人们啊，为着没有消失的城，请记住消失了的城吧！

我们处在一个人类自我反抗的时代，一个灵魂反抗欲望的时代！

我以为，民族的未来是健康而不是科技。国家的强盛首先是国民体魄的强健，中华民族近代以来受尽了列强欺凌，不说列强肆意为所欲为，一个鸦片就使中国人羸弱不堪，被动挨打，我们还不自省，还要贪得无厌地向自己的肌体开刀吗？

有谁敢说生态环境与健康无关？人类走得太快了，也太远了，需要减速，把身体清闲下来，生活简单下来，让大脑运转起来，把眼光从远方收回，低头审视一下身体所处的位置，到底是天堂的门口还是地狱边缘。

科学家钟南山曾大声疾呼：再不控制农残，五十年后中国人将生不出孩子！

醒醒吧，热爱生活，切盼民族昌盛的人们啊，振兴中华不仅只是GDP啊！

捋不清的家事

我回家几天了，没工夫一家一家走走，倒是有很多乡亲们接二连三送来豆角、洋芋、茄子、西红柿、黄豆面、鸡蛋。我悄悄对妻子说，我们活得像"五保户"，妻子白了我一眼："人家好心好意，你说到哪里去了？"

离家几十年，这样扑面的乡情，让我倍感温馨。

这就是家乡！时时站在我的情感深处，成为我思念的情结，触动我厚重的心事。难怪，心有闲暇，故乡的一切就浮现在眼前，原来它是我永远割不断的脐带啊！

在看我们的人群中，有几位老人让我特感动，对我触动大且瞻前思后。一位是邻居，一位是妻的表姐，还有一位是三嫂。我在一篇散文中专门写过她们已过世的丈夫，因为他们是我小时值得记忆的人。三位的遗孀都已八十多岁了，精神还算好。

有天我听见大门上，梆梆，两声响，我刚出门，就见是那位眼睛不好的嫂嫂，妻子叫她姐姐（她们是姨表姊妹），口里在喊："娃的阿姨，在屋里吗？"我赶忙接她进来，她手里提了一竹笼豆角。妻子三步两步接过豆角，托住那双粗糙干瘦的手。那位嫂嫂眯紧的眼角里滚出几滴泪水，抬起胳膊用袖子擦拭，一只手被妻子握着，一只手将木棍重新捏紧，往地上一戳，两人手拖手向上房走去。

到厅房外台檐下坐定，她们姊妹俩开始别后叙话。

"听说你回来了，我来把你瞧一眼，现在是，见你一回是一回，娃的阿姨哎，老天咋不要命来！"

"我屋里收拾好了，才看你去，你咋摸着过来呢，跌一跤咋得了？"

"不怕，我有棍，慢一点，行哩。"

"你不该来，为大的倒来看小的，我心里过意不去！"

"你常在馋念我，你回来了，把你瞧一眼，娃的阿姨哦，除了你，谁能把我问一声！"

"哎，就是问一下，顾不上你，眼睛不好做啥都不方便，你心太多！"

"哎，命苦啊！难为国家给的低保，不然真不知咋么做介，老大打工走了，老二两口子也走了，还剩两个光棍汉，老三开了个小卖部，日子还能混，老四打工不行，变点钱，还打麻将，喝酒，不听话。我摸起摸不着，还得挣扎着给他做饭。老天，前世咋亏人来哎！"

"老大媳妇在，你到老大家去嘛！"

— 104 —

"哎，还能动弹，自己过，免得怄气！"

正说着，邻居家老太婆来了。

进门就高声快语："听你们说得起劲，我也来了。我经常白天一个人，夜里一个人，有时清静得急人，这隔壁子娃的阿婆一回来，我都沾了光了，屋里有说有笑的。"

八十过的人了还是那么刚气，真是幸事，我心里暗想。

"快来，快来！"

她们各自说各自的儿女，我在一旁只是听。中心话题是，不愁吃喝，零用钱国家给的够用了，让她们不解的是，和媳妇们都有隔阂。提起儿媳们，她们异口同声一句话："唉，咋说呢！"

不一会儿三嫂来了。"娃的大妈回来，人活得好，闹热得很！"

妻子赶紧招呼："姐姐来了，好着哩啊？"

"好哦。"

那一声，头重脚轻，尾音拖得长而轻，像下滑音，明显有叹息声。

"娃的阿姨哦，这人，好哦，贵成经常来看，拿些米面，还有清油，前一晌听说贵成要去新疆，又给买了些清油。"眼睛不好的姐姐说。

妻说；"贵成孝顺？"

三嫂说："贵成好。"

跟前的几个呢？妻子问。

"也好。"语气有些勉强，"好"字像石崖上落到沟底传上来的回音。

他们常照顾你吗，出浑言语吗？"哎，各人有各人的事，银生的媳妇一年四季睡在床上，银生出不了门，银生给我搭了个棚子住在他跟前，给他看个鸡儿啥的。小的时候是妈的娃，大了是婆娘的娃哦！"

"好着呢，不要身在福中不知福！老了都一样，我也几个儿呢，儿好，媳妇子们和我也就那么一回事，人，人，差不赢！"邻居老婆婆说。

"你呀好，有几个女儿，吃穿用全搬来了，当然好！"三嫂回了一句。

"你俩都比我好，就我的日子难过。"眼睛不好的嫂嫂说。

"人老了，就这样，啥时老天要了命就好了！"邻居老婆婆说。

她们一阵笑，一阵叹息，一个劝两句，再一个打圆场，毫无遮拦，仿佛说出来心里就痛快了。

她们的谈话漫不经心，不奇不怪，只有波纹没有大浪，像溪水，潺潺地流着，有皱纹的脸上看不出忧愁，也看不出痛苦，有时候还相互戏谑一番。

我听着这些对话，心里一紧一紧的。

她们信赖妻子，是因为知道秉性，过一段又走了，心里装了许久的话，无处诉说，几个老太婆凑在一起也不易，把亏枉给妻子叨叨一番，心里舒坦一些。

正说着，一个孙子辈的媳妇来了，我问好久没见你，忙得很吧？她说："爷，老婆婆腿摔断了，我去武都伺候，才回来。"我说，你不在武都侍候，走了，谁照顾？

三个老婆婆异口同声地说："铁锅遇了个铜刷子！那人平常挑剔，有病更加一等，走了免得整仗。"

孙子辈媳妇说："我就算好到哩，这回我可服侍得好。"

接着说："她女儿来了，我就回来了。好的时候，你们看着哩，一天啥事不做，现在有病了，还是过场稠得很！"

邻居老婆婆哈哈大笑，三嫂似笑非笑，眼睛不好的嫂子说："你看啊，现在的年轻娃，这嘴！"

我说背时娃，阿门说话哩？

"爷，你不晓得，七十几的人了，天天骂老公公，两个从不照面，饭各做各，毛病常淌。"

我在想，如果国家没有低保，那么这些老人的日子该咋过？

早先的人们虽然整体没文化，天天愁吃愁穿，但几千年儒家传统文化已渗入每一个人的骨血里，代代相传，一刻没忘。近百年来中国人在受外国列强欺负的同时接受了或多或少的域外文化，儒家礼教边缘化，心目中只有自己的子女。老人，好像可有可无。有是累赘，无更好。

几个老人的对话，和与一个小辈的交谈，一字字，一声声，似惊雷，似暴雨敲击我，如支支芒刺扎向我心头，她们在盼望，我也在盼望。

过去父母奶小孩的时候，孩子爱父母，且一刻难离，今天父母老了，孩子们有了自己的子女，父母没有给予了，孩子必定与父母疏远。人性最终是谁施我爱多，我对谁的爱必然较多，说到底自爱必然多于爱人、为己必然多于为人。这是绕不过的人性弱点。

引导人性向善，是社会的职责，更是人一生自我修身的首务。

由是我想，当小天地里低头搜寻细节时，我们的思绪似乎有些沉默，而抬头望天时，心里豁然开朗，太阳越来越明亮。

于是，我想，孝行，需要大家搀扶。

乡村的无奈

有一天下雨，本来静悄悄的村子更静了，好像全村就我们俩在荒无人烟的深山中，或地窖里，孤独得心里发怵。

忽然门外有了响动，一位和妻子年龄相仿的女伴，一进大门就叫："叶春，在屋里吗？"

"你今天还有空？"

"进不了地，和你坐坐。"

"快来，快来！"

她们两个说话，我在另一间屋里看书。

"你们把大门上的路铺了好，以前下雨我来看你，檐沟水滑得上不来。"

"哎，我们人不在屋里，村里打路不知道，错过了机会，自己打！"

"自己打是对的，你在也不会给你打！"

"不管咋样，政策还是好哟，想都没想到会变得这么好！"

"就是哦。"

说着说着话题就变了。

"娃找上了没？"

"找啥，一问，一句话，你别管！三十几的人了，怕没人要了。"

"现在在哪里？"

"省城。"

"不过，女子家上了这个年龄高低不就，还得抓紧。"

"认了两个字，就放不下了，谁的话都听不进，总是没事人一样。你看各村各堡，尽是光棍，可女子们不剩一个，连丑的、傻子都没了。念几天书的全跑远处了。我们寨子里还有一家两个光棍的，有两家，东不就，西不成，正愁给儿子娶不上媳妇呢，她倒好，成了大龄女了。"

"女儿们还是缺,儿子们麻烦,我们兄弟的老三,够精灵了,我原来最放心的就是他,到现在三十几了,找不上,今年找了个,去了一次女方家,啥条件都答应,结果也不了了之。"

"女子家都想奔城市,去城里享福,过衣来伸手饭来张口的日子呢,可你没掂量掂量自己,农民的女儿啊!哪有那么便宜的事呢,不出力,不做活,不流汗走到哪里都遭人嫌弃,照样过不上好日子。你数数谁跑好了,还不是找了个农村打工娃,靠打工过日子,城里哪有你立的地方,站的地方?"

"你看我们村,五十几户人,不见几个小奶娃,打工的一走,除了十几个学生娃,光剩老汉老婆子,难为没有牛羊缠人了,你到庄稼地里转转,地里都是七八十岁弓腰趴背的人。这寨子里有三个老汉常年在地里做活,不做活的剩几个八十过的老太婆,孤孤单单,嗨吆唤天,看得人心里难受,你们门前的那老汉七十六七了,庄稼种上、锄草、上肥、打药、收都是他的,还有几个四十几了找不到对象,不是打牌,就是胡游浪荡,你说急人不急人。"

我听着,放下书本,陷入沉思:村子空了,是年轻人打工去了,终究要回来的,可没对象就是大事,家庭要延续,国家要有人接力,人力是强国之本,难怪古人说,不孝有三,无后为大,所以,历代王朝都对男婚女配那么重视,春秋时的三月三"仲春会",以后的正月十五花灯夜,七月七,这几天男女授受不亲禁令放开,初衷均是解决男女婚配,图的是人丁兴旺,晋武帝泰始九年就规定:"制女年十七父母不嫁者,使长吏配之。"南北朝时如果家有十五岁女孩未嫁的,要给父母治罪。现在农村光棍人数与日俱增,使这些家庭愁肠百结,由此产生的负面影响已到了不可忽视的地步了。

一天我在公路上碰见镇上赶场的一位同龄人,几年不见甚是亲热,我问儿子媳妇找上了吗?刚还亮堂的脸霎时阴暗下来,眉头一蹙,说:"唉,先谈成了一个,对方要礼银二十万,还要在县城买房,买小车,备齐了再结婚。天啊,把我的骨头榨成油也不够啊;第二个是个傻乎乎的,儿子不干,劝了个把月才勉强同意了,去上门提亲,已被外省人领走了。"我问现在有动静吗?哎,没影影,只好又去打工,不打没法,万一有合适的没钱等于零。今年整整三十三岁了,你说焦人不焦人!我问你们村类似情况还有吗?多,三十几个呢,这是普遍的,村村都有,多少不等。

当光棍青年在城市建筑工地,在铁路、公路施工现场,在北疆葵花地里、棉花地里、在井下矿山、在南方电子厂，他们的过剩精力向何处释放，他们高攀得起"恋爱"二字吗？他们还有下一代吗？村庄还是老幼有序的村庄吗？还能生龙活虎吗？没有一支朝气蓬勃的青年队伍，一个地方终将变得暮气沉沉，老气横秋，一双双呆滞的目光，茫然视天，任你锣鼓喧天，都置若罔闻，富裕了有何意义？

是啊，光棍，已是中国乡村难解的结，光棍村，一个多么令人心寒的名词！

乡下人一个劲地涌向城市，城市以居高临下的高傲只接受廉价劳力，余者均在视线之外，于是农村条件好的或自身智商高的，牵手部分落后地区女青年离开，西部男青年找不着合适工种，拿不到工资，从中小城市流向大城市，从南奔向北，从北走进东，于公路上、铁路上、工地上耗费着青春。待到年龄晃荡大，回到家，村村寨寨，清一色的男子汉，大龄对大龄，光棍的后半生便开始向他们频频招手。

当城市的老年人在广场上跳健身舞，当西装革履的公职人员喋喋不休地争论退休年龄推迟好呢还是按原样对自己有利时，当电视新闻里记者满大街追问城市老人幸福感的时候，许多农村老人还在田间地头辛勤劳作，面对他们家的光棍汉，等到他们无力下地的那一天，他们的幸福在哪里？

希望

五叔在世时常说，不念书就好好守住土地，守土地，不富不贵，最稳当；要读书，就得读好，读好了书，千万不要想去当官，做个教书先生，做个医生，这两个职业是最高尚的，一个是让人懂得仁义礼智信，一个是救死扶伤，积功行善。做官倒好，就是人往往把不住自己，有点权，就想发财，就想害人，贪得无厌，到头来落得个身败名裂，甚至断子绝孙。

步入老年了才明白，这不是五叔的发明，是祖辈传下来的箴言，是传统文化的结晶。

有一天，侄儿春怀来看我，他是我们家族男性中第三个教书育人的先生，而且小有名气，曾在五叔背上拉屎拉尿的孙子当了教师，五叔地下有知一定会含笑九泉的。

春怀毕业于师范学院，在外县一个中学教化学，所教学生化学成绩连续多年在全市名列前茅，我在报上见了《用青春守护"初心"》的报道后，很是激动了一阵子。

我对春怀取得的成绩表示赞赏，他却腼腆地笑笑说："我们家注定是教书匠，春雨哥哥是教师，小红叔家的李燕，今年也参加了幼教考试，笔试成绩不错，全县第三名。"说这话时春怀有些得意，我也喜滋滋的。

有一度随着农民手脚放开，家族中向往美好生活的渴望盖过了一切，对文化开始漠视。挣钱、造屋成为首选。眼下，观念开始转变，也有如此向上者，我的心怎不热乎起来呢！

我虽与亲友们少有来往，但凡进城读初中、高中的村里孩子，每到星期天都要招呼他们来家里吃一顿便饭。我的动机极简单，他们远离家长，用这个机会鼓励他们好好学习，把握好自己，学有所成，腹有诗书气自华嘛。这几年，村里读书有成的孩子不少，有的还去了国外发展，我听到后很是欣慰。

在侄儿辈中，我最熟知的莫过于五叔家的几个孙子。父亲去世后，我把孩子们带进县城读书，家里只留了妻子一人，五娘见妻子寂寞，带着她老二、老四、老五的儿女常来我家给妻子做伴儿，跑跑腿儿，春怀、李燕就是常客。

五娘不识字，二叔、五叔讲过的古今却烂熟于心，每有古装电视剧播放，她都看得津津有味，还能讲出个子丑寅卯。妻子进城了，她每天都到我家大门上走一圈，夏天，还在大门下睡个午觉才去做她的活。有一次我们回家刚进门，五娘就来了，对我们说："女儿走了，我很不习惯，想得很！"没有说几句话就匆匆走了。卫生还没打扫结束，五娘的孙子们就来请我们过去吃饭。我不想去，妻子说："一定得去，五娘一年四季在外面劳动惯了，平时的饭是五叔做，是好是赖从不嫌弃，厨房去得少，给我们做饭，是实心实意的。"我知道，每次回家，无论大太阳底下，小雨天，五娘不是在庄稼地里，便是在哪个坡坡坎坎上剐柴火。我叹服五娘的勤劳，感激五娘的一片真情。

在我的几位婶娘当中，我最敬重五娘。有一年我回家，晚饭后，五娘照例领几个孙子来看电视，人多椅子少，有一个顺手从桌子上取了张报纸垫在屁股下，五娘正色道："有字的纸是坐的？"一把将地下的孙子拉起，把报纸放回原处，说，"记住，有字的纸不能坐，造罪！今后不管哪里见到有字的纸，赶紧捡起来，不能在脚下踩，拿回家用火烧了。"这话，大爹小时曾提醒过我，我早忘记了，听五娘一说，如醍醐灌顶。

我很想去看李燕，不是因为她成绩考得好，而是她父母不在家，日常生活怎么个过法。有一天我去了，李燕老远就春风满面迎我。一看就是一个有主见的人，精神、干练。我下意识地想：像五叔五娘的后人！

寒暄几句，才知道，她与妹妹上的都是幼师专业，都已参加过县上教师考试，正准备面试。

她把我领进家门。传统终未砥砺过时风，原来雕刻精美的堂屋四扇正门和四扇假门被新式门窗取代了。我问李燕，多年不来，原来的旧门呢？李燕说："爸爸卖了。""哎呀，我小时最爱看你们厅房门上的雕刻了。"我说。

进堂屋，李燕的妹妹文燕站起："大伯来了，坐！"大茶几上摆放了一台电脑，百度显示的搜索结果仍定格在屏幕，手机放在旁边，其余都是书籍，我掩饰不住喜悦，在农村，这的确是一道风景。

她们对生活无限热爱，并充满自信。

眼下，无论是城市、农村，不管是公职人员、工人、打工族、学生，也无分是在国家机关、厂矿企业、学校、车站、机场、公园，凡有人活动的场所无不沉浸在掌上：玩微信，查看不怀好意者杜撰的敏感话题、花边新闻、无聊自拍，或者打游戏。一个代表当今前沿的科技成果被滥用，那些让人眼花缭乱的良莠混杂的信息正在造就一批无所不能的无知者，成了侵蚀心灵的鸦片，令人痛心！

李燕姊妹俩却是另类，让人看到了希望。

我问李燕，你高考、上大学、毕业、回家参加招考教师应试，你爸妈都没回？她说："没有，我不让他们回，我们自己能对付，让他们好好挣钱。爸爸说，等挣些钱，还要修楼房，所以我们不能让他们多操心。"

这么懂事的孩子我的确见得太少了！

李燕、文燕，身边没有父母督促，姊妹俩自己做饭吃，生活琐事应对自如，用知识浇灌美好的青春，使我深受启发，让我也对我的村庄爱意愈深。

社员扫描

三哥

　　三哥去世了，是在冬天。

　　天色灰蒙蒙，无风，有些沉静的冷；静穆的大地有种可怕的凄凉，连明晃晃的汽车路也感觉是凉飕飕的。车上山顶，金子山向北伸出一道山梁，向下快到小河谷时，还没有要止步的样子，大有不撞南墙不回头的架势。突然那种凌厉有了缓冲，严严实实被一片浓绿的大幕帐盖住。临近了，才看清，那是一圈大柏树，树下罩着一溜黄墙灰瓦。柏树外围，公路之上，挤满了人，水蒸气、柴草烟从屋顶上咕嘟咕嘟冒出。

　　我下车向人群走去。三哥的五个儿子手执孝棍齐齐来迎，其他人也都向我拥来，一边问候，一边讲述三哥弥留之际的痛苦。大儿子说，他爸得的是胃癌，先是用可得因止痛，可得因买不上了，又去找别的西药，在乡下止疼效果好的西药也难以寻到，没法了就找粟壳，熬水喝，初时见效，后来依旧不起作用，睡下又起来，蜷腰屈腿，坐卧难宁，其痛状不忍多看。乡邻们都认为早去早超脱，共同的感慨是：罪难受啊！

　　晚间入棺前，人们为三哥整理衣被，我想看三哥走时最后一瞬定格在阳世的遗容。当沾脸纸揭去的那一瞬，我怆然，瞧见原先肉嘟嘟的脸，黄如菜叶，瘦得可用巴掌比宽窄了；焦性子、急猴子竟然也从容地合上了眼，无忧无虑地睡着了；一生白天衣不遮体夜里瑟缩的他，在向另一世界进发时，大红的被，青绸的衣，可算一身华丽，有脸见先人了。

　　三哥见识过旧社会，经历了初级农业合作化、高级农业合作化、人民公社,最后由社员过渡到村民。小名叫孝娃子,没有人为他取官名,只是后来生产队记工分,毕竟是带把儿的,有姓得有名,李姓之下辈分是"世"字,就将小名中的孝字为名。尽管名字里带孝,然而却无孝可尽。有母早亡,有父,行同路人。上辈人的事让晚辈扑朔迷离,我至今未搞清三哥是咋长大的,我曾问过母亲,母亲说:"顺墙长大的!"这五个字包含了多少辛酸多少苦难啊,不向老辈人刨根问底,是难以说得清的,老辈人也不愿提起,总有难言之隐似的。我的印象里三哥在全村人眼里不占位置,啥时见他都是毛松松的,从年轻到中年一直到咽气,一个模样,人生的几个阶段都被他那一张圈脸胡给省略了。

  他个子矮而敦实,头小脸大,黑里透红,写满家族的憨厚,粗糙的皮肤纹路里布满一生沧桑;眼睛如横立豆芽儿,毫不留情地直视你,好像盯不到你灵魂出窍决不罢休,可多数时候是飘忽的游移不定的茫然,叫人看不出他是想赢得同情还是对你恨之入骨;头发稀少却根根苗壮,从鬓角到两腮的胡子,发起怒来毛须倒竖。因为从小无人施爱,口无遮拦;他的发音不在口腔在喉管,未语气先出,带出的白唾沫溢出,挂在嘴角。多数时候,不管他的话中听不中听,都会遭到蛮横的抢白,因为他无依无靠。给人帮工做活,衣难遮体,食不果腹,因此,胡髭老长老长且沾满鼻涕。因为他患过黄癣,头发稀少,又有了伤疤上撒盐的不雅绰号——秃子。长大了,同辈也长大了,这名字也难以启齿了,有的叫老孝或孝哥,有的和《水浒》里的好汉对号入座叫鲁智深或李逵,老辈子叫孝娃子,同辈的叫老孝,下一辈叫三大,再下一辈的叫孝爷。

  三哥弟兄五人,三间二层木架厢房,年久失修,留一间作走道,还剩两间,老大另坐拆去一间,幸好老二老四入赘他乡,唯一一个读书人老五,见三哥遭罪,也没提分房的事便另起了炉灶。

  弟兄五人,因为穷,找不上媳妇被迫离家的,没挪窝的只有大哥和三哥。大哥有家,可以独立应时,三哥靠大哥拨拉,说上,不敢下,粗重活全包,农忙嫌慢,农闲恨多余。无奈,去给别人放牛放羊混天度日,快三十了,叔伯婶子给大哥施压:长子为父,长嫂为娘啦,你就看着叫老三打光棍?

  那一年三哥有了新娘,新房在小楼上,一座土炕,一条羊毛毯,一床旧被子。一帮小伙子去闹房,我们去看热闹。那闹房,是粗俗、不经过滤赤裸裸的原生态语言,一齐给两个弱势中的弱者肆意扣来。两个小伙子把三哥的裤子脱了往新娘身上压，三哥的脸气成猪肝色，死命叫骂："贼儿子，人畜牲，天杀的，甭行驴阵了！"谁听这些，平时他是他们的戏谑对象，十年等个闰腊月，今天正是尽情发泄之时。"三秃子，好本钱！嘻嘻…嘻…哈哈……直到三哥恼羞成怒，拿起棍棒劈头架来，众人才像捡了个便宜似的离去，口里还不住地嚷嚷；"走！这和尚不识耍，不识人抬举！"

人类最苦难的莫过于战争、饥饿和政治性的分化迁徙，而二十世纪五十年代末则是为快步进入富强的与富裕无关的义务投工。撒下了大量农田以及田里沉甸甸的谷穗于不顾，为赶超英美做贡献。三哥家里无粮无家当，仅维持了半年的婚姻，随着村里人开始有史以来的大流动，便重返了光棍之路，炼铁厂、修水渠，是他混熟饭碗的好去处。

这一年大哥去青海当铁路工人去了，三哥连骂他使唤他的人都没有了。

接下来，饥荒不期而至。三哥食量大，饥饿比别人来得厉害。一天他路过公社旁的大场，那里摆满了麻袋，他把麻袋用有棱角的石块划破，一股麦子焦味扑鼻而来，那香味天打五雷轰也无法阻止他，于是大嚼大咽起来，吃饱了将两只裤腿角扎紧，从裤裆里往下溜满粮食，可惜还未走出粮堆就被人抓住了。先是一顿暴打，以推卸眼皮底下作案的个人职责，再是五花大绑投入监狱。

……

三哥回来了，仅半月，浑身的肉像酵子发过的面，眼看就站不起来了，正在人们揪心三哥的处境时，队长放开嗓子满寨子吼，吼声里带着喜悦："明天起早去石坊背粮，每人五斤，准备好路上吃的干粮。"天大的喜讯！此后，经常十斤八斤，不用再去石坊，就近粮站背来即可。

又一个春天来了，蔫不唧唧的人们从鬼都没心思害人的冬季里走出，长吁了口气。十里八乡龙灯狮子舞起了，大哥也衣锦还乡了，三哥的婚事又提到族内议事日程上了。几个婶娘在她们的娘家物色了位本分人家女儿，也是姻缘到了，双方一见就相上了。

人们给三哥领回了媳妇，个大结实，一看就是个能吃苦的。农村一向找媳妇的标准是：有钱办个大婆娘，推磨踏碓气憨憨。大家感叹：这家人兴起了。

有了劳动的身板，便是传宗接代了。很快一个接一个的儿子出生。三哥靠工分分粮，难以糊口，早饭吃了愁午饭，午饭到口无晚饭，多数时间提早上炕，以省口粮。接踵而来的五个儿子，一个赛一个，食量也一天天增加。大的二的与他的吃法分毫不差，月好推，日难过啦！

有年，父亲见三哥生计艰难，三月里的一天把三哥叫来问："孝娃子，挨得到麦黄吗？"三哥低下头说："已经没了！""你跟我来给你秤些玉米。"父亲说。三哥怔了好半天才说："二大，我倒想要，可一时给你还不上。"父亲说："慢慢还，只要有人。"父亲叫我把数字记在檩梁上："一九七三年三月二十八日，李世孝借玉米一百五十三斤。"孩子们一个个在长大，粮食耗费也与日俱增，一年比一年紧张，三哥再未提及，父亲有时念叨几句，也算给口改个馋。后来儿子们一个个成了家，摇摇欲坠的老屋让儿子拆去修成了新房，连老两口都无处搭床，远去老哇坪山庄栖身去了，也就成了笔呆账。

三哥力气大，只要吃饱，能背两百斤左右，就是不会出巧劲儿，只会做直活、粗活，人都说他苯，可有一样拿手——耕地。生产队时，春耕、伏耕、冬耕，他就是专职耕地人。无论你什么时候碰上他，都是一身汗渍涂白的破衣，扛着犁头吆着牛，鼻腰里布满汗珠，嘴角的白沫里插着一苗草屑，要不就是在地里躬腰扶犁、扬鞭。耕地的人工分高，每当评分时，他受的指责也最多，原因是他犁头压得紧只顾打牛，不给牛唱歌，队长常骂他：只顾羊卵子不顾羊性命。

三哥脾气冒，三言两语就开始暴跳如雷，甚至大打出手，有时年龄相仿者故意逗他，不出几句就开仗了，他身子重又不灵活，三下五除二就趴在地下，惹得婆娘娃娃大笑不止。

也许是叫人欺负惯了，三哥也奸狡，除了耕地，其余活该混就混，别人想叫他帮忙，他不想去时，你叫爷都白搭。"孝娃子的力气上戥子称呢！"多数人这样说。我以为，三哥有骨气，有自尊。

三哥的一生是自生自灭的一生，是由命运拨弄的一生，与奋斗无关，与理想无关。

对于三哥的死，普遍说法是死了好，我也这么认为。他一生受了太多的苦，一生都弯着腰，到死没有伸展过。儿子们大了，他们各自奔自己的前程，他顾不了他们，他们也无力顾及老两口，死了，死了，从此再不愁挨饿了，再不愁养不活婆娘娃了。

他的贡献在于为社会生了五个劳动力。

柏林

　　与三哥同代人的柏林，本姓岳，李氏外甥，我也算作他远房舅舅之一。邻居家翻身做了主人，也有了对全村人的指挥权，唯一缺个立门当差的男子汉，经好心人撺掇柏林入赘过来，一下子矮我了三辈儿。低头不见抬头见，称谓免不了，咋打招呼就成了问题。孩提时无所谓，大了，就有点难为情。可这辈分高，骨头嫩，咋整，不叫总觉尴尬。因我当过小会计也当过大会计，每每遇到我，他以"娃的会计爷"相称，虽说有些含混，也只能如此。

　　他的皮肤白皙，出力气冒汗时变成红色，鹰钩鼻子鹞子眼，一眼就可看出他是一个干练的人。

　　生活在不同家庭习惯各异的人凑在一起，从小事到大事都得磨合，加上他本身吱的一声，嘎的一声，直来直去，快人快语，句句抵心，三言两句不对路，就擦枪走火，和养父母吵架成为家常便饭，甚至日娘道老子，噼里啪啦撇盘子砸碗，寻死觅活，老父哼哼，老母嚷嚷："放娃子！你想干啥？天爷唉，前世里咋修积来着！"直到满寨子人来劝架："出出气就行了嘛，犟板筋，牛疙瘩！"他还不想在众人面前示弱，继续拿出不闹个天翻地覆不罢休的态势，跳乏了，闹困了，才慢慢消停下来。我们一墙之隔，都住楼上，吵架似在眼前。不发生口角，他们家的一切都在我们的听区范围，连衽席间私语都可清晰入耳。

　　有时闷得慌，喝上四两白干，上衣一脱，嘻嘻哈哈，平时憋在胸中的郁气也会和酒一同挥发出来，把他的本来面目展现给小山村，展现给老小娘舅。

　　他一生和大多数农民一样，为的是吃饱肚子，日出而作，日落而息，生儿育女，也叫孩子读书：儿子读，女子靠边，读好读赖听天由命。平日里，不想昨天，不想明天，只想当天。

　　生活叫人成熟，人也在生活中丰富着自己。在我们队里，他是功勋父亲，两对双胞胎，虽然他的养父是队长，吃的不愁，有靠头，可接二连三孩子的降生，他的压力也一天天增进，那点刚气被七个子女你一泡尿，她一把屎，磨绵了。

　　他有时也苦中作乐，趁自家的责任田不空，瞅准时机帮别人撒一回种子，意外地还会有收益。

　　他手巧，农家用的小器具，样样在行，比如：杀猪宰羊干净利落，比如：

雨天或闲暇，打草鞋，编背篓，扎笤帚，比如编撮箕、笼子。他竹篾划得好，编得结实好看，会做耕地用的犁头，套上铧入土深浅合适，人又轻松，还有楔锄安把，比别人做得光滑受用，编的草鞋，好穿、耐久。老年人头皮皱纹密不好理，他理，月娃子的头难剃，他来。我不在家，见我们家用的镢头把、锄把不好，主动来收拾，腊月里，帮我们杀年猪，什么都不要，只要有二两白干，白脸变红，红如关公，就乐哈哈走了。

后来，娃们大了，各自成了家，他们也就在山上务点药材，很少下山了，一旦下山，总不忘给我家送个背篓、拿几根锄把或一把竹梢扫帚。

他也是劳动的好把式，耕地撒种样样皆能，牛歌唱得极为动听，从不轻易打牛，一声——"哎——回来了啊——我的黄骟牛娃……啊，回来了，啊——"音色清纯，婉转悠扬，犁的地平平整整，犁沟笔直笔直。看他耕地，看他耕过的地和听他的牛歌一样是一种享受。

他心地善良，体恤人，带我一同守过山庄，我们俩很合得来。山庄的晚上无聊，他抽烟，我给他摆古今，下力气的活儿我干不了，他从不嫌弃我，总是对我怀着敬意。每天天麻麻亮就叫：娃的爷，起来！要是我慢一点，他就又说：男子汉要灵性，有个三纲五常，农人靠力气，也要靠智谋，才有媳妇跟你！他自己就如此，三下五除二披衣系裤，跳下地，熟练地打绑腿穿草鞋，绳子往腰里一缠，刀把斜插背上，领我去割竹子。

高山的早晨头上是雾，脚下是露水，一出庵房门他就亮开嗓子："天上下雨如下雪，旁人没得我遭孽。锅里无水要我挑，灶里无柴要我背。"——"太阳出来晒死人，变牛变马甭变人。二世变个桃花女，风不吹来雨不淋。"一到有竹林的地方，抽出刀，嚓，嚓，嚓，这儿一根，那儿一根，一会儿就是一百多根竹子，我仅几十根，也只得跟着回。回庵房把竹子埋在土里，抓紧做早饭，饭后去烧打铁用的木炭。他平时常说：磨刀不费砍柴工，一有空，口里噙个旱烟锅，把刀斧磨得明灿灿，砍起树来手起刀落，一会儿就将烧一窑木炭的柳树柴砍够了。老年人都说：岳柏林砍柴像剪麻秆，又像婆娘们刷草。高山里的天，说黑就黑，下午趁早做饭，吃了，教我划竹子，编背篓、撮箕……

他也带我放过牛羊，我也沾了他不少光，下午回家，背上不空，不是捡一背篓牛粪，就是挖一背柴，粪捡不够，他帮我捡，柴挖不够，他帮我挖。他胆大，羊少了他会编谎糊弄队长。有一回夏天，天不亮他来喊我："今天太阳大,中午不回来。"我说:"拿啥吃的?"他说:"有面装两斤,其余你不管。"我收拾好面赶上他时,他已把牛羊吆出了圈,每人都有任务,背锅的,背碗的,拿油盐的。到一个叫蜂岩沟里的地方,把牲口赶进沟,牲口在这偌大空间里自由吃草,无须再管。在一处高大岩窝下,他开始派任务,弄柴,砌灶,烧水。他说我们今天杀只羊吃,要我们几个先盯好,杀哪个合适,他便悄悄地跟在羊后,一个箭步抓住羊后腿,把羊来个倒栽葱,一脚紧踩羊脖子,用备好的绳子,先绑后蹄,再绑前蹄,前后四个蹄子用剩余的绳一拉,四个蹄子就并在了一起,绾结实,一脚紧踩羊蹄子,磕膝盖跪在羊肚子上,一手抓羊角,一手执刀,顺羊脖子一抹,羊就咩啊一声,喉管里咕噜咕噜冒血了,接着全身挣命地弹挣,慢慢地不动弹了。这一幕很残忍,我呆呆地远远地看着,不敢向前。他会甩我一句:"看你那点出息!"

这下,他一边剥羊皮,卸羊肉,一边给我们教些叫人脸红的山歌——"贤妹长得白漂漂,好像豆腐才开刀。妹是坡里嫩韭菜,谁个都想剐一刀"。"绸子手巾包散钱,贤妹肉比绸子甜。八月十五亲个嘴,九月十五还在甜"。小哥哥,在石板上揉面做馍斜瞟一眼,冷猛丢一句:"瘟和尚,口里嚼得啥,给娃们教的这?"正在兴头上的他回顶一句:"你不懂,听一些好,二天找媳妇免得羞!"

他将羊肉下到锅里,悠闲地拿起烟锅,娴熟地装烟打火吞云吐雾了。不时问问:馍咋样了?把火爒好!

羊肉熟了,火灰里烧的馍也熟了。每人一大碗,多时不见油荤的五脏舒展开来。剩下的藏在岩窝里第二天继续吃。我们大小六个人一般要吃四天到五天。那应该是我们最开心的日子。他见我们高兴,提醒说:"人轻的祸出来,老鼠子轻的老猫逮。"一再叮咛,把手洗净,口漱净,回家不准乱讲,谁说出去,追究时羊钱谁掏。后来尽管有人知道了也时过境迁了。

柏林性格敞亮,直来直去,一针见血。他一生勤劳,却没有富裕,这不怪他,大家都一样。他和大多数人一样,也希望得到帮助,但对优越于他的人并不嫉妒也不谴责,更不羡慕而是有一种蔑视的漠然。在乡亲们中,生前人们怕他,死后又常常念叨他,最主要的原因是他从不给人暗地里使坏。

老天爷真是会安顿,来时给个命,叫你哭着喊着来到世上——好像是一个依依不舍,一个义无反顾,外面的世界太诱人;去的时候叫你哎哟唤天——

好像在说：累呀，累呀，原来如此！他死时得的是胃癌，不过他比三哥划得来，他后半辈子新千年的红灯已经挂过，割竹子编背篓弄些钱，就买酒，酒瘾过足了，啥事都能放下。他的病与酒有关，三哥的病与饿有关。他死时，我不知道，过后才知道，我遗憾没看他最后一眼。

小哥哥

说小村历史悠久，不如说是穷得沧桑。房旧墙歪，十年九旱，水咸，草干。那些石头、黄土称得上是历史，就是太遥远，旧房、老柏树，也是历史。这个普通得无法再普通的村庄不会被历史挂念，也不会被自己惦记。

小哥哥属社员的领导，有个官名叫队长。小哥哥出生在村西一个被火烟熏得焦黑的破败院里，这院落建于何时，无人关心。不过这不影响在这里出生的人编织自己的故事。二十世纪四十年代，从这院里走出一个叫李世润的人，与我同辈，朴实、平淡，我们管叫他小哥哥。

他因胃癌而殒命。小小一百来口的村庄近三十年有十人染此病身亡。与水有关？与土有关？没有人深究过。

或许，小哥哥的病与饥饿有关。常听父辈们讲，小哥哥小时遭的罪最多。

我的记忆飘忽到旧时村庄间的一条通道里：院落之间人来畜往，出村时穿过一座背西朝东的木楼，村里人习惯地叫——三房楼底下，楼上住人，楼下走路。

小哥哥与其说是长大的不如说是睡大的。还在三四岁时，大人下地干活，把他和他哥放在檐沟里，身上搭一片麻布，晴天里晒得眼屎一疙瘩一疙瘩，苍蝇扎堆儿地吮；下雨了，把草顶在头上瑟缩着，风刮来，像旋风中的一团渣子，裹在土雾里；雪落下，如两个刺猬趴在地上。

他们是大地的儿子，永远把自己的肉体捧给大地，他们是苍天的儿子，毫无保留地把心灵袒露给苍天。

这路也是骡马牛羊出坡回栏必经，是畜生通人性还是畜生也怜悯穷人，狭窄过道接踵挤蹄，俩兄弟安然无恙。他们在牛羊蹄下添岁，在风雨如晦里长大。

我没有见过他们的父亲，记得只有一个老娘，我们叫瞎子老娘娘。长者说，老娘娘有个大儿子，拉了壮丁，一去未回，老娘娘哭瞎了双眼。大儿子已经娶了媳妇、生了女，你想谁个心里不疼。生活是残酷的，无处住，无地种，无吆牛扛犁的，独木不成林，媳妇只好改嫁，成了后来柏林的养母，女子招了柏林做女婿。

在我的印象中，小哥哥粉墨登场时，像个演员，早上唱，中午唱，晚上唱，出门唱，进门唱。我隐隐记得，他唱歌只是为了欢乐，老是前两句歌词清楚；"你看那天上的星啦，嗨……"中间哼哼哼，接上："庄户人家闹呀嘛闹春耕……"他已经是个笃笃实实的小伙子了，有种无形的力量支撑着他。

没多久，我看见一个年龄大些的人领着他，背上背着粮食，说是给小哥哥提亲去了。

小哥哥有了家，有了小孩，可仍然背着欢喜神，声音不好听，爱唱，不会唱，爱唱。他的心跳荡着，温馨着，不唱对不起新生活，不唱没法发泄满腹兴奋。

他有一张可爱的核桃脸，纹理深深，一对鼓鼓的大眼睛，蒜头鼻子，温和的气息从那些沟沟壑壑里溢出，不急不躁，嘻嘻哈哈，大伙儿都爱他。他的一生多数是在生产队度过的，他当过贫下中农代表，是二十世纪六十年代生产队的一个"官"，当了多年队长，处处以身作则，待人大度、公平，看到躲奸耍滑的也不当面训斥，只是看一眼："哎，哎，时间不早了，抓紧把这点活做完一块缓气。"为此，有很多人给他提意见，说他太软弱，他回应的老是那句话："大家都看着呢，都是吃五谷的人，揣着颗心呢！"在远处做活，对有小孩的媳妇也很体谅，除过中午休息，还给两次喂奶的假，来迟了，没娃的人就二话连天，要扣工分，不然把脾气惯下了，如何如何，他要么不喘，要么："谁家没的娃，你不是娃长大的？"一句出口，对方哑然。

我和小哥哥也一同放过牛羊，我们结下了友谊。遇到我们的牲口跑到别村的庄稼地里，他不顾一切地赶去吆出来，他常说："小麦、玉米正长，牛羊到人家地里一绕，会少多少庄稼啊！种点粮不易，东山的日头背到西山，我从小受过罪，晓得。"在平常人眼里，牲口是队里的，不那么精心，小哥哥说这是大家的，与我与你都有份儿，多一只羊，队里多一分财产，多下个牛娃，两三年后就多一头耕牛，人靠它们养活呢。他对牛下牛娃，羊下小羊羔，特别经心，在草场上有生崽的，他守在一旁，落地后待牛羊把小乖乖舔干，就抱在怀中，生怕受凉，左瞧右瞧，如欣赏一件宝物；倘若白天哪个有下崽症状，他先不回家，一定要等到生下来，母子安全才放心。记得一次母牛生崽，中午等到下午，牛还是哼哧哼哧，原地打转转，他寸步不离，大帮牲口吆回去了，他仍伴着疼痛难忍的牛慢慢往回走。晚间子夜时分等下来，是拖得时间太长还是啥原因，胎衣不下来，他又回去烧开水熏，胎衣下来后，赶忙回家给牛煮面汤给牛催奶。此后一连七八天，每天用自己家的面给牛煮一桶面汤，一来催奶，二来给牛补身子。

农村责任制之初是分大组，小承包，一个生产队分成几个组，倘若碰到修水渠、抬梯田，一般五人为一组，按土方量计算，我的女人还有在外谋事的家属，哪个组都不要，小哥哥只好收留她们。工分低一些，他也不计较，有时和她们开开玩笑："你们几个害得我好苦哟，不要你们吧，我是队长，把你们抛下也不忍心，你们到底把我害到几时？"说过便嘿嘿一笑。其实，小哥哥对女人的难处是深有体会的，饥饿刚过那阵子，嫂子就得了病，神情恍惚，奄奄一息，那时管得紧，条条框框多，没钱看病，卖点鸡蛋抓点药，鸡不下蛋了，药就停了，这样治治停停，五六年竟然拖好了。他既要当父亲又要当母亲，既要挣工分又要做家务，即使如此，精神都没垮下来。经历过一个人承担一个家庭酸甜苦辣的人，最富于怜悯。一颗同情心是苦难岁月里熬出来的，是两千多个日日夜夜积淀下来的。

柏林上山以后，几乎每年的年猪都是小哥哥给我家杀的，也是吃点肉喝几两酒了事，农村兴互相帮忙，但我们家是刘爷吃席不还席，走时装一瓶白酒，他就会合不拢嘴，那满足劲儿像刚从蟠桃会上回来。

本来我家和小哥哥只隔一家人，后来他新增了圈棚，再后来，他把通道堵上了，鸡犬之声相闻，难以往来了。

小哥哥，干部当的时间长，分享过旧体制与新变革碰撞之间的红利，也尝到了留恋过去、不适应新潮流的痛苦与迷惘。他在自给自释怀与受惠后的不安中死去。他死后，老妻双目失明，两个儿子一个腿摔坏了没治彻底，另一个也成了弱势群体成员。从此，我的心理天平上动摇了"好人一生平安"的说法。

小哥哥的欢乐没有得到回报，年轻时天天唱的新气象照耀到他时慢了节拍，他死得早了点。小时受罪，青年挨饿。好在是他翻越了新世纪，自由自在地耕耘了几年责任田。死时痛苦，闭眼笑容。

体验乡村

1

黄家以土层厚肯出五谷而出名。

内弟鳏居，儿子要结婚，入赘许家湾。

许家湾人姓尚，距黄家一华里。纵使相去不远，囿于传统，内弟来电提及，总杂有叹息声；侄儿也是，对于二十几年与父亲与家庭之间的深厚感情，一旦将剥离，虽说是人生中最重要的时刻，也是喜忧参半。妻不放心，在侄儿出门前，要我和她回去一趟，多住些日子，给弟弟精神上予以援助，给侄儿道贺道贺，说说宽心话，好让年轻的乐迎喜庆，年过半百本来孤寂的心敞亮起来。情通理顺，我心里有说不出的高兴和轻松，不由人思绪万千。

我想到内弟一人拉扯三个儿子的不易……光修房、娶媳妇，他得要付出多少体力和心血啊！这下好了，可以松口气了。我又把他这多年劳神费心的事迹检索了一遍，不禁一声感叹：活人难呐！妻见我半天没应，以为我在犹豫，遂说：现在不比从前，人情大变了，你很少去，也正好体验体验这几年农村人的活法。

说实话，不常回乡，对各家里短、分合流转逐渐生疏起来，实在该回去走走，熟悉熟悉人事，也避免亲戚进城，擦肩不识，出现误会，留下遗憾。

我们家乡的村寨，绝大多数是以姓为庄名的，比如：车家、岳家山、张家湾、李家河、梁家，每一个村庄之名，看似没费心思脱口而出，仔细品味乃是中国最明白晓畅的文字了。一个村庄一个单元，就是一艘生命之舟，生活之舟，希望之舟。

黄家，一村两姓，按理应叫黄家湾，先辈们有远见，把一个养育人的大湾开辟成良田，自己住在一面坡的三块台地上，流年生息并时时环视展现在他们面前的那一块块丰腴土地。

回家最怕的是翻越高楼山，车路从一处隘口翻越，山势高靠弯道盘绕，几十年间不知翻越了多少次，先前多数坐卡车，走一次怕一次。冬有白雪皑皑，风霜刺耳，手脚麻木，堵车、车祸时有发生；春有残雪，夏有泥泞，走一段壅于烂泥，只有这时司机才不居高临下，焦急的心才与我们有相通之点，人多力量大，一番齐心协力，车被推出，我们会有一丝快感涌上心头，一旦起步，就又唤醒了归心似箭，苦和险被赶得无影无踪。

这山属金子山，与摩天岭一道构成了文县坚硬的脊梁。两山并肩，汇聚千山万壑的溪水河流，携白龙江与白水江一路奔向玉垒关。

现在的路好多了，风雨无阻。

旭日初升时，一片阳光，一片宁静，我们踏上回乡之路。

弯弯的山路如拉不展的琴弦，盘在地上绕在林间。

汽车载我从摩天岭峡谷跃上插岗梁山系。

汽车载我从白水江流域跨入白龙江流域。

汽车载我爬上高楼山梁顶。

登高远望，忽然开朗，小城的喧嚣早已退去，被峡谷胁迫的压抑倏然消失，天宇底下，构成大地的山峦水流，明快、简洁，一望无际，把世俗遮盖在下面，看不到尘世烦事，排除了心灵杂质，胸臆豁然，超然物外。

熟悉的舆地，近的眉清目秀，远的隐隐迢迢，像大海的波浪一样呼啦啦把故乡送来脚下，瞬间有了游子归来的踏实。那种邈远与缥缈不断勾起世事代谢的遐想。

《三国志》上说，魏国派邓艾向甘松、沓中以罗取维，诸葛绪督诸军趣武都、高楼，首尾蹴讨。有人说这个高楼或许就是高楼山，按照叙述顺序，语言逻辑，也当言之在理，不由人胸中充溢沧桑情怀。确如是，那该是一处无言的经典了。抛开严谨的探寻历史真相要素，凭仅有的文字记载，我想，可能性是有的，因为就在它的山脚下，后魏设立过建昌县，属卢北郡，隋改为长松县，可知这里设县有源，史籍每提此地总是指出，县北三十一里是天魏山，也就是洋汤天池身后的那座山。

站在高楼山的垭豁，可一眼望见天魏山，只是那一泓湫水被群山藏掖着不肯露面。

高楼山不声不响，托起无限广阔的蓝天，苍穹之下，一切生灵晏眠于春困中，安享森林怀抱里的缱绻与缠绵。阳光撒在林尖，珍珠般耀眼，光之下包裹着启迪生命的神秘链接，无须破解它激活生命的谜团，就那一种阴柔之美，就足以令人赏心悦目。这时候心是淡定的，极想在这儿多休憩一刻，保持心的恬静，好让自然之气拂尽杂芜，进而达到天人交感，给身心一次保养。

高山之巅咏晋人傅玄的歌最为开阔胸襟，也是一种不错的享受：

"天时泰兮昭以阳，清风起兮景云翔。仰观兮辰象，日月兮运周。俯视兮河海，百川兮东流"。

既是山，都是美丽惊险的。

高楼山也不例外。

站在高楼山隘口，群峰起伏，白云悠悠，公路从山下绕上来，绕出了情趣，让人神怡心爽，心之河在天地酿就的温馨里飘逸。

视线从峰顶收回，俯瞰下方，松林密布，清香悠悠，树林是人工林，足有三四千亩，是三十几年前，在"植树造林，绿化祖国"的号召下，县直机关职工和附近村民历经十年共同营造的。我是植树者之一，起初的情景还历历在目。前人栽树后人乘凉，看到这片树木这么旺盛，我总是想起当年的组织者。

再远些，转过一道山梁，可见西面黛色山坡上挂满农田，有绿色的麦田，有等待下种的黄褐色土地，犹如随意涂抹的画布，连片的，零散的，黄绿杂陈，那留白将托付给季节的调色板，随时随地任意泼洒出赏心悦目的颜色。

车路，在山之右，盘山而下。

汽车钻入峡谷，又挣命地冲出，在一块不太惊险的坡地上戛然而止。

我们依然没走出金子山。

我站在公路上仰望树林中的村庄。

这个黄土堆砌的坡面，便是妻子的娘家，再下五华里就是我的家。她从这里出发来到我家，生儿育女奉老抚幼，虽近，但很少走娘家。岳母看她独撑门厅，每遇耕种，都来扶她一把。岳母离世了，像要弥补亏欠似的，反倒往娘家越走越勤。我也有了体悟另一个村庄的机缘。

乡村是我们成长的摇篮，赖以生存的沃土。多时不见，一眼看见林荫深处的屋檐，好像那里隐藏着生命秘密似的，心一下子被吸引，甚至有些迫不及待。

在进入村庄的路上，整个身子被满山绿意包围，路两边一串一架的野刺玫，像一溜溜五彩缤纷的门，黄的紫的粉色的花儿烂漫无比。置身于"含风鸭绿粼粼起，弄日鹅黄袅袅垂"的景色中，胸中充满春意。布谷叫着，画眉跃上跳下，松鼠机灵地瞅一眼，又猝然消失，要不是偶尔于树枝间露出白墙灰瓦，还以为是在人工园林中蹀躞漫步哩。

野鸡在远处嘎嘎叫开；

炊烟从林梢尖袅袅升起；

狗吠声扑面而来；

刨食的鸡群咯咯咯四散逃离……

眼见的，脚踩的，是换代升级过的新版乡村，一切都是自自然然的，天生就该那样的，与我的生命有某种默契，有某种磁石般的引力。

这一切唤醒了我对乡土的情谊，仿佛过去几十年都在人为的虚假虚无中度过：汽车喇叭声，蹭人的三轮、摩托，以及那些过分虚张声势的怪异瞬间被这原始的本真给吞噬尽净。我回到了乡村，与自然融为一体了。

离村老远，侄儿们迎来，一张张满怀敬意的面容，把心烘得热乎乎的。

妻也高兴，我也欣悦。

回乡的感觉真好！

2

我从金子山上走来，又向一个平淡的、一家独守几亩庄稼地的村庄深处走去。

金子山，没有因为有一个黄家而停止脚步，在她或林或地或坡或坎的身子骨里留下了若隐若现祖辈跋涉的身影。他们说老先人是从大槐树来的，这我信。从散落于野的穿膛[①]墓葬可知，原先居住于此的是被元人歧视踩躏的氏

[①] 氐羌民族土葬时依土坎挖进一个洞穴，将棺材放进去，叫穿膛。

羌人，明灭元以后同样受到株连。一个被驱赶的民族，在一路惊恐中被迫离开故土，他们到哪儿去了？查遍史志，没有踪迹。我想他们没有走远，也无力走远，高山密林是归宿。绝大多数同化了，少部分混迹于大汉族中。桥头、屯寨的一些地名，给我们留下了蛛丝马迹，比如西喇寨、山番湾、西番山。填充来此者，也是强迫的，他们拖家带口，山重水复，历尽悲哀与艰辛。他们疲惫了，在山溪叮咚、林深土肥的黄家止住了脚步，这里可壮起远行行色，在臂弯般的怀抱里繁衍生息。离江远，背大道，生命在这里扎根，当不失避祸安居的一方厚土。

他们被迫舍弃故土，他们在陌生的土地里挥汗扎根。

乡村和城市最大的差别在于自然原始，太阳明亮，山清水秀，空气无杂质，清纯透亮；人亦如此，他们不懂得优雅的含义，却知道坦诚是立身之本，他们不可能说出高尚二字，可一生总是谨守善良与朴实；他们喜怒哀乐露于形，真诚、厚道、一眼望穿。

黄家人和我们村的人一样，无论天晴下雨都得"东方未明，颠倒衣裳"，穿上草鞋背起背篓扛上犁铧吆上耕牛蠕动在山坡的小路上，春种、夏锄、秋收、冬耕，"不能辰夜，不夙则莫"。这是农人的全部人生，当一个合格的农民，那是镜子、榜样，也是我们农家子弟努力的方向。

七八岁时，我在这里读书，第一次发现，这村庄与我的出生地迥然不同：庄稼地大而平，对门有小树林，越往上林子越密，直接金子山。春天我们找小树苗绿化校园，远不出里许，山白杨小树就会频频点首；有一条沟就有一条小溪，虽不大也能听到咕噜咕噜的水响声。浓荫蔽日，独处则心怵，不敢落伍。

那时候人穷，与那青山绿水极为不配。男女头上都缠帕子，男子头发短，费布少，也不乏一两位顶上留一撮头发，以示留恋旗人装饰；自然女的头发多，需要的帕子长些，年轻媳妇们还用青与白两色布缠头，人们戏称"白马卧青山"，别是一番情趣。要是姑娘媳妇过于起色，也会遭来嫉妒的嬉骂：你看喂，好男人的！

黄家的土地较平缓，地接深山，山与林结下爱的结晶，渗透到黄土层中，庄稼长得精神，十里八乡称赞，逢晴逢下不缺五谷杂粮。岁月施惠于他们，历史却不管这一城一地的得失，照样胁迫于斯。对庶民百姓来说，改朝换代无异于大地震，灾难过后，余震、惊悸一时半会挥之不去。日子总得过，田照样下，庄稼必得务作。他们没过多的奢想，只图吃饱肚子。不遇天灾人祸，黄家人只要使上力气，不愁饿了肚子。

事情往往不以人的意志而转移，灾难永远是甩不掉的瘟神。

三年困难时期，一度颠覆了他们的美梦。与岳母同在一个屋檐下，妻子称作刘爷的一位长辈，经常断粮，吃了上顿愁下顿。那时在山里种了一点洋芋，早上中午晚饭都是它。麦子五月出穗，即开始捋麦穗，煮粥喝，六月成熟再磨面，只剩种子了，就打野菜，抠新洋芋，七月玉米苞出怀，开始吃青玉米，吃到八月成熟，九月挖洋芋，十月刨洋芋，剩下的时日就得吃糠咽菜。他妻子坐月子，正逢冬季，无吃，穿一双露脚趾无后跟的鞋，去野地里刨洋芋，后来脚指头在一个严寒的冬天开始掉骨节，最后十个脚指头无一幸免地少了一节。妻子每每看到这位婆婆过门槛时，前脚抬起，后脚一闪，过了门槛，前脚不能踮地只能用脚后跟，牙一龇嘴一咧的情景无不伤心掉泪。这家人穷得全面，有残疾，又缺吃，也缺衣少被；炕上铺的是一张中间有个大洞的竹箅子席，盖的是三尺长的烂毛水毯，冬天烧的热炕前半夜烙得睡不下，后半夜冷得蜷住不敢把腿展开。大哥小时常对另一头吃糠咽菜的刘爷大声喊："刘爷，别偷着吃了，我拿拌面饭换，把你的好吃的也叫孙娃子尝尝。"他以戏谑的方式传达爱意，用恶作剧的调侃施以怜悯，母亲对儿子拐了弯的好心常是一声呵斥。

重提刘爷的话题，只能是忆旧而已，刘爷已经不需要恻隐了，他去享受无忧无虑的生活去了。

那年月，刘爷虽然胼手胝足，却像孔雀一样，扑腾着而不能飞翔，躲过了一劫，算是幸运。……

黄家人在饥饿与惊恐中度过一难，那是黄家人至今提起都不寒而栗的伤心事。

我厌倦了回忆往事，一提到他们的名字，就像冰块入喉凉彻肺腑。我不愿听到有关那个历史区间的一切，我是肚子饿怕了的。

3

当第一声鸡叫引来无数和声的时候,才真真切切地意识到我已经在内弟家的床上了,真的是"鸡鸣枕上,夜气方回"了。

原先这里很热闹,后来左右几家陆续搬走,左邻右舍仅剩三四家,连鸡叫都寥落无几了。

熹微已经爬上窗棂,院内寂静无声,要是在一年前,女主人此时正里里外外打扫卫生呢,唉,人生无常啊!心里不免暗暗伤怀起来。

我披衣下床,轻轻拉开门,见厨房门开着,炊烟从门楣缕缕溢出,心绪立刻活跃起来,这家人没有因为缺少一个内当家而消沉,反倒火焰越旺,真替他们高兴!

"姑父,你该再睡会儿。""你都起来做活了,我还能睡着?"我说。"水给你热好了,你洗脸。"他一边说,一边举着两把面手,要给我倒水,我快步上前阻止,手提烧水壶正欲转身时发现,侄儿正在和面,心灵一阵震颤。我问平时都是你蒸馍?"妈不在了,爸爸身体不好,妈妈生前的家务活我都学会了,蒸馍、压面,还有手擀面我都会。""你走了,你爸爸就孤单了"我说。他说:"不怕,这些都是爸爸教我的,再说,也很近,有重活我来帮他。"酸楚从心底漾开来,我没有正面看侄儿,眼对着厨房门外,脑子里闪现出一句戏剧台词:穷人的孩子早当家!

跨出厨房门仔细端详揉面的侄儿,真的有几分厨师的派头,腰系围裙,双手将发酵好的面折来叠去的,一会儿是长条形,一会儿又是圆形,接着是一个圆柱形,顺手提起切面刀,叭叭叭,十截面团摆满一案,一把干面,纷纷扬扬撒在上面,面团切节向上,双手捧面节两拇指压顶,迅速团圆,团一个往蒸笼里放一个,其娴熟不比一般家庭主妇差。

早餐是侄儿亲手蒸的馒头,烧的油茶。妻子以前老不放心弟弟和三个清一色男子汉是咋过日子的,吃着侄儿做的早餐,她不住地夸,不住地擦眼泪:"亏得老天爷睁眼,娃们懂事,这下放心了!"

我不禁由衷地赞叹道:青春真美好!青春让丧母之痛咽在肚里,让生活的风帆高扬。青春可以驱走悲痛,悲痛叫人成熟,虽然,青春或许会渐行渐远，但是，青春仍然可以把年轻内在的魅力长驻于心房。青春永远会被珍藏，随时随地作为能量让理想扬帆，无论何时，只要你奋起，都会助你奔向梦想的天堂。

早饭后我走向山野。

我每次来都要到村东的庙山里沿梁上行，北至固镇山门，西至一个叫湾里的地方，再下到车郭家[①]，顺公路返回。内心总希冀有新的发现。关于黄家的、固镇的、古城的。这天我依旧再一次周游。是季节约我，还是那些山野藏着的秘密吸引我呢？也许兼而有之吧。

这是一个熟透了的春天，青山绿得像浓浓的汁液，弹指可破，于茫茫一片春色中弥漫着花香的暖风扑面而来，轻柔地抚摸着脸颊，宛如一曲温婉的歌谣，抚慰心灵。春夏之交的四月，春深如海，树木青翠欲滴，多年来的植树造林大见成效，有些树木上还挂有标牌，看来已不是为绿化而植树了。我被树木吸引了，停住了脚步，不想走完既定目标了。在树林中找到一块大石头爬上去坐下来，身上有微微的汗珠，头上有斑驳阳光，树上的黄鹂、布谷争相啼叫，草丛里野蜂、蝴蝶翩翩起舞，我似乎听到了杜甫的吟唱："迟日江山丽，春风花草香。"透过树林，隐隐可见田里一溜一溜的塑料薄膜上长出的玉米苗已经盖住了地面，青为主白为辅了。有母女俩用施肥器给玉米施肥，母亲戴白色太阳帽，蓝衣青裤，女儿戴红色太阳帽，白衣粉裙，不用九十度弯腰，只需微躬身躯，肥料即可离青苗三寸准确入土。多么诗意啊，可惜啊，现代诗人都在可怜的矜持里不着天不着地地无病沉吟，要是来这里必定会触景生情，引发诗兴，吟出一曲美妙歌谣的。

我把视线移向郭家石崖、大品山、释迦佛殿、龙池山，在山与天交汇的峰顶，清澈的蓝天带着一抹淡淡的岚气，有些迷蒙，有些诡异，有些神秘，我想那是历史沉静的眼睛，目睹了古城的悲欢离合，见证了古城的成败兴亡。如同四月的绿荫藏着深沉的心，那些平和之下不知沉淀了多少风风雨雨！

4

我从树林中走出，走向许家湾尚姓人家。

[①] 车郭家是村名。

许家湾为什么没有许姓，我忽然想起我看过的几份家谱，有的是明初随军驻守而后定居，有的是移民，有的是流落。在他们来之前，已经有人生生息息，比如黄家，还有李家、许家、段家。说来也巧，阿婆的娘家就是这家，可谓亲上加亲了。我走进阿婆的娘家。父亲在世时给我讲过阿婆的很多往事，令我沦肌浃髓。逝者如斯夫！阿婆一生受苦最多，在爷爷阿婆年轻时，大爷当乡约，有人有势，爷爷识几个字，穷途潦倒，两弟兄修房，阿婆就是苦力一个，帮大婆每天做几十个人的饭，同时还要挑二十几担水泡打墙土，供一天十六个人两架墙板打土墙，没明没夜地干活，最终得了骨髓炎，胳肢窝流脓，直到后来父亲有能力了才找医生看，迟了，等我懂事时，见到她的左胳膊就无法抬起。阿婆过世时我只有十来岁，她已步履蹒跚，却一脸慈祥，一身温和。现在我已须发均白，有时对着镜子，探视脸上岁月赐予的每一道皱痕里所深藏的信息，无一例外地都充满了沉重，却总是难以还原最简单的草枯草荣的玄奥。如烟往事都已随季风飘零，阿婆少女时代是苦是福，我已无从知道，包括尚家现在的后人们，不记得他们还有一个姑太，他们的姑太离他们太遥远了，更没有人能知道他们的姑太在人生旅途中的风吹雨打，也没有人把往事梳理一遍。

门外树木成林，"水声长在耳，山色不离门"。

这里环境优美，树叶青青，马莲草一丛一丛，野韭菜像麦苗，刺玫花对我们眨着笑脸，在这个诗意的季节里，来乡间，来参加青春的婚礼，无疑是占尽了天地人和。

春天，爱情，幸福。托翁如是说。

我们到尚家，一则是贺喜，二来我的一份血脉是从这里流出的，我得在源头朝拜一番。

生活像春风，把生命的嫩芽吹得蓬勃向上。

被树木环绕的几户人家中张灯结彩的就是侄儿未来的家，不用说，居家人还是朴朴实实的居家人，没有西装领带，更无旗袍短裙；村庄还是木架房，一律两层，黄土筑的墙，台檐两边多了白墙，堂屋里没有了漆黑，变得洁白，脚下有地板砖，头上吊了顶，俨然小城镇相貌。人们的精气神十足，真正应了一家有事百家忙。多数人认识我，见到我热情有加，搬凳子倒水，主人闻讯亲来接过凳子，用手抹抹凳面，肩膀上轻轻一拍，示意我落座，旋即递水敬烟，嘘寒问暖，哥哥长哥哥短，一下子续起了我与这家人的亲缘关系。

然而，我已处于生命的末梢，尽现枯叶，被北风吹洒一地，但我们对青春的敬畏并未减弱，妻按捺不住喜悦，讲她自己出嫁时的寒酸，羡慕今天年轻人的风光，让她喜不自胜，也想沾沾年轻一代的喜气。

生活像秋风，吹熟了生命的果实。

时代在向前，光阴在流逝，新的代替旧的是不变的规律。我在院内走了一圈，居家人用的所有农具、农机具包括打面机粉碎机、农用三轮、摩托车应有尽有，且专设农机房、打面房。

我小时读书时来过，当时人们的生活起居如何，已经淡忘，印象中最多两三座破败的房屋，房前屋后，堆堆乱石，不见树木，树木离村庄远。今天坐在明亮的堂屋里，忽然心里有丝丝悲凉，风月如流，不觉中竟然老了！光阴迈着一成不变的脚步，不疾不缓地重复着，走过一个个春秋冬夏，走过一个个月阴日晴，远逝的日子已经模糊不清，我才恍然大悟，人生犹如一列列车，向前，向前，直到消失在视线里，在不该停靠的地方决不能停靠，停靠了意味着大修或报废。

接亲的来了，开来一辆小轿车，我挤进人群惊奇地问："谁的车？"回答是"小虎的，在外打工买回来的"。在乡下，能坐上小轿车，胜过城里人租十几辆清一色轿车要荣耀得多，乡里人的青春不掺水分踏实而逼真。送亲的八个人走在前面，拥着新郎，新郎一身灰西装，胸口别一朵大红花，映衬着满眼喜气。鞭炮响彻云端，在大红大彩的氛围里，新郎迟疑了几秒钟，才跨入门槛。不用说他的思绪是复杂的，喜忧参半，责任和义务至此转换，要淡化二十几年父母的体温，他比别人要多一份磨砺，二十几年形成的习俗也得艰难地退让，努力适应另一个家庭的生活细节，他得重新起步。

乡村的婚礼比城里人简单，繁文缛节少，送亲者上座，其余老小娘舅、四门亲戚、远朋近友依次坐定，司仪领着新娘和新郎，向来宾三鞠躬，几句吉利话说过，这个院落就慎重地成为他们人生的温床，他们将在这里生儿育女赡养父母，生命之航程自此开启一个新的里程碑。

我坐在席上，见一帮年轻人忙里忙外，他们忠于职守，十分敬业，有头有绪。我专注地看着他们，我被那种团队精神感动。我欣慰这一良好的习俗。我在黄家，参加过这种场合，不止一次地听到总管一声："没水了。"刷一下站起了四五位，抓起水担就走；"柴没了"，霍地接连去了好几位，争着抢着劈柴。我想麻子娃惨死的那个年头肯定不会有如此和谐的局面吧！我的心里在不断叠印着昨天、今天，甚至明天……

5

今天的黄家人满脸笑容，见到你，不无骄傲地谈他们在打工中的所见所闻，今后的打算。过去他们的一生有两大任务，一是努力生儿子，之后是尽其一生为儿子修房，培养子女当一个农业生产的好把式；现在是想尽办法让孩子们上学，做有文化的人，不要落伍于时代。

大流动吸收了新观念，新观念萌芽了好前景。

眼下已有七八个大学生，还有一家两个的。

文明生长了，人情大变了。

以前我对这里印象不好，无论熟人生人形同路人，一脸漠然。诚然，那也是一种本真。我想在那个年代，做一个礼数周全的人和做一个热情好客的人是困难的，因为他们饿着肚子，生命在受着煎熬。我的浅薄在于视而不见别人的隐痛，把自己的感受奉为至上。怎一个穷字了得！

我在黄家期间曾带另一个侄儿去天水看病离开过几天，回来后妻说，我们一走，她就没消停过，这家出那家进，有时这家刚端碗第二家已在等候，那些请她的人都遗憾没把我请上。有一家眼看轮不上，听说妻爱吃洋芋糍粑，干脆砸了满满一大盆端来，七八个人足足吃了两顿。

这些人中有的是亲戚，有的不是，说来让人心潮起伏，有的说："我来城里看病，大老远给我送饭来，你来了我非得请你到家里坐坐。"有的说："我到城里办事，不管啥地方，只要碰上，你们那个热情劲儿真叫人温暖。"这些话怎能使我无动于衷呢？他们没有文化，没有涤清与改造自己的能力，只有娘胎里带来的质朴，那种不加修饰的可爱，那种人类本来面目的清纯真让人感慨万千。

我从天水返回，有一家来请我们去做客，无缘无故打扰人我很难为情，这位四十来岁的妇女还是我们的长辈，她说按李家她是矮辈，在黄家可是高辈，也不知道咋称呼，妻子说："各赶各呵。"大家相视一笑。从小树林走进院内，宽敞明亮，主屋是二层木架房，新式门窗，瓷砖铺地，黄色木纹板吊顶，白色的墙，屋内靠背墙是一张二米多长兼装粮食两用的长供桌，左边是一台电视，右边是一组沙发。右厢房是卧室，主屋与右厢房夹角处是厨房，左厢房亦是卧室，连接主屋夹角是农机具安放室：旋耕机、打面机、脱粒机、打麦机，生产生活用具基本齐全。有一件九十厘米长的铁制农具，上头有一个小喇叭口，下头有一个张开口的蛇头，原来我田间见到有母女俩使用的就是这器具。我问主人，主人说是施化肥用的，他给我示范了一下，我拿起复习了一遍，又轻便又好使。经村里一个叫克亮的小伙一改装，还可用它下玉米种子，需要几粒就几粒。十几年前我抓过化肥，很吃力，一会儿就腰酸背痛。有了这个小器具，劳动力得以解放，不需弯腰，施多施少由人掌握，几颗种子也能控制在手腕之间。在这个小器具身上完美体现科学技术是生产力这个道理。

　　从前请客吃饭，白水煮肉是好饭，现在桌上摆满了凉菜、炒菜、炖菜、蒸菜。我们虽然吃不了多少，仅这盛情就够我们消化十天半月的。正当我们感叹时小虎来了，他把我叫舅爷，我刚要张口，他好像预感我要说什么，立即说："多话不说，明天中午我请你，走了，到时我来接！"我连几句谦让的话都没说出，小虎便一溜烟走了。

　　这一顿饭吃得人心情舒畅，吃得人感慨万端！

　　小虎在杭州打工，一改父辈的小农意识，洒脱豪爽，这几年闯出了点名堂，好的一年能赚三四十万，在外有房，代步有车，算是打工族中的佼佼者。

　　小虎家的住房在树林中，我们走在林下，阳光下，树木青得和蔼，青得笑脸灿烂，小树林簇拥一个宽敞的大院，传统木结构二层上房，两厢一侧是木结构小二楼，一侧是混凝土西式小平房，从屋顶露出的钢筋可知随时都可再加一层。我们被迎入上房堂屋，六个凉菜已摆好，很精致，白红青分明，我们落座。啤酒、葡萄酒、白酒，杯杯满斟，一番敬酒之后，热菜一盘盘上来，有鸡有鱼，不逊色于宾馆档次。为了这顿饭，小虎专门驱车去桥头坝采购，这让我动情。小虎的父亲一个劲儿地劝酒，我们不胜酒力，倒是小虎父亲杯杯见底，他一脸酡颜，沾沾自喜，给我们讲述小虎创业时的艰难："有一次小虎拿到一个工程，要我给他弄十几万元钱，天爷，那数字把我吓蒙了，我哪儿弄去啊？又害怕上当，小虎天天催，我也急得吐火，唉，权当赌一回吧，硬着头皮去亲戚家借，借来的还不够零头，幸好信用社给贷了款，凑够了钱，汇过去之后，我就失眠了。那一段的心真是悬起的，经常想万一亏了咋办？"他时而激昂，时而默然，忘情地讲，不时让小虎抢白几句："你让舅爷们吃饭，甭说些过时话！"小虎父亲的话，提醒了我，这才发现厅房装修得富丽堂皇，屋内陈设也与众不同，茶几是大理石面儿，沙发豪华大气，五十英寸的大彩电正在播放一台晚会。这时厢房里传来了婴儿的啼哭声，小虎将烫热的奶瓶赶忙拿去。小虎父亲得意地说："孙子饿了。"妻问："啥时生的，儿子女子？"小虎父亲诡秘地一笑："二十几天，是儿是女儿都好！"我在这个和谐的家庭吃了一顿香喷喷的午餐。

6

侄儿陪我去城墙坪，我看到偌大的地里栽满了花椒树，地上全是变成粉色的不见活力的颗粒状土疙瘩，连无处不在的草都难有一席之地了，我有些伤感。今天，不当农民的人把粮食不屑一顾，金光闪闪的宾馆饭庄里糟蹋粮食司空见惯，他们以为三维成像可以代替土地，一切机器制造品哪一样都比粮食金贵；当农民的人在大潮的涌动中，舍弃清新空气，安全食品，走向城市，喝污染水，吃转基因食品，制造水泥垃圾，对土地里生长粮食表示了疑惑。可就是没见哪一项科技成果替换了粮食，也没见哪一个人超凡到不吃五谷。阳光和泥土结合，生长出五谷，五谷将阳光收藏于它的颗粒中，这些颗粒再进入人体，使人生龙活虎，粮食是喜怒哀乐之源，是所有人类的昨天今天明天。我坚信无论何时土地都是万物之基，离开了土地，人无非是宇宙间一粒尘埃而已，甚至什么也不是。

过去这里是黄家湾人的天心地胆，是有钱人的甜点。小时常听父亲讲，谁家能在城墙坪拥有两亩地，那绝对是上户。人们向往的是那里的黄土出食，而不是古老。

一大片土地里有两块台地最大，那里曾有一堵城墙，现在没有了，在尚姓人家房后，我们发现了地边缘靠荒坡的夯土，不细心还以为是土坎，它是仅剩的残垣了。它与它的历史一样淹没于黄土里了。

黄家人说这城是鲍三娘驻军时筑的，这话只是传闻，这城，县志未记，这里的人们对于这座古城没有太多的记忆，因为他们来这里的时间很晚，他们是在原住少数民族被赶走之后才从几千里外填充来的。这里流失过多少岁月，也很难说得清，志书没有记载它，或是因为氐羌民族居住地的缘故吧，应当仍是永嘉以降"自后氐、羌据之，不为正朔所颁，故江右诸志并不录也"，是耶，非耶？

访问的结果是：1949年年底，一个叫尚如玉的农民耕地时，耕出大量钱币，卖给了收购站，现今方圆各村堡都有"五铢"钱，最近的也是"开元通宝"，有一年，我想考察城墙坪，让侄儿黄润田给我在村里找古钱币，没几天就用红色印泥印了好几枚五铢钱的正反面，它是从一家人的钥匙链上拓下来的，来自城墙坪。

站在城墙坪，平视车郭家人的黑叶子树梁，仰视大品山、固镇、城隍庙，一个大坦湾的上部，有一股清泉从地底冒出，足可供千人千畜饮用；爬上固正山门，左可瞭望到洋汤河下游的尖山，右可望见南北朝时的旧郡县遗址，还是过高楼山去南坪下文县城最理想的地方。符合军事要塞的舆地条件。

时间啊，可怕的时间！你竟然能淹没历史，删除历史，把轰轰烈烈降解至平淡无奇，把有形变无形，把明明白白过渡到糊里糊涂；巍峨的群峰没能阻止国祚兴亡，更没有阻止人事之代谢。人啊，人，你创造过多少辉煌的文化，又毫不吝惜地将它们摧毁；你经过了多少险恶多少风浪才从阴平走进文县，多少代人的艰辛，又以多少代人用弯曲的脊梁实现了千年梦想？时间不记这些，人也不记这些。事实证明，有多少有形的建筑人们对它尚且莫衷一是，比如埃及金字塔，更不用说这山间深处无迹可寻的黄家古城了。

阳光里的村庄

　　一个人无论走多远，家乡都是终生依恋的港湾。我家乡的村庄，静卧于苍茫的黄土岭上，承载着乡亲们的辛劳与汗水，还有喜怒哀乐。是公路，拉近了家乡和游子的距离，给我与家乡架起一道亲密的桥梁。幼年的脚印与故事，像母亲的脐带连接在我的血液深处。因而，村庄对于我的离去、我的回归都会激起涟漪和波澜。

　　清晨，汽车停在一弯绿荫中，我走出交通车，朝阳从对面直射过来，小山村沐浴在金灿灿中，进村的一条水泥路让我怦然心动。

　　拗不过热情相邀，在晚辈家小坐，仿佛在城里人家做客。台沿下厢房内电机隆隆作响，而电视机里正播放心连心艺术团的演出，我说："你听，连歌唱家都在给你唱《好日子》呢。"主人说："你挨家挨户走走就知道了，其实我在村里属下游。"

　　每次回家，村庄都有新变化，尤以这次，鳞次栉比的房屋，室外白墙，室内瓷砖，窗明几净，令人震撼。有了硬化路，小村一改拖沓，抖擞了精神，以十年九旱著称的小山村犹如一辆电动机车，看不到浓烟滚滚，正不动声色加足马力朝着预定的目标奔驰，心里不禁热流沸腾。

　　每次回家，我都要在村里转转，品尝乡亲们的香甜滋味，和老人们叙叙家常，听听年轻人的打算。

　　阳光直射下来，黄澄澄的柿子闪闪发亮，一层淡淡的雾划开天与地的界限。站在高处，村庄在一个山包上悬浮着。住惯了，不以为奇，陌生人倍感神秘。

　　小村有新村旧寨之分，公路上下为新村，下面三家，一家一个大院，各新增一座二层砖混结构小楼，院内停放大卡车，东边一家多出一台柳州五菱，脱粒机、打面机、旋耕机齐全；路上院落多，家家都有小洋楼，有农用车；下一道坡度和缓的坎，就是世世代代居住的老寨子，改造一新的传统木架房为主宅，平顶小楼或左或右，太阳能、洗衣机等各类小家电、沼气池将现代气息尽揽其中，既可窥视遥远也能展望未来。

在亲戚家敞亮的厅房里用餐，没有炊烟袅袅，我好奇，进厨房一看，哇，墙上地下锃亮，用的是沼气灶、电磁炉、电饭煲、整体橱柜，我由衷地赞道：划时代的跨越！

闲聊中，知道过去称之为困难户的那些人，生活都有了保障，几月前一个五保户去世，国家还给了安葬费用，村里几个得了大病的患者，大部分医疗费用都报销了，他自己得了阑尾炎，花了四千多，也报了三千多。他说每家已拥有一到两部手机。他感慨地说："这几年变化太大了，小学生供早饭，中学生补助，老年人有养老金，孤寡人、残疾人生活有保障，治病不发愁，没想到，真没想到！"

晚饭后，我在光溜溜的路上出村，那些掏过麻雀窝像是被火焰熏过的土墙无踪无影了，整洁清爽的小村罩在一团光晕中。月儿挂在高天，地与天如梦似幻。月儿在浩渺的天穹，赋予我没有羁绊的抒情，遐思无尽，感慨无限。我想起了从襁褓中带我长大的姑妈。她早年患骨髓炎，十几年前复发，从乡医院一直住到地区医院，稍有余粮的家庭，哪能负担得起高昂的医疗费用！欠了一身债，最后实在不堪重负，不得不放弃治疗。我去接她时，那种无钱治病的无奈和渴求生的欲望写在脸上。她流泪，我流泪，我们相对而泣。她伤感她的命运，我伤感我的爱莫能助。而就在两年前，我的邻居突发脑出血，在市医院做了手术，现在他年届七旬仍健康如初，有说有笑，每每看到他的笑容，总能勾起一丝莫名的惆怅。飞速发展给我的是缅想，社会进步给我的是希望。

我下意识重重踩了踩脚下的路，立时又踩醒了儿时的记忆，以及少年不知愁滋味的时光。多少次从这儿蹚着雨水出村，踏着泥泞回家。有一次上学路上，不小心被房檐水淌成凹槽的路滑倒，脚腕子崴伤，几天去不了学校。我们村出村进村不是上坎，就是下坡，黄土路见雨如见鬼，人迈不开步，畜挪不了蹄。下起大雨，洪水屋后漫溢，房前纵横。那时，村里除了绕村一圈的柏树，没有其他树，不像现在春有花香，夏有荫，秋有果，这些在生命年轮里的今昔参照物不断冲击心房。

明月在众山之上，村落静静地躺在山坡上。那年，母亲得病，哪有能力去省城做钡餐透视？凭医生经验判定以胃癌用药，东拉西借，最终还是不治而亡。遗憾的泪水不由得流下来，泪水与月光碰撞的偶然间思索往昔的隐痛与今昔的启示在内心深处荡漾开来。从岁月的沧桑里渐渐感悟，有一种幸福，叫珍惜，有一种懂得叫感恩。生活中多一份思索，少一份迷茫，记住遗憾，为后来者导航。

追溯流年时光，享受阳光的温暖。把过去的日子梳理成哲理，把前面的日子描绘成诗意的风景，让希望的种子发芽，才有永远的风景。人生幸福与否，在于国之强盛，有国才有家，颠扑不破，"理以心得为精"，只有经历了才会懂得，懂得了前进的艰辛，人的生命才会精彩。走过了一段路程才明白，往事是用来提炼的，幸福是用来体悟的，伤痛是用来做奋进跳板的。

太阳又一次初升，新的轮回开始了，我的小山村明明亮亮。我要离开了，行进于出村小径上，继续着昨日的思索：从过去，到现在，从贫穷到殷实，到奔小康，强国富民是中华民族梦寐以求的目标，这目标，在渐进中，在一次次升级中，而且又一次升级将再次降临，我相信时光留给中华民族的将更加辉煌！

报春柳

今年的春节风和日丽，不用出门就能享受到阳光，没有了畸形的浮华，可以静静地读几天书，精神予以补给，心智得以滋养。我想把户外活动积攒到立春过后，让扑面而来的春天给恬淡了一冬的心一个惊喜。

今年的破五立春喜相逢，我迫不及待地走出家门去江边散步。

天气由晴转阴，人行道两旁已经挤满了人，年前多是年货，这天增添了农机具和小农具。年味还在继续，红的苹果黄的橘与灰蒙蒙的山形成鲜明对比。这时，给滨河路出彩的香樟树也似醒未醒，江对面的柏树还沉浸在节日的梦中。令人欣喜的是白水江虽然清瘦了些，却更显妩媚，穿城而过时款款悠悠怡然自得。

仔细看，江边一岸柳树已经丝绦拂荡了，枝条亮绿亮绿的，春的信息已在芽苞上冒出来了。

城东，一座倒立山峰，直插江中，把小城封锁，听说最近正在凿山开路，把常常因为刚才还是山穷水绝，一个急弯立现楼宇层叠的险道疏通得流畅、徐徐递进。这消息令人振奋。我沿马路走向施工现场，登上作业点。挖掘机、装载机已回家保养，静悄悄的，只有齐刷刷的坡面竖在眼前。工程已近半，据说要拆掉旧便桥，重修一座混凝土大桥，到那时不光有一条宽敞的大道，还能左连元茨头、右接贾昌坝。

我在扫视旧桥的瞬间，忽然被河边一株绿柳吸引了。前是柳树，后是柳树，都是春风待剪，唯独这株，摇绿闪翠，独报春光。

树下一畦地里长满大朵大朵的青菜，这株柳由此更加鲜亮。这是西部的山川，然而地处祖国版图中心，因此由冬到春的步伐如一首美妙的抒情乐曲，变调舒缓自然，不像北方那样迟钝那样老是艰难地追尾时令。

我走下工地，来到江边，站在树下。柳树呈伞状，圆圆的，如硕大的蒲公英，旁逸的枝干像伞撑，大枝上伸出无数小枝，叶芽挣脱细枝怀抱，奏响昂扬畅想。无疑它是小城春风第一枝，春讯由它带领依江而上，摇醒满城春色。

离开柳树，走上江桥，桥东的麦田引起了我的兴趣，于是，我过江爬上最高处，果然，几百亩麦田，绿油油一片，那一株柳如一位擎旗者遥遥在先，携着一川春浪！

路过一块橘园，枝胖叶青，全是快要挂果的树龄，有三个人在为橘树浇水，父母四十一二岁年纪，脚穿水靴，衣着朴素，用铣；女儿用锄，网球鞋，黑短裙，殷红上衣，橘树一样的青春。田埂上放了一把暖水壶，一只加盖的玻璃杯里盛满茶水，几听饮料斜躺在地上。他们在抚育青色的蓬勃，金色的希望。

我再上半山腰，那一株柳犹如一团翠绿的绒球，安放在一条深绿色的毯子上，江水如绸，碧清碧清。削去半边的山依然气派，依然"归山深浅去，须尽丘壑美"。我找了块石头坐下，想不到满脸苍凉的山坡上、枯草丛中，迎春花正露出细碎黄花……

我看见那株柳后面紧跟着的是一溜柳树，枝干刚泛翠黄，如蓄势待发的运动员只等哨音吹响，便可"杨柳枝头春风笑"了，为麦田增色，为江水平添无限活力。

江边的柳树既平凡而又朴素，却最团结，密密麻麻整齐排立，好像隆重的喜庆集会，手拉着手，亲密无间。柳树的叶是单叶互生，叶片狭长，宽窄相宜，微风一吹，婆娑婀娜，由此诗人们歌颂它赞美它："依依袅袅复青青，勾引春风无限情。"

柳树对人类是有突出贡献的，它的全身都可入药，治疗人间病痛，不仅如此，它还产生了阿司匹林，消炎杀菌、抗血栓，揭开了人类健康史上的第一次变革，成为医学史上最光辉的一棵树。

白水江河谷时而开阔时而狭窄，一会儿这条山梁伸展江边，另一条山梁也不甘示弱接踵抵达，狭长的坝子，一个接一个，把寒风挡在外面，把温暖留在其间，所以四季如春的川坝最适宜长柳树，它是水的永远伴侣，它是春天最先扬起风帆的一道风景线。

烟柳朦胧的元茨头和贾昌坝，今天麦青树旺，生机勃勃，而在历史上，一个曾为蜀国姜维的军寨，一个是魏国邓艾的宿营地。邓艾军营扎在塬上，阴平大道从此通过，之西以山为屏，顺山根一条溪水湍急而下，有险可依；姜维在白水江以南，一马平川，前有大江，西有金珠水，北面过往一兵一卒都历历在目。

历史的光阴已经远去，那些战事和一串串惊心动魄已随风而逝，尚未散失殆尽的灵魂，只有在故纸堆里茫然地张望，偶尔让人翻阅，模糊的轮廓里还是能够检索出可歌可泣，比如三国战事，比如元军屠戮，刘锐守城，不断地惊醒着人们。

时光似流水，烟云弹指间。我起身沿着文丰渠慢移脚步，脚下是麦田，田里的农人三三两两，浇水的，施肥的，抚育着他们的希望。走着走着，静静观察着，从那些镇定自若的神态里，仿佛读到的是春天的歌谣。

是啊！小城从古老到新生，从石板房到高楼，时光在渐进，旧有的容颜在颠覆，高楼在添加，污点在减少，锦上再添花……

历史轮回到今天，人们梦寐以求的愿望实现了，河清海晏，五洲四海对话以秒计数，长途往还，以小时或当日为理想，步伐之快令人惊讶。我们今天看到的是实现国人梦想的民族振兴，已没有伤怀的时间，而是要发挥聪明才智高歌奋进。

我想，切去邓艾城西峭崖之一角，人们迎接的不只是一株报春柳，或一江青柳，而是白龙江河谷乃至海兰高速涌来的滚滚春潮。

春耕曲

清明将近，布谷鸟一声赶一声地呼叫，播谷……播谷……

对耕田下种隔膜了多年的我，被布谷鸟催促到了乡间。

我心目中的春耕图还停留在儿时的歌谣里："春风起，过山冈，农家田庄到处忙。大哥去种地，二哥去开荒，弟弟妹妹放牛羊，嫂子送饭上山冈。"抑或在黄土坡上，一家占据一块台地，各自为政，两头牛吃力地抬起蹄落下蹄，浑身散发出挣扎过头的热气，牛后面的农人满头大汗一手扶犁一手扬鞭，上气不接下气地唱着休止符过长的忧伤牛歌，随后是撒肥的，下籽的，整地的五六人，一个个由于速度过快而气喘吁吁……

当我在已经硬化了的小路上出村时，苍凉没有了，绿荫扑怀，曾经，乡村的早晚都有牛羊骡马驴，成群地从各家争先恐后挤出来挤回栏，那时我想，要是没有它们挡道，脚下不沾粪便，少些臭味该多好！果真有了这一天，不知咋的兴奋之余还有一抹淡淡的失落在胸臆蔓延。

贫瘠的土地统领一面山坡，黄土地里，玉米是主粮，产量高，人吃了有力，卖钱比小麦上价。

手遮着阳光，眼见有三家正在耕种，我向其中一家的地里走去。

这块田，在一条通往另一个村庄的路旁，农田从下到上一层一层排到山顶，宛若通往山顶的云梯。公路悬在半山腰，初来乍到的人除了胆战心惊之外，还会发出一声感叹：这些人生存得多艰难啊！而土生土长的我，感到的是变化和对未来的愉快憧憬。

民以食为天，食以农为本嘛！有劳累才有收获。田里，一派火热、平和、默契、亲近、忙碌。半亩地里扎了十七八个人，看得出，打工的一走，就剩下妇女和老弱病残了，紧耕紧种，就得以工换工互助互帮。一位精神饱满的年轻后生与其说是执掌旋耕机，不如说是给土地鞠躬，认真虔诚地耕耘一年的指望，耕耘人生，耕耘历史。他熟练地在田里来回穿梭，机器响着，汗滴一颗一颗地冒着，耕了一遍，耙了一遍，前后不到二十分钟，平展展、湿乎乎的一块地就只等下种了。旋耕机停下来，两个小伙儿一边一个，麻利地退掉旋齿，装上两片连接在一起的犁铧。我问执机的小伙儿："我见过的是机头在人前，铧在人后，你们用的是哪一款？"他沾沾自喜地指着一旁的堂弟说："是他改装的，全乡首例，照原装，人费力，机器耗油多，犁出的沟不直，把铧直接安在调节柄把上距离缩短既轻松又灵便，一次出两条犁沟，刚好和塑料薄膜宽幅相等。"收拾停当，机器拉响，突、突、突，不大一会儿，两行笔直的沟同时出现，劳作的人各就各位，好似篮球场上的运动员，前锋、中锋、后卫。一位妇女腰系一小篓，侧身稳步、双手一扬一收，节奏优雅、均匀、准确地掷下金黄色的玉米种子。原本在春播中技术含量最高的一项活儿，让她演绎得如歌如舞，仿佛那不是丢籽种而是春耕乐队中的扬琴手，正在弹奏丰收的畅想曲；抓肥料的妇女胸前斜挎一竹筐紧跟其后，高挽发髻，素俭，淡定，双手一去一回，一抓一掷，一去果断，一回敏捷，抓出的是岁月，掷出的是积淀。我看得兴起，去参加掩埋籽种，他们说啥也不让，他们人手一把锹，一字儿排开，一人一锹土，不薄不厚恰好盖住籽种。又是一位年轻人，手持一卷塑料薄膜，叉双腿，伸双臂，腰弯于地，抓住薄膜两端，快步倒退，倏溜溜从头滚到尾，持锹的一帮人一人不及三锹土，一行白花花的玉米就种成功了。

在这支队伍里，令人触目的是位七十多岁的老者，照样与大家一道挥锹撮土，执机的后生向我夸赞："这老汉才不服老呢，一个儿子在县城上班，儿媳去外地打工，三个孙子也打工去了，剩下两个孙子媳妇，一人带一个孩子下不了田，他成了一大家人的主心骨，里里外外一把手，已经好多天没休息了，愈干愈起劲儿，他只盼哪天轮上给他种，他的玉米种子啥时入土。"我问他，乏不乏，他说，乏，歇一夜就好了。

其实春种并不需要这么多人，他们明白春耕一刻值千金，三家五家甚至七八家联合既有人势又加快了速度，而那一页划出双沟的犁铧也是向心力之一，有了它省力省时，工效倍增。我明白，这老汉不仅是换人工，也在换那片革了新的犁铧。

坡上，素雅的梨花，沁人心脾的刺槐花，地里，洁白的保墒薄膜与当顶的阳光、冒汗的红脸膛相映成趣，一句玩笑话，一句歇后语，田里飘起阵阵欢笑声，处在这种弥漫出一幅荡气回肠的画卷中，心情是舒畅的。"惟桑与梓，必恭敬之"，不由人由衷地泛起了一缕崇高的敬意。

中华民族视炎帝为农耕始祖，早在周代已以农桑为神圣，"载芟，春籍田而祈社稷也"。历代王朝都作耕耤礼，年复一年，从未废辍，但都是形式而已。只有奔向现代化的今天，农业的发展才被奉为至上，农民才有如此神采焕然。农民不缴农业税，从大型农耕机具到山地适用的微型农用机械无不应有尽有，国家都给补助资金，不光如此，还有种粮补贴、地膜补贴、种子补贴，用我一个侄儿的话说：现在的农民泰和得很！

"嘉种盈膏壤，登秋必有成"。春天，一年中最美的季节，春耕，春天一曲悠扬的歌，让我听到了追梦的音符，欣赏到了农村人奏出的幸福乐章。

桃花开，菜花黄

出小城，过白水江，有一条水渠，渠帮兼路，通往柿子之乡贾昌。水渠上下树多种类杂，尤以柿子树多，浓荫匝地，极为幽静。水渠与江水之间全为庄稼地，对着那些树木花草，闻不够，看不厌。最勾人魂魄的莫过于菜蔬、麦子、稻谷的清香。

冬将尽，骋巧如剪的风，不失时机地前来履行职责，清除细碎的草屑和没有落尽的枯叶，唤醒蛰伏的虫蛹、泥土中伸展懒腰的幼芽、河里的鱼儿，吹掉人们的防寒衣，迎接春姑娘闪亮登场。

今年，农历闰四月，节气来得迟，虽说春日迟迟，渠边零星菜地里的豌豆尖儿、莴苣，挨过了节令考验，仍然夺了陇原春之先声。因之小径的人也渐渐多了起来。

不经意中江水涂上了灰青色，漂浮着一旋一旋泡沫，那是遥远的山中经过苦苦等待的冰雪接到了请柬，迫不及待地赴约了。瘦弱了一些时日的江水壮大了，春的讯息传遍整个河谷。大约百亩的农田里，小麦、油菜，一下子绿得发光，晃眼。又过了几天，菜籽起薹，麦苗拔节。三三两两的农人施肥灌水，人亦忙碌，春亦忙碌。"草树知春不久归，百般红紫斗芳菲"。自然界的枯荣轮回，让人感动，它们的节拍掌握得准，守时守约，富于韵律。柳树的枝条一丝丝倒垂，缀上了绿苞苞，由灰变清的江水为春天鸣锣开道了！

油菜籽最惹眼，绿叶里漾起金黄，给这一片山川无限活力；柿子树、核桃树、刺槐树长出了略带棕色的小芽，杜仲树、杨树争相吐绿，它们下部的叶子已经巴掌大，树梢的芽尖才渐渐展开，一个葳蕤的世界正在向上生长着。

春雨，款款，轻盈，灵动地飘洒，如广袖，如蝉羽，酥酥的，润润的，温暖地注入草根、麦苗、油菜花心田，涤尽暮气，完成弃旧迎新的洗礼。旭日东升，氤氲散尽，油菜籽地里铺满黄花，菜叶、麦叶，露珠滚动。"春日迟迟，卉木萋萋。仓庚喈喈，采蘩祁祁"。春的步伐之快，令人赞叹。

菜籽花是花中寿命最长的，它们开得急切，萎谢时却恋恋不舍，大约前后一月。这一畦畦油菜籽全为良种，秆粗个高，枝茂花密，一株有旁枝二十多支，一枝生花蕾三十到五十朵，它的花也是从下往上开的，争先恐后，一节节向顶端开放，待底层花落，如针的绿角角就长成了。当人们肚皮干瘪时它在高山顶上浪漫，今天它们也来投奔经济大潮，加盟沿江风景，给河谷一道亮丽的风景线，把春的合唱推向高潮。

麦田与菜花之间有一株小桃树，粉红色的花儿挂满了枝头，几只白色的，还有一只鸡血红的蝴蝶飞旋，尽管戴胜鸟飞上俯下，又叫又闹，蝴蝶栖于花间放肆地狎昵，似乎它们并不惧怕。大自然把成长在她麾下的所有生物都给予平等的生存机会，空中的，树上的，土里的，各行其道，共同营建着天地和谐，在我们平时司空见惯的空间里，茂盛着山川，茂盛着岁月，我想，这就是生命的原始法则吧。

在水渠边散步是舒坦的，淡漠的心抛锚，好心情和万物一同起航。这一道风景，开启了我的思维，唤醒了我的激情。我发现麦子的上进心忒强，甚至不可阻挡，它以极富美学力度的喷发力直线向上，似乎拔节的声音都能听得到。难怪人们喜爱春天，赞美春天，把春天和青春联系在一起，我想不光是万紫千红，更是它勃勃向上的品格，让人感动，让人振奋，给人美感，给人力量！

一队小学生，嘻嘻哈哈，跳跳蹦蹦，爬上水渠。希望的原野里来了希望一族，使这一方天地锦上添花，从菜花地埂走到桃树前，背倚粉色花朵，用手机拍照，做着各种姿势，像舞台亮相，放大着春光。我正欣赏人面桃花的情趣，一位给麦苗施肥的大嫂说话了："娃们，慢点，别把花撞落了！"有个女孩伸伸舌头，扮了个鬼脸，嘘了一声，悄悄地、蹑手蹑脚地离开桃树退出菜花地。一个男孩壮着胆子问："阿姨，花都落了一地，碰一下不要紧吧？"大嫂说："一朵花一只菜籽角，就是几十粒菜籽呢，要是撞落一朵就少长几十粒油菜籽，地下的那些花瓣是长出菜籽角以后自己脱落的。""哎呀，我们不知道，不要紧吧，阿姨？"大嫂笑着说："开花结果，开花结果，有花才有果啊！"阳光和煦地照着，这一帮天使的脸蛋和菜花一样灿烂和桃花一样绚丽。

在小径上散步是愉快的，有嫩绿围着，菜花儿闹着，桃花笑着，刺槐花飘着，柳枝拂着，渠水悠悠地淌着，江水欢乐地唱着，我的心炽热了。水，映照黄色花蕾，水，映照着粉色、白色花蕾，水，映照着轻扬的柳枝，它们专为青春效劳。

水中露出一块石头，激起了水的愤怒，它，不允许有碍行进的绊脚石挡道，它以它的至性，以它的至柔，以它的聚散自如，一往无前的性格，无比自信地漫过石头，呼啸东去。

看着无限生机的田野，看着花红柳绿中的少年，看着浩浩江水，忽然有一种说不清道不明的感叹和快乐从我狭窄的心灵通道里涌出，鼓舞着我。那该是对春的伟大认知，向上，向前！也许，这就是我无数次来这里的秘密所在。

相约碧口

1

五月二十三日，是一个值得纪念的日子。

一群文化人从陇南各县相约来到碧口。

俯视碧口，聆听碧口，抚摸碧口，感悟碧口。

碧口在历史上很有名，以至于省外人提到碧口向往之情溢于言表，可说到文县便茫然摇头。

随着南来北往汽车路打通，碧口的繁荣也悄然隐退，碧口已有很长一段时间只停留在人们往日的记忆里了。好在是，那一条黄金水道——又成了碧口的光彩，三十万千瓦的电站建成了，电能输向四面八方。在又一座六十万千瓦电站在建时，又有人瞄准了河滩的沙金，一时数十里水道数千人流，彻夜喧腾，争相暴富，搅得白龙江寒意飕飕；紧接着是幢幢烟囱刺向蓝天笼盖青山，把一个平和宁静的小镇困于其中，挣不脱，甩不掉。

碧口，成了冒险家的乐园。

碧口，成了孔方兄的牺牲品。

碧口，乱象丛生。

时代在进步，"顺乎天而应乎人"。

几年不来碧口，阴霾散尽，精神大振，华丽，光鲜。季节也好，粉黛刚去，铅华再染，"芳菲歇去何须恨，夏木阴阴正可人"。

上有碧口电站水坝一片汪洋，下有麒麟寺电站库区清水涌来，碧口一派水乡韵致。

碧口是一本厚重的书，是一本百读不厌的书。

碧口植被良好，森林覆盖率66%，大熊猫、茶叶是碧口的名片、文县的名片，甘肃的彩色封面。这一方森林里也盛产金丝猴、藏酋猴，还有羚牛、大鲵，有化石植物珙桐、水杉、银杏、香樟，有香菇、蕨菜、薇菜。

碧口川味十足，具川北小镇风情，说话川腔，吃饭川味儿，看川戏，听评书，坐茶馆，摆龙门阵，推牌九，品白干。

小镇旧俗不改，一清早各类小吃摆上街沿，沉睡了一夜的铺面一家一家次第敞开，小镇开始忙碌，营造属于小镇自己的日月。

在岁月的流程中，各州府县的人，怀揣发财梦想，凭借水陆码头的便利，以一个"商"字，将碧口推向地理亮点名播四海。

有朋友怂恿我写碧口，我自愧无力。教科书上说，资本主义滥觞于明代，自然上海最先接受域外来风，碧口与上海有江流贯通，碧口因此受惠，是西部商业文化的渊薮。我骨子里潜藏的农耕基因则难以僭越另类文明，何况我没有生命体验，当年那些细节多如牛毛，那些场景如咳风唾地，已随风而逝，对碧口只知表难及里。至今不熟悉碧口，碧口也视我为陌生。

虽然我多次到过碧口，可在我的认知里还是父亲灌输的那一丁点儿，每当有人提及碧口，那些零碎的片段就是我不尽的回忆和幻想的题材：一条街上一家挨一家的商铺，药材收购铺、茶馆、饭馆、烟馆、王爷庙……人头攒动，摩肩接踵，商贩的叫卖声，酒肆堂倌吆喝声响成一片。父亲最津津乐道的是饭馆伙计倒豆子般的报菜谱，一口气十几种，像唱歌，末了，一句也没听明白；他引以为骄傲的是一只能装十五公斤的印度锡桶，不厌其烦地念叨，那是外国货，以此证明碧口应有尽有。

从邓艾偷渡阴平起，玉垒关、白水关，都是兵家防守重点，有无数次战争发生过，奇怪的是处于两地之间的碧口，却没有历史的落脚点。尽管如此，仍有学者关注碧口。清末地理学家杨守敬说，北魏时的南五部县在肖家一带，他疑小盘鱼河即是五部水；《九域志》里还说，文州曲水县有方维镇。从公元779年，吐蕃率南蛮众二十万来寇，一入茂州，过汶川及灌口，一入扶、文，过方维、白坝……已知白坝在青川县白龙江边，那么，打开《中国历史地图集》隋时"岷蜀诸郡图"就能看出，景谷（白水）之上是方维，也在白龙江边，以此，方维是青川乔庄的定论，在我的认知里便开始动摇了。

人说，讲文化，碧口是典型的码头文化。今天的碧口不见昔日的影子了，因为船运绝迹，驮帮不再，连追忆昌隆时期的古建筑也无处觅踪了。那天在正雨的提议下一行人去了两家旧宅院，庭院深深，天井狭长，有一家是石板铺院，台沿上铺一块两米多长的石条，是一幅石刻楹联之一，字迹俊秀，也不知在这家人脚下践踏了多少时日。外面的街道是崭新的，怀旧的影子只有新添于小楼门面上的仿古装饰。代替一百来条木船的是河边新辟的一座公园和一艘画舫。一尊取名"盼归"的雕塑，一位年轻母亲，抱着儿子眺望淼淼江水，告诉人们，当年有多少父母、妻子、儿女在黄昏的岸边焦灼地等待从江上归来的亲人啊！

这一晚，正雨约我和启舒探访了九十七岁高龄的张锡田老先生，让人惊叹的是，老人仍在著书立说。老人翻着一本新撰的《乡愁》，给我们讲述创作意图。他经历了碧口的兴旺与渐次衰败，碧口改造街道，碧口被地方军阀轮番驻扎，国民党甘肃省政府的残军败将，仓皇逃来碧口争渡，并在此作垂死挣扎，横征暴敛……也经历过二十世纪九十年代疯狂挖金潮给碧口带来的畸形景观。他的思维还是那样敏捷，他的谈话还是那样层次分明。他以为碧口过去之所以繁荣，靠的是船运，是白龙江、嘉陵江二百里水道。如今，碧口要发展，茶叶是一项不错的产业，但还不够，还应该有其他亮点才行。其实，我们与肖大明交谈时，这位敦实的中年汉子已经为小镇的振兴出谋划策了。下岗后，他没有消沉，努力寻找突破点，用自己的绵薄之力实践致富之梦，开打印部，发展小水电，涉足建筑行业，现在已拥有近三千万的资本。眼下这类积极创业者在碧口层出不穷，比如开"鲜菌王"的徐向荣，同是下岗职工，也许是受小镇固有的商业文化熏陶吧，她在小吃经营上创开了一条新路子，为小镇的再次腾飞贡献着自己的力量。从他们坚定自信的言谈中，从他们愉快乐观的目光里，从他们敏捷而又有节奏的手势里，我读到了希望，读到了碧口的未来。

肖大明说碧口的发展，必须推进茶叶生产和茶文化旅游同步；必须下大力气改变茶叶生产管理水平，提升技术含量，精制春茶，开发秋茶，建优质茶园，创优质品牌。

张锡田老人写过一部《古镇考录》，应该说是研究碧口未来发展的基础性资料，从中可以悟出很多值得思考的东西。我们应当借鉴些什么，我们怎么定位今天的发展坐标？从老人的著作里，我们知道清朝乾隆以前，碧口的冯家沟只有十几家茅舍。当时，四川来甘肃的舟楫在距碧口以下的中庙设行店，后迁至肖家坝的旋滩，乾隆初年迁到碧口。至此，碧口形成水陆码头，成为甘肃、四川的物资集散地。凡甘、青及四川松潘等地药材、土特产品运出，西南各省、江浙一带日用物品进入甘、青及四川西北，都必须经过碧口。

随着水运业的日渐发达，各地客商纷纷解囊建馆修宫，一时间工商船帮会馆林立，成为商镇兴旺的象征。江西会馆三元宫、四川会馆川主宫、陕西会馆忠义宫、船帮之所鲁班庙等，各具风姿。

民国初年，碧口街居民五百余户，二千多人，除本地十几户张姓农民外，余者皆为外来商人。每日来碧口驮运的骡马数百匹，肩挑背负及来往客商一千多人，药材行栈四十多家，日商品交易额达八九万元，是甘肃的税收大户。

自一九四六年宝鸡至天水铁路通车，一九五六年宝成铁路通车，到公路网逐步形成，船道派不上用场，碧口也就失掉了往日荣光，好在是碧口人对于商贸经营的底蕴依然在，这是多少代人传承浸淫的结果，而碧口恰恰处在川、陕、甘交界的三角地带，距兰海高速公路接口十六公里，离兰渝铁路姚渡站也近在咫尺，有向北、向东、向南的地理优势，长风破浪会有时，高挂云帆济沧海，她的再度辉煌只是时间而已。

从张先生家出来，我们走进滨江公园。夜晚的碧口感觉真好，半是江流半是山。五光十色的水面，闪着炫目的光。游人你来我往，散步，赏景，依栏，优哉游哉。我们过吊桥，从对面看小镇，依山傍水，鳞次栉比。水中也有小镇一角，收美景于脚下，纳天地于一隅。霓虹灯不知疲倦地放射着如梦如幻的光，把小镇洇染成一幅美轮美奂的彩色夜画卷。

铁索桥，悬在河上几十年了，伫立桥上，心中也随流水摇摇曳曳。正是这泓水使小镇有了前所未有的灵气，正是这泓水使小镇朝气蓬勃，还是这泓水成为小镇飞翔的源泉。

碧口有很多人家外徙四川，看到家乡变化了都想回来，徐向荣说，她的父亲就是其中之一。因为碧口美丽了，天蓝水清了。

总想有一方净土恬憩心智，经过整容的碧口是你安放心灵的好地方。

2

　　过去，碧口是以物流聚集顺江入川而著称于世，今天，是靠茶叶享誉省内外——李子坝，碧峰沟，马家山，茶垄迢迢，绿油油，闪闪亮。

　　清晨，石龙沟里静得只有水响声，还有偶尔的鸟叫声。山沟里的溪水被打扮得像衣装素淡的温雅少女，恬淡，娴静，一潭一个颜色，一潭一个姿态，招人喜爱。穿天竹林，护卫在宅旁，摇曳在溪边和着绽放的花儿。正像顾况所言："道该房前石竹丛，深浅紫，深浅红。婵娟灼烁委清露，小枝小叶飘香风。"刚采罢春茶的茶园扑入视野。恭迎的是茶园，相送的也是茶园。

　　车子左右盘旋，爬上一处山坡，停在一个大院里。我们步入石板道，前方凸现三山合抱的一个大坦湾，想不到在峰峦叠嶂中会生出这么有色有味的地方，翠绿的是茶园，黛绿、豆绿、墨绿、深绿的是树林，构成层次分明的山野。一池清水，十来亩大小，与蓝天呼应。有路绕池，有亭台点缀，山水之奢侈把人的胸臆给填满了，阳和布气，动植齐光，天地菁华，自然浩气，全聚于此，灵魂的皈依之所也！森林涵养水源，招云聚雨，净化空气，也保障了茶叶品质，成就了马家山茶叶"细啜襟灵爽，微吟齿颊香"，当之无愧地荣登佳茗之列。

　　我是一个没有想象力的人，从一草一木中很难得到启发与缅想，面对这里的莽苍苍，郁葱葱，不由人也心荡神摇起来。试想，假若雨天，迷雾缭绕，云卷云舒，假若，旭日初露，薄纱轻笼，假若夕阳西下，晚霞道道，该是多么诱人的一方天地呐！

　　在茶园里漫步，心情总是那么舒畅，惬意，甜美。脚下蹿过一只小松鼠惊鸿一瞥地溜走，正要寻踪，又听到山鸡此啼彼叫，茶园更加生动起来，森林也顿时活跃起来。这山离大熊猫最近，山上箭竹茂盛，最宜大熊猫栖息，茶农富裕，大熊猫安居，与它伴生的大大小小的其他动物，共同组成了它们的幸福乐土，按照各自的生存法则，用各自的风姿沸腾着生命，歌唱着愉快的生活。

　　站在高处，看这个小山村，家家门上撺满的柴堆没有了，污秽而杂乱的黑泥路没有了，砖混小楼，土墙木架房，敞敞亮亮，红的门，白的墙，点染青山绿水。房前、屋后、院内、院外鲜艳的花儿开着,"农"字符号正在转换,种茶是主业,为相机镜头预备了山水茶田精品山庄构成的一帧帧精彩画面。

从龙池坪下来,茶园里新建起的几座小木楼最招人喜爱,专供来茶园观光者夜宿。木楼带一平台,大有陶先生"蔼蔼堂前林,中夏贮清阴"的情景。在一片绿色中,凭栏置一张茶几,一把躺椅,沏一杯佳茗,"黄金碾畔绿尘飞,碧玉瓯中翠涛起"。看流云飞舞,听锦鸡欢笑,这才是储存宁静,使人六根通透的地方。

阳光升在天空,清幽幽的是山,闪着绿色光亮的是茶园,身处绿意包围中,不由你不好色,谁对美丽有仇?

村里建起一座茶叶博物馆。方方正正的大院当中敬奉着陆羽,算是神归正位了。先生注视远方,居高临下,我们这些不速之客,一步步走近他,他竟然不屑一顾,到底是茶圣啊!人们陆续走进展厅,我则细细端详起茶圣来。本来不美的陆羽,却天庭饱满,地阁方圆,我想,这美丽是人民给的,是历史给的,无疑是一部《茶经》使他千古风流了!也是,把一部枯燥的书写得神采飞扬,需要人品修炼,需要生花妙笔。细究起来,顺理成章。只要稍加检索便可释怀,他的朋友中有颜真卿、孟郊、张志和、诗僧皎然、女道士李冶、刘长卿。哪一位不是才高八斗、诗文冠绝的人物!

踏进展室,楼下是品茗区,楼上是茶文化区,我进了品茗区。一次性的纸杯里盛满一杯清茶,我乃俗人一个,省去了"春风拂面",咕噜就是一口,凤岐端来一只玻璃杯,说"得用此杯,味道好,好看"。倒进玻璃杯,一刹那叶芽下沉,碧汤映目,清清润润,难怪古人那么看重茶具,原来蕴含高妙于其内矣!由是东施效颦,平心静气,试着雅了一回。先闻,后尝,边啜边品,停留少许于口腔,先涩而后甘,齿颊溢香,进而心也旷神也怡了。

"孟夏草木长,绕屋树扶疏。众鸟欣有托,吾亦爱吾庐。既耕亦已种,时还读我书"。我醉心于陶渊明的林荫小屋,向往陶先生的生活,敬仰一个不为世俗所累的闲云野鹤之人。说实话,这只是一瞬间的迷情。超然物外,是一种境界,一种理想,遥遥乎远哉,我们还得过俗世生活。不过,过一段到这里来品味一番山之情水之趣,或许能触景生悟,看清城市华丽之下的脆弱,也能平心静气地想一些自然与人共存共荣的道理;或许能回想起一场暴雨,一次冰雹,一溪山洪给人们带来的不光是灾难还是自然的抗议,自然的怒吼。

该降解一些浮躁，敬天畏地，冲出自我包围，学会珍惜，学会旷达，装天地于心中，装人类于心中。

太阳照着我们，蓝天看着我们，大地承载着我们，他们都是人类的神灵啊！这时也是马家山最精神的时候，我得把虔诚怀揣心中，永远安放在心灵的祭坛上，对于马家山，对于任何一处山川大地。

陇南山多，如此美丽的、让人流连的山却不多。马家山富足的不是茶叶而是山水，是人与自然和谐相处的楷模。身在马家山，试问比起子陵台、桃花源还差几许？

阴平关山

摩天岭

家乡多山，山重山，山连山。山，虽是阻隔，可它多姿多彩，只要步入大山，不乏奇山秀水，悦目爽神的景色。

走在三千八百米高度的摩天岭黑褐色山脊上，近山排立，远山迢迢，北边青树翠蔓，南边风吹草低，前方暖阳，身后云翳，不时飞来一丝花香，自然、纯净，如梦似幻……

这里，尘世不见踪迹，仿佛人间天上，有你享不尽的天籁。无穷的山峦跌跌宕宕，展现出或刚劲或柔和的曲线，山下处处披绿漾碧，林浪滔滔，奇森森，浩渺渺。坐在专为省界而生成的石板上小坐，雄旷至极，恬静至极，胸臆畅然。清爽，超脱，独立，广袤。庸常生活的狭隘在这博大宏伟面前被涤荡得无影无踪。

这里，只剩蓝天、青山、白云，静谧，安详。来时，撩人情愫的山桃花和莓刺架、山樱桃，那种诱人味蕾、贪恋俗世的酸酸甜甜已被隐在淡淡的薄纱中。忘却了自己的故事，身轻心净，忘却了一路感动，一路汗洒，忘却了双针的是油松，三针的是马尾松，针叶树中夹杂渴了可以取水的桦树，还有脚下的兰草，招人的牡丹。一切都为身外之物，一种无形之力拽着你飘升，飘升。

这里，你可以敞开胸臆，开怀大笑，没人嫌你笑得不雅，可以大声说话，没人嫌你声音太大。你是万物之一种，泥土之一粒。昊天之气过滤了所有杂质，任你咋袒露本性，周围的一切都对你不惊不诧。

在这等高度，人居住的土地已不可瞭望，注定要与天地同榻而眠了。营地选在三千四百米亚高山针叶林下，那里是云的家，雨的窝，时而波谲云诡，时而雨疏风骤。

我们已经领略过山间变数，就在刚爬上山脊迈进一片草地时，火辣辣的阳光下，一群羚牛奔腾而过，慌乱得忘却了调试摄像机、照相机，真可惜，慑魄惊魂的一幕被山下席卷而上的云雾罩了个天昏地暗。人被凉丝丝的雾气裹胁，一幅群牛驰骋图淹没于乳白与模模糊糊中。

松树下，简易帐篷里，雾自由出没，小雨淅沥，未几，大雨泼洒。十几分钟后，甘肃的天空云缝里透出湛蓝，四川仍是风声紧雨声急。落日临山，彩霞里漏出金光，松树梢上，晶晶莹莹，漾出浓浓生机。进而，一束彩光倒竖，半边天空绚烂。旋即，暝色四合，一切都睡着了。半夜里明月抚我肌肤，"凝光悠悠寒露坠，此时立在最高山"。那一夜，我怀抱月光，飘飘忽忽，似度远古良宵。

自然界的奇妙与威力，不能不让人深思：天大，地大，舍此微不足道。

当你沿山脊蹒跚而下，到二千二百米高度时，山不再腾浪，而是具体到山对山，峰对峰，有崖壁峭削，有飞瀑流泻。树种不再单一，针叶林苍郁，阔叶树葱茏，针阔混交，藤蔓、桦树、椴树、黄杨、竹丛、杂草、苔藓无一不有，雉鸡啼叫，鹿麂窥视，蝶舞虫唧，你会觉得深厚二字的含义，也会对一个专业术语"生物多样性"有切肤体悟。这里是西北地区少有的物种基因库，留下了我国生物学家李概士、孔宪武，以及俄国、英国生物探险家的足迹。已知有二千五百多种植物共生共荣。

在这个海拔高度也有一处人文景观——青塘关，是著名的"阴平斜径"必经之处。自从邓艾于此裹毡而下后，宋嘉泰年间高定子分兵入山擒拿张钺，五代石敬瑭伐蜀，付友德灭夏都在这里驻足。

从旧时所置石磨塘开始，到青塘关口，沿途有不少当年留下的信息：苜蓿坝出土的"五铢"钱、"崇宁重宝"；梁家坝集市颓垣，河边巨石上开凿的水渠，栈道上凿下的插木洞孔；郭尖口、怀抱树、新店子村落残墙、坍塌了的磨坊和磨轮，村后的坟茔；还有切刀背和九道拐红四方面军修筑的工事，见证着兴旺与萧条，以及可歌可泣的历史。

一首山歌唱出了昔日的兴隆："老鸹飞起黑黝黝，时时不忘清水沟。好耍不过梁家坝，美女出在庙石沟。"

文县是茶马古道的重要驿站，史书记载："王建以骑将起家，故得蜀之后，于文、黎、维、茂等州多市番马，十年之间，遂得及兹数。"不但市马，而且文州也是产马之地，"战马生于西陲，良犍可备行阵。今宕昌、峰贴峡、文州所产也"。所以学者们说，甘肃的文县、四川的黎州（雅安的汉源）、维州（汶川）、茂县，是中国最早的茶叶市场，也是最重要的茶马互市。

青塘关，是文县到青川青溪古镇的捷径，又是古道上接通两省，沟通两地的重要关口。宋孝宗时修筑它就是以利茶马贸易之需的。从成都运来的茶叶到文县城，再分别运到武都，走天水进丝绸之路，或从武都走宕昌、舟曲峰贴峡入藏区易马。

还有一条被研究者忽略的路，那就是从舟曲县城到拱坝乡上二道梁，过文县从天池右侧下洋汤寨、屯寨、桥头、口头坝、玉垒、碧口，是川茶入藏，藏区马匹入川的重要通道。

至康熙时，朝廷还在文县设有巡茶兵八名，扑役二名，各分季节轮流，在要隘等处巡缉。

摩天岭与四川山水相依，除却平武、南坪，仅进入青川县乔庄镇、古城青溪的道路就达五条之多。至今遗下有多处栈道洞孔、窄匣子、嘉庆二年七月的指路碑、嘉庆戊寅（1818年）六月行善人修的路碑，都无声地证实它是茶马古道重要的一段，也是文县与青川常走的大路。

今天，摩天岭虽然丧失了商贸功能，但它被划入自然保护区，人们称它为绿色银行，其实，它的绿色功能何止是一个银行能囊括得了的。它们呼风唤雨，调节地表湿度，它们与阳光亲和，制造葡萄糖，释放氧气，吸收二氧化碳，分泌杀菌素，提高生物自然免疫功能，为人类健康地生活提供给养。

森林，是人类一刻也不能或缺的生命之源呐。

高楼山

高楼山与摩天岭构成文县脊梁，给文县以刚强，给文县以俊朗。正因为它居高临下俯视远邈，历史上多出铮铮之士，将文县的山川美丽，将文县的品位提升。

高楼山是我家乡的一座山，峻拔险陡，步步惊心。我在县城谋业，却不能不翻。无数次往返，无数次停留，无数次流连，无数次感慨。

无论从山的北面或南面盘旋而上，都有几十公里路程方可及顶。峰顶视野开阔，一览众山小。出于安全，司机们在下山之前都要检查一次刹车，作为旅客的我，便会急不可耐地爬上高处，站在松荫下，望茫茫群山，看雾流云卷。凉风习习，让你舒坦，让你缱绻，心也会随着满山绿树起舞腾浪。倘若是春天，偶尔瞅见一树玉兰花，心里顿觉阵阵清香。人在山顶，仿佛自身也提升了一个档次似的，胸臆也会无限宽广起来。

在外人眼里，高楼山险象环生，在我眼里则是"青山意气峥嵘，似为我归来妩媚生"。

每逢回家到此，朝霞总是义无反顾地冲天而起，含笑的殷红露出山际，映射半边天空，每一抹酡晕，究竟需要多少勇气去拓展，才能如此壮丽呢！万能的自然，那景象总是动人情怀。

我的脸颊沐着朝阳，我的心灵享受着天籁般的抚摸。我在扫视群山茫茫彩霞绚烂之际，不由得目光落到了山坳处，一堆杂乱的建筑中，思绪随之走进山林深处……

曾经，纹党参引来了一个垦殖场，静谧的山中落居了一批不速之客，林中一坨一块，大小树木伐倒，纹党参的碧绿开始替代高大的乔木或灌木的幽深。一年一年又一年，修房造屋，取暖做饭，一弯一梁尽现疮痍。山间来客与绿色渐行渐远，接着从未有过洪水经历的场部，涨了大水，还付出了生命代价。大自然疼痛了，暴雨频频，山洪汤汤。有一次山洪从天而降，泥水裹石，愤怒地卷走山下三条生命。幽静的深山成了洪水始发点，灾害之源。

这山的对面也留下了我的疼痛记忆。有一片被林场抚育过的山白杨林子，像列队的童子军，三米以下绝无旁逸斜出。生产队借用我稚嫩的双手把它们一根根伐掉。四月，枝青叶繁，顺斧口扯起，树皮哧溜溜可到分杈处，如脱去衣裳的幼儿一丝不挂。几十年过去了，每当我瞭望那一片片药材地的时候，羞愧感会不期而至。

在这片山林里，我也有过美好的记忆。若干年前有一位领导为这里被毁掉的林地重新着装。植树的队伍大多是县直机关职工，也有附近村民，年年增绿，一干十几年，一片狼藉下渐渐绿荫滚滚了。清清浅浅的时光，如梭般的岁月，转眼而过，每当我站在这里，那时一起植树的同事，或远足，或升迁，或西去，当年的青春面庞依然在眼前晃动，总会有一丝怀念，不经意袭来。那一段时光是那样明媚，那一段友情让人暖意融融，那一段的付出竟是那样蜜蜜甜甜。

我们的一生，如山如水，山重水复，我们经历岁月，我们播种希望，有奋进，也有迷惘，有困惑也有感伤。亲人、朋友是我们人生的最大安慰，我们彼此搀扶，体验艰辛，体验幸福。岁月无情，一些人来了，一些人走了；来了的司空见惯，去了的久栖于心。比如曾是这山的主管人，我的同乡、长辈，是那时造林的组织和实施者之一，看见了绿树，似又见到了他那魁梧的身影。

我的脚下松涛阵阵，无悔地盛放着清香，有种极致的高洁，和着微风，妙曼伏浪，松与风一起演绎着它们自己的清欢，如一曲亘古绝唱，空灵而悠扬，盘旋在绿水青山间，我怎能不激情高扬！

我的思绪开始饱满，我的思绪也随之恣意，我有半生行走在自然保护区，在那些年月里，我接受了生态学理论，我开始忧心日渐衰微的生态环境，我也试着用手中的笔提醒人们热爱自然保护生态，而每当我见到枝柯横斜，刀耕火种时，我苦恼，我揪心；看到山上斧声响起，山下植树正忙时，我都会像无助的孩子，对这些怪异现象满腹惶惑甚至痛苦不堪，也会在保护区任何一块植被良好的山间发呆，是排解迷惘，是留恋美好，设或解读面前为什么繁茂？为什么林退人进？有时也会发出一声难以释怀的长叹。

站在高楼山上，放眼这片森林，我高歌，我狂欢，尽管人微言轻，我还是坚持以己之见试图唤醒人们，把目光放得远些，留一杯羹给子孙。不图人人认同，只要有那么一部分人同情懂得就心满意足。

山是我们的依靠，山是我们的灵魂。

玉垒关

来往玉垒关无数，亦司空见惯了它的险。

早年从白龙江谷底上过一次冉家坪，只觉得那山窝窝里很美，青山对弈，竹林幽深，鸡犬相闻，屋舍俨然。

再次去冉家坪，是去看花灯戏，有戏楼建在临江高阜，戏至中途，有人在戏楼后拍照，出于好奇，绕至楼后，猛然被险峻镇住，俯视脚下，绝巘巉峻，犹悬空中。转身向西，心稍安，一幅美丽图画展于眼前：南山嵯峨，北山岩峣，竞相奔走，中间一山戛然停步，半山腰生出一趾丫，汽车路从趾丫上盘旋而下，左边山隘闯出白水江，右边峡谷奔来白龙江。这趾丫像鲤鱼摆尾，朝南一甩，消弭了两江的莽撞，给它们预备了一个疏阔的握手言欢之地。一道钢索公路吊桥悬浮于白龙江出口，沟通此岸与彼岸。水出桥下，立刻被碧口电站水库吞没，水面森森，微波粼粼，一派祥和。

有了一湖碧水，有了奇峰突兀，也就有了韵致。水散发灵气，滋养一切，包容一切，亘古绵延。

水多有水多的好处，阳光下氤氲清馨，清洗人的肺腑，波光浩浩，铺金撒银，心也随万点亮光摇动。

山之下，狭长的明镜中，隐藏着绵延千年的阴平古道，车不能方轨，马难以并辔，战时兵马来往，晏安时商旅行走。可以想象，面对江水呼啸，鸟道崖壁，无论兵士、茶贩、驮帮，都是一次次体力和心理的考验。

看见那座桥，看到两岸峡谷，就想起了上代人的艰辛。那时赶碧口场、中坝场的人们从蒿子店、文县城走白龙江、白水江栈道，背上有山货重压，踩下的却是"栈道险复险"，这样的"客怀愁更愁"让多少人走一次怕一次，多少人望而止步？

今天的柏油路，他们无缘想象也不敢想象。

山峦交错，群峰环结，山连水，水拥山。奔腾湍急的两条江，两条栈道，在此相交，奠定了玉垒成、玉垒塘、玉垒关在蜀陇的地位。军事冒险家们就是凭借这两条江岸凿成的路，不止一次地奇袭巴蜀或深入陇右，成为一个历史阶段的终结或一次次历史的伤痛。

湖水沉静，天蓝，云悠。湖水淹没了云彩，也淹没了旧时栈道。慢慢地，成了眼眸里的一抹幻影，成了心灵深处跌宕的沧桑，成了岁月里沉淀的悲壮诗行。

《三国志》里叫这儿是阴平桥头，后来叫了玉垒关，锁着两条江，两条栈道。一条，从武都顺白龙江而来；一条可从古扶州（九寨沟）或宕昌两河口进舟曲上插岗岭到博峪河插入白水江而来，因此历史上善用奇兵者都以夺取此关为首选。

三国时，魏将郭淮与蜀将廖化就对峙于此。紧接着演绎了邓艾穷追姜维，诸葛绪在桥头堵截，姜维从孔函谷佯作向北，攻击诸葛绪后部的样子，诱使诸葛绪离开桥头向北救雍。姜维到阴平的路线，应该是从宕昌县的两河口上舟曲县峡子梁，到拱坝河的插岗乡，入博峪河下至白水江河谷；或从武都两水至锦屏，到文县梨坪九原寨，过桥头或天池乡又堡子坝，出东峪口到县城，否则，他无法躲过诸葛绪的拦截。然后根据双方军事态势舍弃阴平，沿白水江而下，乘诸葛绪回防间隙迅速通过桥头。

自邓艾偷袭成功之后，这里便成了阴平道上的重要戍守，留下过氐人反对杨坚的血迹；承载过大历十三年（778年），房大酋马重英以四万骑合南诏众二十万攻茂州，略扶、文，遂侵黎、雅的战事；又有后唐长兴元年（930年），石敬瑭伐蜀的马蹄声；清泰元年（934年）后唐阶州刺史郭琼攻文州，后蜀李延厚派范延晖来救的战鼓咚咚；再有宋端平三年（1234年）元兵久攻文州城不下，则分兵取道南山迂回入川协助阔端攻打成都，十月底兵破成都后，回军北上血洗了文州城。

到了明初，傅友德仍然兵过玉垒关，一举收复了四川。清顺治六年，赵荣贵扶明宗室朱森滏作叛，过玉垒关去阶州……

由于它的重要，桥址多次变迁，且屡建屡毁，明朝末年被匪寇焚毁，清朝康熙复建，又毁，咸丰再建。一九四九年十二月，为阻止人民解放军入川步伐，国民党守军在撤退时再一次烧毁了玉垒桥，致使我军先头部队滞留两天时间。十二月下旬，人民解放军六十二军于岷县兵分两路，一路沿白龙江南下解放武都后，兵指玉垒关；一路就是走的渡白龙江翻插岗岭至舟曲县的博峪，一路解放南坪、文县，之后，除留守外，其余全下玉垒关。

昔日的伸臂木桥、铁索桥址没有了，码头也没有了，两江相见的场景也无迹可寻，仅有重新修建的桥和桥下深深的水。湖水翻不起往日的波澜了；山，矮了，仿佛一位智慧老人，沉思着，冥想着。

青山郁郁葱葱，高低起伏，阳光照耀着山尖几朵彩霞，山入水，水载舟，拖起一抹水痕，惊走几只水鸭。玉垒关没有了。没有了好啊！无关，人们才能安享太平。

五里关

　　文县城北有金子山为屏障，山的南坡被洪水切割出一条峡谷抵达县城，越是接近县城越是沟深崖陡，崖壁下只容一车过往。置身于此，犹似走进地球深处。由于是走州去省的唯一出口，离城五里设"五里关"，为其保险再五里又置"火烧关"，沿沟复走数公里上八盘山，下山不远即可逆白龙江到武都，是古代官、兵、商、民必经之大道。

　　五里关的地位在阴平道中极为重要，是古阴平道、阴平郡、文州城的门户。

　　别看今天的谷口崔嵬嵯峨，在古代两山之间筑有砖木拱门，战时铁门紧闭，关楼上，垛与垛之间如齿状的豁口里刀枪林立风展旌旗。少数戍守，千军望叹。今天的五里关，关已了无痕迹，只有峻嶒对嶙峋，无人来，无畜往，无声无息，一切都在沉迷地倾听时光老人讲述往日的故事。

　　宋理宗端平三年(1236年)，元蒙军攻文州城受挫后掉头出五里关，焚火烧关去阶州，那时是何等不可一世！一百年后，元人血腥统治在席卷全国的反抗浪潮中已是强弩之末时，湖北有个叫明玉珍的人在家乡集乡兵千余人结栅自固，后加入徐寿领导的天完红巾军，几年后由巫峡入蜀，赶走重庆元朝统治者，接着入嘉定占全蜀，疆域直至陇右和汉中，自此文州也归起义队伍管辖。在陈友谅杀害徐寿自立起，明玉珍不服于陈，遂自立为陇蜀王，在他去世时嘱托幼子明升归顺朱元璋，可惜其子未遵父愿。

　　洪武四年，傅友德奉命征讨占领蜀地的明升，军至陕西，获悉阶、文守军虚弱，便集诸道大兵，扬言进攻金牛，实则趋军陈仓，选精锐五千人为前锋，昼夜兼行。四月初四抵达阶州城下，夏守将丁世贞仓皇迎战，被明军击败，活捉双刀王等十八人，丁世贞逃往文州，断临江白龙江桥以阻明军，傅友德督兵抢修，渡江直奔文州城。进至五里关，丁世贞集汉番兵众据险抵抗，都督同知汪兴祖率骑兵冲关，不幸中飞石阵亡。明军继续强攻，夏军溃败，丁世贞仅以数骑逃亡，文州遂克。

　　今天站在关前仔细端详山势，依然高耸，依然飞扬跋扈，乱石林立，直插云天，人无立锥之处，马无踩踏之阶，倘能飞身山顶，举手可摘星揽日。如此险峻山壁之下置关设卡，出关入关都会损兵折将。已是高级将领的汪兴祖死在这里可算一大损失。汪兴祖是随朱元璋打了很多大仗恶仗的将军。从安庆、江州、南昌到武昌、庐州，下淮东、浙西，破徐州、济南，攻安乐、汴梁、洛阳，随徐达进德州、元大都，再从傅友德取蜀，可谓战功累累。

也许是，傅友德过于轻敌，以为过了临江关便会所向披靡，忽略了入文州的天险，以致汪兴祖马革裹尸。他犯的另一个错误是低估了丁世贞的号召力，文州攻下，留朱显忠守城，他便率军取蜀去了。不想丁世贞逃入番地煽动骁勇复夺文州，恰好与夏赵元帅相逢，合兵一处，城中见夏兵卷土重来，城内食物告罄，援军不至，部下劝朱显忠出城投降，朱显忠厉喝："为将守城，城存与存，城亡与亡，岂有求和将军耶？"清晨，丁世贞攻击愈紧，显忠出东门迎敌，直至战到西门，暮色四合时自己多处受伤，体力不支，兵士所剩无几，被乱军杀死于阵中。

站在关前，曾经的战斗画面像幽灵般在眼前飘飘忽忽，两面那些造山运动竖起的倒立水平石面，冷峻而凌厉，倨傲地经受风雨剥蚀，任凭皮肤表层的尘土上长出的小植物荣了又枯，枯了又荣……

天地是一本厚厚的大书，永远读不完的大书。那些山峰，那些岩石给你生硬又给你美感，你在踩踏它的时候，它不声不响；你伤害它的时候，它照样由你随心所欲，就像它是关也罢，梁也罢，心甘情愿服务于人，兴旺了不惊不诧，颓废了也无动于衷，因为山长水寿！所以在山水间发生的往事仅是书中的一页或几行，微不足道。大地上的生灵有生有死，包括智者的人。与其他生物有别的是，人，可以让大地和大地上的一切为己享用。

繁花似锦的大地，有了人便热闹非凡，热闹是欲望的综合体，从中派生的倾轧碰撞使人间跌宕起伏。有时像一首抒情歌悠悠扬扬，有时如一曲不和谐的交响乐，激越聒耳。

五里关无声，只有风从耳旁呼呼吹过。人类太渺小了，可当他们忍无可忍时会群聚一起像山洪暴发一样气吞山河摧枯拉朽！汪兴祖死后，这块土地上的人民以罕见的怜惜之心为他收尸，还捐资建祠使他永享祭祀，可以看出人民盼望和平盼望统一的心情是何等的迫切！

火烧关

离文县城北面不远，是五里关。出关就是滴水崖瀑布。

再走便到火烧关。

紧靠县城设两道关口，足见此路的要紧。

原来，很早以前这里是一条通往阶州的大道。

今天，这里出现了两极：关之内人声鼎沸，车水马龙，之外一片静谧，恍若蛮荒。

既然曾经设过关隘，那里的故事一定不少，可惜，一代有一代的生活，一代有一代的追求，那些生活，那些过程，都散落在历史的尘埃里了。不过，在五里关，刻肌刻骨的故事还是流传下来了。那就是，当年傅友德攻破阶州，渡白龙江，破临江关拔文州之时，部将汪兴祖跃马五里关，不幸死于滚木礌石之下，不但让人们记住了，还成了永远敬奉的"顺水爷"。

出关不远，三三两两人家，鸡不鸣犬不吠，偶尔有位老太太欠欠身子茫然地瞅瞅院外，新奇的、久违的目光躲躲闪闪，脸露惊讶，似乎不知经年。

时代在发展，交通四通八达，物流朝发夕至，政治家忘却了这条大道，军事家再也不关顾这里。

到滴水崖了。一帘瀑布倒挂于昔日的州道上，哗啦啦，哗啦啦，从悬崖上泻下。十里之内集人文景观于一身，实属罕见。

山因水活，水因山媚。这里山峰奇俊，峭壁嶙峋，瀑高水大，声势夺人，飘逸，潇洒，它的优越还在于，离城近，散步也用不了多长时间，摩托、自驾更方便，再者是，海拔骤升，凉意爽人，最宜避暑。

有山有瀑布有林木，足可称山灵水秀，那瀑布舒展胸怀，洗涤心境，所以古人说滴水崖瀑布："一派飞泉峭壁阿,恍疑天上落银河。千寻素练垂青嶂,万点明珠洒碧萝。声带清风秋气爽,形摇明月夜寒多。胜游仿佛登仙境,遥望白云发浩歌。"

可恰恰相反，寥落，孤独，一派苍凉。很难想象，在旅游为时尚，甚至不惜牵强附会争相造景的年代，天然佳构，无人光顾，无人装扮，不禁让人浩叹。

走不远便是火烧关，两岸高高的峭壁支撑着阴暗的一线天空，那天，似一条白龙舞在头顶。地下，刚能摆一条公路，阴森森地，让人陡生恐惧。难怪无论是汉初的阴平故城或者阴平大城，也设或是唐代大历之后的文州城，这里都是保卫城防的天然屏障，与五里关联袂守护着入川要地。

我们走得很仔细，壁立如刃，火烧过的痕迹已无踪影，崖壁斑斑驳驳，烙上了岁月的痕迹，坚硬，冷峻。要不是偶尔一丛灌木，或一撮草给人一线希望的话，活像进入了死亡之谷。

崖壁上凿下四排几十个洞孔，那该是一部无言的史书了。

五月的城内已是汗流浃背，站在关前，凉风则透过脊梁穿入前胸，我用手触摸那些栈道洞孔时，寒意一阵紧似一阵，这寒意，怕是曾在这里发生过的一次次血腥往事触痛心灵后的感应吧。

此时，此地，此情，此景，也淡去了我对蒙古兵如何用火焚关的兴趣，塞满脑际的是文州城罹难，尸骨横陈，血灌阶沿……每读《四库全书》的记载，不禁愤懑鲠喉，伤心切骨："宋端平三年九月，元兵攻破文州，权州刘锐通判赵汝向激励军民八千坚守。自九月十九日始，被围七十五日，军民死者五万余，昼夜接战五十余次。元兵久攻不下，后分兵取道南山迂回入川协助阔端主力攻打成都，十月底阔端与穆直合兵破成都后，回军北还。途中，再攻文州。蒙军先断汲道，城中水绝，人马渴死过半。又有兴元都统陈昱以过拘文城，夜踰城出、降蒙人告以城中虚实。蒙军得报城中已然断水缺粮，继由按竺迩率勇士沿梯登城，城遂破。"

"丙午，蒙古阔端兵离成都，入文州。知州刘锐、通判赵汝向乘城固守，昼夜搏战。逾月，援兵不至，锐度不免，集其家人，尽饮以药，皆死，乃聚其尸及公私金帛、告命，焚之。家素有礼法，幼子才六岁，饮药时犹下拜受之，左右感动。城破，锐及其二子自刎死。汝向被执，脔杀之。军民同死者数万人。"

关之名缘于宋理宗端平年间，元阔端自成都入文，破城北去，以火攻此关，故名。今沟旁石孔当是凿崖架栈，上堆木石，下通行人，匍匐往来之窟穴（清长赟《文县志》）。

历史风烟滚滚，岁月交替更易，悬崖上的栈道长廊荡然无存，唯有栈道孔穴历历，一尺见方，深不盈尺，绵延数百米。最多处栈道孔上下四层。关内有一石碑，还有摩崖一面，上刻"万历十四年九月重修等楷体字，记载着火烧关的沧桑岁月。

明代户部郎中李梦阳路经文县,触景生情,赋诗《火烧关》:"螫螟常留电,山深日酿云。犹存火烧迹,忍读卧碑文!地古人烟少,霜寒野色曛。那堪数过此,辛苦欲谁闻。"

文州惨遭兵燹屠戮,成州、西和、阶州无一幸免。四川和中原百姓所受劫难更不堪一睹:"财货子女则入军官,壮士巨族则殄于锋刃;一县叛则一县荡为灰烬,一州叛则一州莽为丘墟。"有一本书中写道:"城破,不问老幼妍丑,贫富逆顺,皆诛之,略不少恕。"人民付出的代价太大了!请看河北人元蒙汉族将领张弘范怎么说的:"我军百万战袍红,尽是江南儿女血。"

今天无论对那段历史作何评价,曾遭"邦国轸麦秀之哀;宫庙兴黍离之痛"的人们依然刻骨铭心。

我们的民族多灾多难,此后又出现了倭寇横行,屠杀三千五百多万之众,多么可怕的数字!

动物界弱肉强食,是基本规律,作为智者的人,怎么也会嗜杀成性呢?这应该是全人类所要研究的大课题,和平才是永恒的主题!

柴门关

西秦岭和岷山把文县团团围住,这一围围出了封闭,也围出了个四季如春。

山,是大地的脊梁,水,是大地的脉搏,由山撑起蓝天,由水舞动大地,大地在这里精彩无比。

从更远的山中流来的白龙江、白水江,就地汇聚了八条来自峰峦间寻找归宿的清流,跌跌宕宕,切开山崖一路南下。生活在这里和要来到这里的人们,要走出大山,走进大山,靠的是依山傍水凿壁插木方能彳亍而行,想走捷径非翻山越岭不可。也因此,文县的先民们踏出了一条通往山外的阴平道。按照各个时期的行政区划,路也随之变动,有时顺江,有时越山。清平时逆江而上或顺江而下,交换生活必需品,遇到烽火战乱,也会铁马金戈,这样,有山有江的文县就又添了风景——关口。

文县东进西出的路,是生活在这里的人民走出来的,比如,去九寨沟的路,它属古阴平西道,又是长安到松州的西山道,功能不外乎:一是,朝廷与地方之间的联系，再兼之与民族地区互惠互利的"茶马贸易"；二是，文县处在汉藏彝民族走廊，出山入山之道多于用兵，不像函谷关，除了兵马践踏还留下了一部修身处世的"东方圣经"。

在有关的年代，人们像惊弓之鸟时刻警惕，时刻防范，像近城的五里关与火烧关，维系城区安危，临江关拱卫阶州入文门户，玉垒关控扼通陇去蜀之咽喉，悬马关、青塘关以防偷袭者魔爪。柴门关就是拦截松、扶进关去秦到陇甚至下川北的锁钥，数地安危全系于一身。

柴门关，看似荒凉，其实更多的是冷峻，是乱象，是禁锢，看看那地形，让人立时绷紧了思想之弦。

清修文县志上说："柴门关在县西一百里，距哈南寨二十里（今天是十二华里）。负山临河，势极险隘，峭壁镌'秦蜀咽喉'四字。出关五里，即四川南坪界。"从哈南寨到青龙桥，两面是高矗入云的山，石崖刀砍斧削，望而生畏。听听那些山的名字：媳妇崖、吊儿嘴、亮虎嘴、大咀上、二咀上、锅鼎咀、蛮头咀、架梁咀，充满险、峻、奇，加上两山之间挤出的白水江，以及石崖上开凿的栈道和洞孔，更是万夫心惊。

柴门关对岸是甘肃文县石鸡坝乡朱元坝村水沟坪社，柴门关遗址属四川省，在离柴门关村二百来米的石崖上还清晰地保留着清雍正九年五月二十六日摩崖石刻"秦蜀交界"四个大字。既是两省接壤界标，也是重点防守的关卡。

站在公路上看对岸的柴门关，让人感叹。大自然给人类赐予了丰富的思想，包括与生俱来的原罪——欲望，由欲望派生出的自私、偏狭，有时表现得十分猖獗，少数人饕餮，多数人为奴，进而激起反抗，强者为王，弱者为寇，强者往往健忘，或重复过错，或将错就错，不断纠错不断重演，关口便在这些恶性循环中诞生。这是人类自身的无奈，同样是历史的无奈。

悠悠岁月，西风关堞，我们依稀能觉出，当年苍山古道的滚滚烟尘所叠印出的悲凉背景。

历史上扶州（九寨沟）居住的是以邓至羌和白马羌、白马氐为主的少数民族，因为出此关不远折南可进入涪江流域下江油去成都，亦可向西越弓杠岭去松潘顺岷江下到蓉城，从松潘北可去古洮州、陇右或青海。又由于历代朝廷对松潘极为看重，都派重兵把守，而扶州在唐宋时曾被吐谷浑和吐蕃轮番占领过，所以柴门关的地位被极为看重。离关不远的文县哈南寨就长期有军队戍守，以应柴门关之不测。

柴门关发生过多少往事？史籍只是零零散散寥寥数语，多数已被淹没，来龙去脉较为详细的有两件：

一是，唐代宗时吐蕃人意欲占领四川作为他的东府，联合南诏分兵三路奔蜀，其中一路是从扶州入柴门关进文州城，屠城之后，再顺江而下攻黎州和雅州的。经过扫荡的文州城，遍地残垣，一城血腥，以至于三年后逼迫迁州城于麻关谷口高原上。唐军调集几路人马追击，其中一路一直追到大渡河外，吐蕃、南诏兵因饥饿、坠落崖谷死亡达八九万人。鉴于此次失败，吐蕃首领赞普才对唐德宗有：不知舅继位，而发兵攻灵州，入扶、文，侵灌口的悔过。

二是，清朝咸丰年间，南坪营都司，因征粮激起民变，额能作（松潘大尔边藏妇）、折乃他（塔藏盘信寨寨主）、欧利哇（羊峒寨头人）等遍传木刻，通知土司所辖各寨百姓起义，次年攻占了南坪营，文县白马峪的班银鱼子遥相呼应，进军文县西元，引起了川甘两地恐慌，此时甘肃才调固原提督、安定洮岷副将赴文灭了班银鱼子，之后欧利哇也被四川总督骆秉章派部将镇压了下去。这一次柴门关虽然没有被军匪践踏，但它却接纳了南坪数以千计难民入文免受涂炭。

汽车接连从身边驶过，源源不断地载着旅游者奔向天堂，过不了多久，武九高速也要由此出关，将久困大山的人们送出，东西南北任尔驰骋，去圆久蓄胸中之美丽梦想。

柴门关不再是险阻了。

临江关

尤明智先生认为，临江即古时的葭芦，也因此新修《文县志》把它定在临江。虽然《武都县志》把葭芦定在外纳，但《阶州直隶州续志·三国时疆域图》却标在洋汤河口，《武都县志》总编曾礼先生对外纳说也有疑虑。近来也有不少学者进行过考证，认为葭芦是临江，较为符合历史记载。

临江是武都进入文县的第一道关口，三国时的葭芦戍在战略上，它既可拦截秦陇南下入川之敌，也可阻止逆白龙江而北上者，或自西沿白水江而下、越高楼山北进之敌。临江，历来都是重要关戍，又是官方驿站。明朝人冯时雍有诗曰：文州尽日渡江关，烟锁秋林鸟正还，鼙鼓入云山漠漠，马蹄踏栈水潺潺……这是临江的晚景。

从诗中可以看出，明朝时，临江两面山上树木还是很多的。现在我们看到的是光山秃岭，裸岩林立，无遮无拦，毫不掩饰其冷峻。

我在那里读书时，还能从山下望见树林。为填饱肚皮计，每逢星期天，我们的大哥都要领我们去山上背一次柴。山陡，不用弯腰伸手即可触地。二十厘米大小的树被砍倒，剪除枝柯，放入一处山沟，便会势如破竹般窜到白龙江边。山顶看临江，山峰壁立，将白龙江挟持于它的谷底。迂回曲折的山梁，使野性十足的江水无用武之地，即使狂躁放荡也无济于事。在临江街后，有一骤然突起的山梁，过去曾有一寺院，名曰：牡丹寺，我不知道供的什么神，只有破败的寺，没有神像。我们常去那里摘酸枣，总觉视野开阔，身后，可放眼白龙江数里之遥，眼前，可瞭望白龙江十里开外。无论今天昨天，都是驻军的好地方。两山夹一江，绝壁危崖，人行马走非栈道而无他途。那时我们无钱坐汽车，往返走小路，旧时栈道已无痕迹，只有石岩上凿成的只能立足的巴掌大平台。脚下大江怒号，抬头悬崖倒立，眼发花，心发虚，脚手发颤，走一次，怕一次，不想二次。那时临江无公路桥，我们回家要在羊儿坝古渡过船。车流少，等一辆汽车要几个小时，有车即可随车上船。寒假，无准信的等待，不知疲倦的河风狂吼，在考验着我们因饥饿少衣而打战的身子；暑假，光秃山岭把阳光聚于河谷，沙粒中蒸腾上来的热气透过草鞋从脚心刺入两腿，头上和四周的火辣射线向全身猛攻，一伙热锅上的蚂蚁，不安地在沙地上乱窜，盲无目的地期盼。唯一的风景是桥梁工地，焦虑了，去看看为白龙江架起彩虹的人们。桥梁队有几个人我是认得的，有一位是武山人，姓杨，对我很好，他们和我们一样饿着肚子架设桥梁。工人口粮锐减，从工地抽调部分人，去高楼山挖野菜，两个人拉一辆架子车，空车来到我们家住一宿，第二天上高楼山，挖一车野菜返回时住一宿，第三天，就能给工友们添补一点能量。可惜这座石拱桥在即将拱顶时被白龙江一声怒吼，化为乌有。新中国给阴平道带来了生机，一九五六年，国家投资，动员临江、尖山、桥头及石坊等五乡人民，修通了月亮坝通往文县的公路。阴平道一改"绝壁重流力挽扳，西巡第一此程难"的状况。一九五八年，打通碧口公路，一九六七年打通西去南坪的公路。至此，阴平古道全线贯通，下接金牛道，北连沓中阴平道，西通四川扶州路、松龙绵道。汽车路代替了昔日的甘川驮道、背运道等一些人畜驮之道。

　　古时临江关曾经是有桥的，多次战争，使白龙江上的桥梁屡建屡毁。清朝光绪五年毁于地震，阶州知州叶恩沛，从武都伐木漂流临江，主持重修，光绪十一年（1885年）竣工，当时他很得意："架木成桥自古难，而今铁链锁江杆。行人抬手应相问，西蜀滇南共此安。"可惜的是这一座桥又没有维持多久，直至一九六五年一座跨度二十二米的钢筋混凝土大桥才以新的姿态新的面貌屹立在白龙江上。

　　过去，进入文县仅此一条路，对进入四川最偏远的南坪也极为不便。当年，人民解放军解放川北各县，既定的作战方案，就把南坪、平武、青川的兵力都预计其中。由一野十八兵团六十二军完成。一路从两河口上插岗岭经博峪、中寨分兵上南坪下文县，再兵指碧口，去青川，到广元。我上学时曾在一位黄姓老太太家中住过一段时间。过去，她家是开脚店的，从她记事起多是军队过往，过驮帮人数也很多。人少一般不敢走，怕遇上军队就糟了，骡马征用，人当伕，本钱折了，有时命也难保。后来来了大军，连夜走，人家不进村，一打听才知道是解放军，整整过了几天几夜。

　　今天的临江，山还是陡壁，江还是浑浊，山上的树木不见了，草少了，可有矿了，硅矿、重晶石、锰矿、铁矿，为经济增长支点。一改过去只有区委是二层木楼，其余全是木架二层楼的格局。当年一座顾怜自傲，专为甘川公路上过路旅客而设的大众食堂，已无影无踪，清一色的四五层砖混结构小楼房，排列在新街两旁，用它的新姿，用它的情趣，迎接东出西进的人们，卸下一夫当关万夫莫开之责，担起经济腾飞的重任。

悬马关

　　悬马关是去茶乡李子坝的必经之地。

　　悬马关险峻，悬马关深厚。

　　从碧口镇出发，进翠竹茂林、流水潺潺的碧峰沟，走在徐徐向高山深处延伸的林间小道上，你会感到自己在一幅美丽的图画中徜徉。古人说："好山水游其人多寿，有诗书气生子必才。"仔细品尝这句话，所包含的哲理就觉得回味无穷了。

汪！汪！汪！几声狗叫，寻声望去，青山顶上冒出一缕淡淡的蓝烟。果然，走过一道弯，前面山林中露出几座瓦舍，村前的钢筋吊桥在半空中晃荡，桥头上几只小狗，摇着尾巴吠叫。这情景，借用唐朝诗人卢纶的诗来描绘或许更合适：

> 登登石路何时尽，
> 决决溪泉到处闻。
> 风动叶声山犬吠，
> 一家松火隔秋云。

窑场坪，上悬马关的加油站。

离开人庄，已是午后。路，难走多了，有的地方简直是直线上升。然而满眼风光会让你目不暇接——峭壁上丛丛树木展翅欲飞，山峰与山峰在阳光下层次分明，红、黄、紫色花儿在绿树林中热烈地跳跃着。深厚的摩天岭把它所涵养的水汽，从沟沟岔岔里挤压出来，聚成一条小河，左冲右撞，从高山上涌下来，有时，在巨石夹缝中喷出，水花四溅，响彻峡谷，有时从崖壁喷下，白绢般倒挂其上，连接着幽深的潭水……

上到梁顶已是太阳架在山边了。顾不得地上是什么，便席地而卧。

心定气匀，思绪便在朦胧中搜寻开来……

山下盛夏未退，山上已是初染秋霜。这，就是悬马关？看起来，只不过是行人休息的一个山垭口而已。一个"关"字，把它带入了神秘。

——这里，曾经是历史上出兵四川的捷径。

——这里，曾经是入蜀商贾往来的通道。

——这里，如今已划为自然保护区。

大熊猫、金丝猴、羚牛分布密集，藏酋猴、猕猴随处可见；植物资源丰富，种类繁多，森林植被良好，吸引着众多科学家、大专院校师生前来考察实习。十九世纪末，被俄国人英国人从这一区域采去了数以千计的动植物标本，至今，我国科学家不得不去国外查阅本来属于自己的标本。每每想起我积贫积弱祖国的那段伤痛，我都会唏嘘不已。现在，国强民富，已经考虑子孙后代的永续利用了，野生动物和森林中的一切都被保护起来！

一声杜鹃的哀啼，打破了山野的沉寂。也怪，清明前催春杜鹃的叫声是那样圆润悦耳，庄稼成熟了，该是它衔谷物有获而归了，反倒叫声如此凄凉……睁开双眼，林中树叶已洒上了点点红色，莫非是杜鹃嘴里啼出的鲜血滴在了叶上？天边太阳落在了山后，充满了半个天空的霞光与树叶上的血红融合在一起，流淌在茫茫林涛中。这血淋淋的黄昏、这凄厉的杜鹃声，不由人想起当年红四方面军与胡宗南军队鏖战的往事。

一九三五年春天，红四方面军退出"通南巴"地区，提出建立川陕甘根据地。四月十日，四方面军在青川县薅溪乡设立指挥部，指挥翻越摩天岭的战斗。我三十军一部、三十一军一部，从四月十一日起，分别进军平台山、悬马关、摩天岭。蒋介石急电胡宗南来碧口堵截，并派伍承仁、杨步飞、陈霂各师，王耀武、钟松两旅，赴碧口助战，胡宗南自己带了十二个团来碧口。我军与国民党军队在此大战十八天之久，直到四月二十八日奉命撤离。敌我双方兵力如此悬殊，敌人未打过摩天岭，可想红军打得是何等顽强了。当地老年人讲，枪炮声也是在一天太阳落山时响起的，战斗过后山前山后死尸纵横、血流遍地，血腥与腐尸味儿，数月都未散尽，本是通往四川的必经之地，这一年竟无人敢过，成了"鸟鸢啄人肠，衔飞上挂枯树枝"的地方。据当时在碧口办教育的韩定山先生回忆："战斗中，丁德隆部截获了红四方面军的几十名少年儿童，编为童子军。丁走后，留给胡宗南部留守处，每日只给一顿苞谷面稀糊，不上一月就瘦得皮包骨头，接着饿死了十多人，在当地商人的请求下，领出了一些做学徒，才救活了半数性命。"

那血一般、火一般的晚霞，像迎风飘动的战旗，由一片一片慢慢地散开，缀满了广阔的天宇，天底下李子坝绿油油的茶园，变成了红一道、紫一道、橙一道，给原本欣欣向荣的茶园增添了彩光交错的风景线。

我不禁心中涌出几句像诗一样的话，不懂平仄韵律，照实录在这里吧：

关头峭壁悬崖立，风卷云舒夕阳熙。
阵阵秋声凋碧树，茫茫瘴气望影迷。
梳林深漳狻猊转，险道长峡马蹄疾。
数代鼎革杀伐路，英雄无语子规啼。

烈士们的血映红了这座山，历史郑重地记下了悬马关。

野生动植物资源丰富了这座山，悬马关将敞开她的胸怀接纳更多的科学家来探秘，为民族的繁荣、社会的发展、人类的进步贡献聪明才智。

水舞文州

滔滔白龙江

白龙江是一条过境的江，她从文县之北飞舞而过，最后却把文县所有江河揽入她的怀抱，之后扬长而去。

小时候，去临江，沿洋汤河岸的公路，一走就是六十华里，到一个叫羊儿坝的地方被一条放荡不羁的大江阻隔，浑浊的浪花震慑人心。我们在一片沙坝里等轮渡，在横满木材的沙岸上，来回游荡，头顶烈日，脚踩滚烫沙粒，争挤一株小苦楝子树遮荫。同学说，那河是州河，带队的老师说那河叫白龙江。那时白龙江上游已大量采伐原始森林，江岸都是水运工人，手拿长柄铁抓钩，从脚到腰穿一体防水衣具，顺水流放木材到昭化，从那里上火车运往全国各地。我站在睡倒的木头根，伸手都摸不到顶，它们在水中碰撞得遍体鳞伤。

到临江的第二天，跟同学们去江边，江水几乎涨上街道。我们站在杨树下，蝉声齐鸣，涛声阵阵，喧嚣着七月，烂漫着鼓足勇气的江水，也烂漫着我初涉大江时的激动心情。阳光从树叶缝隙里洒下，阴影与光点斑斑驳驳。我的一位同学以为是卵石历历的河床，一脚踩下，扑通一声，水没及腰，幸亏个儿大的同学一把抓起，才免于难。我胆小，吓出了一身冷汗。难怪大人常说："不知高低莫上坡，不知深浅莫过河。"

真正对白龙江产生畏惧的是在第二年，暑期放假回家，一条过渡汽车的木船将我们渡到江心，喜见桥墩已扎起，兴奋极了。要是进度快，秋季开学再不用背着烈日等船过渡了。等船过渡，留给我们的是镂骨铭肌，想起就害怕。假期里终日渴盼有桥过，做梦都是过新桥。

开学了,我们走在返校的路上,盘算着如何扬眉吐气地过新桥,在桥上看江水奔腾,看来往汽车飞驰。万万没想到,想象与现实错了位。在我们热切心情里出现的是被洪水摧垮的桥墩斜躺于浪花中。是桥墩设计出了问题,还是白龙江本身就有一股难以预料的霸气,冷不防来个出人意料的暴跳?我们被眼前的景象镇住了。这让我再一次认识了"欺山不欺水,欺人甭欺心"这话的蕴蓄。

白龙江,《尚书·禹贡》上说"西倾因桓是来",所以叫桓水,《汉书》曰垫江。白龙江流到两河口与宕昌流来的宕昌河汇合后又称羌水,魏晋以后白水与白龙江合流后也有白水之名。在我的记忆里,她终年浑浊,白浪滔滔,像一条白色巨龙,豪气十足,叫白龙江则名实相符。

早年出差到玛曲,那里的地貌,有种"忽登最高塔,眼界穷大千"的感觉。远处流来一条清清纯纯的河,一眼见底,自自然然,充满童年的稚趣。当时我不知道那个地方就是白龙江的开始,问同伴,同伴说是白龙江,便立刻虔诚起来。那分明是天河之水啊,看不到尽头,天、地、河连在一起。蓝蓝的天,青青的草地,云朵似的羊群。水,清澈,欢快,奔向梦想。大地广阔,河水安详,没有农田,只有草地,坦坦荡荡。马和牛还有羊,吃草的吃草,撒欢的撒欢,在白云的陪伴下,在时间中徜徉。远远地一溜石脊,山梁下几座毡房,炊烟冒出,在尖顶上扭动,空旷里一个牧人翻穿皮衣,偏袒着右肩骑在黑马上,流着六月里的鼻涕,在清晨的阳光下晶晶亮亮,于是,一种神秘的原始气氛在草地上慢慢升腾。

白龙江从玛曲的郎木寺,由涓涓细流到奔腾起舞,又插向四川的若尔盖,寻寻觅觅,再转回甘肃,最终被大山挟持,又一次回到盆地边缘,完成了五百七十六千米征程,完成了和嘉陵江的握手言欢。

那河,流到迭部,苍山交叠,万籁俱寂,青松绿地衬托得江水如银链一般圣洁,又像天边飘来的素练荡过迭部城下。那里曾是诸羌家园,西魏让吐谷浑人占领,周武帝时收复,唐武德中再陷吐谷浑,之后又没于吐蕃,成了唐与吐蕃争夺的战场。人们汇聚于白龙江周围,文明在这里留下永恒的标识——叠州,芳州;西魏吐谷浑人筑的马牧城,诉说着白龙江上游可歌可泣的悲壮历史。

白龙江离开迭部,地势落差变大,水浪掀腾,跑着跳着,跑出了虎气,跳出了龙魄，横扫对它构成威胁的一切拦路虎。但她却不是一任地狂放，她需要壮大，需要力量，边走边接纳投奔她的河与溪，壮大成为一条气贯长虹的巨龙，用她的强健身躯由青藏高原东缘岷山山地，闯进西秦岭，切割出一条通向嘉陵江的大道，成为中国西部亚热带与暖温带的分界线，隔开凉爽，迎来温润。

白龙江的流淌，让我们见识了宇宙的博大，自然的伟力，人，走在大地上，尤其是草原上，太渺小了，那样似蚁如蚁！不过，正是有了黄土造就的精灵，宇宙才有了无限，大地才有了灵光，所有的繁荣是为人类而生，所有的景致是为人类而精彩，这是人类的大幸。

白龙江流出舟曲，过宕昌境加入小岷江（宕昌河）更加强大起来，为沿岸冲击出一个又一个养育人的大坝子，武都城便是其中之一。

白龙江河谷的千里沃野，让这方土地变得热闹非凡。人类主宰大地的一切，大地的一切使得人类欲望丛生。于是，争夺，占领，成了满足自己，满足团伙的形式。杀伐是人类的事，无私奉献则是白龙江的本分。因此，在这一方土地上一样有万紫千红，有波高浪涌。在时间的洪流中，武都境内出现过秦置武都道（大安庙），以后的武都西都尉、福津（大安庙）的武阶郡、唐时覆津（三河）、柳树城（角弓）的州、北魏的武都镇坻龙岗（旧城山），以及武都郡、武州、阶州。

大河奔流必有大气派，因为处于陕甘川战略要地，因为有丰富的水资源，武都是历史上州治最长的地方，今天，国家将兰渝铁路、天水到陇南铁路、兰海高速、十天高速、平绵高速一齐牵进武都，让武都成为东进西出、北去南下的交通枢纽。武都已改待字闺中，走向五湖四海。

大江腾蛟龙，大江之畔人文蔚起，大江养育过像杜铭、赵聪、刑澍等一批令后世敬仰的先贤，尤以刑澍最为耀眼，他是清代著名文献学家、金石学家、诗人、藏书家、书画家，与饮誉海内的著名学者钱大昕交谊唱和，开启了陇右与关外文化交流之大门。

白龙江从舍书乡沟口子正式进入文县地界，过境达一百〇四千米。第一条接纳的是文县八河之一的龙巴河，再是洋汤河，出蒿子店，在文县奔腾了七个乡镇，汇入了四条河。

到了玉垒关，白龙江与白水江合流，便气势磅礴起来，而这两江汇合的地方也成了地理上的两大峡谷交汇，顺理成了入川要道，人们在此立关设卡，堵截不怀好意的出入者。最著名的要数三国景元四年（263年）秋，魏使邓艾去沓中攻姜维，钟会奔汉中，两路取蜀，姜维闻钟会已入汉中，担心剑门安危，无心与邓艾军纠缠，想回军，不料被王欣彊川口大败，那时诸葛绪正在桥头严阵以待，姜维从孔函谷入北道，欲出雍州之后。诸葛绪得报，后退三十里，就是说，诸葛绪从今天玉垒关顺白龙江向口头坝方向退了三十里。当姜维入北道三十余里时听说诸葛绪已退守桥头，姜维寻路回阴平乘机迅速通过了阴平桥头。

作为蜀中门户的玉垒关发生的战事多得是，西晋以至南北朝时齐万年、杨广香、石敬瑭、傅友德伐蜀等等，不一而举。

唐时的方维（碧口以下）、南五部、沙州、昭化，实际上哪一处都是人类杀伐的结果。从姜维避祸屯田的沓中，王欣等大败姜维的彊川口，从古人类在此的繁衍与生息，从"藏羌彝走廊"的民族流徙，我们看到了吐谷浑的占领，吐蕃人与唐军的拉锯战，继之而来的是，明清两代"军屯""民屯"，从湖广、四川、山西托儿带母的移民，还有清同治年间的回民起义，人口再一次锐减，接着陕西移民的涌入。今天，我们还可以从众多的族谱里查阅到来自湖北、陕西、山西、四川移民的记载；从语言学角度也可划出以陕西官话为基础的地方方言，以四川官话为基础的地方方言的语言音调。

白龙江起点神秘，满含禅意，从雪山草地出发就被敬奉着，虔诚的藏族同胞烧着香，摇着转经筒，期盼天空、大地、水、火、风、山石、草木、森林中的所有皆成佛道。然而，白龙江不负普度众生之望，越走越有气度，从凉爽到温润如酥，身躯也越来越强大。成佛，已不足以体现她的博大，她肩负着上苍的使命，在九转轮回中修炼出一条施爱于大众的博大胸怀。

西部，以她的神奇，为中华大地撑起了脊梁，孕育大江大河。白龙江发源于青藏高原东缘西倾山，紧挨昆仑，接力于昆仑山，擎起中华五千年文明的大旗一路驶向华夏父亲之山秦岭，这是白龙江的骄傲。

白龙江的功绩在于，她养育着大地上的一切，见证着大地上的一切，沿岸有一百二十万子民生息繁衍，蕴藏的水能已建成大小几十座电站，给这些子民供给热量。

白龙江的功绩还在于，留下了红军"俄界会议"旧址，关乎红军命运的腊子口战役。当年，在腊子口，红军将士通过正面强攻与攀登悬崖峭壁迂回包抄战术，经过两天的浴血战斗，英勇善战的红军出奇制胜，击溃甘肃军阀新编十四师鲁大昌守军，于一九三五年九月十七日凌晨全面攻克腊子口，使国民党企图阻挡红军北上抗日的阴谋彻底破产。

大自然是如何孕育白龙江的，这涉及地球的生成，是地质科学家研究的课题，我们只知道浅显的道理：白龙江以她的身躯造就了一条黄金水道，使逶迤盘桓的群山隅陬沐浴到了商业文明的曙光，让省内外只知碧口不知有文县。

从清乾嘉年间开通水运业始，凡甘、青及四川松潘等地药材、土特产品运出，西南各省、江浙一带日用物品进入甘、青及四川西北，都必须经过碧口集散。民国年间，碧口陆续增设了烟酒营业税局、直接税局、特税局、海关税局等税收机关。税收曾一度占全省的一半以上。由此奠定了甘肃名镇地位。

白龙江从甘肃流入四川，第一个重镇是沙州，三国时的古战场白水关。早在西汉六年（公元前201年）就在此设置白水县，是历史上著名的蜀中三关（阳平关、瞿塘关、白水关）之一。也曾是平兴县、景谷县、白水郡、南白水郡、平兴郡、北益州、沙州治所，又是仇池五国之一的"阴平国"的后期国都。东汉建武六年（公元30年）隗嚣从天水伐蜀，嚣上言"白水险阻，栈阁败绝"，指的就是这里。刘备攻益州也是从这里去涪城围成都的。

白龙江的落点更是辉煌，造就了蜀中第一县之称的昭化古城。自唐虞开始，演绎了四千多年的历史文明。公元前316年，秦抢先控制桔柏渡，一举灭亡巴、蜀、苴三国，至此，盆地与中原物质上、文化上的联系更加紧密。

唐玄宗避"安史之乱"亡蜀路上自我安慰"以双鱼负舟而跃，从臣议为龙也"的发生地，也在桔柏渡；黄巢起义逼长安，唐僖宗仓皇逃蜀再过桔柏渡……

岁月永恒，镌刻在人们心灵的，还有杜甫、陆游等文人墨客的无数诗吟，至今仍在桔柏潭的江声中回旋……

紧靠渡口的就是昭化古城，是迄今为止国内保存较好的一座古代县城和现存唯一一座三国古城，葭萌古关、费祎墓、武侯祠、费敬侯祠、战胜坝、天雄关、牛头山、姜维井、天雄关……

白龙江哟，一部浩瀚的史书！

白龙江用她的乳汁浇灌过这片沧桑的土地，而这片土地今后的福祉仍然离不开白龙江的浇灌,水,是万物之源,水,是生命之源。

时间在前进着,白龙江在前进着,我相信白龙江会创造更多的财富为流域内的人民造福。

白水江

小城建在冲积扇上,逼仄得无处可逛,腿一抬就到江边。

有朋自远方来,又一脚迈到江边,惊叫:好一条清凌凌的江哟!我说:此地除了山就是水,这水有什么好的?他说:"看来你是身在福中不知福了,我的家乡终年灰蒙蒙一片,风乍起,沙粒扑面,不要说江水,连雨水都少见。"

我告诉他,这水来自九寨沟。"啊呀,天堂之水!"他说。

我们去了九寨沟。

叮咚泉水,汩汩细流,汇聚成山间小海,层层瀑布,在构建了一方美丽之后,复归一途,晃晃悠悠像碧绿飘带,水舞,山也舞。

他眼不停地看,口不停地赞,手不停地掬水喝,一个劲儿地往脸上扬,好像在弥补几十年身体对水的渴望,他把脸蛋当成海绵或棉花,想多吸点水回去让朋友们见识见识九寨沟的水,又像要把积存于毛孔里的尘垢给冲刷出来。

九寨沟未出名前,我和正雨曾携手一游。那时,伐木场虽已叫停,尚未撤出的工人们,还在为突击任务而努力奋斗。原木从空中索道滑向楞场,拉木材的平板车往来于林间便道。失去伙伴的孤松三三两两无助地兀立峭岭,杂灌树也缺胳膊少腿儿,瑟瑟战抖,有的地方甚至大片黑土地与青天互吻。沟两边新伐树桩还流着金黄色泪痕,似在集体向我们哭泣,其状惨不忍睹。所幸,宝蓝的池水,喧腾的瀑布,林下清流,依然眉开眼笑风姿多态,令人痴迷,如梦游天堂,以至于衣服丢掉了也浑然不觉。太阳西沉,心一下子慌起来。正愁间来了一辆装木料的汽车,招手即停,心一下子兴奋起来,重启了暂停激动的神经。终于在两道白光照射下于不断回味中离开了九寨沟。

岁月更改了水的一统天下,却没有消弭水的品性,它以多姿的体魄,永不止息的勤奋给大地精彩,使大地超然,配合大自然共同营造沟谷凌空,群湖坦荡,叠瀑越堤。

两三百万年的漫漫征尘，几十年的肆意践踏没有磨损它的底气，反倒越加娇艳。无疑，平静、素雅、宽容大度的雪山是成就九寨之水的源泉。不管冷暖气流如何打斗，溅出的水花，纷纷扬扬或点点滴滴甚至隐隐约约，依然是记忆的变奏，传达的是宇宙消息。以白玉为冠，以琼液润身，潇潇洒洒，沸沸扬扬。

九寨沟的水，如一位妩媚少妇，借阳光为胭脂，抹上青松青杜鹃红，以森林为梳子，梳出风流娴雅。那源源不绝的汁液营造出的众多海子，亦湖亦瀑，阶阶相连。滩，晶莹；海，多彩；湖，静谧；瀑，狂放。

九寨沟是独占鳌头了，也许她的生命正处旺季。有旺就有淡，有兴便有衰。天道循环，谁也改变不了，不过那是以后的事了。

后来才知道，九寨沟的水由南向北汇入白河，再下与黑河合流始称白水江。如此看来，白水江一开始就绽放了一朵艳丽的鲜花。

这鲜花一路开了下来。

我想，我也得重新认识白水江了。

因为有了九寨沟，便有了白水江，因为有了白水江，便有了南坪人，九寨沟如出水芙蓉，南坪在地图上消失了，改唤九寨沟。因为有了白水江，便有了文县人，因为有了文县人，便有了文县城。

文县带文，想必包含文化久远或偃武修文之意吧。

人类文明沿江而来，比如，底格里斯河、幼发拉底河，比如，黄河和长江。

白水江从源头到与白龙江相遇不足两百千米流程，身段虽短，毕竟是一条江，紧靠江边的哈南寨，就有新石器时代祖先们的活动遗迹，今天三街九巷十二楼门该是接榫点。

白水江悠悠，流淌着读不完的故事。

甸氐道、宁州、昌宁、帖夷、邓州、尚安、安昌、钳川、同昌、甲蕃、扶州、阴平、曲水、文州等，演绎历史活剧的古郡县，以及邓至羌、白马羌、白马氐、党项羌、吐谷浑、吐蕃的臣服与你进我退……

九寨沟没有辉煌之前，白水江虽然只造就了两座县城，养育了仅十几万人口，却为历史保存下了一个民族化石。在九寨沟县的下塘与文县和平武近邻的三角地带，生活着的白马藏族，自称白马人，历史学家说，极有可能是古代氐人的后裔，他们奇特的民俗文化正在放射着异样的光彩。

白水江在前进，翻卷一江浪花，摇动一江杨柳，伴随我走过了几十年岁月，它已经与我的生命难解难分了。天下到处都是水，我唯爱白水江的水，它有个性，醇香甘甜，纯洁无瑕，一眼望穿，万物相容，相容万物。

九寨沟孕育了白水江，浇灌着一方贫瘠的土地，养育着一江善良憨厚的父老乡亲，也酿就了无数独有特产。据史料记载，石鸡坝大米、石坊胡桃、贾昌柿饼、尚德橘子唐时就进贡朝廷，至今依然凭色香味美而远近闻名，成为支撑一方经济的亮点。

那水，五彩缤纷，如梦，如幻，如诗，如歌，如画。冬天圣洁，秋天瑰丽，夏天华贵，春天浪漫，让你心灵愉悦，对自然充满爱意，对生活信心百倍。

我在重新认识白水江时，突然想到，山还是原来的山，水还是相同的水，不一样的是什么呢，是白水江永不停歇的脚步吗？

我想，白水江不息，它的故事就不息。

白马夷河

白马夷河发源于摩天岭山中的石垭子梁。上游沟岔多，溪水多，在一个叫阳尕山的地方完成了归众水为河。虽说不上浩浩荡荡，但滋润了四万公顷的森林植被，养育了近两万人民。

随着时光推移，白马河储存的信息被岁月模糊了。涛声依旧，不同的只是量，河面的宽窄，分贝的高低；一脉山，一条谷，直达白水江边。

在白马河的身旁，居住着一群奇异的民族，在生存艰辛中，练就一股令人感叹的凝聚力，"嚯，嚯，嚯……"众口同呼，震动山岳。

当我第一次进入白马山寨，听到不太流利的汉语，见了穿着与藏族不一样衣服的白马人时，一种奇异的神秘油然而生，久久难以忘怀。当我交上第一个白马人朋友时，我才发现这个民族的与众不同和难以想象的厚道。

很多年过去了，我才慢慢知道，这个叫白马藏族的民族并不是藏族，是秦汉以来就生活与斯的氐人后裔。千百年来，他们以阴平大地为家园，谁觊觎他们就跟谁斗，力争做人的尊严。最刻骨铭心的要数南北朝拉锯战中，他们参与了反对杨坚的战斗，结果，丢掉了祖先几百年的基业，丢掉了"阴平国"半独立政权，丢掉了平川厚土，藏匿到摩天岭的山地中。

至此，西魏设立的正西县在隋朝也渐渐失去了作用，随即在唐朝建立不久撤销了。可以说，正西县兴于白马人的辉煌时期，没落于白马人衰败期。尽管历史远去了一千多年，而它的残躯仍在铁楼乡旧寨村哀伤地伫立着。也正是这一千多年的风刀霜剑成就了一个民族的坚忍和奔向光明的执着。

这里的历史是原生态的，没有被人书写过，没有被人修改过。因为白马人没有文字，靠口口相传，他们自古就与汉族人相处，用汉文用汉姓。

好在是，他们并不随波逐流，再艰难，再困苦，他们身上的褐袍依旧，五彩的百褶裙依旧，前胸、后背、两袖的太阳、月亮、星星、花卉图案依旧，鱼骨牌、沙嘎帽依旧；最要紧的是语言依旧，传承祖辈荣光的舞蹈"池哥昼"依旧，涂抹岁月沧桑的居所依旧，比如：入贡山，草河坝，案板地，还有，阿尼嘎萨、白马三江的故事。这就够了，足以光彩熠熠了。

由于人们的笔误，把白马夷河写成了白马峪河、白马河，可在民间仍然叫的是白马夷河。

"夷"字是省不得的，改不得的。夷，汉文史籍对少数民族的统称，白马人也就为夷了。省了一个夷字，改了夷字，搞糊涂了历史，也搞糊涂了一个民族。

白马夷河是一条伟大的河，它的伟大在于养育了一个化石般的氐人后裔白马人，同时还养育了化石般的动物大熊猫。

大熊猫是甘肃的名片，陇南的名片，文县的名片，世界级的珍稀动物。

白马人把大熊猫叫白熊、花熊，把它奉为吉祥神兽，无论谁进山打猎，什么动物都打得，唯独熊猫打不得。他们跳的池哥昼面具舞中就有熊的图腾，他们视黑熊与熊猫同类，他们认为他们的祖先是熊的部落，跳池哥昼是敬祖宗，是敬神灵，也是驱逐邪恶，祈求平安。

其实白马人的命运与大熊猫有种天然相似。在时光深处，白马人也曾能征善战，从汉末以降，斧钺戟戈，一直风云到隋统一；熊猫也是，原来广布于我国西南、华北、华中、华南和西北十六个省市以及国外的越南和缅甸的北部，农耕文明在时间的风云中蚕食着林地，大熊猫跟着森林跑步，迫使它以特化食性的方式，从食肉转而食竹，在大量硬性的竹竿中获取营养，也把威猛之性变至温和，并以减少活动范围节约能量开支来应对千变万化的自然环境。现在只剩青藏高原东缘和秦岭山系的个别地域还有它们的身影。可喜的是在陇之南尚有一个不小的群落，仍在欢快地生活着，和白马人一起响亮着这一方山水。

白马夷河，不光历史悠久物产丰饶，这里还出了一位刚正不阿、一心事民的好官，他的名字叫王继礼。明朝正德进士，官至湖广按察使，当时的行省设三司，分别管政务、刑事、军事。王继礼是管刑事的，鞠躬尽瘁，死于任所。

王继礼，嘉靖初任阜城县令，后调江苏常熟。阜城民众挽留无果后，自发为其建立生祠。到了常熟，海寇频频扰民，他相机擒寇，康靖地方，一时政通人和被升任监察御史，在新的任上，巡视团营，权度兵饷，整军容、肃风气。巡按两浙，惩奸不少假，而居心持平，擢升徽州知府，持廉秉公，大狱立判，再迁浙江按察使司副使，巡察河滨，严防御、广储犒，敌人不敢犯境。

王继礼和白马夷河的山水一样，一级一级上升，从疏林地到杂灌丛到森林密布，泽润着这方土地，激励着这里的人民。

无限异化的世界召唤着白马人，是踟蹰不前呢还是勇于革新呢？正在此时一股更加温暖的和风吹来，一个留住乡愁的声音唤醒了他们，他们选择了保留记忆，融入时代，去圆一个全新的梦。

丹堡河

一场灾难过后，山乡住房迅速与城镇拉近了距离，砖混小楼接踵崛起。青山绿水间，如玉兰绽放，红杏出墙，一向稳健而简陋的乡村华丽转身了。

木材紧缺，钢筋水泥替代传统建筑材料，已是大势所趋。

一日，与朋友正雨去丹堡场见识古老四合院，这使我亢奋，也勾起了我的失落与怀想。

二十几年前，老家传来消息，大爷的儿子拆去了铺满尘埃的四合院一角，不由人长长地叹了口气。打那以后，每次回家不经意就走进了颓败的院落，一脚踩下，迎接我的是阿婆慈爱的目光，又一脚下去大爷抚须咏戏文的铿锵音韵飘忽耳际，再一脚下去，二叔在"松竹并茂"匾额下写对联的神态不期而至，还有我们在彩绘门神下做游戏，在挂满字画和楹联的厅堂里看老辈们敬祖宗的陈年往事都在心中泛滥起来。

汽车沿白水江直下拐进右侧山谷，逆向而来的是从深山里奔来的丹堡河，她不安的身躯，左右冲撞，最终把一块平坦大坝礼让给了田畴和连绵几个村庄。眼前不时出现或聚或散的灰黑色瓦舍与"小洋楼"，偶尔也有曾经主导村庄的四合院闯入眼帘，以一个"旧"事物或者衰老者的谦卑，躲在白色粉墙后面，有些拘谨，有些茫然，甚至可怜巴巴。

此前曾有人说丹堡河虽不大，它却是用文化渲染出的河，在老辈人嘴里也常常听到这样的话：愚昧不过某某河，文明不过丹堡河。今天所见让我内心隐隐有些失落。

然而，当你漫步丹堡场窄窄的街道上，浏览那些木板铺面时，你会发现在它的旁边一个又一个的大门敞开着。进大门，里面就是一个院子，方方正正，四檐滴水，几乎家家如此。它们很普通，很紧凑，舒适，安全。

"文明是一个民族应付他环境的总成绩。"哲学家如是说。

四合院是几千年农耕文明的智慧结晶，它如一杯陈年佳酿耐人寻味。在北方，普通人家的四合院正房没那么高，上房略高两厢，为商者、为官者多为两进院，高台阶，以松材为主，显示富裕高贵；耕读之家则以一进院为主，正屋为一层，上正屋，三至五步台阶，两厢和倒厅低，为二层，檐柱、二柱一色松木，正房有匾额；秀才以上有功名的读书人家四面都挂有贺匾。

我们的祖先除了耕种五谷杂粮以外，花费心思最多的就数穿的和住的。丝绸给世界作出了巨大贡献，四合院则是汉族居所的主流。时代在前进，四合院在退让。今天，走遍陇南，丹堡场应是四合院遗存较多的地方，可算珍贵稀有了。

天下着小雨，我们出丹堡街进杨杜沟，去欣赏四合院的点睛之笔。

从黄土墙上抹上一层白灰的左侧单体大门走进，再进大院的大门，就是田家大院。外观如一颗印，进院，一袭古韵直扑襟怀，上房三明两暗，高出两厢，居中厅堂一层，八扇门，主人给自家堂屋冠之曰"明禧堂"，再配以匾额"诗礼启明"，两厢二层，走马转角，亦三间，六扇门，左厢悬"行笃敬"，右厢悬"言忠信"，倒厅悬"瑞映楼台"匾额，从院内上正厅七步台阶，台阶左右花卉簇拥，更显得气运当年。

据主人讲，此房建于清光绪二十二年，历时三年，木工是湖北人，门窗雕工精细，手法多变，包括深浮雕、浅浮雕、透雕、阴刻、阳刻等，图案有莲花、牡丹、菊花，尤其是鸟儿雕刻得自然灵动，栩栩如生，既有民间刻工的质朴，又具民族艺术的典雅，既有北方疏朗风格又具巴蜀轻盈温婉之情调，同时体现出浓厚的儒家文化底蕴。

我们正对田家大院啧啧称羡时，从高台阶上稳步走下一位精神矍铄的耄耋老人，他就是房主人田尚勤先生。

田老的太祖田中美在前清曾任过八品修职郎，曾祖父田永锡是廪生，也做过小官，祖父田祖培弃文习武，参加过抗击八国联军的战斗，从普通士兵一步步擢升为从六品千总，到父亲田诏龙又以文扬名。这座大院便是其祖父春风得意时的杰作。

我们询问田家大院的过去，田老先生一一作答后，告诉我们，他外公郭少林家的院落也完好无损，值得一看。

郭家大院一样是黄土筑的墙，灰黑色的瓦，积满烟尘的大门，比田家大院稍小，也许主人虽是前清贡生，该是一生不仕之故吧，表示身份的正房台阶不高。田老指着那些挂过匾的地方，回忆着他小时见到的情景，当看到正厅一侧的木刻楹联仍在时，高兴地说："你看，这就是原来的对联！"随后一脸沉静，若有所思，我猜想，那一定是与外公做着某些交流吧。

我们边走边听田老讲昔日的丹堡，不觉路过一家门口，大门开着，遂顺便跨进，一位七十岁上下的老者，极客气地招呼我们进屋，墙上挂满他的书法作品，他临过帖和尚未用的整刀宣纸可以用"摞"字来形容，他写的是欧字楷书，以《兰亭序》和《岳阳楼记》为多。一个农民生活过得如此踏实，如此滋润，真让人由衷钦羡。在这里足可体悟到文化的一脉绵延。由此，我才领略到了"人文养气，山水养眼"的真谛。据田老讲像张一言这样的农民书法爱好者在丹堡不乏人。还说，丹堡场上下十里，仅清一代，就出过三个进士，四个举人，十三个贡生，三十多个秀才。难怪田家大院、郭家大院、张家大院，还有那些"贡杆""照壁""匾额"，经过了"大跃进"的洗礼，"文革"的横扫，只是增加了些岁月的沧桑，依然身板硬朗。它们是如何走到今天的，不用说，内中各有各的故事。要紧的是保存下来了。

这就是文化的魅力！

马连河

马连河除了长五谷杂粮也盛产纹党参、花椒，还是文县不多几个产虫草的地方之一，境内的阳山金矿藏量居亚州之冠。

站在高楼山巅，堡子坝乡大部分地域可收入视野，最显眼的当数插岗梁山系的雄黄山，海拔四千一百多米，亮晶晶的，直刺蓝天，站在文县制高点上注视两江八河，眺望五洲四海。

马连河古老，古老到了发现过新石器时代马家窑类型文化层。

马连河，演变，再演变，直到到处都是氐羌人。光阴更迭，日月递进，汉族渐次进入，族与族冲突不断。明朝洪武二十八年，明王朝派兵镇守，来将为王、郭二姓，王姓为世袭千户长，郭姓为其先锋，初到时称"都司坝"。王姓驻地王家堡，郭姓居清泥湾。清代开始筑"城堡子"，故名堡子坝。

曾读到一篇考证三国时姜维退却路线的文章，颇受启发。其文认为，姜维被邓艾追赶，中途听说汉中已失，带兵摆脱邓艾追杀，急去剑门关设防，到阴平后可能先到的是堡子坝，诸葛绪怕蜀军进攻雍州（宝鸡一带），从桥头"却还三十里"。他认为这个"孔函谷"即是今天的马连河谷，这与清修《文县志》上说的"孔函峪"在县西北的方位是一致的。当然，孔函谷具体地点尚无定论，比如武都县西南说，此说与玉垒桥头的地形不符。因为诸葛绪要从桥头退守，唯一只有逆白龙江河谷去口头坝，而姜维用调虎离山之计，佯走北实折南，诱使诸葛绪弃守桥头回雍，目的是乘机迅速通过桥头。那么姜维绕开白龙江峡谷的具体地点，或许是从舟曲越插岗岭到博峪沿白水江而下，或许从武都某处到文县的梨坪过天池乡入堡子坝马连河谷，才能有时间避开诸葛绪回防之军，因为玉垒关至尖山白龙江与洋汤河口最多只有一百华里。只有让诸葛绪摸不清姜维军去向，利用游移不定的时间差，夺路白水江，过玉垒关下剑门的说法便可成立。要是这样，孔函谷在堡子坝的一家之言就有一定道理了。

马连河，《水经注》上叫东维水，水出西北维谷。这个"维"字是否与姜维有关？马连河从八字河起就称为马连河了，流程不足三十千米，是文县八河中流径最短的河。其实它并不浅薄，有林木森森、水流淙淙的四十多条沟系，才修炼成一条个性鲜明的河。

马连河是一条桀骜不驯的河，发起怒来让人战栗。有一年我去马连河，正是她一怒过后，连去乡政府的路都被冲得没了形迹。暴跳平息后，遗下了河两岸乱石滚滚，泥浆壅塞，而她依然平平和和，温温顺顺。

马连河还是一条底蕴深厚的河。我曾去八字河拜访过一位老中医，领我去的朋友说，他家世代书香，本人古书读得多，终生未娶，不爱说话，人却挺好。当我说明来意，看了看舌苔，便开始切脉，三手指时轻时重，左手号过换右手，时而低头沉思，时而仰脸目视上方，时而闭目，大约半小时，切脉始毕。开抽屉取出处方笺，一笔一画，写下十一味中药。药是平常药，只是量大一些。嘱咐抓三副，说先试试看。后来一吃，果真药到病除。我给他拿了点礼物，他硬是未收，他拒绝后一言未发，掏出旱烟锅，默默地抽起烟来，抽得舒缓，吐出的丝丝缕缕，绕在头顶，像他切脉一样悠悠袅袅。他淡定、安适，把昔日的精神火焰压到让你难以觉察的境界。我在想，这莫非就是大智大慧的意象凸显？像得道高僧。不经意的举动在为我关上一道门的时候，也为我开启了一隙如何对待人生际遇的精神之窗。出村很远了，回首一望，方发现，这是一个山峰俊俏河水漾漾的地方。早就听说这里出文人，想跟老中医打听，又不忍破坏老人恬静。幸好迎面来了位中年人，牵着一匹骡子往回走，我问王贡爷的家，他说："离这还远，这一带的王家人出过两个贡爷，张家人也出过贡爷，再下去一点还有韩贡爷。"我见他忙，知趣地把想让他带路的话咽回肚里。

很多年后我才见到那个前清拔贡张用申书写的一篇祝寿文，字有核桃大小，正楷，欧韵赵形，让我大饱眼福。

马连河也是一条激情奔放的河，诗情洋溢的河，闪耀思想光辉的河：

黑夜来了
太阳并没有死亡
它在你视野以外的彼岸
继续运行发光
冬天来了
森林并没有凋谢

虽然它满身的绿叶被纷纷击落
它的根须却在地下默默地萌蘖生长

这就是我们马连河诗人对不堪回首岁月的哲理思辨。他叫王果，二十世纪四十年代起为迎接新世纪的曙光而开始歌唱，后因胡风一案遭遇坎坷，平反后诗情喷发，唱响大上海。代表作有《轭下》，其中《庐山的黄昏》收入《二十世纪中国新诗词典》。

著名评论家王元化先生的评价是：

"意象独创特别是举重若轻艺术功力的体现，具开拓意义。你的朋友来信说你是轭下的思想者。当代诗界像你这样写诗者几乎绝无仅有。"有诗人曾这样评论他的诗：

远近百合花，轭思墙与窗。足蹈云雨深，诗犁江河殇。
一株还魂草，三尺钢脊梁。是怎个愁字，付与熹微光。

中路河

地球上自从有了人类，也就有了历史。人类从森林中走出，又是逆河而上或顺流而下地寻找最佳居住点。

一条河既是自然界的必然产物，也是抚育人类的乳汁。发源于甘南藏族自治州日边扎的中路河，下游狭窄上游地势平坦，森林密布，是最适宜人居的高山山地了。好地方总是人多，比如中寨，一个寨子就有几千人口。

中寨，西与四川省的九寨沟毗邻，北靠舟曲县，是文县历史上四大边寨之一。

中寨，古时为氐羌地，现在除了很少的白马藏族外，大部分居民都是唐以后移民，有迹可循的数明清为多。

当年我去中寨，到过大海沟、松坪，还到过通同沟、麦家沟、哈西沟，直至博峪，那里的各条沟里都流着溪水，欢快地从葱茏的林中漫下，或淙淙，或潺潺，或涓涓，或哗哗，或汩汩，或叮咚，似明快的音乐。偶尔，它也会溅起一朵朵浪花，舒舒的，缓缓的。

那山泉，那野花，无不透露着清浅而安静的味道。那种恬适让人常忆常新。

那里水秀山明，山与山敞亮疏阔，没有局促感。溪水旁散落着农户，溪水归渠击动木轮，木轮转动石磨，发出了轰隆隆、吱呀呀的响声，极富生机。听着水声，体味着一种无以言喻的美妙感觉，仿佛走进了于连·索黑尔家河边的那座水打锯木厂。太阳出来，撒开金黄色的光丝，灿烂的射线，神采焕然地照耀着万物，把草木催生得清香四溢，直窜五脏。

我有一个儿时的伙伴，由于出身不好，在家乡受不过歧视，远走闭塞的哈西沟，是那里的山光水色和憨厚的人收留了他，有了儿女，也能给村里的孩子们教授"锄禾日当午，汗滴禾下土了"。他说，走这一步虽为无奈，却是此生大幸。他们家屋后就是党参地，地和松林相隔不远。和朋友坐在屋外，聆听他的遭遇、他的随遇而安。傍晚，一轮惠顾人间的月光洒下，借着月光，我见朋友安然若素，他已忘却了心灵的痛楚，使我真切地体味到"草挪一步死，人挪一步生"的这句老话。

一条河如果没有源源不断注入的水源，那也不能成其为河，就像人如果没有理想注定一生碌碌无为一样。中路河是执着的有抱负的，它是文县境内流径最长的河，它从草甸的小水泡到咕咕有声，聚细流为溪，再由八十多条山溪携手，一路平仄跌宕而来，满怀着奔向大海的期盼，迎着风雨艳阳的祝福从古涌动到今天。

自然伟大啊！

《水经注》称其为"安昌水"。在文县的八河中，今天河名依然与一千多年前相同的有三条，一条是洋汤河，一条是白马河，一条就是安昌河。因为这三个地方都设过古郡县，所以三条河名至今未变。

根据唐人《元和郡县志》等史料，加上今人的考察，这里曾设过安昌郡。那时主要居住的是一个叫邓至羌的民族。安昌，在南北朝时乃至更早，一时扶州（九寨沟）一时文州，归属不定，明以后才有土司衙门，专门管辖的民族是白马藏人，王土司世袭百余年，中寨筑有城墙，今天还能觅到确切位置。

文县是著名纹党之乡，而中路河的党参无论是质量数量都居全县之冠。一九三五年七月范长江以《大公报》记者身份，从成都出发，经阿坝，溯岷江而上，至松潘、平武到文县中寨，他这样写道："中寨再东四十里为阴平寨。

市集甚大。东北四省未失以前，甘省党参销路甚好，其出产地区为岷县、西固、武都、文县一带。文县之碧口为收货总口，中寨以上之'番地'——即藏人所居之山地，出参亦不少。碧口商人多在中寨有分庄，收买药材。'九·一八'以前，中寨市镇至为热闹。今则党参之大销畅已失，且军事繁兴，运货为难，中寨原有之商号，相继撤销，所余数家，亦仅勉强维持，无交易可作。中寨市面亦因此一落不起。市上无一家卖食货的商店，公开零卖熟鸦片烟土的，倒有好几家，一角钱可以买好几大口烟土，真物美而价廉！"

今天，中路河的党参迎来了大发展机遇，村村种植，家家种植，远销海内外，因党参而富裕，多年来一直是引领全县经济的头羊。中寨小镇也一年一个样，敞亮的街道，拔地而起的楼房，争与县城媲美。富裕了的农民，将自己的孩子送去县城甚至更远的地方读书，在县城买房，武都买房，成都、绵阳、兰州买房的不胜枚举。

中寨因党参产业迈向小康。其富裕程度在春节时表现得淋漓尽致。红灿灿的门灯绵延数里，盏盏相接，将街道装扮得流光溢彩，象征中路河水的青龙，象征五谷丰登的黄龙从东舞到西，从南舞到北；每当夜幕降临，小院里便会响起古朴悠扬的琵琶声，边唱边弹小调，《十二花》《十杯酒》《十劝郎》《绣荷包》《南桥戏水》《采花》。歌唱着幸福，弹奏着理想。

我曾见过大佛沟一部张氏家谱，使我对这个家族肃然起敬。其家族先后出过四个贡生，十四个秀才，其中有一个名叫张中元的秀才去世后由其妻抚养五个儿子，清同治年间出了一个贡生，四个秀才，被后世称为"五子登科"。

中路河，依旧是一条迤逦盘桓的河，却因了时代的发展步伐，一天比一天亮丽，一年比一年精神抖擞；中寨，还是范长江去过的中寨，但已是脱胎换骨地朝着一个明晰目标前进的中寨了。

洋汤河

甩开白水江，登上高楼山顶，向北，一片茫茫山川就是洋汤河。那一梁一峁，有的像游走的蛟龙，有的似狂奔的猛虎，在天宇之下你来我往。视线放低，你可发现虎背龙脊呈黛色，龙鳞虎腹里是一坨坨黄褐色，被一堆堆树木罩着的是村庄，那是缥缈的历史之海，那是阳光、山峦组成的图画。走进她就是走进时间的深处,走进幽深的久远,领略人类的不屈,品味新时代的惬意。

我在那里留下过小小的脚印,我来了她不惊不乍,我走了,定格于脑海的印象又被我带走,像一个邈远的背景,若即若离。闲暇时,山峁、村庄还有一刻不停地耕耘着自己梦想的父老乡亲们,就来到眼前,引发情愫,撩人心旌。

记忆里叩响灵魂的当数如豆的灯光,红焰混合的火塘,阿婆在,父母在,一家人共度自给自足的生活;要么在山山岭岭的黄土路上走村入户,或走在去山下的路上;有时也傍依于家门,看远处飘来的小河,像彩练,在太阳底下闪亮,弯弯曲曲的,时隐时现。

小时见到洋汤河,惊心动魄,涛声震耳,挺害怕。长大了出外上学,当站在蒿子店铁索桥上时,我被脚下的白龙江吓住了,那分明是一条巨大而狂怒的怪兽,洋汤河显得渺小至极,犹如一根小葱苗附在它身上。

插岗梁山系的五条支脉从不同方向奔向一个叫桥头坝的地方,洋汤河在它的领地里穿行时,阻力重重。尽管如此它还是不畏艰险,横冲直撞,用尽全身力气向前奔腾。由是古人感慨道:"河径五渡犹余渡,山尽八盘更有盘……"

洋汤河虽小,它却是时间激流中繁荣与荒芜的见证者,目睹过一个一个夕阳消失,一出一出冷月寒霜。是《水经注》伟大,还是这里本身就不可小觑?这么一条径流不足百里的小河竟也赫然在目,说此水源于阴平北界汤溪,流过北部城北、五部城南。

古时被称为蛮荒之地的陇南群山峻岭之中,一条小河载入史册,必有一定地望,这地望应具备——那里曾是古郡县治地,或那里有著名景观。这两点洋汤河都沾其边。她是古郡县治地,她有洋汤天池。

据考证,桥头坝是古代的北部城,尖山是五部城。于是桥头坝与鹄衣坝一样前后设立过文县最早的郡县治所,西汉时的北部都尉,东汉时的广汉属国都尉,三国时的阴平郡,一说为北部城,或为西汉益州广汉郡北部都尉治,也即东汉广汉属国都尉,治地待考,与《水经注》不符。北魏时的北部县、芦北郡,周明帝二年三月,文州治地也在这里。唐时的建昌县、长松县。古时的州县治地都以战争考虑居多,这儿也不例外,大河南流入川,跟小河溯行五公里是五部城,再十五公里,即到了山清水秀,半山良田阡陌,进可攻,退可守的北部城。

沿洋汤河也有一条古驮帮大道，它的起点是甘南州的舟曲县城，顺拱坝河到二道梁进入文县天池乡，下至苜蓿坪、洋汤寨、屯寨、桥头、蒿子店、口头坝、玉垒关。桥头坝是驮帮脚店之一。

自然洋汤河名气大还有一个原因，那就是如前所说，在它的源头有一池碧水，古时叫天魏湫，今天叫洋汤天池，湖水呈葫芦形，蜿蜒曲折。近观，湛蓝如洗，波光潋滟，青峰翩舞，锦鳞游泳，野鸭翔集；远眺，群山相拥，云飘青霄，翡翠环绕，雾霭游弋，鹿叫雉啼，鹰击长空。动时浮光耀金，静时若明镜映天。

洋汤天池，山洪倾泻而水不更色，树木临湖而不见落叶漂浮，四季清幽，妙境纷呈。春天，峰峦洁白，山坡苍翠，奇花吐秀，水天一色；夏天，岚气如纱，时云时雨，变幻莫测，佳景迭出；秋天，山因水而绚丽，水因山而剔透，红黄绿蓝争妍，韵味无穷；冬天雪峰熠熠，冰凌挂于崖壁，而湖水依然悠悠，静谧得宛若仙山。

洋汤天池是合众山水，凹为大壑，专家考证是地震形成的堰塞湖。这里不但地质古老，崖壁陡峭，怪石林立，而且生物多样性也极为丰富，有二百多种野生动物栖息，二千余种植物，上百种中草药材生长，湖中有裂腹鱼类和蚌，湖面有水鸟成群。饮马池苇蒲葱郁，捉鱼沟鱼戏山涧，雄狮吼于东山，神象痛饮于池中，洋汤龙王大殿迎湖屹立，秋爷庙香火不绝，仙女石娉婷婀娜，饮马池、牧马坪处处故事，形、影、声、色兼具，情趣盎然。国内可数，陇原独有。

桥头坝小镇的额头上豁开一个大凹槽，光绪五年五月十二日，那一坨黄土轰然而下，亭台楼阁没有了，过去的足迹淹没了，一切生灵瞬间消失，那一段人文史已毫不留情地被深埋地下。如今它贴上了新的标签，长出了新的繁荣，扬眉吐气了。

放眼洋汤河，别看山下陡峭，山上却平平展展。黄土层厚肯长五谷杂粮，滋养着河谷两岸人民，它由四大块组成，最著名的是围头坪、鹞子坪、北顷山、城墙坪。黄土厚，是出了名的粮仓。二十世纪六七十年代连年旱灾，白龙江流域更是旱灾过了是水灾，沿江而下，循洋汤河而进的灾民，冬春两季，在洋汤天池以下村村寨寨，用土布换粮食，用土缸换粮食，用针头线脑换粮食，用钱买粮食的络绎不绝，仅从桥头坝一夜过的人力车多时就达一百多辆，山道上人如蚂蚁，马驮人背，那时统称投机倒把，为了度荒，为了躲避民兵堵截，他们只得昼伏夜出，我那时在桥头坝一个单位混饭吃，亲历了车轮滚滚，惊魂不定的"偷运"队伍。本是拯救生命的壮举，却不得不人心倒悬，偷偷摸摸。那是一个缺乏冷静的年代，那是一个让整个民族永久铭记的年代！

洋汤河救过多少人的生命，也无法统计。

总之，洋汤河是有功的。

龙巴河

去过龙巴河三次。两次是走路。

第一次过洋汤河上北顷山住了一夜，第二天到达一个能看到龙巴河的地方，便停止了脚步，远远望见河水清清冽冽，如一条丝带在阳光下闪耀。

返回走的是白草山下一个叫关口垭的地方，那里可以一览大部分龙巴河和洋汤河流域。

第二次从桥头坝坐拖拉机上北顷山，翻山到赵村下梨坪公社驻地李家坝，把龙巴河看了个够。办完公事爬山过舍书，出沟到白龙江边，好不容易搭了个顺车省了省力气，这经历让人终生难忘。

几年前，应正雨之邀去梨坪乡九原寨，说中途可观光玉皇坪，喜出望外。

龙巴河为文县八河最北一条河，发源于梨坪乡与武都区交界的擂鼓山，由二十三条小溪汇集而成，横贯全乡，出山正赶上南下的白龙江。

龙巴河上游森林茂密风景秀丽，建有九原电站、草咀电站和池塘坝电站。流域里产纹党、当归、花椒、天麻；产梨，个大汁多，香气扑鼻，历史悠久，因之曰：梨坪。

光绪五年大地震，曾给当地人民造成巨大损失，尹家磨的巨石就是当年地震遗迹。老辈人说，梨树道整村被地震掩埋，三天之后尚闻嘶哑鸡鸣。

一百二十九年后又一次大地震肆虐，幸值午后，山倾房倒，无伤亡，来自国家来自民间的大爱烘热了这块土地，使原先陈旧的村庄焕然新姿。

这是一个阴天，我们驻足于玉皇坪。处在群山中的玉皇坪，像大片翡翠中的一块白玉，让人顿生爱意。

玉皇坪是一个有村史的村庄，而且族谱也保存得好，系李汝德兄重修，常增常续。他们将世道轮转、沧桑变化诉诸卷帙，让后世铭记先祖们的历程。从村史里得知明清两代出过二十七位秀才以上的文化人，高学历的进士三人，比丹堡河的文化密度还要高。这里的李氏明初迁来，家谱里记载有秀才以上功名的学人二十四位，进士两位。李士美恩进士匾额新中国建立初都还在，老人们对此津津乐道。

玉皇坪，分金坪和玉坪，有两千人口，村的下面是龙巴河。两村中间隔一条小溪，小溪上原先建有一座门楼，门楼上桥头乡族人清末贡生李润芳题写了这样一副楹联：

二水中分环绕金坪生富贵；
三山挺立排立笔架出贤人。

李万春、李士美是玉皇坪人至今引以为骄的人物，联中写到的贤人，就是以这二位为代表的文化人。李万春中进士后在北京做官，明成化六年回过一次家乡，长子希仁随父定居北京，次子希圣扎根家乡，已历十七代；李士美虽然一生不仕，但他一生的善举一直被人们奉为圭臬。那是玉皇坪的彩云，也是玉皇坪人的骄傲，做人的标尺。

在龙巴河寂静流淌的河水陪伴下，在绿树红花的映衬下，玉皇坪鳞次栉比的宽窄巷子里，你可随处见到规整的四合院，曾是举人、贡生的两进宅遗址还依稀可辨。当你踏在那些陈旧的石板路上时，有种悠远的古韵会深深地吸引你，使你无法停下脚步，脚步轻了又轻。走到一家门前，给我们当向导的复转老军人说，这家出过贡生，收藏有好几道匾额，可惜后人们都在外为社会服务，大门紧锁。我们在门缝里左瞧右瞅，最终没瞄个所以然，只好快快离开。

同行的启舒多次来过这里挖掘民间文化，他说有一位叫李尚德的老人书法好，值得一会，大家喜出望外。刚走至大门，就验证了启舒的话。大门上方有匾额，门两边有木刻对联，就这股儒气便让人陶醉了。跨进大门，厅房门上是楹联，左侧墙上有画、有楹联，令人肃然起敬。一位佝偻着腰的老人坐在台沿上一堆刚割回的麦捆前，麦穗在老人头上聚会，金黄金黄。老人见我们来，颤颤巍巍地起身相迎。正雨握着老人的手说："你好，路过这里来看看您！"老人茫然地探问："哪里来的？"启舒说："文县来的！"老人认出了启舒，只是点头。当我的手与老人相握，并自我介绍后，九十二岁老人用尽全力握着我问："李贡爷是你的啥？"我作答，老人眼里荡漾着深情的光芒。我们提出看他的字，他的孙子把我们领进厅房，从供案上取下一沓写好的书法作品，我一张一张铺在地上，是几幅没有钤印的楹联，我一下被镇住了。有理、有法、有势、有意，平和简静、遒丽天成。同伴眼里射出绿光，也不礼让，钤一幅印章拿走一幅，眼看都被拿光了，在我惋惜的瞬间，有人从供案上又寻到了几幅，我把一幅草书"临江仙"紧紧攥到手，打开一看。哇！绝妙！字与字之间，大小疏密，错落有致，如夜空中闪烁明灭的星辰；行与行之间，递相映带；整幅字显得意气相聚、精神挽结。给我一种笔势流畅、气息贯注、神完气足的艺术感受。

龙巴河哟，让人敬仰的河！

让水河

认识让水河是从黄酒开始的。

有一年，我和同事在让水河畔走着，猛然听见没有围墙的院里，一位大嫂的招呼声："客哎，来喝开水啊！"我将头一扬，不解地一怔。"来呀，歇会儿再走！"

我们走进院子，刚坐下，一碗开水端来，陌生感被满脸的和善和真诚瞬间消融，一阵心暖，一口气喝干，一身汗，甜滋滋，香喷喷，一碗接一碗，不一会儿一碗面条又摆上桌，咋吃下去的？只记得头重脚轻。温馨的人情味儿，烙上了一生中最美好的印记。

让水河之南是甘川界山摩天岭。山，青得可以捏出水来；水，河面悠悠，河底历历。虽然树密林深，但几乎从每一条沟系都能入川。比如渭沟、银厂沟、竹园沟等。今天有遗迹可循的也有三条沟系。

清修《文县志》上说："让水，在县东南一百三十里，水至南出，白水东下，则侧流回旋，有逊让之状故名。"而在让水河上游建于明朝嘉靖八年的清凉寺正殿木梁上却写着"漾水河"。看来古人也擅长想当然。一条是白龙江，一条是摩天岭山中流出的小河，势不均，力不敌，何谈逊让？

后来去的次数多了，便对让水河产生了敬意。

有一次，从文县城出发，进丹堡河上大岭梁过柏元桥落脚苜蓿坝，住张先生家，主人给我讲了很多传说，关于邓艾的，关于红军的，还给我展示了他在做农活时刨出的"五铢"钱和宋币"崇宁通宝"。次日从苜蓿坝出发到窄匣子。这儿有两条路：一路进东沟，到青川县三锅乡的西阳沟，有栈道痕迹，还有一条是至今人们常走的青塘岭路。离开窄匣子过旧乡坪，上马鞭岩、九道拐、切刀背，过摩天岭垭豁，再走青川方向的马道子、放马坪、马槽沟、拴马树、马蹄印到唐家河口下走青溪，上走靖军山。这一路传说多，与邓艾有关的地名多，也最符合偷袭路线，隐蔽、捷径，与史书上说的"景谷道旁入"切合。

有张先生做向导，我拜谒了红军的坟茔，见到了古街道遗址，染布用的压石，还有多处栈道洞孔，清同治、咸丰修路碑记，旧村落、水磨房残垣和一片同治、咸丰墓葬，以及当年红军修筑的工事。

山顶是过往行人休息的地方，我躺在一棵杜鹃树下，把见到的与史书对照，我以为，这条路应该是"阴平斜径"范围，而且那枚"五铢"钱也让我坚定了此路与邓艾有关的信心。

有人把阴平古道与这条沟联系起来，虽不确切，但也对，说川甘茶马贸易道，或邓艾伐蜀道都可以，因为只要从阴平经过，沿江大道或入山捷径，统称阴平道都是可以的。如果邓艾分兵三路的话，除了这一条，再是从窄匣子一路进东沟，到青川县三锅乡的西阳沟，另一条可能是由碧峰沟过悬马关，下青崖关过黄土梁走青川蒿溪，山低更好走些，都能避过可能驻军的青溪和乔庄进入涪江流域。

摩天岭是功勋之山，战略之山，在这里起码发生过四次重大事件。

第一次是公元二六三年冬十月，邓艾率军攀登小道，凿山，架桥，越山过谷，途中曾多次陷入困境。行至摩天岭，邓艾身先士卒，以毛毡裹身滚下山坡，出其不意地直抵江油关，迫降守将马邈，进而直逼成都，成为结束汉末以降近百年离乱的关键一役。

第二次是宋孝宗时在这里开凿栈道繁荣商贸。在宋朝，与吐蕃和其他兄弟民族的茶马贸易迅猛扩大，为了适应管理需要，于四川设立"茶场司"，在秦州、渭州、阶州、文州等地设立招马司。以茶易马，既给朝廷增加了大量税收，也换来了国家急需的战马。我想那枚"重宁通宝"该是那时留下的最好的证物。

第三次是明初，傅友德声言兵出金牛，而暗地里却率军直趋陈仓，攀缘岩石，昼夜行军。击败夏将丁世珍，攻克阶州城。傅友德率军修好被毁坏的白龙江桥，上八盘山，攻破五里关，入文州城。复走邓艾旧道，沿石磨河上窄匣子，走青川县的三锅石的关垭山，古时称昊阳关。元朝龙州守将薛文胜从雍村赶到昊阳关请降，成为完成国家统一的重要一仗。

第四次是一九三五年四月十日，红四方面军进入青川县青溪后立即分兵抢占了摩天岭，胡宗南急令伍成仁从西南逼近摩天岭，另增两个旅设防石磨河一线，双方激战了十八天之久，虽然没有达到攻入陇南的战略目的，但有力地牵制了胡宗南部队，保证了右翼部队的安全。

在同一地区发生这么几起大事件，并非一而再再而三的巧合，自然是与邓艾的故事有着密切联系的。

摩天岭垭豁，凉风习习，汗液已干，心跳趋缓，我想到了邓艾的胆略，也想到了傅友德的望风披靡；想到了有旧迹可循的青云岭栈道，开通后的方便贸易；更想到了红军战士的鲜血染红了这片山梁，我们应当感恩于他们。于是我站起身，摘了一束杜鹃花，摆放在石头砌成的掩体上，鞠了一躬。心里默诵着：安息吧，为民族解放而牺牲的英烈们！

小团鱼河

小团鱼河，古时称盘鱼河，为文县最南的一条河，发源于武都枫相山，由苜蓿河、化坪河、土地沟几条小河组成。流经中庙乡大水村，从后坝村河口注入白龙江。这里幽静、娱心悦目，宛然世外桃源。

离开大江进小河，有一个大水村，一个化坪村，我认识的是大水村。

谷雨时节，一场春雨刚过，早阳初照，桐花像梦中惊醒一般舒开优雅可人的大花朵，在青枝绿叶间笑容满面。路两边的刺玫花，一架接一架，数华里不绝，芬芳馥郁，地上小草的嫩手掌闪亮着水晶般的莹露，大地溢满灵气。

小团鱼河唱着跳着，宣示它奔向白龙江的如歌情怀。河道几乎是台阶式，石头阻止水，水偏不屈服。石头密时，聚水为潭，水从巨石缝里泻出，成了一帘或宽或窄的瀑布，似匹练，似银墙，刚烈倔强；石头疏时，河水或避石绕路，或寻寻觅觅，柔性之至，用它的激越与舒缓构成一曲美妙的交响乐章。

在人们眼里大自然是多面的，有美丽的，也有让人畏惧的，或者可恶的一面，但是，它们本真、无私，与天地一气。在人类发展史上，人们在庞大的共同体里，如尘埃一粒，却以主宰者自居，把供给生命的源泉，无限饕餮，饱食之余，任意涂抹，只索取，不尊重。日短年长，满目疮痍，自然积聚的怨气有时会冲动天地。

这里沾了闭塞的光，阒无一人，一步一景，有种处女的娴态。既有绿树野卉提升精神，又有阳光普照温暖身体；既有鸟儿在头顶飞旋，又有惠风和畅。石蕴玉而山辉，水含珠而川娟，足可养精，足可蓄锐，足可过滤浮躁。约三两友人到溪旁或一觞一咏，或拾翠寻芳，不但是对感官的洗礼也是人生一大享受。

这里没有裸露的黄土，到处都是绿树丛林。你在林荫中行走，似乎见不到村庄，其实不然，农户三三两两隐伏于林下，哪里树木高大，哪里竹林婆娑，哪里便是人家。山坡林地所有植物，都以它们曼妙的身躯鼓舞你，惬意难以言状。

正当我们随山弯左旋右转时，布谷鸟努力啼叫开来，循声望去，前面一座农家院，河畔一片茶园。这就是出了名的大水村生态茶园，从这里起始到排子崖，茶园绵延。大水茶，无污染，广受市场青睐，每块茶园里都有戴白色粉色遮阳帽、穿五彩衣裙的采茶姑娘，她们的巧手正在收获希望。

小团鱼河在一个叫庙弯的地方小聚，一潭幽幽碧水之上，高高矗立一株铁坚油杉，使这个小村庄如梦似幻。苍劲高大的铁坚油杉，已有一千多年树龄，树高26米，胸围6.4米，树身枝繁叶茂，树的一枝根伸出崖下，枝围竟达1.5米，远观如赳赳武夫，这可是中国特有树种，虽无亲无朋，它却使团鱼河因此而提升了品位。

小团鱼河海拔低，山深厚，是一块极富生机的生物基因库，不说草本，只说木本就有铁坚油杉、油樟、乌桕、楠木、七叶树、秦岭冷杉、香叶树、青檀、华山松、银杏、香果树、杜仲、连香树、水青树、南方红豆杉、穗花杉、油桐……林多藏兽，被视为珍贵级别的羚牛、金丝猴成群结队，成为秦岭西端的动物王国。

早年，这里并不缺乏与外界的沟通，排子崖村前，有一座被掘开的古墓，墓穴为依山穿膛式，宽三米，近两米高，墓前斜躺一石碑，碑文字迹不是传统竖排，是横排，上部是汉字，下面的文字好像是藏文。从已识文字看，墓主名讳已缺失，只有"万历三十二年八月"最为清晰。我曾访问过八十二岁的张姓老人，他说，别看现在大树密匝，过去是过武都的一条大路，从这儿进仁义店，一路都有墓葬、古村遗址，可见昔日不但人口众多也是通衢大道并非妄言。

一位姓何的农民谈及他的家世时，不无感慨地说，不要看现在只剩山林树木，过去也曾人文辉映。他的祖父何光辉就是清末秀才，他家对门坡上，还有一位贡生的坟茔，我想，一个十来户人家的小小村庄出两个文化人在山外也属罕见。

这天夜里，我借宿张银富家，晚饭后，听主人讲金丝猴的故事。他们家后山就是金丝猴的暂居点，每逢入冬初雪，四月春雪，一百来只猴子都来这里欢聚几天，场面壮观、精彩，令人惊叹！他说："要是你们碰上那机会就好了，我们白人看，都很有意思，一群猴中有头猴，有放哨的猴，好像是一家一户在一起活动，母猴把小猴抱在胸前，一点都不放松，公的为母的理毛、采食，和睦得很。"

半夜里山风呼啸，大雨倾盆。有人说，世界的面貌是岁月动态的集成，万能的宇宙，万能的阳光，万能的风雨雷电哟！你把世界改变，你把世界修复。

雨停了，我披衣出门，寰宇清朗，山川光辉，扑入襟怀的是，月瀍瀍，碧海青天。

万籁俱寂，素洁无瑕，只有苜蓿河水哗哗流淌，我对着月光，吸纳着沁人心脾的清爽。

一方水土养一方人

自然天成

当我站在定西的土地上时,那种苍茫那种广阔敲击着我的心灵,让我浮想翩翩……

这就是苦甲天下的地方。

天上,日、月、风、雨、雷、电,地下,土、沙、石、水、火、人、草木、鸟兽,组成一个活跃的世界。

人有死生,生为死奔忙,死激励着生;物有枯荣,枯为荣蓄力。

人有七情六欲,而最大的欲莫过于食欲,食物强壮身体,有了好体魄其余欲望方能应运而生。

在地球广袤的土地上,平原,盆地,大海,岛屿,丘陵,山脉,江河溪流,峁梁,沟壑,草原,沙漠,戈壁,在大气候里,一方山川形胜,又有各不相同的气候,和适应她的生物,包括养育黎民的谷物。地域各异,环境优劣,有共性有个性,比如欧洲人多为白皮肤,亚洲人黄皮肤,非洲人黑皮肤。环境决定习俗,环境造就个性,百里不同风,千里不同俗。人类的历史就是在旧俗和新习的磨合中走到今天的。旧习惯在不觉中消亡,弃旧迎新是人类救赎自己亘古不变的规律。

习惯,是人类的心灵路径,古人说:"少成若性,习惯之为常。"(《大戴礼记·保傅》)"俗间行语,众所共传,积非习惯,莫能原察"(汉朝应劭)。人的习惯是日积月累形成的,好比纱锭,一圈又一圈往相同方向缠绕,思想和行为譬如线和锭,相互依赖,锭没有线,一具僵尸,线离开锭,失去了织就美丽的轴。但人类毕竟是宇宙之间的智慧精灵，自然界在运动，人类也在不断地摸索、发展、创新以适应环境变迁，与大地同在。

我国地域辽阔，气候有别，生产生活方式、思维方式、心理状况、价值观念等等人文积淀相殊，文化特征差异明显。草原人骑着马、赶着牛羊，坐上勒勒车，哼着歌儿，哪里的草原肥美哪里就是家，彪悍体魄是千里游牧之本；大西北天旷土厚，地广人稀，山高谷狭，高原风寒，穿皮袄，住窑洞，小米杂粮饱腹，铸就坚韧不拔的性格，生死有命富贵在天；大平原一马千里，地少人多，竞争中练就精明，商业是富裕之门；沿海人捕鱼捞虾，长风破浪，敢闯五洲四海。

这块原野物产单一，主食洋芋，照样无怨无悔，精神抖擞。

回望家乡

我的家乡文县，就所在行政区域而言，与陇中陇东河西有着不同的容颜，表情丰富，赏心悦目。

山，逶迤多姿，可读、可赏、可思、可品。摩天岭、插岗梁，率领众山峦，从西至东，占领每一寸土地。我生在大山，从事的职业也与山有关，每当我爬上一座山顶，云卷云舒中恍惚进入仙界一般。林木扶疏，翠竹摇曳，鹿鸣鸟叫，大熊猫、金丝猴，或者羚牛给你一个又一个惊喜。暖意里带着阳光雨露，润泽出万紫千红，夏无酷暑冬无严寒。

山，傲然挺立，峻岭嵯峨，如铠甲武士，铁骨铮铮。河谷狭窄，山坡陡峭，平地金贵，一条公路穿两江，比起水来，路就显得猥琐，缭绕崎岖，不敢大胆露脸。阳光在这里洒下的永远是灿烂微笑，沐浴着人们朴素无华的面庞。山大了出珍奇，万山丛中的高楼山，竟是黄金的老家，万众瞩目。金子，属国字号，文县人看惯了青山绿水，那炫目耀眼的颜色不时掀动感情的微澜。

山，因水而灵秀，两江过境，八河潺湲，或波高浪涌，或清流急湍，或飞瀑倒挂，激越中含情，舒缓中有意。有水，山更美，有水，人更俏。有水，就有了活力，江江电站，河河明珠。

有山，早年的文县人总是踮着脚眺望世界，二牛抬杠不是当作标本而仍在祖先的寓言中徜徉，流行音乐还不足以淹没哀怨凄婉的牛歌，一曲在嘈杂声里挣扎,一曲在历史与现实间悠悠回荡。

有山,以种植五谷糊口的文县人,劳作不辍,日日汗流浃背。一日三餐为常规,出门便爬山,爬山必负重,农忙时得加餐。玉米为主,辅以其他杂粮。早餐叫早茶,几乎多是玉米面拌面饭,南部近川,喜爱玉米珍珍汤,龙巴河、中路河则是剥皮点心(洋芋)熬油茶,待你已是饱嗝不断时,玉米面锅塌子或玉米白面金裹银馍馍粉墨登场,令你干咽唾沫而暗自遗憾;日上三竿,耕牛歇气,人也凑空进点干粮,统称"二遍早",午饭曰晌午,玉米面或干或稀变个花样,一般下午日头架山,还得加点干粮,不然耐不到收工,晚饭叫夜饭,荞杂面条、箭头子雷打不动,冬春七时,夏秋八时,玉米杂粮多,白米细面少,农忙时节,雨天煮点腊肉炖干菜,新鲜蔬菜少,酸菜顿顿有。

一山又一山,坡地为主宰,靠江顺河少量水田、水浇地,人居村庄海拔高度在六百到一千七百,十里不同天。粮、棉、油、麻品种齐全,稻子、小麦、玉米、黄豆、豌豆、大豆、刀豆、小豆、绿豆、巴山豆、糜子、谷子、高粱、大麦、青稞、花荞、苦荞、燕麦、洋芋、北瓜、南瓜、红苕……榨油、织布、纳鞋底吃穿两用的麻、棉花、胡麻、菜籽、大麻籽;高粱、谷子、糜子酿黄酒,糜子穰穰扎扫帚,稻子穰草编草鞋,党参、花椒、辣椒、柿子、核桃是换取油盐酱醋之源。

没有公路前,大河小溪,除了浇几亩稻田,必有座座水磨日夜吱扭流转,供高半山以下村庄驴驮马载来磨面,高山人吃面距河远,守磨、占磨费工夫,自制腰磨、手磨,农闲人推,农忙由毛驴代劳,毛驴怕转晕,双眼蒙上一块布,像航天器在太空运行不偏不倚。

上山下河不离背篓,去时背肥料或籽种干粮,回时顺手扯些喂牛马、猪羊的青草、烧火用的渣渣草草。背篓是农家小棉袄,是百宝箱,出门不空,进门满载。

吃穿用靠的是一双手。熬土盐,织棉布、经麻布、羊毛褐衫,雪地雨地走路费鞋,马莲、稻草、椴木皮编草鞋,雨里穿草鞋把滑,雪里穿草鞋毛褐缠裹脚,既暖和又舒适。

人生最大喜事莫过娶妻生子盖新房,有子必盖房,盖房用的木材,田边地坎父给子栽,子给孙种,瓦是自己烧,亲帮亲,邻帮邻,不出三五两月,新房落成。

日用提篮、簸箕、筛子、筲箕、晒粮的大笸篮、装粮用的篝、背东西的背篓，割竹子自己编，驴骡马的鞍鞯自制，打米磨面，引水盘轮打石磨、石碾，打农具、木工活，远村近邻相帮，其余所有零碎活儿都得会。

远古祖先留下的影子会不时显现，每年四月十二，五月端阳，是山神水神、五谷之神眉开眼笑的时候，杀鸡宰羊焚香化纸，祈求人畜平安，乐此不疲；大疾小恙最先想到的是跳神驱鬼求菩萨，之后才是找草药，内服外敷，大地不会长假药，用之不竭。缺医少药缺钱，便有了自慰之语："病逢灾日好，药度有缘人。"五谷杂粮吃饱，昼背烈日夜担星星，很少有小孩缺奶吃，也就不会遇到"三聚氰胺"也不知啥叫添加剂，农耕家庭让人全能，细想起来仍是一个勤字可受用一生。天大由天，坦然面对一切风浪，对于来自官府的压榨也都会顺其自然，怨气愤懑只在磨坊里山林深处或夜深人静时，悠悠小曲，琵琶声里，酣畅淋漓地流淌一番。

大山阻挡寒气，迎来暖风，白龙江、白水江、洋汤河、龙巴河、马连河、中路河、白马河、丹堡河、让水河、大小团鱼河为文县人准备了充分水源和温润的适合谷物生长的光热条件。大凡风调雨顺可享温饱，反之三年两不收。一年四季，高山、半山、河谷各有淡季、旺季，农闲农忙几近相等，剩余一部分时间，能做点小生意赶赶远近集市，会点手艺活的外出寻点收入。吃苦耐劳不停地奔波，兴家立业是他们一生乃至世世代代无止境的奋斗目标。

无论过去与现在，大到牲畜，粮棉油麻，农具、竹木家什、小到针线，集市都是余缺调节场所和信息获取中心。

文县，山大沟深，沿江河两岸人灵巧，半山人朴实吃苦以勤劳与汗水报答大自然恩赐，高山人憨厚，来者便是客。地不算肥沃，人却不缺智慧。

文县困守山中，不染杂尘，一花一世界，一草一天堂，随心随性随缘。时光荏苒，在一个旭日初升的春天，世界变小了，汽车从远方开来，没穿过的细布上身了，没用过的用上了，吃香的喝辣的已不是梦想。

青山绿水孕育了文县人的精气神。向前看，文县人在时代的后面气喘吁吁，也许，将军赶路，不追小兔。毋庸置疑的是，文县人的精气神与风云激荡的时代接了轨。文县人不敢落伍，文县人也不能落伍。因为山给了文县人坚忍的意志，强健的体魄，水是文县人有容八方锐意进取的源泉。小康，是文县人勤劳和对美好生活的向往，有了山的性格，水的精神必将分子式裂变！

凝视陇中

恰在对浸润心底的美丽和习惯了的滞后生活无限留恋不想挪脚步时，梦里都害怕的地方竟然也有了缘分。

夏日，一个赶走了寂寞迎来了热烈的季节，我站在陇中一个叫漫洼的厚实且平坦的峁梁顶端，近处，风在草尖尖上跳舞，白花花的洋芋花儿迎着阳光微笑，无限的穹苍下，山梁起起伏伏，雄浑旷远。敦厚、朴拙、含蓄。"我家住在黄土高坡"的旋律不期而至，只是没有黄河，连洮河也在山那边看不见的地方，纵横舒缓的东、南、西、北流向的黄土坡之间都有一条数十米洪水肆虐过的沟壑。那沟，被一段一段拦截，集水、行人两便，可惜不见水的影子。满坡漫野的洋芋地，一坡一垄的绿，一沟又一沟的绿荫中是村落，树叶缝里钻出细细青烟，马达突突，忠于职守的狗们汪汪汪地吠叫，对过路者发出警告。沟边是马路，路一侧是高压电杆，银线凌空，公路上汽车少，农用车多，摩托车你来我往，山上山下，田间地头，无处不在。

哦！这是一片纯粹的土地，也许"万物"二字用在这儿有些夸张。

本是舶来品的洋芋，把没有鸟语花香的荒芜土地激活了，一统天下。

左面斜下方并排两座通讯铁塔，一座属移动，一座归联通，一高一低，展开竞争架势。左上方看见红旗飘扬，路人说是兰渝铁路斜井工地，右前方也有红旗隐隐飘忽，是定临公路隧道出口，高原正在和东部拉近距离。关山重重谈笑风生，万水千山，如在咫尺。

风从无垠的空中吹来，送来了满怀的好心情。眼前的一切，无可辩驳地离开了缺吃饭、缺衣穿、缺水喝、缺柴烧的人间悲苦境。

前几年来时，这里一律低矮平房，荒凉和萧条充斥，严酷的自然条件让我对马铃薯致富的宣传保持缄默。今年，旧路换新，马路宽敞，中小学校书声琅琅，街道改颜，一色小二楼或平房铺面，现代工业与商家最佳产供销方式的超市已有几家，蔬菜、粮油、农机、摩托、修理铺、熟食店、饭馆、移动电话营业厅，应有尽有，去市走县上省城的交通车朝发夕返。走过几个农村，很少旧屋，村村都有经营煤炭的出售点，有几家房顶还安装了太阳能热水器，半数人家有机井。我的住地有一邻居，常来与我闲聊，他家每年种七八垧洋芋，收入五六万元，两个孩子上大学，一个明年毕业，一个去年刚去，他指了指对门在建的楼房，说那房是与人合建的，计划五层，已建到三层，地基是他的，竣工后他可拥有一套住房两间门面，其余由出资者销售。我走进一对老夫妇家，儿女们分居，他是全村唯一一户旧房守望者，种的洋芋少，除留足吃的和籽种，一年也能卖上万把元。

一九七〇年代报纸上经常读到定西人战天斗地的报道，事迹遗忘，民谣铭记："种了一坡，收了一车，打了一斗，煮了一锅。""吃的救济粮，穿的黄衣裳，住的土草房，喝的拉运水。"

一百〇三年前的秋天，《老残游记》作者刘鹗获罪流放途中，在现在的定西安定区住过一夜，写下一首诗，读过后对"最不适宜人类生存"这句话深信不疑："万山重叠一孤村，地僻秋高易断魂。流水潺潺硗且苦，夕阳惨惨淡而昏。邮亭屋古狼窥壁，山市人稀鬼叩门。到此几疑生意尽，放臣心事复何云。"（《宿称沟驿》）

刘鹗死后的第八十个年头，这块苦难地，马铃薯开始一路叫响，文化产业名噪寰宇。不时能看到"书画之乡""民间艺术之乡"……国家级招牌。不过唯有马铃薯的赞歌最吸引人。国人瞩目的定西食能果腹了，腰间的钱袋也鼓起来了，无处不在的马铃薯，无处不在的马铃薯淀粉及精加工制品正在为穷困的定西、饥饿的定西改变形象。

亲历一番之后，在我的脑际挥之不去的只有一个词：顽强。

比方树木，房前屋后榆树、槐树沉稳，杨树容光焕发，翠绿里透出的是倍受呵护的自豪，山梁上田间地头、路旁，杨树独领风骚，也只有杨树，以吸进一切水分的执着，证明它的根深蒂固，骄傲到了旁若无他，像沙漠中胡杨树尖尖虽有几支枯枝，但足可证明对待干湿冷暖的不屈，其生命力让人折服。

人类在大自然面前顽强的性格在这里凸显得格外清晰，我左面一块地里，一位穿夹克衫的老弟正在偌大的田里耕地，地太大，人与骡看似缩小了若干倍，拉犁的骡子不紧不慢地走着，没有鞭打，没有喝令，也没有抒情曲，无声无息，笔直笔直的犁沟，划分出干湿两极，看得出主人对骡子的自觉是满意的；右面一对夫妇在地里拔小麦，这一幕让我的心一阵震颤。阳光漫不经心地照着，爽爽轻风不知疲倦地拂着，地边两米以外稀稀疏疏，长着约三十厘米长短的麦苗，每株麦苗头上毫不羞耻地顶着五六颗麦芒，地中间站着一捆捆青青的带根须的麦子，两把镰刀无奈地斜横在麦捆之间。女人头上包一块印花布围巾，只露五官，看不清容颜，质地结实的外套把身子裹得严严实实，膝盖上缠着衬膝，跪在地上，手飞快地捋麦秸，男的半蹲，动作迟钝没有女人麻利。我问，有点收成吗？男的漠然地瞥了我一眼，继续手中的活儿。女人瞟了男人一眼，歉意地答道："浪哩啊？"我怔了半响，方悟出语意，以嗯嗯两声回应。"唉，今年天太旱，颗粒无收！"这麦草是当柴烧？我问。女人说是喂羊。我询问今年洋芋咋样？男人直起身子，像是弥补刚才失礼似的接上话茬："靠天吃饭呗，收成减半，早点把麦子拔了耕地，免得地冻住了误了冬耕。"我问影响生活吗？答复是，无碍。

三伏天的山梁上，太阳告别大地将云彩吻得彤红，随之，忽白忽黑忽红，那云，有神仙来往的悠然，有万马奔腾的疾速，有山崖般不动的壁垒，有峰峦似的缓移，那是多么壮观的景象啊！这种云我见得很少，这里特有，我琢磨应该是气象学上说的积雨云了。它在大气中一旦遇到相应的温度和气流，就形成了云间放电，和着炡炡雷声下来的是冰雹，对庄稼的危害是毁灭性的。

绿色或黄色上划出一道连接蓝天的田间道上，一辆农用三轮（当地人叫三马子）载着五位男女正往山上爬，车到我面前停了下来，"客！在这做啥？""来看看地方，三轮爬不上去了？"他们说，没事，随便上。我想，有"三马子"的奋发努力，面朝黄土背朝天的子民们又向阳光挨近了一步。

我站的位置是陇西临洮渭源之间的一座山梁，巡望四野，一条条重叠山的弧线，如众龙竞飞，一种万古沧桑之感油然而生，接着是一种莫名的悸动在胸中沸腾。这是一块硬朗的地方，一眼千里，宏阔得让你身心訇然洞开，大地在这里坦坦然然，莽莽苍苍，见不到过渡色和柔润韵致。我仿佛听到了洮河掀浪，渭水汩汩。有史料说，秦始皇和隋炀帝都来这一带巡视过，这让我想起出门时碰见的一辆交通车，是开往首阳的，我问，到首阳多远，说几十公里。我举目首阳方向，心一下子肃穆起来。伯夷叔齐活在人们心目中几千年了，那地方一直被视为中华民族的精神领地。贤者多矣，唯此二位为世人留下了千古绝唱："登彼西山兮，采其薇矣。以暴易暴兮，不知其非矣。神农、虞、夏忽焉没兮，我安适归矣？于嗟徂兮，命之衰矣！"谁能再找到因谦让王位而兄弟俩千里逃亡的先例？

在那里，顿顿不离洋芋。炒的、蒸的、煮的、面食里掺的，都有。中秋过了还吃去年窖藏。家家有地窖，口小肚大，大到能储存上万斤，天然的恒温箱。高寒，五谷单一，吃的品种单一，家畜单一，仅有羊、骡、驴，人类的邻居也单一，只见过几只麻雀，农田里倒是偶尔有一两只癞蛤蟆跳动。清一色的人类，清一色的洋芋地。

如果说，我的家乡是四季分明，是不断翻卷的美丽画卷，那么，这一方土地则是在蔚蓝色天底下只存在两个季节的特殊地域：冬与秋。色彩也只有两个：绿与黄。夏秋绿意漫天盖地，冬春是一色苍凉。夏与秋是黄金季节，又是生命之色独霸的季节。这绿是马铃薯的绿，花是马铃薯之花。儿时记忆中的苦荞、燕麦、大豆、豌豆，今天被归于绿色食品系列，多数地方已被高产作物代替，这里它们还顽强地活着。

这里的人皮肤红黑，是经得起霜雪的体魄，寒风洗礼中练就的是强健。说起话来掷地有声：不！阿门哩！干啥呢？没有虚套。

这里是中原文化的过渡地带，现实社会中的滞后区域。很早以前的黄土高原是遍布森林和草原的，《汉书·地理志》就有"天水、陇西，山多林木，民以板为屋"的记载。随着人口增长，尤其是马铃薯传入，使垦荒毁林毁草的步伐加快，自然环境变得更加严酷起来。这让我想起了我在家乡，亲眼见过的一幕惨剧。不知是哪位发烧友，不惜浪费资财，露出人性的卑鄙，把岷山地区的金丝猴弄到上海甚至河西，让它们变成和尚变成尼姑，野性萎缩，温顺增加，去悦人心目。以获取钞票为目的的河南捉猴人，找到猴群，引诱至大网中，用枝条编就仅能容猴无法动弹的笼中，几十只猴几乎死伤过半，这是人类欲望与兽性在新时期的显露。我相信这里的森林是自然加人类给力消亡的，最终导致十年九旱，生活在缺树少草贫瘠土地上的人们，命运只能是饥饿和贫困。所以一边勤劳，一边抗争，抗争难以奏效时便把目光投向对大自然的敬畏，向社神求福消灾，盼望庄稼丰收人畜安康，上帝在这里被冷落，人们顾不上，与佛祖还有点缘分，他们不是追求彻悟人生而是祈求佛的庇佑。实际上在淡化生命过程中的苦恼与矛盾，用佛的虚无慰藉种种灾害给人带来的不幸与苦难。按照寿辰诞辰，要庆贺，有时要唱三天大戏，是还愿，也是自慰。前几年自己唱，近年来年请的是县秦剧团。他们只有一个目的——希望五谷丰登。

科学的法力是有限的，难以囊括人类生活的方方面面，因之，祖祖辈辈敬奉的天地水雷电风，仍是他们膜拜的神，在离天近的山峁上，堆起高高的土堆，围绕大土堆垒四座小土堆，把最虔诚的心奉献给天和地，祈求上天降幅，山神土地庇佑。老天也要睡觉，神也有打盹的时候，除了杀生祭祀天地神之外，还要在土堆下埋上五谷杂粮，朱砂辰砂组成的八宝禳镇，以鸡血蘸过的五色小旗插在庄稼地里，为："闸山。"把来自东西南北中的妖魔鬼怪闸住，不许乱施淫威，让自然之神发挥威力，改变"一会儿太阳照着哩，一会儿白雨倒着哩"，像小儿脸蛋，变脸如脱裤。

一次次灾害，一次次厄运，都没有把这方土地上的人们吓倒，他们不断地劳作，不断地求乞，在劳作中坚强，在求乞中聪明，把勤劳作为唯一，把祈求作为娱乐。

中秋过后天气渐冷，霜给冬天打前哨，为雪的一统天下垫底。树，不再给村子遮拦阳光，砖房土坯房一目了然，悄无声息，人都蛰伏到哪里了呢，仅剩空气中弥漫一缕缕炊烟和着的土腥味儿？说来也怪，老天把恻隐之心发挥到极致，一方大炕足以如醉如痴，一笼笼土渣渣，可一天一夜温暖如春。其实，屋内并不寂寞，除了外出务工者，剩余人盘坐土炕，或猜拳行令或码长城或穿针走线，人不下地，羊不出坡。

我不禁发出一声感叹：一方水土养一方人！

大自然是一个心胸开阔包容万方的兼容器，她把人类撒在地球的每个角落，用植物和动物养育他们，无论是天寒地冻炎炎烈日还是春风送暖，人类一面以血肉之躯搏击风雨雪霜，一面享受自然的恩赐。人类已经在这条路上旅行了无数个春夏秋冬，每经过它一次，就会留下一串串脚印，脚印重复着脚印，而前方的路依旧渺渺茫茫。行程无止境，在跋涉过程中改变着行为，包括自身器官。

自然需要呵护，不是践踏，更不是破坏。

定西，有了起色，其中的付出谁能说得清？

风，不停歇地吹着，并非秋的咏叹，而是春的序曲。

还是我的大山好

一

离开洋汤河，走进小城已若干年。我们把高楼山以南、白水江流域习惯称为县河，山以北统称洋汤河，范围再大一点称北区。陕甘川交界、西秦岭与岷山交汇的这块地方，处在汉族与少数民族走廊带上，中原文化、巴蜀文化在这里碰撞，方言以山势走向而变得音调不一，往往一乡数韵。洋汤河人口音重，阳刚有余，柔婉不足，县河里人温润缠绵兼容四方，"四""十"不分，而"二"字则用上腭音。既有川腔，又有陕南方言语素渗入。随着时代进步，交通与信息快捷，语言也在刷新，县城人更多地吸收了北方语言中咬字清晰准确之长，已经很少能听到地道而纯正的县城方言了。失掉了方言，说话趋于大众，是时代要求，却失去了很多有味的东西，不过，面对东西南北中的人，交流不再出现肠梗阻。

我喜欢听县城里老年人聊天，那是一种享受："夜隔天，菜桑店哩买唻一咯儿洋胰子，稀不贵的咯儿，花唠厄元钳，蛤买唠一藏厄赐蓝哔叽，统共化唠时厄思厄元钳。"翻译过来便是：昨天，在商店里买了一块香皂，很贵，花了两元钱，还买了一丈蓝哔叽，统共花了二十二元钱。

自走进小城起，熟人见面第一声招呼的就是"咣（罐）子网（碗）"，似乎这样足以显示作为县河人的荣耀。我知道，这是在善意的幌子下，送你一份不屑的礼物。他们以为这样才能昭彰他们的高我一等，又可在不觉中对洋汤河人来一番贬损。他们的潜意识里，洋汤河人，便是愚昧的化身，丑陋的代名词。于是，人性中的那一点点自信，让无时不在的挖苦、诋毁与中伤一触即疼，吞噬得所剩无几，让我甚至怀疑这世界对我也是怀有敌意的。

县河人以为他们生活在天堂,实际上,我们都生在大山深处,闭塞同在,愚昧共有。唯一让我们羡慕的是他们生在大河里,让他们能沾沾自喜的也是一条大河,让他们无限荣耀。

人类在走出大山后,从溪流走向大河大江,又沿着另一条大河或大江而上,寻找最佳生存地,这是人类迁徙的基本规律。二〇〇八年十一月十七日陇南市二千多人获悉市府搬迁,群起而奔向市委,他们以为武都被大山挟持却有白龙江滚滚,历史悠久,地位中心,辐射各县区半径相当;成县平坦,偏于一隅,无江可依,缺少城市生命之源,关键的还是,有更多的人将面临利益受损,尤其个别官员暗中给力,既得利益者们一旦搬迁,等待他们的是损失是灾难是无休止的奔波。人生几度春秋,折腾得起吗?

金子山,这座直奔玉垒关的山,最高峰有一支向北朝向的支脉龙池山,山下就是我的家。大山的峰梁豁岇跌宕起伏,小山的纵横沟崖把俊秀的蓝天切割得丰富多彩,如若天上飘几朵棉花云,那姿色更加妖娆。不过要是把眼光从天上移到地下,投向那些村庄,就会是另一番景象:倒挂于山间的,云雾深处的,绿树围绕的,沟壑之旁的,山峦之下的,均可归入青山绿水。大凡在这类村庄的人就能填饱肚子,娶上好媳妇,抬得起头挺得直腰。我的家,黄土坡,高台岭下,碎石坎,一应俱全,出门就上山,种地,上至龙池山,下至洋汤河谷,去时背肥料,回来背庄稼。夏天烘烤难挨,焦渴遍野,冬天荒草萋萋,枯皱冰冷,只有村周围的大柏树飘拂着苍绿,舍此,没有其他嫩绿的小苗敢从毫无潮气的地下冒出头来,是远近出名的苦焦村。只有我幼小的心灵常常把家乡描绘得富于诗意,并深情地眷恋着,学校的同伴们要是贬低她,我都会在又急又气中历述其优,直至对方噤若寒蝉。

大约在二十岁时,我初次到广元,哇!好大的江,好宽敞的地方,有山,不高,远远的,平展展的,冬天也是绿油油的,没有一点肃杀景象,街道古香古色,两面摆满了水淋淋的各种蔬菜,铺面接着铺面,小到针头线脑、土特产、日用百货,琳琅满目。印象最深的是饭馆,隔百十来米就有一家。有时候,从这条街道走到那条街道,不小心还会迷路。在街道临江处横跨一座铁路桥,第一次见到火车鸣着撼天动地的长笛轰隆轰隆、地动山摇驶过,我数着那黑乎乎的庞然大物,竟有四十多节。城外,竹林摇曳中的是村庄,酒味溢香,青的麦苗绿的菜,给人一种赏心悦目的舒畅。其实,当时的广元不及现在的十分之一。我的自信在溃堤，那时想，唉，要是把我生在这里多好，当农民都是天天过年。我暗自想，我的小城，还有县河人啊，你骄傲啥，你也是井底之蛙！

又过了几年，我从广元坐火车去西安，经一夜的穿山越岭，睁开眼已是东方泛白，车子奔腾在关中平原，广袤的田野望不到边，一个接一个的村镇把火车迎来，又把火车送走，火车也桀骜不驯地穿村越镇，高叫着，天和地连在一起，地甚至要比天大。老远地就望见了古城墙，我心里一阵狂跳，这就是人们啧啧称道的长安吗？不知咋进的城都让我忘了。我放下行李，急不可耐地奔上大街，我在逛完东大街、西大街、钟鼓楼、大小雁塔、碑林之后，出市郊去秦皇陵，老远就是一座山，这位始皇帝，把横扫六合的气派也用在了死后的陵寝中，我连说：好气派，好气派！同伴说，先别发感慨，到兵马俑还会把你惊呆。我们向兵马俑走去。一路上，每到一处都有露天小商品交易市场，小吃摊比比皆是，粮票、布票已不大起作用。关中平原的千里沃野，大块地小块化，郊区幢幢小洋楼如雨后春笋，农民已不再只有土地是唯一。当我的双脚踏进兵马俑时，我愕然，我震撼了，千里平原养育了千古一帝，千古一帝成就了千秋伟业，死后还将为他完成国家统一的方阵召回他的陵园，为他守陵，可见他是多么爱他的这些军队了。我心里不住地暗道：帝王之都，帝王之都！的确，除了心里无比激动外，我仍在不现实的胡思乱想，生在这里该多好，要不是家严在堂、娶妻生子，找个合适的主户，当个上门女婿，也比拿四十块钱工资强。明摆着不现实，可心里老是眼热平川，责怪家乡的山大沟深，发不完的见了大世面的感慨。我的小城那时还在艰难地推行责任制，打面用粮本，吃饭要粮票。

城市有城市的诟病。有一天，我走进一家银行，去询问我的汇款，三次问询，三次将凭据甩出，用一种令人恐惧的秦腔，劈头一句："没有！"那时，我是好长时间想不通的，晚上我对白天遇到的事耿耿于怀，便走上古城墙，在古城上走了一段，我爬上城垛向西边的咸阳望去，借助电灯太近视，借助星光，太遥远，不过让我看到了一条深不见底的隧道，我忽然明白了，这是帝王之都特有的掷地有声，我想这生硬的语言是有渊源的，这是扫除六国的果断，是战场上杀戮时必要的憋气。要是硬碰硬必然是火花四溅，以柔克刚或许能有效。第二天，我如法而行，在凭单下压一包中华烟，立时便有了回应，办事员二话没说，将款子划到我要办事的单位。也许没有好处不办事，那原本就是城市本应的规律，从那一刻起，我对城市的热情开始降温，随之慢慢消退。我以为那地方平得摸不到边，世面太大了，大到了攒动的人头中，哪颗与我相通，哪颗难以企及，哪是人，哪是精，哪是鬼，哪是魔，无法分清。我那时想，城市与农村的差别不光是平原与高山，这儿的人，走的路太长，在长时间的行进中，增长了心计，生存和死亡无时不在考验他们，脑子转动不快不行，而我们山大沟深，阻隔、闭塞是全部，淳朴憨厚是内涵，缺少心与心的算计。城里人嘲讽山里人是呆头呆脑的憨山神，尚未开化，山里人说城里人是鬼精灵，斤斤计较市侩圆滑，正应了适者生存的生物法则，我们落伍了。

"六二六"指示，让山里农民享受到城里人才能享受的医疗救治，不计其数拖着病体的身躯，获得了健康。若干年后，从城市来乡间的医生、分来的大学生纷纷返城，羡慕城市生活、不想当窝里老的乡下人，也不失时机地开动脑筋，使出浑身解数，用智慧用金钱敲开都市之门，成为既可向八方普洒光明，又可变焦亮度的调控者之一。这时，我去了杭州，她的秀丽她的丰饶，与家乡相比简直是一个天一个地。有人说幸福靠创造，这话只说对了一半，像我的家乡，用十分努力获一分收获，在此地，一分努力一分收获。按理已到了欠缺幻想的年龄，明知不现实，还是心里痒痒的，总有种无形的东西不停地抓挠，这的确是住人的好地方。出市区，进农村，平展展的是地，亮晶晶的是水，青青的是树，柔软舒缓，迷蒙中藏金锁玉，只见绿荫不见村庄，偶有田舍翁，扶牛扬鞭在田垄中，或斗笠蓑衣躬身于秧田，或突突机耕游刃自如，或箪食壶浆于地埂，如琵琶声声、笛子悠悠，水乡情韵勾魂收魄。

二十年后，我又去了杭州、萧山、绍兴、嘉兴，乡间城镇，蜻蜓点水，又把人间天堂浏览了一遍。高速路高架桥纵横交错，楼房高耸，别墅林立，也不知哪是农村哪是村镇。变化之快，令人叫绝。以至于我坐在航民村的礼堂听介绍时竟忘却时间，沉思中我在想，这些人论长相也很平平，怎么就能生在这里，我为啥不生在这里？在这里活一世多好……待我从沉迷中清醒已是礼堂空空，直到到游泳馆才赶上大队人马。听介绍让我着迷，村容村貌更是叫我眼花缭乱，三百户一千人口的中等农村，从发展历程推测，是没有经过阵痛，便由人们不愿回首的集体走向了今天集约化经营的新农村。一九七九年八月，以六万元农业积累开始创办企业，现已拥有三十亿资产，销售产值四十五亿，利润两个亿。集团控股的浙江航民股份有限公司于二〇〇四年成功上市。村民人均收入二万元，是一个理想的按劳分配加社会福利型新农村。

我在感慨中回到杭州，杭州比以前漂亮多了，除了楼房还是楼房。土地上庄稼已退役，少产粮食多产楼房，当然，现代城市的所有优势在于楼房大比拼，站得整齐，一座比一座高，俯仰着天空，期望着什么。期望什么呢？我以为它们在期望阴阳交合，天与地的亲和。那些该死的水泥斩断了太阳与土地的光合作用，使万物之灵的人只接受阳光，吸不到地气，窒息了大地气管，人体只有天线，没有了地线，飞鸟遁迹。好意营造的舒适，打乱了这几平方公里内的天地平衡，无异于一座现代化的圈棚。一种温柔的麻木，一种极富油腻的丰腴，像罂粟一样离不开的陶醉，弥漫于城市上空。在乡下，不论大道小道，牛羊挡道，可城市不需要产毛产肉的畜生，只产生冒黑烟放臭屁的发动机，一辆比一辆豪华的汽车展销会，它是城市的经络，通肝通肺，哪里抛锚全城梗阻；汽车给楼房发出警告，怕她疲乏怕它打盹。城市像一架精密机器，意味着永远劳作，永不停息，所有的神经都在跳动，所有的细胞都在不断变异着分子式。庞大的躯体吞进食物，排出废渣，又得自身消化，污浊是城市养料，朦胧是城市风景，噪音是城市的音乐，尔虞我诈养育繁荣，繁荣催生腐败。杭州城一改少女清纯的美丽，进入过分挥洒青春的冷艳期，体内分蘖出怪异细胞。

贫穷是大山的代名词，机构单纯、一清二白、一眼望穿，如单细胞植物，注定是低等的，难以飞黄腾达。城市集中了优良人群，要在狭小的空间里占有一席之地，就得奔走，就得竞争，得挖空心思，得无孔不入地钻营，傍依在富贾麾下，以求生存或获取更大利益，或攀附权贵，进而挤在权贵门下，以求荣达。有钱的王八大三辈，城里人耳熟能详。人们在这块乐园中各显其能，创造财富，实现梦想。

去杭州不能不去西湖，西湖依然浩渺，像城市的变化一样快捷，清澈的水戴上了有色眼镜，深沉得难以一眼望穿，比几十年前的水又多了内容，多了色调，黑黝黝，令人作呕，空气中也漂浮着一股来自人们自身造出的气体，这样内容丰富的空气，这样五味杂陈的水，一下子把美好挤得无影无踪。快步走回旅馆，我躺在床上胡思乱想：这人间天堂只是秀于其外，只能看不能品，我常常讨厌的大山，倒慢慢地清晰起来，让人热爱起来了。我过去想在大平原给人当上门女婿的想法，随着年龄增长，社会进步，在只能如此中蒸发，在实践人生的过程中慢慢有了归属何方的指向，渴望在大城市生活已成为泡影，虽然无可奈何，吃不到葡萄还说葡萄酸，终究对宇宙、自然、人生有了明晰的认识。没有高山，便没有平原。没有高山，哪来大河！大山为平原积蓄了财富，大江为平原供给了乳汁。有了大江，大地更加生动。大山是平原的坚强后盾，没有大山祖国的版图便平淡无奇，没有大山，便没有万里江山的生机勃勃。

  我对大山有了新的认识，我更加热爱大山。我庆幸生在大山里，大山是我的家园，虽然限制了生活，在山坳沟壑里，迈不开脚步，难以奔跑，也可游弋。在变化莫测的世界里，有了大山，我们才能爬上山顶，看到山的价值，有了疏阔，有了浪漫，不至于绝望。有了大山，才有了《山海经》，有了《山海经》，才知道大山的价值。大山刀峰剑岭，劈天摩地，公正不阿。大山是造就繁荣的天堂，大山是供给平原养分之源泉，大山是氧气加工厂，大山中的天蓝得如洗，空气清新得浑身通泰，溪水清澈，太阳在大山中特别耀眼，月亮在大山中格外明亮，没有大山调剂，这一方天地不可能这么美丽。我觉得：还是我的——大山好！

随记数则

从小就渴望走遍天下，然而，那时连汽车都见得少，生在一个古老的穷困小山村，怎能奢侈到处游逛？日月在浑浑噩噩中流淌，分不清今夕何夕，岁月如何度过，怎么混迹一生，心中无底，余者均为妄想。

也怪，七八岁时常常闹病，出家门去读书，就精神百倍，事事新鲜，渴望在一片更广阔的天地里用暴涨的激情探求未知，亦还祈盼天上掉馅饼或碰上命运突然逆转，一步天堂。心时时被多彩世界撞击起忽闪忽闪的火花。

后来有了工资收入，希望与现实更是难以统一，对有机会出差的人羡慕之至，而生存的内容越来越多，欲望也在生长，能跳能跑的肉体，能天能地的思想被羁绊着，规范到机械地运行中，不可能迈开步伐随心所欲。对外出之向往亦渐渐淡忘，无奈地搁浅。

从乡下进了县城，视野随之开阔，竟有了出门机会，不过那时制约更多，今天的人笑我们愚和痴，在外多待一天，生怕别人议论，总想赢得领导夸奖，想细看名胜风景的渴望也被痛苦地压抑着。要是顺路当然绝不错过，走马观花，无时细品，无暇思考，还好，每过一地，对感兴趣的随手记几笔，有时翻翻也可引发许多联想。没有掺杂时下眼光，只是顺其自然地将二十几岁或再后一些的所见所感罗列出来，挑选数则，尽管原原本本，起码是我当初的心情。现在看来不免买椟还珠。

拜将台

一九八六年五月二十二日，星期四，晴。

拜将台在汉中市，只有一亭一碑，上刻"汉大将韩信拜将坛"八个字。

刘邦用张良计烧毁出蜀栈道，以迷惑项羽，不想引起了部分人"讴思东归"，治粟都尉韩信也加入了开小差队伍，萧何知道后，连夜去追赶，并力劝刘邦设坛拜韩信为大将军。

韩信足智多谋善用兵，刘邦采纳了韩信定三秦东向以争天下之策，完成了西汉统一大业。从《史记》《汉书》的记载里可知，韩信为刘邦汉室江山定鼎起到了举足轻重的作用，正因为功高，他骄傲了，蒯通劝他"据疆齐，从燕、赵"，他说："汉王遇我甚厚，载我以其车，衣我以其衣，食我以其食。吾闻之，乘人之车者载人之患，衣人之衣者怀人之忧，食人之食者死人之事，吾岂可以向利倍义乎！"他把刘邦想得太厚道了。从一开始刘邦就是利用他，对他留有一手，如曹参为副将，其实是监军。项羽乌江自刎，为刘邦击败了劲敌，接下来便是对付韩信了。第一次诱捕韩信，借口是"人告公反"，即使献上朋友钟离昧的人头，也不可能改变杀他的决心。韩信感叹道："果若人言，狡兔死，良狗烹；高鸟尽，良弓藏；敌国破，谋臣亡。天下已定，我固当烹。"黄庭坚有诗曰："韩生高才跨一世，刘项存亡翻手耳。"名正言顺的"袭夺齐王军"，只剩光杆司令，既不能呼风，也无法唤雨，一只困虎略施小计可成死虎。这些陷阱的挖掘者都是绞尽脑汁的谋臣。最不地道的要数有盗嫂之臭名的陈平，刘邦在韩信坚信刘邦是天授皇权的时候，用陈平计，以游云梦为名擒拿韩信。刘邦知道韩信只擅长打仗，政治上一窍不通，有意让韩信产生怨气，等时机成熟再剪除。果然韩信自此常称病不朝，羞于周勃、灌婴同为诸侯，刘邦希望看到的一幕很快就有了结果，等到了与陈郗合谋造反。项羽曾两次派人劝韩信背叛刘邦，都未答应。刘邦与韩信的对话，便是决心除掉他的最好例证。刘邦问韩信，假如我指挥军队，能指挥多少？韩信说，不过十万。刘邦问你呢？答曰：多多益善。刘邦笑道，你那么大能耐，怎么叫我擒了？韩信说："陛下不能将兵，而善将将，此乃信之所以为陛下擒也。且陛下所谓天授，非人力也。"刘邦担心的是韩信，他太会用兵了，不除此人后患无穷，有意挖坑，让韩信跳，终于跳进了坟墓。《汉书·高帝纪》论张良和萧何之后说到韩信："连百万之众，战必胜，攻必取，吾不如韩信。"这话是发自内心的，正是因为韩信善用兵，作为汉家江山的开创者，顾虑也在于此，他在世可以驾驭，万一春秋早逝，那不是给儿孙们留下一大隐患吗！

这想法，这诛杀功臣的行为在整个封建王朝屡见不鲜。于是，高帝十年（公元前197年），萧何协助吕后杀了功高无二的韩信。

还是史记引《索隐述赞》里的话，一语中的："君臣一体，自古所难！"

川主寺

一九九九年五月二十三日，半阴半晴。

去黄龙，正值夏日，烈日时隐时现，有高原的风吹拂，有阳光时也柔和而惬意。返程的路上我陶醉在看过的景物中呼呼睡去，车子一个颠簸，睁开眼，山间突显一座刺向蓝天的碑。我嘱司机停车看个究竟，司机说还得走一阵，我目不转睛地盯着在阳光下闪烁着金辉的碑尖。

大约又走了十分钟，车子才停了下来。那时进园门也无人过问，一下拥来很多藏族群众推销他们的土特产，我们不耐烦地躲避着，以至于迎面一座碑铭也未及细读，直奔纪念馆。馆门紧闭，转身便去矗碑处。啊呀，太高大了。我问来过的同伴，据说近四十米，光碑顶上的红军战士雕像就是十五米。只见那位战士双手撑天，一手持枪，一手举花，枪指向苍穹，花在阳光中绽放。我被这顶天立地的威武震撼了。我站在碑身下久久伫立，胸中波浪翻滚。"上面还有很多雕塑，瞻仰一下吧？"同伴提醒我。

群雕一字排开，一组一个主题，人物最多的要数《告别苏区》，细数有五十位，表情真挚复杂，是生死离别，还是短暂转移，有茫然，有希冀，总之，那种军民依依惜别的场景催人泪下。依次是《开路先锋》《勇往直前》《团结北上》《山间小憩》《草地深情》《征途葬礼》《前仆后继》《回顾思考》《英灵汇聚》。那一组组刚毅、坚忍、乐观、友爱的石像，展现了一路波澜壮阔的战斗历程，把我带入深深的思索中。

我对长征的认知是从书本里、电影里获得的。印象最深的是陈其通同名话剧改编的电影《万水千山》，李有国指导员旧伤复发，房东老大爷将自家仅有的一匹马送给红军；在草地行军中首长将自己的马杀了分给战士们吃等画面。是人民对旧社会的憎恶，对红军寄予无比希望，是这支军队铁的纪律和官兵一致的治军理念最终赢得了胜利。因此毛泽东称："长征是历史记录上的第一次，长征是宣言书，长征是宣传队，长征是播种机。长征是以我们胜利、敌人失败的结果而告结束。"在美国作家哈里森·索尔兹伯里眼里："长征将成为人类坚定无畏的丰碑,永远流传于世。阅读长征的故事将使人们再次认识到,人类的精神一旦唤起,其威力是无穷无尽的。"

天黑了,我们只得住川主寺。夜里,那些雕塑又挤进脑海,不时掺和着对包座战役的浮想:一九三五年八月底,红军右路军经过艰苦跋涉,终于走出草地,到达班佑、巴西地区。胡宗南得知后急令伍诚仁由漳腊驰援包座,并在上、下包座至阿西茸一线堵截红军。徐向前以三十军一个团攻击大戒寺之敌,两个师埋伏在上包座西北的丛林中,准备歼灭敌增援之敌,其主力控制各要道,并随时准备出击;以红一方面军第一军为预备队,位于巴西和班佑地区待机。

那一天,黄昏时,战斗打响。红军一个团稍作抵抗即向大戒寺东北后撤。三十一日下午,敌第四十九师全部被诱进了红军的伏击圈。伍诚仁将我军边打边撤误以为是节节败退,命令全军放胆前进。十七时,冲锋号四起,我军一齐出击,冲下山坡,扑向敌群。经过数小时激战,敌第四十九师大部被歼,伍诚仁受伤后乘夜逃窜。与此同时,红四军在许世友指挥下,向求吉寺之敌发起攻击,歼敌一个营之多。

包座战役,取得了红一、四方面军会师后的第一个重大胜利,粉碎了国民党欲将红军困死于川西北草地的企图。

在包座河谷,我见到了那一条清凌凌的河水,山坡上的松林,松林下的藏族民居,还有国民党军的工事。在这些已被新时代改变了的地方,我在寻觅一个小战士与红军失散的地方。走在包座的土地上,王老的憨厚身躯一下成了一个小孩子,在我的视线中游走。

多年前,我去乡下调查流落红军。国家准备为长征路上失散了的健在者给予适当的生活补贴。根据下面报来的线索,我去了一个叫塄干村的地方,在那里见到了一位中等身材,估计就六十过点的老人。老人几乎没有了闽北人的体型特征,老实本分,言语不多,问一句,答一句,最终连缀起来,他的经历大致如此:他是福建南平人,十二岁参加红军,据年龄推算应该是一九三二年,是司号员。有一天,红军与国民党军交战,半夜里街道大火弥漫,他从梦中惊醒,就和军队一起撤退了。父母也不知死活,从此红军就成了家。他只记得在红军里的小孩子只是吹吹号,跟上大人们张贴标语,有专门的人管理他们。问及是哪个部队,他仅记得徐向前、张国焘,在四川一棵大槐树下给他们讲过话,他与红军失散的地点就是包座。一天,前面打仗,他们紧跟其后,在一块撂了燕麦草的地方停下休息,不想,一觉醒来已是天大亮,一个人影都没有。他只好在藏区乞讨,后来跟松潘上来的驮帮到了南坪(九寨沟),被一个种植大烟的大爷收留,给他家当放牛娃。又过了一年就被他现在的养父收养,来到了文县。我让他回忆他的连长、排长或团长师长,还有他老家的姓氏,家住什么方位。这些他都记不得了。之后,我就换了工作,至今不知结果如何。我想在十几万红军中这样的例子肯定还不少,得到政府优抚的也只是少数,实际上那座阳光下火红的纪念碑,那是用红军战士的鲜血凝结而成的,它囊括了所有国家和人民的情思。以此来纪念战斗中牺牲了的、见到了光明的所有为共和国诞生而付出艰辛的红军战士。

我对着森林、对着河谷深深一躬,奉上我对英雄的一片敬意!

大足失足

一九九九年十月十六日,星期六,阴转晴。

返回途中,去大足观石刻,一则时间太紧,二来多数是外行,大呼上当,我很想欣赏,无知是洪流,我像不愿意让水浸淫的石头,露出一点渴望又被洪流快速淹没。草草一瞟,只记下了赵朴初题写的"宝顶山""圣寿禅院",这五万佛像十万铭文就失之交臂了。

大足特产多,买刀的、买石砸窝的比比皆是,凭着偏僻尚存的胜迹和几分灵气,淳朴的村民顺应天时与地利,与游人讨价还价,在佛光普照的禅院门前,经济大潮不断地给佛祖灌输生财之道,让佛赶追潮流。我想,这样一块清静之地,在络绎不绝的践踏中,很可能让它越来越沉甸甸,让这些千年尘封的佛香古韵在春光乍泻中,黯然失色。谁能听得进,人们在改造自然中也在毁灭自然的逆反声音?

谁是享受风景者?谁是用一颗坦然的心灵去感悟自然者?人们已经习惯了快节奏的高速运转,使用金钱杠杆。来原生态慢节奏是出于好奇,是放松,间或附庸风雅而已,对于其中的奥妙、真谛、哲理,由它深者深奥者奥去了。

走时夕阳已挂在天边,很快天暗下来了,深深的山路,黝黑的山路,深藏无尽的岁月。我在遗憾中演绎三百年荒凉中锻凿历史的人们，用怎样的毅力使这些不言的石头放射出艺术光芒？

前面出了车祸，打断了思绪，堵车数里。毛毛雨轻轻飘来，雾霭四合，成渝高速变成巨型停车场。一番重新组合，一小时后五路纵队缓缓移动，我坐的是解放面包，连司机十一人，与前面两个车脱离联系，说来有点可笑，司机心里发毛，怕摸不进成都市，越走越快，拼命超车。黑幽幽的车子似乎走了下坡，遽然间，车子屁股摆动，且频率渐高，一股不祥预感袭上心田，我悄声嘱咐司机镇定，车上伙计们不要惊慌。前面车子尾灯模模糊糊，相隔不到十米，犹如远在天边，心里忐忑不安。车上静静地，也许是太静，司机更加紧张，估计在慌乱中点了煞车，一刹那，意识骤然关闭……

我如梦中乍醒，奇怪，怎么侧身悬在车上，向车窗一伸脚，无拦无挡，这才恍然大悟，出了车祸！我问司机咋样？哎哟一声，接着说恐怕腿不行了，我又问后面，回话说，除一人不动，其余有伤不重。我再嘱咐扶一扶不动者，言说不能动，我长出一口气。我从车窗跨出，发现车子就地三百六十度，侧身卧在原地。奇怪，内心竟无一丝后怕！见一地汽油，车辆飞速驶来，急喊快往出走！那时我们还没有手机，急喊建平去联系报警，一人挡车，恐地上汽油被车碾着起火，会出大事。其余人撤离五百米外隔离带，有的去拿包，我断喝一声，先逃命！这一声，不容置疑，十一个人，十一个表情，人性中平时不易流露的被严严实实包藏着的那点本能的自卫在慌怵中释放了出来，后天教育所养就的涵养，这时无影无踪，一个个原汁原味的人，摆在我面前，有的吓呆，有的呻唤不止，有的跑来跑去，寻找电话，稳定后，帮忙拿东西，有一位肩上衣服被擦破，胳膊渗血，全然无顾还为大家安危着想。四川的交警反应及时，不大一会儿即赶来，将车原地搁起，交警试车还能开，大家上车，心刚落地，走不及百米，线路着火，无奈再叫拖车，伤车拖至龙泉驿，已是凌晨两点，一行人回成都天将拂晓，有伤者去医院，结果均无大碍，交警说，这是成渝高速最幸运的一次有惊无险的车祸。

三星堆

二〇〇〇年四月二十一日，星期五，晴

谒三星堆是沾了省人大杨作霖主任的光，这天上午成都平原上空有一层摸不透的云雾笼罩，继而一抹日光射出，洇开一片红晕，像怀春少女的脸颊。

前方一座螺旋形建筑，随弧形盘绕上升，圆弧又逐步缩小，最后到达螺旋体中心点，形成一座直耸云天的尖塔，塔尖有标志性的青铜雕塑挂饰——最有代表性的纵目面具，黄色的外墙应该是土地的颜色，造型引人入胜。

不错，历史总是螺旋式前进的，这个颇富创意的建筑中陈放的文物，将历史向前推到了四千八百年前，中国有五千年的历史，可以这样说，蜀中文化不亚于中原文化，有的甚至超越了中原文化，比如黄金面罩和权杖，至今还未发现中原黄金冶炼有如此之早，只有古埃及和苏美尔文明达到了，它是外来文明传入还是蜀中产物？如果说《史记》《山海经》《华阳国志》里记载蜀人的传说、神话、史实让人捉摸不定的话，三星堆出土的文物足以说明那一切都是真实的存在，有些虽然朦胧，只能说明我们暂时还不认识而已。

广汉城西的中兴场，一位有功名的读书人燕道诚，曾做过一任县知事，儿女们大了，少事农桑，平时多在县城走动，或交朋会友，或出入官宦门庭。一九二九年春天的一个下午，儿子燕青宝挖水沟时，发现了一坑古代玉器，燕道诚有诗书涵养，虽知是宝贝，也不敢轻露，仅是观赏清玩而已。消息不胫而走，此后零零星星有人造访，终因种种原因没有人以此上升到文物或古文明的高度去认识。一九八六年，三星堆两个商代大型祭祀坑的发现，上千稀世之宝赫然袒露在世人面前，轰动了世界，证明《华阳国志》"蜀之为国，肇于人皇，与巴同囿"，以及"周失纲纪，蜀先称王。有蜀侯蚕丛，其目纵，始称王。……后有王曰杜宇，教民务农"的话并非虚妄。是文明终究有显现的一天，不过这得益于先民的睿智。

其实《华阳国志》记载了黄帝为其子娶蜀山氏之女，生子高阳，这就是帝喾，世代为蜀侯，还说周武王攻打商纣王时，蜀国也参加了。周失纲纪蜀先称王。有蚕丛、柏灌、鱼凫、杜宇、开明、卢帝……这些事是古人的说法，今天还没有被破译。

我在一尊纵目人头像面前驻足，这头像印证了《华阳国志》关于蚕丛目纵的记载，联想到白马人池哥面具，有一种奇怪的想法，今天的白马人与此有无联系？

虽然三星堆未解之谜还有很多，但至少验证了古代文献中对古蜀国记载的真实性。

这是一个令人震撼的地方。我们期待历史学家早日解开其中奥秘。

承德

二〇〇一年八月十一日，星期六，晴。

从克什克腾返回北京已是午后，回程车票定在两日后，剩余一天时间无处打发，便想起了要去承德一逛的念头。

一大早我跑去北京站，站的一侧，去各路景点的大轿子小面包多的是，我正在寻找到承德方向去的车，身后一只手拽住我的衣袖，心顿觉一紧，顺势抓住那只手，遂即释然，那是一只软绵绵的小手，我转过身，她问我去哪儿，我说承德，她说正好，八点发车，十一点到，不容分说就被她拉上了一辆旅游大巴，按承诺的时间拖后了半小时，到承德已是近十二点钟。

历史隐去了很多细节，只说版图，多说盛世。

满人以残忍手段取得了中原王朝龙椅，为了江山永固，把行宫修在了北边，其实是有深层考虑的。满人诛杀辽民三百多万，辽东地区的汉民基本殆尽。皇太极破锦州，三日搜杀，妇孺不免；掠济南，城中积尸十三万。扬州城破，扬州顿成地狱，死者达八十余万。像江阴、嘉定、湘潭都是屠城。一六五〇年攻破广州时，"屠戮甚惨，居民几无噍类……累骸烬成阜，行人于二三里外望如积雪"，总之只要人口集中的地方无一幸免。此外，清廷又杀苗民一百万，杀回民数百万，把漠北蒙古的准噶尔部落杀到剩最后一个幼童！在世界历史上都是罕见的残忍！

承德避暑山庄，又称热河行宫，坐落于中国北部河北省承德市中心以北的狭长谷地里，占地面积五百八十四公顷。始建于清康熙四十二年（公元1703年），雍正时代一度暂停营建，乾隆六年至五十七年又继续修建，增加了乾隆三十六景和山庄外的外八庙。整个山庄的营建历时近九十年。这期间清王朝国力兴盛，能工巧匠云集于此。康熙五十年（公元1711年）康熙帝还亲自在山庄午门上题写了"避暑山庄"门额。避暑山庄主要分为宫殿区和苑景区两部分。

宫殿位于山庄南端，包括正宫、松鹤斋、万壑松风几组建筑，松鹤斋在正宫之东，由七进院落组成，庭中古松耸峙，环境清幽。万壑松风在松鹤斋之北，是乾隆幼时读书的地方，六幢大小不同的建筑错落有致，以回廊相连，富于南方园林建筑特色。

湖泊应该是重点景区，长堤、小桥、曲径纵横相连。湖岸曲透，楼阁相间，层次丰富，一派江南水乡风光。园中有园，建筑既独立又呼应，据导游说，山庄七十二景就有三十一景在湖区。

山上有很多寺庙，在青山中金碧辉煌，时间有限，我未能上去。据说融合了汉、藏等民族建筑艺术的精华，是处理民族关系的重要场所。

承德避暑山庄是清皇帝的夏宫，成了北京以外的陪都和第二个政治中心。一八六〇年，英法联军进攻北京，咸丰逃到这里避难，在这里批准了《中俄北京条约》等几个不平等条约。一八六一年七月咸丰死在这里，九月慈禧发动《辛酉政变》，开始了她长达四十七年的卖国生涯。

喜亦承德。

忧亦承德。

恐龙的坟茔

二〇〇三年二月十五日，星期六，晴

自贡是一个富有灵气的城市，久有盐名，两千多年的井盐生产历史上，共开凿了一万三千多口盐井，十九世纪到二十世纪是井盐生产的鼎盛时期，自贡到处天车林立，雾气蒸腾，场面蔚为壮观。二十世纪五十年代，自贡地区保存完整的盐井有一千多口，天车也有近千座。我们去的路上不时能看到古盐井，于是会想起小时能吃上一顿"锅巴盐"的饭，都要引起很多人眼热，传颂多日，好长时间心里都会甜滋滋的。

自贡市还有四海出名的灯会。今天是古历正月十五，月亮高高挂在半天上，全城人蜂拥般走向彩灯公园，我们不熟悉，混在人流中，不知身在何处，只见流光溢彩，音乐悠扬，温柔梦幻。这年灯会主题为圣经故事，奥林匹斯山诸神汇聚、奥德修斯献木马计、阿波罗的花冠、法厄同架车、普罗米修斯盗火……圆形、菱形，几何体构成建筑艺术群，构思奇巧，内涵丰富，令人叹为观止；馆体轮廓彩灯闪烁多姿，多组投射灯从不同角度照射建筑物白色墙体，与室内彩灯外泄的光彩交相辉映，玲珑剔透，使整个建筑错落有致跌宕起伏。笑意写在眉梢，快乐的心境与灯景吻合，人的欢乐，夜的宁静，都被五彩缤纷囊括，一束束，一片片，一行行希望之光，欣慰之光，温馨之光，缠绵之光，挡住清冷的月光，不让忧思掺和进来，以免打扰人们尽享安逸；那光奇妙地做出各种姿态，水中动，空中动，人物动，鸟兽动，水平动，曲线动，夜在流动，月光在流动，灯光在流动，整个自贡在流动。

时至子夜，走出公园。寰宇由月光统领，白炽灯般朗照大地，彩灯仍在天底一角闪烁，如滚动火龙，夜在不眠中送走明月，人在兴奋中迎接黎明。

离自贡不远，还有一奇——"大山铺恐龙化石群遗址"。占地面积6.6万多平方米的博物馆，馆藏化石标本几乎是距今两亿年来，侏罗纪时期所有已知恐龙种类，是世界上收藏和展示侏罗纪恐龙化石最多的地方之一。

据地质学家考察，自贡在侏罗纪时期，是开阔的滨湖地带，气候炎热，水草丰茂，大树参天，是恐龙理想的生活场所，大山铺又是风平浪静的砂质浅滩，在此死亡的以及被河水从远处搬运来的恐龙尸骸，都被浅滩上的泥沙掩埋起来。尸骸堆积与泥沙的掩埋交替进行了很长时期，以后再经过一两亿年漫长岁月的积压，终于形成了今天所见的含化石的砂岩层。

据介绍，化石遗址是一九七二年发现的，仅两个八百多平方米范围内就发掘出恐龙个体化石近百个，完整和较完整的骨架三十余具。包括三个纲、十一个目、十五个科，近二十个种。我在二十米的长龙骨架前想，我们的祖先尽管还未见过恐龙化石，可是他们对龙的崇拜却是和未知的远久一脉相承的。长颈椎蜥脚恐龙、身材矮小的鸟脚恐龙和原始剑龙都有。好一个恐龙大公墓！今天还不能合理解释恐龙灭绝的真正原因，但我们可以猜想，那时的地球是一个多么活跃多么美丽的世界！

雾锁黄山

每读《徐霞客游记》，心中立刻会涌出要亲临的冲动。二〇〇八年深秋，如愿以偿。我与同伴易水凑入一家旅游公司散客团。计划第一天住汤口镇，第二日坐缆车，概览主要景点，之后，回汤口返杭州。

九月二十五日晨，我们坐旅游公司大巴，出杭州，过临安，一路驶向黄山。

晨雾渐渐散去，有山，不高，披红挂绿。早阳让川与山更加活跃、更加蕴蓄。进入安徽界，又是山的天下。这一路，无论是平川还是山坳，楼宇无处不在。城镇富丽堂皇，乡间小巧玲珑，向城市看齐，与城市赛跑。城市的繁华，农家的殷实，不断撩拨我的情思，使我激动、兴奋。心里由衷地感叹几十年变化之神速。那万顷良田，正在大面积转换形态，不是以一荣一枯的传统种植业而是在勾画固体的现代化方阵。汽车在焕然一新的大地上行进，切换着各具特色的繁荣。阳光展现她入秋后最灿烂的笑容，让多彩的江南更富韵律。

　　中午到达汤口镇。这一天我们无疑是游荡于汤口镇众多旅客中的一对游魂。

　　我们在渴望晴朗的明天，但愿黄山如我之望，将最美的景致让我饱览。

　　汤口，是黄山南大门，是游人和车辆出山入山的集散地和中转站。深藏于大山间的小镇，被簇新的宾馆、超市为主的建筑群占领，街道整洁、清爽。白色红色墙面和暖色为主的装饰落居清幽的山中，远看似孔雀开屏，山也精神，人也抖擞。我们在旅游公司老板开的野味宾馆下榻，吃住行一体，极方便。午餐后去超市，准备上山干粮，不想电闪雷鸣，刚才的山明水秀被乌云围困，雷，惊心动魄，雨，滂沱而至。这雨一下，对于明天的天气便没有了底数。听超市服务小姐说，黄山一年二百五十几天是雨，只有春秋两季为数不多时日是好天色，明天肯定有雨。我们听从她们的劝告，顺便添置了雨具。虽有些不安，可心里还是不愿意放弃明天是个好天气的奢想。

　　山中的夜，静悄悄，很久没有在如此沉寂的夜里睡过觉了，这一夜连做的梦都是淡淡的，悠悠的，如兰草般幽香。第二天清早，不出所料，乌云紧锁，迷雾重重，能见度不上百米。

　　到达云谷寺缆车站，老天伤心欲泪，黄山也愁眉苦脸。我们没有看天的眼色，更没有仰黄山的鼻息，因老天的不快而退却，也没有听同路一位重庆小伙徒步上山的蛊惑，径直迈进缆车。

　　缆车徐徐上升，直上云天，山势愈上愈陡，外面下起蒙蒙细雨，周围一片混沌，只有缆车下方造型奇特的松树，由眼前向身后移去。它们褐色的树干，皲裂的树皮，像龙鳞，像身穿铠甲的武士，枝叶苍郁，青翠的针叶上雨珠泛着亮光，似水晶闪烁。可惜的是，那些梦寐以求的神奇山峰此时全都淹没在云海之中了。

走出白鹤岭缆车站，导游让我们集合，安排游览路线，她说："抬头看雾，两边看树，模模糊糊，是黄山的本来面目。"人说黄山美在石、美在松，也有人说，黄山美在雾、美在云。这天我们都成了近视眼，只看到眼前的石头和树了，舍此，便是云和雾的天下。只有云和雾也罢了，在行进中滴着雨星，凉意阵阵袭来，我们不得不穿上雨衣，以御寒，以防雨，在扑朔迷离的雨雾中攀登。黄山，真像一位怀春少女，羞羞答答遮盖着一方似梦似幻的面纱，不轻易让你瞧见娇容。

什么也看不见，倒是擦身而过的石和松真不负其名。

黄山的骨架由石头组成，黄山的石头系燕山期花岗岩，奇形怪状，"横看成岭侧成峰，远近高低各不平"，同样是黄山的最好诠释。黄山石若圆球，巨大者浑厚而坦荡，琐碎者不失峻峭，经过第四纪冰川洗礼的容颜至今未改。或锋利，或圆滑，或连绵，或独立，或散乱，或突兀，或险峻，或平顺，峰峰出奇，山山各异，厚重而岿然不动，嶙峋而凛然不可犯，这可是数亿年养就的雄奇山水里的石。我不禁大彻大悟，这不正是我们民族五千年不衰的底蕴吗？

从始信峰到排云亭，从飞来峰到光明顶，从莲花峰到玉屏楼到迎客松，到天都峰。无不惊叹天地精心构建的松和石的奇绝！

从"鲫鱼背"下山，战战兢兢如芒刺背。鲫鱼背，顾名思义，酷似鲫鱼之背，独立于群山之巅，它的险峻可想而知！爬上刀削似的山峰，我惊呆了，竟有这么大的石头，从山顶到山下，一座巨大的整块的石！我慢慢靠近巨石边缘，抓住铁链，伸出头向外一瞧，屁股一缩，恐惧得叫出了声，那才真叫无底深渊！与徐霞客描写上光明顶的路"两臂夹立肩摩，高数十丈，仰面而度，阴森悚骨"相似。谁知道下面是人间还是地狱？好在是雾气氤氲，抵消了一些过分惊怵。下山的通道，基本上是八十度垂直，石上凿成的台阶，只能一人通过，且要牢牢把住铁护栏！

天都峰正在维修步道，我们未能上去，正像人们说的："不登天都峰，黄山一场空。"心情怏怏。

黄山松天下独有，那些从石头缝中顽强生长出来的松树，千姿百态，铁骨冰肌，除迎客松、送客松、夫妻松、龙爪松、黑虎松、灵芝松等名冠古今外，更有无数叫不出名的松树令人流连。我到玉屏峰，走到那棵迎客松下，眼睛一亮，一位饱经沧桑的长者敞开胸怀舒展双臂欢迎我。我激动万分，想在松下留影，这株松人气极旺，亲近的人太多，我在试图另觅留影点时，发现我的前后左右均是石头组成的方阵，那些石头上都长有奇松。黄山确是有石必有松，松松扎根于石。有高数十米之松，也不乏小巧秀雅，酷似盆景的松。徐霞客把这些高不盈丈，低仅数寸的小松称赞不绝。它们是专为黄山而生的，你怎么能对这些秀松、劲松无动于衷呢？我怀着崇敬，仔细欣赏立于石上、金钟倒挂、崖壁独立、斜插一枝的，各有其态，各具其姿的松。不过它们都有针叶粗短的特点，浓密有度，屈伸自如，凌空伸臂，有的杆直枝平，缓缓舒展；有的绝壁枝虬，有的如斜插一伞；有的树尖似剑，倔强而坚定；有的循崖度壑，不畏艰险。无论亦悬、亦横、亦仰、亦俯，侧身峭壁，冠盖于岩首，体扎于石缝的松，纵然日日风刀霜剑，其枝直则直，弯则弯，其针叶青者青黛者黛，迎劲风它精神抖擞，面霜雪它挺直脊梁，沐朝阳它心花怒放。我记起了陈毅的诗："大雪压青松，青松挺且直。要知松高洁，待到雪化时。"对了，这是品格，山川形胜孕育的人也赋予她的儿女，岳飞、文天祥不就是与这黄山松一样气贯长虹吗！

　　松与石相辅相成，相依相携，相映成趣。奇石造就了俏松，俏松装扮了奇石，大自然巧夺天工，竟然在不见土的石头世界里造就了各具艺术形态的美景，让诗人高歌，让画家挥笔泼墨，绝境天成！

　　一整天，我都在云雾中，在朦胧中，在遐思中，在渴望中，在遗憾中，在得与失中，与收获失之交臂。回程途中，越往下走模糊的黑白屏幕才有了浓淡不一的绿色。远处群山仍是白茫茫一片，云雾纹丝不动，若少妇盼夫，心事重重，幽怨与希冀交织。

　　一天，显然仓促，没有看清黄山真面目，到山顶，没有能远眺众峰风貌，只有偶尔窥见对门峰顶露出的松和一两帘瀑布向我招手，余者则是一层一层帷幕；到山下，没有能看清山的来龙去脉，只有白茫茫中洇出的淡淡墨痕，像一幅水墨泼洒的画，我迟钝的想象力难以参透她的禅机，那么只好留下一个无奈的由头：我到过黄山。我也给自己预备了又一个托词：也许留些对未知的遗憾未必不是好事。

　　我以一种放浪烟霞的心态去亲近黄山，却以一腔茫然溃退下来……

　　也是，乡下人本来眼界不宽，黄山也不肯随便把胜景赐予，给你出一道难题，让你在八方茫茫中寻找黄帝的身影，眼望莲花峰的方位，让你冥想、揣摩李白高唱"丹崖夹石柱，菡萏金芙蓉"的地方。想归想，一厢情愿，黄山丢给你的印象是扑朔迷离，还有依依不舍。

　　黄山，给我留下了朦胧，不过，当你无论站在狮子峰、排云亭、光明顶或莲花峰，都会使我有种行走在无时空概念的无限中，在那一刻真切地感到：于自然界面前，个人是何等微不足道！真正万能的是从身边缓缓移走的云与雾，雾以外的天，脚下的大山，这怕是古人所言"仁者乐山"的真谛。虽然我无法抛弃世俗，进入无我忘我的旷达，但至少经黄山雨雾的洗礼后，在那一阵子确切地有了超然感，那无疑是天地菁华沧桑包容的功力！

冬日康南亦风流

文县的中庙，武都裕河，康县南部，得天独厚，山环水绕，林木葱茏，植被良好，有大熊猫、金丝猴、羚牛、红豆杉、银杏、领春木、连香树、香果树等珍稀动植物生息繁衍，无论是海拔、气候、风光、物产，还是人居环境都是陇原大地一块不可多得的绿色宝地。

冬日我们去阳坝。此行的目的，不是吟风弄月，也不是娱情山水，而是要见证一个火热的场面和一些亮丽的村镇。

阳坝属康南，是著名景区，春夏秋是阳坝最好的季节，是色彩斑斓的世界，天然氧吧。我们去时正好冬至刚过，错过了好时令。目力所及全是林子，一层一层挂满黄叶，苍苍茫茫，这么好的底版，多有潜力啊！我忽然记起雪莱的诗来："如果冬天来了，春天还会远吗？"其实如果我们再多走几步，这里尚有大片的茶园绿着，青青的溪水流着，远山近峰仍是平仄清韵，即使冬日，依旧风流！

阳坝是美丽乡村示范区，虽说没有了青枝绿叶的衬托，但有美丽民居在，村民休闲广场在，小超市在，卫生室在，读书室在，古老的桂花树在，银杏树在，奇石馆在，舒适的农家小院在，依旧让人热血沸腾！午后，我们漫步在阳坝街道上，过去散落在坝子里低矮而炊烟四溢的小瓦房，已与潮湿、隐蔽、窄巷、灰暗、杂乱一并隐匿其迹了，由混凝土塑造成一个小巧玲珑的别样小镇，像一颗闪光的明珠镶嵌在众山之中。使小镇丰满的是与山水相融的小楼、商铺、酒店，使小镇人气十足的是经营者陕甘川杂糅的甜甜招呼声。虽说是冬季，我却在这些表情上读到了关于春天的诗行。

阳坝又是著名茶乡，茶叶以外，还有板栗、天麻、木耳、食用菌。比如我们参观的阳坝镇天麻专业合作社，既有规模，又上档次。这个厂是一个大院，仓库里码满待初加工的天麻，进入车间，工人们切片的切片，烘干的烘干，井然有序。经理介绍说，目前已种植天麻五万余亩，社员二百一十六人，天麻加工设备五十五台，年鲜天麻加工量占了全县一半以上，二〇一三年加工天麻九百八十多吨，收入达一千二百一十六万元，社员人均收入近两万元。二〇一四年，天麻收入比上年还要好，产值可突破二千万元。

阳坝与历史上的茶马古道擦肩而过，所幸，贩运者为了躲避官方查禁，在这里踏出了一条"茶马贩通番捷路"。刚贯通的"五阳公路"有一段就是循此道开凿出来的。当采访归来的作家们谈及五阳公路，以及五阳公路沿线村民此前的状况时，我的心被深深触动。从乾隆年间茶马贸易罢市，做偷贩茶叶生意的人也跟着洗了手，这条崎岖小道便荒芜自今。三百多年来，还保持着处女地的芬芳，只留下时间与空间的纵深景象。这里的居民自成体系，原封不动地延续着祖传的美德，日不关门，夜不闭户，中华民族的优秀品质——热情、朴实、勤劳像是密封于酒精瓶里。同时，闭塞使他们缺医少药，半夜里抬着病人或产妇向山外的陕西疾驰是家常便饭，他们吃过多少苦，受过多少罪，只有他们自己知道。我们说，当原始与淳朴被禁锢起来的时候，当无缘听到山外脚步声的时候，当山外新气象进不了山旮旯里的时候，人们如胚胎里无出头之日的婴儿，直至胎死腹中。在信息化的今天，山再也挡不住年轻人的两条腿，挡不住他们放飞的理想。女儿打工不回来了，儿子打工不回来了，只剩下老弱病残，那是一种什么样的局面呢？就在两年前，这局面被春风吹拂，几百年来无人问津的、无人涉足的深山密林被执政者双目锁定：修一条连通康县阳坝、武都裕河、五马，并通过武罐高速辐射文县碧口片区的公路，短短七百多个日日夜夜里，路修通了。这是陇南南部上百平方公里区域的惠民路，致富路，也是一条旅游线路。为官一任，造福一方，这是为政者的历史担当，文化内涵的宣示。在那种复杂的地理环境下，建设者们咬紧牙关，切壁削崖，遇水架桥，克服重重困难，创造了陇南交通史上的奇迹。我没有见到日夜奋战的火热场面，不能把他们的辛劳付诸文字，只能对流过血淌过汗的劳动者们致以深深的敬意了。

新公路修通了，沿线的居民可以热烈地呼应时代拥抱时代了！

这条路被人民记住了，被历史记住了，它的价值不亚于"天井道""白水路"，必将彪炳千秋。

阳坝是中国最佳生态宜居旅游目的地，中国最美绿色生态旅游名县、甘肃最佳生态旅游景区。阳坝有一张张闪光的名片，那是阳坝的魅力所在，前景所在，希望所在。

我们去了梅园沟，阳坝的核心景区。湖水结了冰，仿佛是哈过气的一面镜子，茶园仍是绿油油一片接一片，给这方山水注入了无限活力，冬天里见到如此老道的成片绿色让人心旌摇荡。茶园是梅园的点睛之笔，阳坝富足的标识。茶树叶子长青，和其他不落叶的树木一样，是长期进化过程中形成的。植物学家说，常绿树之所以常绿，是因为它的叶子寿命比较长，二年或三年，一年中的各个时候都不断有旧叶脱落新叶长出，茶树也是这样。

碧口、阳坝、裕河是甘肃茶叶产地，也是我国茶叶的最北产地，据陪同我们的镇干部介绍，阳坝森林覆被率在70%以上，气候湿润，由于偏北，茶树的休眠期长到六个月，茶多酚含量高，是中国有机茶之乡，顺理阳坝茶叶便进入了国际名茶行列，镇干部说，阳坝茶叶面积已近三万亩，投产2.3万亩，年产量五百吨左右，茶农收入每户一万元以上。

我在满载树木的山下愣愣地站立，遐想着阳坝活力四射时的景象：月牙潭碧水清幽，梅园河蜿蜒曲折。山迢迢，瀑布哗哗，翠树摇曳，鸟语花香，蝶舞蜂狂，人们踩着春的节律，踏着夏的葳蕤，秋的绚烂，沉醉于其中，那该是多么美妙的享受啊！汽车已发动引擎，喇叭声打断了我的思绪，该离开了。车子在弯弯曲曲的路上徐徐行进，窗外枯黄扑面，枯黄后移，屏风一样，一帘接着一帘，很是壮观。从树木有枯有荣的生长规律看，枯也是一种美丽。天冷了，人们生上火炉，穿上棉衣，为的是避风挡寒；可树木呢？繁荣了那么长时间，也需要御寒，也需要养精蓄锐，最佳的方式是尽量减少水分蒸腾，脱尽全身的树叶，才能安全过冬。精精瘦瘦，一身轻松。要不然，天寒地冻，狂风呼号，树根吸收水分已经很困难，而树叶的蒸腾作用却照常进行，你想想看，等待树木的除了死亡还会有什么？这也是积攒能量，以待来年更加旺盛的必备功课。

离开了阳坝，我们去了白杨乡桂花庄。天气爽朗，朝阳不失时机地沐浴着我们，也沐浴着这个小山庄。阳光下的桂花树，巍然屹立在那里，一副饱经沧桑的样子,村支书说,那树已经有一千五百多年树龄了,枝繁叶茂,年年飘香。想象如果是秋天,满树绿叶捧着满树黄花,空气中香气馥郁,那该是多么得意的事啊!一定是"水绕千山长照影,风摇十里尽闻香"了。我不擅诗,却很赞同李清照的审美情趣:

  暗淡轻黄体性柔,情疏迹远只香留。何须浅碧深红色,自是花中第一流。梅定妒,菊应羞,画栏开处冠中秋。骚人可煞无情思,何事当年不见收?

  她遗憾屈原作《离骚》时没有歌唱桂花,看来屈夫子也是个没有情思的人。

  脚踏在造型别致的台阶上向村庄高处走去,台阶是仿古栈道,护栏弯曲如巨藤,既新颖又自然。这时太阳提升了温度,我们的心也热乎起来。桂花庄,一个以阳光为生命之源的地方,满山满眼的青冈林、板栗树,展开臂膀接纳金色普照,安享阳光。林下的香菇、天麻,争相阅读着早晨第一缕朝阳,让这里辉煌、壮丽。台阶上有两袋山货,我问支部书记,咋放在这儿。这个个儿矮小,一脸憨厚的中年人以淡定自信的口吻告诉我,是天麻种植户正收天麻呢,一次背两袋,从山上背下来,想歇气了放下,再返回山里背第二回,来来往往,反复多次,就不觉得累。这形式他们叫"攥老牛",是农村常见的背运东西的一种方法。话匣子打开了,他滔滔不绝地讲述桂花庄的变化。我们现在看到的桂花庄住户,原来多数是从各个山头搬下来的,以前,一家一个单元,茅草屋多,瓦房少,听鸡鸣狗叫,似在眼前,可这家去那家。或下山再上山,得出一身大汗,或一弯又一弯,见了炊烟,也要走半天。冬天白雪茫茫,春天尘土飞扬,夏秋两季泥泞路上滑行,一身湿,一脚泥,出行十分不便。这下好了,政府立项,国家补贴大头,个人再筹措一些资金,将散落在山里的住户集中于公路沿线,按"房在景中,景在绿中,人在画中"的理念,家家户户建了新房,村外有环村公路绕进各家,有停车场、休息亭、休闲广场、健身广场,村里设有医疗室、文化室、农家书屋、电子商务室,多数家庭开办了农家乐。村支书还给我们介绍说,村里农户除了少量种些蔬菜、洋芋,基本不种粮食,经济来源,一是旅游收入,二是种植天麻、木耳、板栗、核桃、香菇,还有养大鲵的,人均四千元上下,农家乐办得好的一家收入四五万元,天麻收入好的亦在万元以上。支书的话让我激动,我们正要往上走,领队叫我们返回,到了村委会,我端着一杯碧绿的茶水,坐在农家院里,在清晨的阳光下,感觉身心被净化,继之而来的是超脱感。是茶叶净化了我,还是美丽乡村净化了我？也许二者都有吧。

走进医疗室，墙上挂满人体穴位图，翻着一张张理疗处方笺，稍事平定的心顿时又沸腾起来——原来这就是现代版的山区农村！

"卿云烂兮，糺缦缦兮。日月光华，旦复旦兮。"《尚书大传》里的这首歌，今天唱起来更合时宜。

整个村子静悄悄地，只有很少几个老人在各自的院子里做零碎活儿，不见鸡鸣犬吠，不见猪哼牛哞。多数家庭是砖混结构小二楼，一家一家敞敞亮亮，少有院墙，我绕到村委会后院，想找个村民聊聊，在紧挨新房的西头，有一处两层低矮房屋，黄土墙，白灰抹面，黑色瓦，楼下不到三米，楼上不足两米，屋檐下一个中年男人在晒太阳，一个老太婆在屋内烤火，屋内是黄土夯成的地，与文县高半山农村一样，靠背墙有一张供桌，挂一张熏黄了的童子拜寿图，临门有一个火塘，火塘中央放置三根锯成长短相等的柴火。我问中年人，这是老房吗？他说：不算老，四十年过点吧。我问谁住，他说老人住，她住不惯新房。我提出参观新房，他领我到院子左边一座小二楼，款式为"尺子拐"，一楼客厅，室内一圈沙发，正面靠墙，置电视柜，贴墙挂个大彩电，客厅右边是一间卧室，楼上是一个单间卧室，一个带套间的卧室，从玻璃窗里瞧，壁柜、沙发、席梦思床，整洁，不凌乱。下楼，我问村里其他人的房都是这样？他说多数是这样，少数是旧木架房翻修。

我见村里冷冷清清，问人都去哪儿了？他说，一部分人去打工，一部分人收天麻，他在外打工，家里收天麻人手不够，待天麻收了又走，过年再回来。

我曾经在欧洲阿尔卑斯山中的两个十几户人家的小村庄各住过一夜，使我接连好几个晚上都难以入睡，暗想中国农村何时能与此比肩？那是一个深秋，满山红叶中静静地躺着一个花枝招展的村庄，每家都是二层三层小木楼，房屋外表看起来陈旧，但经地上和二层、三层阳台鲜花点缀，令人赏心悦目。村里有健身活动场所、幼儿园、学校。远看如一个个大花篮摆在那里。一家连一家的是石板路，木篱笆做围栏，篱笆外全是草坪。沟边一条小溪从坎上流下，流水的碎石坎都是用铝合金板固定了的，青草坡上建了一个木制的抽水机，三个两米直径的木盘，一个比一个低，水哗哗流着，给人们展示自来水的过滤程序和如何保护水源。外面秋风呼呼，进门温暖如春。一家能住旅客三十人上下，一楼自助餐厅，雅致、温馨，二楼三楼住宿。设施齐全，极具人性化。吃也好住也好，舒适安逸。国内我也去过不少地方，包括一些口碑极好的村镇，都不耐咀嚼，要么是千篇一律的水，要么是一家挤一家，没有空间，更没有那么俊俏的山，没有全被绿草覆盖的地，没有鲜花争艳，没有潺潺流水。没想到这岸门口的严家坝，又叫我心潮澎湃起来。那真是"绿竹半含箨，新梢才出墙"。

　　清澈溪水倒映着白墙黑瓦，一条小河，一排竹林，一块草地，一座拱形桥，一条条入户的明亮的路，家家院落干净整洁，公园式的活动广场上树木花草相互映衬，使人心旷神怡。进村迎面就是一棵枝繁叶茂的千年银杏树，一地黄叶落在马赛克上，微风一吹犹如金箔跳舞。银杏古老，古老到了它是躲过了第四纪冰川而存活下来的树种，是研究古地理、古气候、古生物的活化石。而这株树，按挂在树上的牌铭，已生长了二千八百年，它的树根如蛟龙盘绕，支撑着高大身躯。它的树龄早到了西周宣王时代，它目睹过无数次风云激荡，无数个寒来暑往，无数个冷月风霜，它是一尊老寿星，一棵树神，令人肃然起敬。这个村有古树四十七株，他们把保护古树当作保护绿色古董，吉祥之物，成为大山里别样的风景。

　　很远了，我还在回望着这个如诗如画的小山村。尤其是那株顶天立地的银杏树，还有那一树无人采摘的柿子，像一个个金元宝，黄灿灿漂浮在蓝蓝的天空。

夕阳桔柏渡

山，顶天立地，水，切崖凿壁。西秦岭东渡、岷山一支的摩天岭南来，以磅礴之势靠拢米仓山、龙门山。两山间奔来的白龙江与嘉陵江在盆地边沿牵手，游弋于秦巴山地。天邈邈，山绵绵，水滔滔。

也许是女娲补天时遗下的残渣废料堆积于此，以至于白龙江河谷峭石嶙峋，连通蜀陇的古道几乎全是"天梯石栈相勾连"。这条道在白水关，被由陕入川的另一条官路——金牛道（也叫石牛道）代替。虽说是国道，却依然峻嶒嵯峨，"连峰去天不盈尺，孤松倒挂倚绝壁"。

二千三百多年以后，取代它的是快速通道，逢山穿越，遇水飞虹。人们享受的是现代化交通工具，如风似电，出川入蜀再不必"扪参历井仰胁息，以手抚膺坐长叹"了。

去四川，感受最深的莫过于氤氲柔润的氛围里，那方水土养就的幽默与诙谐、能曲能直、随遇而安的生存能力，还有绝少一眼望穿的天气里，酿就智慧，孕育热情与泼辣。我们路过一家小饭馆门口，一迟疑，立刻就被一张桃花般的脸迎进，嘴巴甜甜，妙语解颐："有缘，有缘，几位哥子么妹好提神哦，连老天都睁了眼了。"舒舒服服做了俘虏。

的确有缘，我们遇上了少见的万里无云，原来内敛中竟如此丰厚：蓝的天，晶莹，青的山，剔透，碧绿的水，闪光，田野里庄稼旺盛。

我们朝古城走去。一群群五颜六色的行人在江边蠕动，天地人，组成一幅美丽的图画。

四面山拥，三水聚会，城郭居中，安逸、闲适、不疾、不躁，一块千里难觅的世外桃源。

昭化古城楼、桔柏古渡，静静地审视我们这些陌生的身影。

冬日的阳光满面笑容，赏心悦目，锐利、刚正，无私地施惠于普天之下的一切物体，不管正面与反面，隐蔽或不易暴露的私处都能透进锋芒，让腐朽焕发生机。阳光，赋予人类虔诚、敬畏、坦荡、谦虚、勤劳；阳光，忌恨罪恶、阴暗、贪婪、狡狯，过分淫邪会被烧毁，成为另类生物养料。

我们来到古城下，目视光与影的交错，对挂于西天的神圣光轮肃然起敬。

树影长长，人影长长。城楼巍巍，城垛有凹有凸，一阴一阳，影子躺在地上，地上一明一暗，城上旗幡与地面灵魂热烈互动，每面旗上都有一个大大的"蜀"字飞翔。

多年前到过这里，城楼，似遗弃孤儿，形容枯槁，太守街、相府街空留其名，连县置都丧失了，做不起梦了，哪来资格称城？模糊难辨的秦城汉墙唐砖，憔悴的明瓦清宅，任风雨剥蚀，在郊外在幽深的巷子里寂寞无语，与田野里的鲜亮形成反差。街道坑坑洼洼，居民门户半掩，人行稀落。城楼上蛛网悬浮，任你上下。远望渺茫，近视邋遢，我的心与城墙一样黯然。

炊烟下面是镇上的大众食堂，一缕缕辣椒香味儿，煽动味蕾澎湃，喉结回旋，齿舌间津液泛滥。那时，嘴与胃最渴望的莫过于五谷生香。

时光的年轮走到一个特殊的转折点上，危楼颓墙精神振作，我的思想也积攒了一份重量，有了欣慰，滋生了畅想。

这里，不适合抒情，繁忙喧闹的幕后充满沧桑。人类从蒙昧走向文明的岁月里，压迫反抗，战争与和平，永不疲乏地打打杀杀。地理意义上的关隘、要津，就成了必然依托。这方土地，细腻而有力度，虽有阡陌万顷，然不以富庶见长，凭依的是剑门关前的演练场或宿营地，入川第一江防而维系蜀中安危。葭萌，汉寿，晋寿，晋安，益昌，昭化，再祥瑞的名字也未能宴安时和。战争最有发言权。一出出弱肉强食的活剧次第来此上演，人性残忍粗野的恶作剧在这里轮番撒欢。前进与倒退交织，灾难与死亡并行，留给后世的只有无限伤怀。处在金瓯残缺中的大诗人陆游路过时，"漫悲歌、伤怀吊古"，对蜀国亡于一股小部队偷袭，慨叹不已："自昔英雄有屈信，危机变化亦逡巡。阴平穷寇非难御，如此江山空负人。"他叹息刘禅对姜维加强阳安关口和阴平桥头的防御建议未予理睬，导致亡国，抚今追昔，蜀国上层和南宋王朝何其相似乃尔!

　　一座石坊,镌刻"葭萌"二字,一侧竖刻"蜀道三国重镇",一侧"天下第一太极"。将昭化镇拖进遥远。

　　城门外看城内,街道、店铺,古香古色。收回视线远望四周,费祎墓、姜维屯兵的牛头山,不哼不哈,站在一旁,与史书互证昭化的千古传奇。

　　大自然奇妙,有时让人难以想象。以我陋见,是三国重镇不假,太极之说有些故弄玄虚,无非是营造广告效应,激活旅游使出的招数罢了。看了古城简介,太极一说,有眉有目,鼓动人心。

　　好容易才寻到上牛头山的路,不难走,但曲折。头上一堆不规则云,浅浅的,悠悠的,天空下悬着耀眼的太阳,灌木丛表情丰富冒出超凡脱俗的静穆,微风如羽,阒然无声。一座凉亭,脚印重叠,可俯瞰可歇脚。我好像凌驾于众山之上看红尘。我被震惊了,天造地设,奇哉,奇哉!可谓"玄之又玄,众妙之门"。江是太极的线条,江水怀抱的鱼眼是古城,古人是怎么想到在这里点上鱼眼的?这是盆地与大山过渡地带的门槛,或许是上苍为盆地构建的预示性符号?分明是一本《易经》摆在那里,让你读,让你破译。

　　要探寻大自然秘籍,这块地方不可不来。

　　俗世充满变数,进入益州的大门,一开一阖,一来一往,出者艰难,进者不易,一次次冲击着阴阳平衡,专气淳和少,刀光剑影多。我甚至想,或许这正是太极图所蕴含的万物动中有静,静中有动,相互对立,相互依存,生生不已的规律吧。

　　下山绕城一圈,去两江融合处伫立。江水浩浩,古渡无痕。按古驿道走向:从成都经剑门进利州出阳平入褒斜到长安;顺水,下渝州赴荆襄一路出洋,这里是关键部位。一江能使千军隔岸兴叹,一关横亘万众胆寒。

　　山与山的胯下延伸过来一条路,路上千骑万乘,路下奔腾着江水,江水载着舟楫……

　　夕阳穿透身体,我的魂魄拖在身后。眼前是展望,脚下是现实,身后是久远。我转身回眸,想起了《华阳国志》中一则有趣而无从知道真假的记载:战国时蜀王在褒中打猎与秦惠文王相遇,秦王将一笥金赠送蜀王,蜀王以珍玩回敬,不料却化为尘土。秦王认为蜀王戏弄他,臣下则说这是吉兆,寓意蜀土当为秦有。秦王转怒为喜,于是制作了五头石牛,扬言可以屙金,蜀人听说好奇,派使者去秦王那里请石牛，秦王爽朗地答应了。从陕西到四川道路十分艰险，于是命五个大力士开山修道以迎接可以屙金的石牛。石牛迎回来了，却再也不屙金了，蜀王气愤地把石牛送回秦国，嘲笑秦人是"东方牧犊儿"。秦王笑着说：我虽是放牛娃，但蜀国一定是我的。

蜀王把他弟弟葭萌的领地封在汉中与广元一带，曰苴侯国，其都邑驻地便是今天的昭化，时间一长人名地名合而为一，这一叫，葭萌之名就永垂千古了。后来蜀国与巴国不和，给秦灭蜀提供了契机，终于在周慎王五年秋，秦国派张仪、司马错、都尉墨等人从石牛道伐蜀，秦蜀两国在葭萌城下大战，蜀王战败被杀。结束了统治十二世的王朝，也宣告了不予秦地通人烟的历史。此后，由于天府之国的富庶，由于蜀道之难行，人们极为看重这里，不光是秦地入蜀的缓冲之地，也是冲出剑门后舒展一下筋骨的歇息地。

阳光射向大地，也为刚从峭壁里流出的嘉陵江撒上万朵金花，唱着歌儿奔向远方。

昔日的渡口渡过了刘备，奠定了三国鼎立的局面，未能渡过诸葛亮完成北伐大业的设想，改葭萌为汉寿也没能如其期望——蜀汉永寿。

道与江在此分手，交叉口顺理成章负起了承上启下之责。

我在想，水应该是自然界最伟大的物体之一，任何生物都需要它滋润。它宽容，善于团结，无形无状，吐纳八方，可一滴，可一线，可一流，可滔滔，可汪洋，从高而低，可一步登天，可一落千丈。形似至柔，性是至坚，所谓大柔非柔者是也。

《旧唐书·本纪·玄宗下》说："秋七月癸丑朔。壬戌，次益昌县，渡吉柏江。有双鱼夹舟而跃，议者以为龙。"那些曾忽悠朝政，使万民涂炭的亡命者，抱头逃窜时也不忘说谎编诳，拍拍马屁，讨个龙颜一悦。不知道此时，大明宫主对祖上常挂在嘴边"水能载舟，亦能覆舟"的名言，作何感想？

请看，报国无门的杜甫逃难过此时的心情："竿湿烟漠漠，江永风萧萧。连笮动袅娜，征衣飒飘飘。"

二百年后，一位才女被押解出川，在这里熬过一个"初离蜀道心将碎"的惆怅之夜，她注定要为她的国家殉难，因为她有脸面，她有自尊，她有一腔家国情怀："十四万人齐解甲，宁无一个是男儿！"已经告诉人们她的归宿。

我也想，是渡口成就了小城，成就了万人拱手的盛况，便有了明灯彻夜笙歌不息的葭萌驿。因为这儿离剑门关近在咫尺，没有渡口难有小城。没有战争，小城反倒一蹶不振。几十年、百年不等，必定再会车辚辚，马萧萧，人流如织。有时是外敌入侵，有时是自相攻杀，有时是溃退，过了江等于过了关。这城里进出过多少兴邦卫土，征战将卒，或扬鞭催马，或严阵以待？有多少达官显贵、青鞋麻履，或趾高气扬，或落魂丧魄？已难以理清了。

由于剑门关的易守难攻，也由于桔柏渡的江水滔滔，阻秦据陇，在这里，每一步都是诱惑，每一步都有古韵，每一个脚印下去都会隐隐作痛。

人们反复设计出奇妙构思，将勇敢留在这里，将生命抛掷于此，将遗恨失落在这里。

前是大江阻隔，后有剑门锁钥，哪一处是彼岸，哪一处是此岸？

阳光依旧，山川依旧，江水依旧。千年古渡，多少荣耀与辉煌，多少屈辱与哀怨，在这里永远地沉入江心……

如今，古渡无踪，江水不改美丽与清爽，倒添了热情与欢畅。夕阳在空荡荡的河岸上，不再有一道橘红色了，惨烈的血色风景消失了，仅有江水漾起乐曲般的波涛。

在这里发生过的一切伤痛中，只有一桩，是真正替人民着想的，与我们今天的幸福有关，让我们永远铭记。那是在一九三二年，红四方面军在这一带活动了三年之久。一九三五年六月，为了策应中央红军北上，四方面军发动广、昭战役。兵围昭化城下，为新中国的诞生流下无数英雄的鲜血，长眠着不计其数的烈士骨骸。坚守信念，前仆后继，把汗水和热血洒向草地洒向沙漠洒向抗日战场洒向中华每一块沃土，直到五星红旗迎风飘扬。

此前的统治者、军事将领谁都是以人民的名义，戟戈相向，烽火狼烟，哪一位、哪一群想到过百姓的疾苦、普通军士的征战之苦？想到这里，我想旧城还旧就有了警示的意义，让人情操高尚的意义。

从河边转身进城，踏着石板路，古老气息不断在脑际飘绕，我注视游人，发现那些年轻人，具有藐视一切的轩昂，忠于现实满怀憧憬，对蜀王与秦王，三国与两晋，杨难当与李特等等，无心眷恋，那背后有太多恐惧，太多的悲凉；也无暇深究秦韵与唐风，蒙宋鏖兵，那后面缀满残酷与忧愤，他们要的是不断创新，阳光永远；有老有少的人群，老者耳听马鸣鼓催，扪心追思，细心品味；少者左顾右盼，事事新鲜；只有手持相机者，时而沉思，时而拍照，对卵石垒就的城垣，反复观察，欲从那些斑驳中、欲裂的残屑中感悟点什么、发现点什么。

中国最早的县治，萧条了，衰落了，留下一座空落落的县衙。

上十三步台阶到衙门口，门两边赫然一副楹联，叫人怦然心动："不负苍天何论官位只七品，常思黎庶生怕民心失三分。"衡量官员政绩的标尺！也是古与今、新与旧的绝好参照。只是那一对石狮子龇牙怒目让人望而生畏。肃穆与希望共存，冷酷与暖意交织。

日月经天，江河行地。青山荣了又枯，江水浑了又清。大江与大山夹角处的古渡、古城，不只是血淋淋的战事，细微深处也还有可歌可泣的故事闪耀光芒。

从今天的淡定里也能嗅出在刀兵相见间隙里漏出的繁荣和文明：文庙、考棚、书院……

据《新唐书》记载，在唐王朝社会矛盾十分尖锐的懿宗时，益昌县出了个名叫何易于的县令，亲民爱民，口碑极好。其时的利州刺史崔朴，常坐船来渡口玩，要乡民给他拉纤，何县令认为农民又要耕田又得养蚕，哪有时间搭给游玩的官员呢，他又不敢得罪上司，便亲自拉纤，弄得崔大人羞愧难当。盐铁官征茶利，他说益昌人穷，再征就活不了了，如果怕收不到税，交不了差，那他就只好以自焚来明心志了。他亲自调解民间纠纷，三年中监狱里没有一个犯人。怪到，县衙里有那样一副让历史有一丝热度的楹联。

古代哲学认为，阴与阳是构成世界的基本属性。那么，光明与黑暗，兴与衰，成与败，生与死，便是在自然界中生存人类的全部人生体验。

一拨一拨的游人，卖旅游商品的居民，推牌九的老者，搓麻将的少妇，优哉游哉，从忙碌于田间转而等雇主上门，时光在流逝中嬗变，在潮起潮落中华丽转身。

被明王朝打压一生的文学家杨慎路过这里时，睹景伤怀，"分留余物色，朗咏惜高贤"。当然古渡最好的注解应该是这位状元公二十一史弹词中的《临江仙》，被后世整理评点者引入《三国演义》开篇，而贯古绝今。

古城唤醒思索，历史启迪睿智。

青山滴翠，菊花灿放，月季艳丽，巴山蜀水的容颜感奋着我。忙碌了一天的阳光，为大地投向最后一抹美艳，将余温留下来，把尘埃洗净。半山透明，古城身后光芒四射，嘉陵江、白龙江如二龙交尾，鳞光闪烁，城楼与青瓦房舍，沐浴在霞光中，人流在光与影中晃动。我们在夕阳里走向回家的路。路旁彩旗猎猎，盏盏路灯摇曳古意。

这不是回家的路，是在绵长的古韵中走向新世纪的辉煌之道。

红与灰

骨硬如铁的文人

去成都，朋友带我去游宝光寺，引起我兴致的是那些字迹遒劲有力的匾额和楹联，再就是对罗汉堂、千手千眼观音的好奇，舍此再也提不起精神。佛，太深奥，我无缘。友人见状，摇摇头，问我还想去哪里，我说你是四川人，拣有品位的地方去。他只好把我领到了桂湖。在桂湖第一次知道了园主人竟然是杨慎，我大步走至那尊迎风击浪的塑像面前，敬仰之情直扑胸臆。

恍惚间，鲜血斑驳的衣袍拂动了，昂起的脸上露出了倨傲的神色，那表情足以让逆佞魂飞，鬼神胆寒。这是在飓风般权势面前没有屈服过的那个高贵灵魂复活了。我想起了孟子的名言："难言也。其为气也，至大至刚，以直养而无害，则塞于天地之间。其为气也，配义与道；无是，馁也。"人活一口气，活得刚烈，败不气馁，这不就是人们常说的浩然正气吗！

要以色喻人的话，杨慎当属红色，一种昂扬的色彩。

杨慎，字用修，号升庵，四川新都人，与解缙、徐渭合称明代三大才子。

"大礼仪"是杨慎的劫数，也是成就杨慎文学家地位的肇始。

公元1521年明武宗朱厚照驾崩，没有儿子，由他十五岁的叔伯兄弟朱厚熜以外藩继承了皇位。按照封建礼制，本应过继给他的伯父，也就是武宗的父亲朱佑樘，可他不肯，他要尊他的父亲兴献王朱佑杬为皇考，遭到了杨廷和为首的绝大多数朝臣反对，张璁等人伺机迎合圣意，由此酿成了旷日持久的"大礼仪"之争。

那是一段暖不热的历史。

杨慎傻啊，他把自己的前途放在脑后，竟以一个从六品的小官与皇帝抗衡，只讲礼数，只讲道德。本来按普通老百姓的惯例，本家没有儿子继承，抱一个延续香火，被抱者要易姓，理所当然，再正常不过，何况将礼教视为圭臬的封建王朝；明武宗死了，没儿子继承皇位，按"兄终弟及"的明制，皇位传给他叔伯之子朱厚熜，是兄传弟，按常理朱厚熜也得办个手续，过继给正德的父亲弘治皇帝，皇权关系、父子关系、兄弟关系就顺理成章。可这小朱是正德死后由皇后及杨廷和等主要大臣扶上皇位的，别看他只有十五岁，他已经当了皇帝，再无后顾之忧，偏不认这个账，千方百计要将他的生父尊为皇考，是非就此发轫。

杨慎傻啊，他把一腔忠心用错了地方，用自己的生命作赌注，他不曾想到，人有千种，个个心不同，还有借此飞黄腾达的小人。像四十七岁才中进士在礼部做一个观政的见习官张璁、南京小官桂萼能放过如此良机？这时迎合皇上便是上等聪明之举。更何况这帮人也非愣头，举起"孝"字大旗，虽然牵强，然而正中皇帝下怀，也成了以求一逞者的救命稻草，皇帝保护自己的私利，大臣有大臣的私利，保乌纱，保性命，最终皇帝赢了，保皇派得益。

朱厚熜继位初，要给自己的父亲冠以皇帝的名分，他扭不过杨廷和为首的朝臣，暂时咽下了这口恶气。三年后，杨慎的父亲杨廷和被逼去职回家，以揣测圣意见长的桂萼、张璁见时机成熟，这年七月，再次上疏让朱厚熜尊自己的父亲为皇考，配享太庙。小皇帝认为时机已经成熟，有了反攻由头和溜须拍马的斗士，并立即升任张璁、桂萼为翰林学士着手反击（提拔名单中杨慎排第一）。于是二百多名朝臣于左顺门哭诉抗议，杨慎等羞于与张璁等人为伍，带头高喊："国家养士百五十年，仗节死义，正在今日！"在规劝无果后，专横暴虐的嘉靖愤怒了，分别给予下狱拷讯、停职待罪、停俸、当廷杖责。第一次当场杖死十六人，十天后又一次杖死一人。那是一个毛骨悚然的场面，杨慎竟然侥幸遭两次廷杖未死，被"永远充军烟瘴"。镇压了反对派，十八岁的皇帝将自己不是皇帝的父亲尊为"睿宗献皇帝"，正儿八经的皇帝朱佑樘屈尊皇叔考，明太宗朱棣随之改为"成祖"，可谓煞费苦心。这就是二十七年不上朝、被十几名宫女勒而未死的、造就了十个佞臣、包括严嵩在内四大奸臣、为腐败之风杨帆开道的嘉靖皇帝！

"大礼仪"事件，导致一百八十多人被贬职废黜。有八人永远充军，不可赦回，杨慎就是其中的一个。

三十岁的杨慎伤痕累累，草草包扎就被押出京城。尽管有爱妻相送，击碎了的心也难以捂热，他要预防他父亲杨廷和当政时裁撤过的锦衣卫冗员，以及张璁那帮人可能在途中的伺机加害。杨慎的担心并不多余，几次都机智地躲过了暗杀。隆冬时节，行至江陵，在一个凄风苦雨的夜里，杨慎再也难忍三寸金莲的长途跋涉，力劝妻子回新都老家。"征骖去棹两悠悠，相看临远水，独自上孤舟"。爱人远离，归期难料，愁肠九转，黄娥椎心泣血的也是"雁飞曾不度衡阳，锦字何由寄永昌"？

四百九十年前的云南宝山是蛮荒之地，即便如此，忙于炼丹，忙于荒淫的皇帝也不时惦记着老师的动向，每问及，阁臣均答，老态龙钟，病魔缠身，这才放心。因而朝廷六次大赦都无缘其中，年近七旬时曾回泸州短住，又被押回永昌。连明律年满六十岁可以赎身返家的规定都给剥夺了。足见阻挠皇帝意愿和极力傍依皇帝的新贵们是多么缺乏人性！

尽管有些权威找了好多理由为张璁、桂萼辩护，说那是皇帝的家事，可在那时朝纲是朝纲，父子是父子，乱了纲常便是违了礼制，故意把一个浅显的道理说得神乎其神，无疑是掺杂了个人私利于其中的，司马昭之心路人皆知。无论有多少理由，但总不能抹掉史书上记载的"帝益眷倚，璁、萼，璁、萼益恃宠仇朝臣，举朝士大夫咸切齿此数人矣。""璁积怒廷臣，日谋报复"。"而性狠愎，报复相寻，不护善类。欲力少师罗山而不名。""萼既得志，日以报怨为事。""性猜狠，好排异己，以故不为物论所容。始与璁相得欢甚"。世宗也警告过桂萼："卿行事须勉徇公议，庶不负前日忠。"连为人易以宽和，朝士皆慕乐之的费宏都说张璁、桂萼："璁、萼由郎署入翰林，骤至詹事，举朝恶其人……"张璁的三起三落，就不能说是别人打击报复他吧。举一个例子：嘉靖八年，二人由于恣意妄为，一度被罢免，所列罪状即是："其自用自恣，负君负国，所为事端昭然众见，而萼尤甚。法当置刑典，特宽贷之。"这句话的意思再明了不过，一则说明皇帝仍在庇护，二也说明，此二人也是人见人恨的角色。

杨慎的名气不在于二十四岁中了状元，而在于铁骨铮铮的人格魅力，管辖他的官员因此崇敬他；由于他学富五车，整理地方文化，文人雅士们都是他的挚友。

杨慎是幸运的,他虽碰上了"大礼仪"这个克星,但是失中有得,苦中有乐。人生被逼到了绝境,由此老天赐予他在文字里畅游的机会,他光大了一方文化,给世人留下了一笔丰厚的精神财富,比那些为权而争宠者活得光彩,赢得了历史的认可。

杨慎是幸运的,他在人生路上遇到了种种磨难,却始终以文为乐,是文字滋养着他的生命,是文字支撑他的信念,他把如草木一样一荣一枯的人生活出了精彩,比那些没有人文精神的壮骨者,活得潇洒,活得万古流芳。

滚滚长江东逝水,浪花淘尽英雄。是非成败转头空。青山依旧在,几度夕阳红。白发渔樵江渚上,惯看秋月春风。一壶浊酒喜相逢。古今多少事,都付笑谈中。

这是扬慎对世事的感悟。

如果没有《三国演义》电视连续剧,这首名为《临江仙》的词只躺在古典名著里,在历史的记忆里;有了这部剧作,这首高亢、豪迈、悲壮、深邃的乐曲便唱响了华夏大地。随之有更多的人知道了真正的作者是杨慎。

这是杨慎《二十一弹词》中的《秦汉篇》。一个皓首老者垂钓江边,历史的烟云像波涛一样翻卷:霸主间、臣子间,暗中倾轧,蠢蠢欲动,人与事犹如长江之水呼啸东流——"是非成败转头空";只有天地山川,日月轮回才是永恒。既有功成名就的失落、孤独,又有对名利的淡泊、轻视;既是消沉的又是愤慨的。他用简单的几句词便把纷繁的世事与自己的认知有机地结合在一起了。

那时他已经是一个垂垂老人了。他对人生对世道有了大彻大悟,"夜来今日又明朝,蓦地青春过了"。这是痛断肝肠、心力交瘁后的觉醒。"早悟夜筵终有散,当初赌甚英雄汉!"

我反复抚摩桂湖里的每一根桂树,看是否流下才子余温,我仔细观察每一处台榭与小径,看是否残留黄娥相思的泪痕。然而什么也没有,正应了:古今多少事,都付笑谈中!

杨慎父子在"大礼仪"中失败了,可引起了后世无限思索,有学者认为,"大礼仪"之争,首先是皇权与阁臣权利的斗争,张璁等人以"孝"为大旗,把嘉靖之父提高到与明成祖同等地位,皇权与牟利者沆瀣一气,自然皇权取得了大胜利,现在看来,它的深层文化背景似乎反映的则是,王阳明心学与程朱理学的斗争，这一事件是慢发酵，最终后果是，导致了嘉靖中后期内耗加剧，党争激烈，思想僵化和禁锢日益加剧。

其实，用一句大白话说，就是有权就有理；无理的斗败了有理的。

这次事件致使许多正直的大臣或死或引退，而佞臣却乘机窃取了朝政大权，使弊政重兴。

明朝是个混乱的朝代，没有几个像样的皇帝，明武宗硬是把自己玩死了，年仅三十一岁；大臣中也是小人多于君子，称得上君子的恐怕只有杨慎、海瑞、李贽不多几位了。嘉靖皇帝在位长达四十五年。四十五年间，造就了一个千疮百孔的烂摊子，出现了中国历史上少有的朝臣两极：大贪官严嵩，大清官海瑞。大清官和大贪官的同时出现，充分说明，社会的无比混乱，没有大混乱，清浊也不会如此分明。在此期间，大明朝遇到了空前的危机。蒙古人在北部屡屡入侵，构成严重威胁，而朝廷又拿不出有效的办法。东南沿海一带的倭寇，给当地造成了巨大的灾难，朝廷为平倭付出了沉重代价。庞大的军费开支、皇室的挥霍无度、官吏的普遍腐败、税制的混乱和瓦解以及接连不断的天灾等等，使朝廷财政危机日益加剧。对这些，嘉靖帝都没有使出有效招数，开始时尚能勉强应付，到后来干脆是消极对抗，甚至还一度把朝廷大权交给了严嵩。

难怪，当时就有民谣说："嘉靖嘉靖，天下已尽。"

杨慎的文学成就和人格魅力，引来无数褒誉。王世贞赞他："明兴，称博学、饶著述者，盖无如杨用修。" 纪晓岚更是推崇备至：杨慎"可以位置郑樵、罗泌之间，其在有明，固铁中铮铮者矣"。著名历史学家陈寅恪先生说："杨用修为人，才高学博，有明一代，罕有其匹。"

杨慎最脍炙人口的座右铭是："临利不敢先人，见义不敢后身。"经常有人夸耀他资质过人，而他却说："资性不足恃，日新德业当自心力中来。"最让人钦佩的是，不以罪身而颓废。云南地方官为了牟利自肥，动用四周八县农民修海口，连伤带病死伤万人，他仗义执言："海已涸矣，田已出，民已疲矣！"

杨慎一生最大的贡献在于哺育了云南一代文学新人，掀起了云南文学创作高潮，同时为世人留下了二千三百多首诗，一百三十多种著述，《明史》称他："明世记诵之博，著作之富，推慎为第一。"

"绿叶红英斗雪开,黄蜂粉蝶不曾来。海边珠树无颜色,羞把琼枝照玉台。"如果说《临江仙》是杨慎诠释历史感慨自身命运的完美杰作的话,那么这首《山茶花》就是他不畏强暴傲雪临霜品格的再现,那种"灿红如火雪中开"的傲骨嶙峋,那种玉树临风的高洁,正是他一生的写照。

有肉无骨长乐老

我站在桂湖,想着一代才子的厄运,唏嘘不已……杨用修是才子型的一类,还有很多忠贞之士,英雄之士,他们在国家危亡,民族蒙难之时,英勇不屈,气贯长虹,激励着一代又一代炎黄子孙。屈原、岳飞、文天祥、史可法、郑成功、袁崇焕、戚继光、夏完淳、邓世昌等为中华文明的延续谱写着一曲曲壮丽的篇章。可以说我们的民族是被英雄涵养的民族。

当然,林子大了什么鸟都有,也出过不少有肉无骨的卖国求荣者,五代时的石敬瑭,对北方的契丹称儿皇帝,人格丧尽,令人作呕!秦桧、张弘范、范文程、吴三桂,见风使舵,认贼作父,助纣为虐,骂名千古,他们被永远地钉在历史的耻辱柱上。

也有些人,说他坏,还有些亏了他,说他好人民会嗤之以鼻,而在他所处的当世,在各个营垒中,无论敌我友中都是吃香透顶的宝贝蛋儿。五代时有个叫冯道的人,他生于唐僖宗中和二年(882),死于周世宗显得元年(954),活了七十三岁,自诩和孔圣人同庚。

检索历史,没有一个人的混世技术如冯道者,也没有一个人能把人的禀性练就得如冯道那样炉火纯青,这是一个人性之谜、一个历史之谜。

倘若用色彩学角度衡量,冯道该属灰色。内敛,朦胧,埋藏个性,甚至干脆没有了脸面;心中无好人,也无坏人,无仇人,更无敌人,只要不危及自身,谁都可以握手言欢。

人们把东汉的胡广一生事六帝,"五作卿士,七蹈相位",誉之为"和事佬",窃以为比起冯道还相去甚远。

尽管冯道也曾劝后唐明宗悯农惜民,要有忧患意识,提议官方采用雕版印制九经,借此,有人为冯道辩护,我还是认为这与他一贯"张了张百姓,李了李百姓"的所作所为是微不足道的。

曾看到一位大家替冯道翻案，我为之愕然。如果脱离了当时的历史现状，用历史虚无主义去评价古人，说他是"以人类的最高利益和当地人民的根本利益为前提，不顾个人的毁誉，打破狭隘的国家、民族、宗教观念，以政治家的智慧和技巧来调和矛盾、弥合创伤，寻求实现和平和恢复的途径"。这样混淆是非标准去为历代史家不屑的人物歌功颂德，那是对历史的不负责任，对下一代人的精神污染。那么，主流价值观应该是什么，国家如遇危难，谁会为国捐躯？

照此，文天祥该是不识时务的余孽，而张弘范就是英雄了？我们歌颂袁崇焕错了，应该为范文程大唱赞歌？

我始终认为，冯道是不应该被褒扬的，他是一个不体面的典型。他把中庸之道用在为个人出人头地光宗耀祖上了，他的终极目标是：尽一切努力，保持"口无不道之言，门无不道之货"，把一生活好，"老安于当代耶！老而自乐，何乐如之！"

南宋刘因有一首名《冯道》的诗说："亡国降臣固位难，痴顽老子几朝官？朝唐暮晋浑闲事，更舍残骸与契丹。"这就是冯道一生的写照。

冯道先后任职后唐、后晋、后汉、后周、契丹五朝，历经桀燕皇帝刘守光、后唐庄宗李存勖、后唐明宗李嗣源、后唐闵帝李存厚、后唐末帝李存珂、后晋高祖石敬瑭、后晋出帝石重贵、辽太宗耶律德光、后汉高祖刘知远、后周太祖郭威、后周世宗柴荣十一个君主，三入中书，二十余年相位，最后全身而退，这不得不说是中国政治史上的一个奇迹。

这四个朝代都是靠阴谋与武力夺取政权的，契丹又是趁乱入侵的。除了个别皇帝还像个样，其余都有各种劣迹暴政，晋高祖石敬瑭更是靠出卖领土、引狼入室才当上儿皇帝的卖国贼。大多都可冠之曰乱臣贼子，或昏君暴君。

我们先回顾一下当时的情形：

黄巢农民起义军的将领朱全忠，在唐中和二年（882年）叛变降唐，被任命为宣武节度使。天佑四年（907年），他废掉唐哀帝自立，国号梁，建都开封。后梁建立后，朱全忠长期与河东军阀沙陀贵族李克用混战。乾化二年（912年）朱全忠被其子朱友硅杀死后，政局更为混乱。

后梁龙德三年（923年）十月，李克用儿子李存勖率兵攻灭后梁，建立后唐，定都洛阳。李存勖称帝后重敛急征，致使四方饥馑，军士匮乏，不久发生兵变，本人死于流矢。其继任者李克用养子李嗣源改其弊政，国家政治经济有了一定起色，但到第三位君主时国内相互攻杀重起。

后唐清泰三年（936年），河东节度使沙陀人石敬瑭以割让幽云十六州（今河北、山西的北部和内蒙古的一部分）、岁贡绢帛三十万匹和认辽朝君主耶律德光为父皇帝等条件，取得辽兵的援助，推翻后唐，取得政权，国号为晋，迁都开封。石敬瑭称帝后，为上贡辽朝加紧了对人民的搜刮，稍不如意，契丹主就遣使斥责。石敬瑭死后，其侄石重贵即位，他听从宰相景延广的建议，不向辽称臣，并准备武力抗击辽朝。公元947年，辽兵攻入开封，晋亡。石敬瑭割给辽国的大片土地，成为以后辽国南下攻掠中原的基地．北方地区的广大人民因此遭受了深重苦难。

当辽兵攻入开封时，后晋河东节度使沙陀人刘知远在晋阳（今山西太原）称帝。辽兵北退后，他又很快进入中原地区，在开封建都，改国号为汉。刘知远称帝不久便病死，侄儿刘承祐继位。刘承祐忌杀大臣，天雄节度使郭威起兵反抗，杀刘承祐而亡后汉。

公元951年，郭威在开封称帝，国号为周。公元954年，郭威死去，养子柴荣继位，周世宗柴荣在郭威改革的基础上，继续革新政治，发展生产，训练军队，并开始了统一全国的战争。

冯道正是生活在这混乱的五十三年间。《旧五代史》说："道少纯厚，好学能文，不耻恶衣食，负米奉亲之外，唯以披诵吟讽为事，虽大雪拥户，凝尘满席，湛如也。"这是冯道从父母那里继承的优点，这时他是一个努力补充知识，极力把自己塑造成一个德才兼备人才的阶段。

纵观新旧五代史，给我的印象是，冯道的做人准则是，本分中庸，保全自己，保住性命最重要，没命了还玩什么？遵循的是，活着就是幸福。

有付出就有收获，第一个看上冯道的人是燕王刘守光，当了个参军，可惜他反对其攻中山，被置于狱中，为人所救。这是他一生中第一次提反对意见。守光败，才逃回太原。这一次让他尝到了，反对一个人所带来的恶果，也让他悟出了在乱世中，保全性命的重要，循规蹈矩是根本，左右逢源是技巧，凡事以自我为中心考虑所发生或将要发生的事情。

好运往往垂青他，不久被唐庄宗监军使张承业收留荐为太原掌书记、户部次郎，充翰林学士。至此庄宗、明宗时均为宰相。在他生命的末年，第二次提反对意见，反对周世宗统一国家的战争，被周世宗拒绝，罚他去为郭威修陵，不久就病死了。可见，他是以自我为中心，没把国家民族的冷暖放在心上。

在冯道看来，没命了，没家了，一切都是扯淡。他的做官经验正像他自己说的："莫为危时便怅神，前程往往有期因。终闻海岳归明主，未省乾坤陷吉人。道德几时曾去世，舟车何处不通津。但教方寸无诸恶，虎狼丛中也立身。"

唐明宗死后闵帝即位，因调换明宗义子潞王李存珂与女婿石敬瑭防区，激起潞王反于凤翔，闵帝出奔卫州，他竟然率百官迎潞王，三次上表劝其称帝。

在唐闵帝蒙难时，他极力迎合新主子，这种失掉基本人性的举动，谁敢恭维？自然，冯道也会做表面文章，比如他在守父丧期间，住草蓬，济灾民。当然还有，臣服契丹后，耶律德光问："天下如何救得？"冯道说："此时佛出救不得，唯皇帝救得。"但这不能说明他有民族气节，与大节的亏损无补，像汪精卫谋刺摄政王载沣，曾经也是"引刀成一快，不负少年头"的热血青年，是辛亥革命的主将也不能洗刷他的汉奸罪名一样。

铁打的营盘，流水的兵，张家臣，李家臣，只要是个臣。此后晋灭唐，冯道又投靠石敬瑭，封为晋太尉、燕国公，契丹灭晋又去朝拜契丹主，当耶律德光以极鄙视的神态谴责他无状时，他无言以对，又问他："何以来朝？"他说："无城无兵，安敢不来。"这种无赖的话都能说得出来的人，还有什么做不出的？在他的《长乐老自叙》里就把他的抱负说得清清楚楚的了："顾以久叨禄位，备历艰危，上显祖宗，下光亲戚。"亡一个国，对他没啥，亡第二个也没感觉，亡第三个依然无所谓，亡第四个还得活下去。这样的人也配"在忠于国"。当石敬瑭作为儿皇帝派他拜见契丹父皇时，契丹主劝他留下，他回答："南朝为子，北朝为父，两朝皆为臣，岂有分别哉！"难怪司马光说他是"奸臣之尤"。契丹主责问他："你是什么老子？"他大言不惭地说："无才无德，痴顽老子。"

官员是管理国家的，有广博的知识，才能运筹帷幄，庄子曰："水之积也不厚，则其负大舟也无力。"冯道不是没才之辈，冯道自小从儒家那里继承了刻苦学习、俭朴孝悌的好性格，他满腹文章，"长于篇咏，秉笔则成，典丽之外，义含古道"。因此声振大江南北，连契丹人都素闻其名，想把他抢去。他把文化赋予世界和人生的意义及价值只用在了自保上，只有自我的人，就缺少气节，连气节都没有的人，还谈得上报负？所以，满腹经纶却成不了治国良臣，一生位极人臣，却无一政绩传世，当时就有人说他："道好平时宰相，无以济其艰难。"

人应该用德来统帅自己。人有德行，就是人的亮点，你周围会聚拢无数朝拜者。这就是孔子说的："为政以德，譬如北辰，居其所而众星拱之。"

秦桧无才？严嵩无才？正因为他们无德，才被后世唾骂。明代学者高攀龙曾说："吾立于天地间，只思量做好一个人，乃第一要义。"有一句古训叫作"人可一生不仕，不可一日无德"，也是说德的重要。

黑格尔说："一个人做了这样或那样一件合乎伦理的事，还不能说他是有德的，只有当这种行为方式成为他性格中的固定要素时，他才可以说是有德的。"

冯道一生之所以被大多数人不齿，正是由于他的自私，只有自己，只有家，没有国，这是对儒家传统的叛逆，也是道德的叛逆。造就这种性格的是动乱年代，国家大分裂。大动荡的岁月里，用时髦的说法是社会生态环境恶劣，政治格局被搅浑，文化伦理被打乱，道德受到冲击，他是这个乱局中的畸形儿，他一生只读懂了老子的，"多言数穷，不如守中"，无为之道和上善若水。

他一生与高尚无缘，与磊落无缘，与大无畏、大义凛然无缘，与"富贵不能淫、贫贱不能移、威武不能屈"无缘。生存第一的人，是不讲究廉耻的。廉耻能果腹，廉耻能给你什么？

我以为，"以史为鉴可以知兴替，以铜为鉴可以正衣冠，以人为鉴可以明得失"，在今天依然是不朽的名言。

森林·雨

早上起来,天沉着脸,出门四望,预计今天有雨。信步江边,不多时,果然下起了雨。起初是淅淅沥沥,头皮酥酥痒痒,温暖、舒服,雨点慢慢地变大,有力度地向头顶敲击,不由得步伐加快。你走得越快,雨下得越大,如倾如泼,犹似穿越瀑布,人像钻了个猛子,得摇摇头,用巴掌抹一把雨水才睁得开眼。入城,水漫马路,驾车族高傲地加大马力,积水横向溅来,体温也跟着雨水流失。黄绿花红的雨伞席卷而逃,没带雨具的涌向屋檐下、商铺遮阳伞下。

这雨让我想起小时候的一次淋雨经历。那时遭自然灾害,饥饿是主题词。生产队在山上树林边缘种了一些山麦,以添汤中黏度。收麦时男女老幼争相参与,生怕落下分不到几斤山麦润肠。和我同样大小的孩子们也去了,想挣回点麦粒。那天午后,老队长说:"后山起黑云了,要下雨!赶牲口驮麦子的把几个娃娃领上先走。"父亲给我拾掇了一小捆,说有二十斤,让我背回去,叮嘱我不要离骡马太近,也不要走在最后,灵性点,我边答应边跟着走了。

从山上到下一个村庄全在林中行走,路很陡。没走到一华里,雨就来了,而且雷鸣电闪,不一会儿就浸湿了全身,麦子淋上雨,重量增加,举步维艰。路是两面高中间低,雨水汇于凹槽,脚后跟蹬在水窝里激起浪花处,方能踩稳一步。大人们倒过身连背上的麦子一起,抵住骡马的头,骡马前蹄子寻找落脚点,后蹄子跐跐挪动,划出一道一道长长的印痕。我们几个在后面,即使抓住路边树梢,也少不了跌跤,但凡跌跤都是仰面朝天,有时候大人们会喊一声,小心点!幸亏是下坡,背上的麦子做缓冲,摔不疼。也许是夏天,也许是全身用力,热乎乎的,聚全部体力和神思与滑路搏斗。终于滑到了村庄,路的坡度减缓了,人也给挣扎乏了,背上的麦子压得屁股生疼。那一次我们一行人包括骡马都被泥巴糊满，像穿了土色铠甲的败兵。

我在森林里长大，听母亲说，如果后山有个叫黑山湾的高嘴上罩上云，准定下雨。倘若有雨，风便会提前来助威，我们叫白雨。雷声一过，天空会突然睁开一道不规则的眼睛，照得黑暗里突然通明，林中的树木也嘎巴巴地和风一起营造恐怖。白雨说停就停，只要雨停，依旧是晴天；天阴了慢条斯理来的雨，叫黑雨，会绵绵数日，农谚说：七阴八下九日晴，要是九日不见晴，初十还有一早晨。

森林是一本很难读懂的书，不过对于农民，再难懂也得读，因为要生存。读懂的人说雨和风是自然现象，同时也是人类的养料，森林就是雨的产房。当然，有时太大太猛或许就是产前受磨难，人间因此而会遭殃。

我的家离森林远，是半干旱区，龙池山顶罩上乌云，就下一次黑雨，能管十来八天，庄稼不会缺雨少墒。后来渐渐地，那经常罩云的山也在蓝天下轮廓分明了，下雨的日子拖后了，再后来黑雨少了，白雨多了，洪水也不时降临。有一年发大水，有几个村民因此而付出了生命。洪水过后，我问过老年人，他们说，从小到老，没出现过持续的旱，也没发过这么威猛的暴雨。我问啥原因，他们说，明摆的，树砍光了，将啥招云布雨！

我上了一次后山，去我背过麦子的地方，那里已不见了树木，全是沙石梁，又到我儿时待过的地方，难以想象，除了洋芋地、木香地就是杂草，辨不出当年景象，难怪，太阳暴晒之后，大地忍受不了了，就发脾气。

科学家说，全球气候变暖，不时有洪灾肆虐，除了厄尔尼诺现象之外，南极洲和格陵兰岛冰原不断消失，北极地区的结冰时间越来越短是诱因，但是，还有一个重要因素，应该与全世界一半以上的森林遭到破坏，人类碳排放量与日俱增有直接关系。

我记起了卡逊的话："地球上生命的历史一直是生物及其周围环境相互作用的历史……仅仅在出现了生命新种——人类——之后，生命才有了改造其周围大自然的能力。"

人类是自然界最大的威胁。

其实，森林和父母一样，当他们健康的时候，人们忙于各自的前程，对他们漠不关心，甚至安享给予；当自己遇到不顺或坎坷，便会立刻寻找父母给自己温暖，把他们当作靠山。

忘却了森林就等于忘却了人类自己，森林是地球上生命活动所需能量的基本源泉，森林代表了一种生态基础设施，最直接的是净化水质，巩固土壤，调节气候，从而避免洪水，帮助地球维持生态平衡。

天育万物，地佑生灵。

因此，敬天畏地该是人类的本分。

山月惊梦

一

　　谁说山写满了"穷"字，谁说山浅薄、单调？大谬也！我从学步起就在山林里蹒跚，吃草莓，看花开，听野鸡叫。我爱山，它深厚，雄伟，高大，富有，纵览天下。它还是众水之源，众林之源。比如家乡的摩天岭，"景昃鸣禽集，水木湛清华"。因珍藏大熊猫、金丝猴、羚牛而全球聚焦。

　　人类最大的悲哀莫过于肢体只会前行，不能后退，仅给了头，一个无限思考和有限转动的机制。我在想，要是头也转不了，头上的眼睛顾盼不了，麻烦就大了——

　　大自然在极度发达的科技和生产力面前，色彩渐渐暗淡；剧增的人口，过度的索取，让和谐相处的天与地出现摩擦。人类发展面临挑战，由是，智者开始呼吁，寻找永续利用之模式！继而，划出部分原始地形地貌、森林生态系统、物种群落生境为保护区，以供研究。我有幸曾是其中一员，偶尔翻翻当时的巡山日志，其中一则连做的梦都完整地录入了，所见所感历历如昨——

　　摩天岭的羚牛，家族兴旺。

　　秋末，草甸为喜欢群居的羚牛准备了最后一道佳肴，饱餐后，依次下移，收缩奔波范围，采向阳、背风、近水、少费体力处过冬。每年春秋我们都要去巡查它们的活动状况。

　　羚牛为大型稀有兽类，分布于中国、印度、尼泊尔，被列入濒危野生动植物物种国际贸易公约 II。其性，凶猛异常，蹄踩群山，纵横峭崖，独领山林风骚；其貌，马头驴尾，似羊，像牛，角粗且后旋。除有观赏价值外，它的角还可入药，平肝气，清热镇惊解毒，治内热、头痛、眩晕、狂躁等疾病。

从县城到保护站轻松一天，第二天到林缘小村——七信沟，一则检点进山行装，二来雇请向导，也无乏气。三日拂晓，一行十一人，循牛羊小径出村，不足里许便钻进绿的迷阵。有人带路，不愁摸不着方向。林下行走，青枝翠蔓，蒙络摇缀，参差披拂，润目舒心。负氧离子挤走了胸中块垒和大脑褶皱里的纤尘，像电脑经过一次查杀，网速倍增，灵便自如，病毒被隔在防火墙外，"心凝形释，骨肉都融"。随向导越壑，涉水，抓竹梢上冈，顺灌丛下坡。晚间，扎营三面环山的溪水边。这一天，走的路多，并不显累。躺在石崖窝里，摆古今，谝逛话，喝白干，一首山歌，一曲小调，一个趣闻，一阵笑语。观"林壑敛暝色，云霞收夕霏"，听溪流汩——汩，树叶簌——簌。

又一个清晨来临，林梢边泛起鱼肚白，混沌初开，晨曦乘机打破了清一色格局，飞云跑马，霾散雾去。黎明即来，昕旦便濡染出了内红外紫的霓云。一千七百米海拔，是生物丰富且密集的区域。动物出穴，植物向阳。针阔混交，竹林、灌丛共生，序自天成。那些沉着的青松，暧昧的松萝，倨傲的荆棘，高洁的竹，兴奋的黄杨，调皮的葛藤，含蓄的杜鹃，泰然的苔藓，欢乐的蘑菇，静雅的兰，以及果实压弯了腰的猕猴桃、苦糖果、赤飑、商陆、火棘、小檗，朱红杏黄墨青争妍，胜玛瑙赛翡翠，清新、洁净、晶莹。一番拨枝避淖，不经意一脚踏断枯枝，咔嚓——清脆嘹亮的声波回荡在密林。一只毛冠鹿慌不择路，窜过眼前，头一歪，刹那无踪；一席空地上，抢先聚于旭日下的红腹角雉、环颈雉、锦鸡，嘎……嘎嘎……声嘶力竭挣命地啼叫，森林炸开了锅，沸腾起来。扑棱棱，飞的飞，藏的藏；鸟儿也啁啾着，翙——翙——逃逸。

人多，一路有说不完的话题，看不尽的山水，没觉着，绕来绕去走到一处绝壁前，山溪聚成狭长的一泓潭水，碧油油，难测深浅。向导说："在这儿上山，大家快脱衣服，准备蹚水爬崖。"我傻了，扫了一眼石壁，估计横长在千米以上，七八米、五六米高度不等，这儿算是最低，且大约五米处崖缝里长就一棵锄把大小树，身边的岱平见我惴惴不安，说："好的，有我呢！"第一个下水的是向导，一手擎衣服，一手划水，摇摇晃晃到崖壁下，在靠崖壁一丛树梢里抽出一根五米长短带钩的树枝，挂在上面小树的根部，顺竿爬到小树处，他怕人多重量不一，把小树带翻，找好蹬脚凹槽，背贴石壁双手拽树枝，为爬石壁者给力。我问："谁的功劳？"岱平说："就是那位周哥！"

众人效向导脱掉衣服，把行李顶在头上，艰难地在水中挪动身子，再一个接一个紧抓垂下的树枝往上爬。上去了的穿衣服，接行李，拖的拖，拉的拉，配合默契。我脱掉裤子，岱平背我过去，上面有人拖，下面有人护，腿虽沁在水中，心里是热的。

迂回转折，汗湿了暖干，干了浸湿，渴了，掬一捧山泉，饿了，啃一口干粮，乏了，抬抬头，伸伸腰，迎一缕轻风，呷一口植物流香。离顶峰不远了，有人提议稍事休息以利冲刺。歇气的地方斜躺个坍塌窝棚，茅草中露出几块烟火熏黑的支锅石，显然藏身过盗猎人。在欲望放飞的今天，再高的山也无净土可言，可可西里、喜马拉雅山，概莫能外。同伴说，他们就在这山的另一端，一次调查中，和盗猎者撞了个满怀，人赃俱获。

人类依赖动物滋养的岁月早已过去，然而在边远山区，靠山吃山，猎杀动物、刀耕火种的生存方式仍未绝迹，在渴望温饱的同时也在做着发财梦。结果是，豺狼虎豹鲜见，岩羊鹿麂无踪，善于空中列阵的大雁已不复往还，麻雀、乌鸦、喜鹊，也少有鸣哇、叽喳，不缺的是老鼠，还有挥之不去的苍蝇蚊子。时至今日，大小餐馆、酒楼、饭庄，仍不绝以野味赚利者，供尊者享用，富者大快朵颐。

我国目前有近二百种特有物种消失，近两成动植物危在累卵；全球范围内，每小时就有一个物种死亡。一种生物灭绝便有二三十种接踵殒命。生物数量锐减，意味着数亿年编织的生态链断裂，系统经络阻塞的阻塞，脆弱的脆弱，坏死的坏死，代谢功能紊乱，导致一系列物候失衡，人类的生存危机也就尾随而来。究其原因，一是工业污染，二是索取过度。如果，一些动物、植物仅存名录，人类也就处在一个大规模灭绝的序幕中了！

我忽然有种孤单感，有种暗暗的疑虑。如果说人类的享乐是惰性演变的话，人只能与机械为伍的时代该是多么可怕啊！

千万种生物与人类共存共荣，千万种机械将人类吞噬。

太阳和我们执手告别时，我们站在了山巅巉岩上。

脚踏在黑褐色裸岩上，宛若骑在一匹骏马背上，鬃毛飞拂，昂头嘶鸣，竞奔天外。

松林在下，如雄兵待命，青草如茵与云共舞。

天也敞亮，心也敞亮。

脚底祥云，身披彩霞。

风光万里，浩气灌顶！

夕阳扯起五色旗帜，绚丽了西边天空，橙的一簇云，边缘透下红光，像一团燃烧的火焰；紫的一坨云，缝隙里喷射一道白光，湍瀑倾泻。风助推浓淡不一的云急速组合。猛然间，草地与松林相交处，蹿出四五只羚牛，紧跟着十来只，再是三三两两，有大有小。我们居高，目测不到百米，羚牛在下，或边走边吃，或奋蹄撒欢。这一幕，让精神扬帆，疲惫顿消。心醉了，人痴了，陶醉到了眼疾手慢，痴到了摄像机、照相机成了道具。兴许是羚牛嗅到了人的异味，眨眼，狂驰起来，速度之快，令人惊讶。

调查数据显示，这一带的羚牛，大群五十来只，小群小到五六只，眼前的算是中等群落，自由、祥和。真不巧，刚才还是暮色斜阳，刹那竟成阴风怒号。羚牛前突后簇，携云穿雾，迷离惝恍。

那一刻，是现实世界与隐秘世界交替的时刻。从南面山下就地卷起的雾，如溢了盅的牛奶，漫上山间，我们被淹没其中。羚牛不见了，遗憾散落在风云戮力中。

众人协力，找树枝，绑扎撑杆，搭过夜工棚。不及完工，轰隆隆——头顶滚过阗阗雷声，一道不规则亮光将长空撕裂，霎时，褐云灰云乌云相互砥砺，碰撞出大雨瓢泼。我们蜷进棚内，一边修补蜗居，一边承受自然界发怒时的惊天动地。

棚顶漏雨，雨点漂在脸上，乍惊乍凉，只好闭目塞听，人为刀俎，我为鱼肉了。山风摇晃烛光，烛光哪来招架之力？雨的步伐急促，时间放慢了节拍。人与时空的距离遥远而飘忽。

摩天岭上最不缺的是朝云暧叇，暮雨霏微。可这雨，却来得不是时候，遮盖了群牛吃草图，搅乱了与中秋圆月的面晤，怀揣的好心情，化作妄念，使白昼变短，短得无法量其尺寸；使黑夜变长，长到更漏失灵，仅剩怃然！

又是一阵急雨，唰啦啦……唰啦啦……

激越过后，沙沙沙……沙沙沙……软绵绵地轻抚疲惫的神经……

在一片灰蒙蒙的荒漠里，没有树木，没有草，总之，没有一点沾绿带色的植物，也没有人，只有沙砾、石头。空寂，无限的空寂。身体原本的温暖让寒意赶走，想回家，找不到路，孤独，焦急，恐惧，我被所有的生灵抛弃了？

风刮来,沙子打在脸上,石头栽跟头,我也踉跄。这地方多可怕啊!我像无头苍蝇,向西无路,走东有险,打团团转,绝望地叫,叫不出声,哼哼唧唧中,被同伴推醒,问:"魇住了?"我长吁一声,抹了把汗,将梦中情景说了一遍,他说:"日有所思,夜有所梦,白天我们谈论河西走廊的景象在夜里重现了吧。"说话间睡袋上有道耀眼的白光,带着凉意,嗨,月亮出来了,看月亮去!一下子,心中充满晶莹。

我们爬出帐篷。一股凉风,一袭寒意。月亮给失望中睡去的人们投来光辉,我也邂逅了迟到的月儿。放眼宴眠中处女般的森林,欣赏三千六百米高山未曾玷污过的月光!妙绝,妙绝!"皎如飞镜临丹阙,绿烟灭尽清辉发"。明月率领星星,在汗漫无边的夜里俯视人寰。银波洒满山峦,充满诱惑,充满诗情。洁白的玉盘悬在半空,清爽、温柔、婉约。"气融洁而照远,质明润而贞虚,弱不废照,清不激污"。天然的美,恒定的美,令人感动不已。

难得有此机缘,避开纷繁杂乱,也难得在思想深处有一刻留白,暂不想家运世情,人情凉热,也不想平时的矛盾纠结,让生命里的艰辛、付出、不快,随风而去。让月辉涤荡心灵,回归到童稚的单纯,接纳自由、旷达、超脱。

站在夜的摩天岭顶上,黑与白构成一帧巨大图画,山脉错落,泥丸腾浪,天亦阔,地亦广;那些江河溪流,沟壑平川,岩深岫险,入霄崚嶒,云朵忧悒的阴影都被浩瀚包容,一切都是那样简洁、含蓄,不亢不卑,不张不扬。人多么渺小!像一粒沙子附在其中。不期大前天刚进山时的一幕浮现眼前:向导给山王爷焚香、化纸、杀鸡,虔诚跪拜,默默祈祷,我问:"你们平时进山都这样?"老周说:"这山硬,必须的!"当时我陷入难以名状的沉思。此刻,我初有所悟,那其中包涵着人类对家园的爱戴与敬畏,也是从蒙昧走向文明漫漫征途中受惠于山林的人们潜藏于内心深处的感恩啊!

沉溺在静谧的月色中是一种享受,而动中的月色则更令人遐思无限。一次坐夜间航班,也是月夜,那月亮,悬挂九重之下,游于波涛之上,干净,利落,缥缈神秘。月亮在前,飞机在后,一个穷追不舍,一个岿然不动。东方欲晓了,两者相距依旧望无际涯,不由人产生了"嫦娥孤栖与谁邻"的伤感。

我没有坐过海轮,观海上生明月,那感情该是奇妙无比:月亮在深蓝的穹窿下,有星星拱卫,海水滔滔,云追月,星伴月。天之下,水之上,热烈呼应。同样不见人间烟火,可那种活力无限该是多么感人啊!

我伫立在溶溶的月色里，凝视着圆圆的月亮，恍惚每一条射线都挠在某个情感的穴位上，那一丝置身物外的情愫被银光撬动了，牵牵挂挂萌生了……天国的父母，远去的故人，记忆深处的朋友，还有妻子儿女……此时，他们是否也在翘望？

月亮磁石般吸引我的目光，明知眺望无益，也不肯移眸他处。虽然，天亦淡定，地亦淡定，月也淡定，可心中燃烧的期望之火在沸腾在燎原。

古人凝视月光，神思飞扬，《淮南子》里说："羿请无死之药于西王母，嫦娥窃之以奔月。"见不到妻子的后羿，望月，祈月，寄情于月，成了炎黄子孙的共同情结。蟾蜍、玉兔、桂树、吴刚……反复出现在典籍里。实际上，千百年来人们在和自然的对话中，月亮成了感情、憧憬、愿望相托的载体，也成了人们内化于心的图腾。

今天，嫦娥与后羿终可分钗合钿了，人类多次派使者去广寒宫小坐，尽管那是块冰冷的大石头，但这块大石头，宇宙离不了，地球离不了。说不定还能在不影响月球环境的前提下建个卫星通信基地什么的为人类未来发展派上大用场。

站在夜的高山上，我不禁想，这广宇间，除了月亮、星星、大地，到底还蕴藏着些什么？

其实，屈原早就叩问过："天何所沓？十二焉分？日月安属？列星安陈？"

我们的祖先，从未停止过对日月盈昃、辰宿列张的探索，在实践中推算出了二十四节气，为农耕文明做出了卓越贡献。天与地，月亮与太阳，昼与夜，衍生阴阳，进而产生了一门独具哲学内涵的《易经》，中医就是以易学中的阴阳五行作为理论支撑的，其智慧为民族的体魄调理做出了不可磨灭的贡献。

《易经》不仅在我国的医学、哲学、军事、武技、艺术、天文、历法上都有重大作用，而且影响到世界科学领域，德国一位数学家发现《易经》中的六十四卦排列与自己创造的 0 至 63 的"二进制"数学相同，成为以后计算机的基本原理。著名心理学家荣格说："如果人类世界有智慧可言，那么中国的《易经》应该是唯一的智慧宝典。"

"乾道变化，各正性命，保合太和，乃利贞"。仰视这万复劫难的宇宙，犹闻山峦之上皓月之下，擢发难数的精魄们在无言呐喊，我由衷地发出：伟大啊，宇宙！

月光无声，大地无声。

地球繁衍人类，太阳，使地球万物生长，月亮，使地球平衡。她们谨守数亿年的相知相识，携手同行，给所有地球生物以福祉。

可想，待到玉兔西坠、金乌东升时，又是一个多么明媚的景象啊！那么，在宇宙和谐的空间里，星球之间发生点什么，具体到太阳地球与月球间发生点什么，地球自身发生点什么，都会酝酿成灾祸。这灾祸直接受害的是地球生灵，最敏感的当数人类。因为，"人以天地之气生，四时之法成"，天地日月的变化，地球发生的变化，无不对人类生存构成影响。

就这个意义讲，人体同样是自然界精心构建的一颗颗小行星。

天体要平衡，地球要平衡，地球上的一切都要平衡，人的肉体要平衡，精神要平衡，小失衡，小灾难，大失衡，大灾难，同样亘古不变。

啊，万物之灵的人啊，请在温馨舒适的安乐窝里、在向城市结集的路上，将高贵的头颅常常转动，最好向后回眸一下，看看我们的身后，增加点忧思，关照关照太阳下月亮下的高山、流水、鸟鸣，想想生命与自然为什么会如胶似漆吧！

寻梦白马河

走进白马河

　　白马河，一条绿莹莹的曲线，从文县城西山地里流来，流出了久远，流出了万古。千山挺立，万木争荣。贫瘠的土地里生活着白马人，深厚的森林里栖息着大熊猫。山，是他们的后院，林是他们的屏风。昨天是蛮荒，今天是净土。悲伤杳杳，歌声扑面。

　　汽车逆白马河行驶，迎面而来的一草一木与历史的零碎册页不断交织、叠印……

　　公元581年，持续了几百年的战乱终于结束了，以中华民族空前的大融合告罄。

　　那时正是五胡中一个叫氐的民族最后一个地方政权灭亡后的第二年。此后，这方土地又有两次少数民族入主过，头一次遭受吐蕃横扫，第二次遭蒙古兵杀戮，还有李自成农民军骚扰，吴三桂反水后的掠地。又有白马河番民不断反抗朝廷不断被镇压的惨烈。没有平静的生活，只有倒悬的心。因此他们刀不离手，翻穿皮衣，随遇而安。他们背倚的是山，相伴的是熊，多见的是乌鸦，少见的是喜鹊。他们的舞姿是愤怒的发泄，歌声是凄怆地诉说。他们把所有的恩怨情仇凝结成"池歌昼"。

　　历史的长河流到二十世纪六十年代，在新中国建立十五周年的北京城里，一位伟人询问身边的尼苏：你是什么民族？问话者不经意，被问者一时懵懂。返回家乡后，乡亲们坐不住了，不断地问自己，我是谁？我们是谁？竟然无名无姓。他们被折腾疲惫了，疲惫得进入梦魇，一梦，十四个世纪！除了大山，除了自身，别无他物。

他们不能不明不白地活着，他们要释梦，他们必须释梦！他们的诘问唤起众多历史学者和社会学者，目光聚焦四川平武、南坪、甘肃文县的大山深处。社会学家说话了："平武藏人在历史上并非藏族的可能性是存在的。"啊，这难道是天地轮回的约定？

清风微微吹拂，坡坡坎坎上绿色渐淡，山顶上撒下一簇一溜红黄，在成熟了的灿烂里有一丝苍凉蔓延下来。一丛丛路边野菊开着带苦味的黄花，摇曳笑脸，活泼得可爱。河水撞击卵石，一个冲，一个挡，哗啦啦，哗啦啦，奏着激越的天籁交响。

这河，在当今地图上标的是：白马峪河。她跌跌撞撞了几千年，呓语般嘀咕了几千年，呻吟了几千年，笑声少，唏嘘多。

这河，本应叫白马夷河，现代人图方便，省去了一个"夷"字，也从无意中忽略了一群人，淡化了对一个民族的记忆。

民间的口语没有被抹去，对规范了的地名置若罔闻，"白马夷"一语还顽固地不离嘴边，难改其口。

看起来是一条清凌凌的河，一条有青枝绿叶相拥的河，一条急于见到大江大海的河。其实，是一条沧桑的河。它也会发怒，而且怒不可遏，墙倒房摧，山垮石飞。

这河，在沉寂了千年之后，终于露出了笑颜，笑得杨柳春风，笑得青山点头。一个浅浅的酒窝就藏有一个故事，一个眯起的眼缝、龇开的唇里就是一出悲剧。

傍依河水的公路，弯弯曲曲，连缀梦里的山寨。山山岭岭，逶逶迤迤里，住着的便是那些与名讳不符的人。他们心灵深处只知自己是白马人，历史把他们遗忘了，也搞糊涂了，而他们依然顽固地坚守着。

日出而作，日落而息。

狼来了打狼，虎来了撵虎。

忍无可忍了，也磨刀提斧。

池哥昼跳着，舞动着前世今生。

歌儿唱着，诉说根与脉，枝与叶；给他们的后人留"话把"，晓谕根生历来，以传承以发扬。

白马河流域的守望族们，不藏，不羌，不汉，语言独特，服饰美艳，习俗古朴，陇上一绝，华夏独有。

沙嘎帽戴着，为的是感激雄鸡的一声高叫。

历史也说：文县，古为阴平道。县有蛮夷曰道，道居蛮夷者：白马夷。

历史让我们幡然醒悟，始知平时的口头语"白马夷河"是准确的，也是化石般的证据。

切开一个断面，查看氐族年轮，至少在西汉时，文县就是氐族家园。最兴旺的岁月，当数南北朝。那时，他们趁五胡乱华，衣冠南渡，也借机把阴平道、阴平郡营造成了阴平国。

他们灵活应对，国势衰微时就势为国王，为郡主，在乱世中求生存，得紧跟一个"乱"字，于是便有了一路进取，一路流亡，推来搡去，投南靠北，到北离南，能屈能伸，君王的瘾也过，刺史官帽也戴。

世道一乱百年，甚至几百年，他们在其中起伏沉降，搁置过多少可歌可泣？

急风暴雨后的戛然而止，留下一长串省略号，里面藏匿多少谜语？

他们是怎样穿越千年的？

白马夷河与白水江相交处的阴平大城，这些曾经战国时氐羌据焉的地名，历永嘉之乱，被一句"自后氐羌据之，不为正朔所颁，故江右诸志并不录也"，变得扑朔迷离；又经后魏平蜀，隋末战乱，唐季一统，吐蕃东进，再动乱……留下了白马河畔的肖家山、迭部寨旧城、薛堡寨的毛安城……也留下了一些驻扎、防御、瞭望、传信的地名，曰堡曰寨曰墩，充满警惕……

《水经注》里说："又有白马水……而东北注白水。白水又东迳阴平大城北，盖其渠帅自故城徙居也。"

那是北魏人留下的注释文字。

我们来到阴平寨，我们来到旧寨，我们来到铁楼寨。这些寨，至少是南北朝留下的遗迹，尽管白马人现在眺望于山梁高处，一个"寨"把他们的家园铁定给了白马人，汉族是外来户。这里有过白马人筑的城堡，也有朝廷钦定的县治。

我仿佛看到了时光深处的忧伤，听到了阵阵马蹄声，在岁月的烟云里回响。

白马人，在一片喊杀声中突围出来。我感到了阵阵寒意，激烈的你死我活的血流成河的失妻丧子的……我不敢想了，一想就惊悸。

丧失了家园，丧失了河谷，丧失了话语权，任人宰割。

一句沧海桑田，盖过了他们的辉煌，他们的种属，却没有盖过伤痛。

史家笔下，他们成了白马番、白草番、文州番、白马夷。虽然，正朔不颁，诸志不记，唐宋以来他们仍在不屈地抗争。

宋至和元年（1054年）三月，文州番入寇；熙宁八年（1075年）七月，文州番入汉界；淳熙二年（1175年）寇文州；庆元中（1195~1200年）寇文州；明崇祯八年（1635年）马百户毛安部番反，守备张兆勋战死，文武官弃城而走；次年，白马峪部番叛，旧寨以东民俱入城；清顺治三年（1646年）八月，白马峪马总、胡登旺等袭入上城，紧接着中路杨挺、刘口、上丹堡田自珍、姚大文、哈南寨李旺等一时俱叛，官兵征剿，死伤无数；咸丰十一年（1861年），史称"辛酉之变"，南坪营番部欧利哇围南坪城，复与白马峪班银鱼子为盟反清，文县县令常毓坤抵铁楼寨被俘，三日得救。官家用尽解数，一面招抚，一面训练团勇，一面向上求援，从固原、定西调来二千多兵士征剿，前后一年有余，始平定。惧怕、战栗与他们不弃不离死死纠结。

苦矣哉，多灾多难的民族！

案板地

有一年，大熊猫受灾，我进山慰问救灾队员，路过一个叫案板地的白马山寨。时值初冬，坡陡峭，路崎岖，空中飘着雪花，大地庄严肃穆。案板地与石门沟村相连，上下呼应，一村近林，一村临溪。山垭里奔来的溪水不知疲倦地为人民服务，将几轮水磨冲击得卖力旋转。磨面的白马藏族妇女有出有进，鲜艳美丽的服饰，经面粉喷染，饰纹朦胧，素雅贞洁，愈见韵味深邃。刹那间，一曲女高音，以绝对优势盖过叶轮和石磨轰响，飘逸出清脆且略带忧伤的旋律，感心动耳，沁肝入肺，怡情悦性。

我不唱了心里急，
唱了三声泪下了。
我在山上三天了，
最苦的日子都忘了。

> 双轮磨里磨面哩,
> 石头打得乱錾哩。
> 你把石头慢些打,
> 贪花还在半夜介。

与乡村隔膜久了,聆听这么纯粹野趣、有情有爱有惆怅有悲凉的山歌,让人感慨万端。这分明是千百年来,备受歧视与罹难的民族,从心底发出的悠悠诉说和对生活的无限向往啊!

那时,我对白马人一无所知。

那时,白马人还未真正走出历史的天空。朋友张金生欲将白马人颠扑蹉跌的古,扬眉吐气的今,择其荦荦大端,编一套《白马人民俗文化图录》,留给白马人,留给社会。张金生是一位文化自觉者,文化抢救者,也是一位热爱家乡的官员,与浮躁的打造某某无关。一个秋日他邀我同去白马山寨,第一站就是案板地。

坐乡领导的自驾车,溯白马河而上,在一个叫小沟桥的地方拐入另一条溪流。溪流不大,却比白马河有声威,可感自然伟力,可品原始野趣。雨后初晴,这一方山川明媚得惊心动魄。大部分庄稼已收割,剩下的是晚秋作物。山林熟透了,绚烂得如朝霞辉煌晚霞飞度,灌丛中细碎的小花,比春天娇胜夏天艳。离村不远,两寨之间的崖窟里喷泻出一道白练,环绕紫红色"云瀑寺",而后垂挂于百丈悬崖,宛若银河洒落。其声湍湍,如银瓶乍破,风雷怒号;其声潺潺,如琵琶弹唱,似观音阁里钟声回荡。

瀑布落地,归于树荫深处,那些经年转动的水磨,依然支撑在古老与现代的交接口,眼巴巴瞅着兴高采烈的溪流带着一团团浪花奔向清晨的白马河。时空转换,水磨,已无人垂顾,憔悴地站在山寨之外,长满青苔的渠道里还有些剩水,无声地喏嚅着,像是蓬勃日子过后的回味,又似暗自叹息。

我走向山寨高处凝神静睇:熟悉的陌生了,陌生的又似曾相识。昔日是板屋柴扉,篱笆围栏,褐土墙,蜡黄的挡风竹笆,泥淖淤巷,蚊飞蝇舞。门对的山峦苍茫,背依的森林幽深。白天熊猫进寨做客,夜里野猪隔院嚎叫,啄木鸟敲击出单皮鼓般的鼓点,喜鹊翙翙,锦鸡嘎嘎。小径上遍覆叶屑,出栏的牛羊踉跄奋蹄,把残叶弄得纷纷扬扬。我似乎隐隐约约看到了"排其种人，分窜山谷间"时，那些拖儿带母的回望和惊恐的身影……俱往矣，眼前的寨子，容光焕发，平平整整的水泥路伸向家家户户，听不到牛哞哞，鸡咯咯，也无猪崽唶吱唶吱挡道，更不怕群狗上蹿下跳，汪汪狂吠。人有厕，畜有圈。静静的，净净的。浓绿调色板中掺入白色，焕然生机。一律二层砖木结构青瓦房舍，一家一院，疏离得当，传统又不失时尚。红红的苹果领首，黄澄澄的玉米棒子笑脸迎人。未变的是那几棵老槐树，依旧是逝水年华的刻录者，出寨入户村民们的守望神。

村长领我们去用午餐，走进院内，从房屋改造的旧迹中，恍然想起我在这家住过一夜。只是屋檐下，让屁股蹭得光溜溜的石头和石头上衔旱烟锅的老阿婆老大爷，还有那一张张饱经风霜的脸——没有了。黢黑厅堂，火塘，鼎锅，三脚，吊链，以及老阿妈独有的座位——不见了。代之以敞亮，几净，瓷砖铺地，沙发，电视，功放机唱响时代欢歌。我的五脏六腑被搅动，激情畅扬。

午餐是鸡肉、熏腊肉、山野菜，五谷杂粮泡酒。主人换上簇新礼服，顿觉满堂生辉。一直陪伴我们的乡干部，即兴唱起酒曲，热烈嘹亮的嗓音萦绕屋梁。当小伙儿，头上白鸡翎子拂过的那一瞬，神情立刻肃然，一组悲壮镜头渐次映现：官兵蜂拥攻打白马山寨，白马人寡不敌众，杀出一条血路，扶老携幼亡命他乡；一日，疲惫不堪的白马人露宿密林，不想官兵悄悄尾随而来，生死关头，一只白公鸡飞向正在酣睡中的人群，引颈啼叫，白马人一跃而起，才发现官兵已近在咫尺，他们以一当十，殊死抵抗，终于摆脱亡族灭种之危。白马人牢记白公鸡救命之恩，以白羊毛擀成毡帽，特地插上白公鸡羽毛，当作劫后余生永志不忘的标识。

公路为梦想导航，接通五洲四海，山寨从岁月隧道里眺望世界，把烟雨迷离中遥望的人们送出大山，释放贮藏过久的渴望。我曾担心在时间的磨砺中，在现代大潮的冲击下，心灵深处保留的情愫会丢失，也担心山寨积淀的底蕴、白马人血脉里固有的精髓、质朴和执着，经不起海洋波浪撞击，抵挡不了甜蜜时尚诱惑，会蜕变、异化，要是特质消失了，还会是多姿多彩的白马人吗？……

我的担心是多余的。村东有座比普通民居高大的建筑，外墙的浮雕是"池哥"面具，还有一顶"沙嘎帽"，画栋雕梁，是村民聚会娱乐的场所。一个从艰难跋涉中走过来的民族精髓都浓缩于其中。

从庄稼地里回来的三位中年妇女，路过老槐树，背背篓，扛农具，身穿月青短裙，红白点缀衣襟，藏蓝装饰袖口，鹅黄紫红镶裙边，红头绳串就鱼骨缠束满头黑发，仿佛仙姬冉冉而来。启舒如获至宝，咔嚓咔嚓不停地拍照。

秋收接近尾声，收黄豆、打花荞、榨酸菜、煮泡酒……五谷丰登，不亦乐乎。庄稼已归仓的，青壮年陆续出外打工，女眷开始扎花绣衣。交谈中，他们说，新事物要接受，传统绝不能丢。夹克要穿，西装少不了，男女礼服人人都得有，以备逢年过节或重大场合穿戴。每年正月的"池哥昼""圆圆舞"不可或缺，为天地神灵还愿，为祖先告诉平安，也为口传心授千古历史的必修课。

下山的路上，我频频回眸粲然醒目的山寨，让我怀想无限，欣喜无限。我的神经震颤有声，我的血脉如大河掀浪。我看到，白马人这朵奇葩在遥遥的沉寂后，和着青春的脚步重现芬芳了。

到沟口，又与白马河谋面，水向东，我们向西，河水不认识我们，从前方欢腾而来，又从身后扬长而去，是我们蒙昧还是流水无情呢？不管它，我们怀揣一个愿望：试图到更多的山寨解梦。

前世今生白马人

秋日，五彩的秋日。

汽车在大地的经脉里盘旋，旋上半空，旋进一个叫强曲的山寨。

房子建在阶梯台地里，路是黄土上插的木棒搭起的栈道，残留的古老让人思绪翩翩……

这栈道，正合《后汉书》"土地险阻"之语。

也可以看出命运多舛的白马人，被驱赶于山山岭岭，演绎着多么辛酸悲凉的人生！

白马人，刚遭一次大地震，灾后重新恢复的民居，舒适明亮，却缺少了古韵，缩短了与汉族民居的距离，要不是春节作为纽带，衣食住行等标志性的差异已经难以辨认了。

这种发展让人欣喜，也让人担忧。无论什么民族，现代化都是必由之路，也是告别以往的祭坛。

白马人，我一直都想从远古陌生的身影里寻找他们的游魂。

今天，站在其生息地，太阳普照，岚气氤氲，山岭茫茫。

白马人从何而来，白马又何在？

《史记》里说："自巂以东北，君长以什数，徙、筰都最大；自筰以东北，君长以什数，冉駹最大。其俗或土著，或移徙，在蜀之西。自冉駹以东北、君长以什数，白马最大，皆氐类也。"

《后汉书》道："白马氐者，武帝元鼎六年开，分广汉西部，合以为武都。

《水经注》载："白水又东南迳阴平道故城南，王莽更名摧虏矣，即广汉之北部也。广汉蜀国都尉治，汉安帝永初三年，分广汉蛮夷置。"

《通典》曰："阴平郡文州，古氐羌之境，汉开西南夷置阴平道。"

如此看来，久矣，久矣。

他们活跃在甘陕川三角地带的秦巴山区。前秦、后凉、成汉，响亮了中华大地；仇池以及武都、武兴、阴平半独立政权，可圈可点。

天下事，合久必分，分久必合。中华民族经过大分裂，大融合，再重组，公元581年，一番风云激荡，活跃了几百年的氐民族慑服于汉族政权，曾是氐人的后人们，失去了驰骋舞台，逼迫同化与汉族或他族。祸不单行，中华版图的西部又一支劲旅崛起，青藏高原上的吐蕃人策马东进。

宝应元年（762年），洮岷以东至清水县，其武、秦、渭、成等州均已陷于吐蕃。仅剩文州、龙州的氐人，强权之下岂有完卵，有崇山峻岭优势依托的一部分氐人，怀着无奈带着曾经的光环藏匿于深山。

普天之下莫非王土，历史的记忆模糊了，不等于当权者忘却。奴役、压榨开始了。

有文字可考的有：宋熙宁八年（1075年）文州番人汉界，官方竟以斫一番贼首级者赏大铁钱四贯，获三人首级者除赏外，免户下诸般差役……

不著文字,比文字还要深入人心的血腥地名就有：杀氐坎、杀番沟、杀番坝、杀番岭、杀番梁、杀番寨……

哪里有压迫，哪里就有反抗！当汉族人喊出"见番不留"的口号时，他们以牙还牙："见汉砍头！"

高山造就了他们剽悍的身躯、五谷杂粮养就粗犷与果敢；岁月中颠簸出了勇猛与善良。

青稞酒催生血液中不屈的动力，岷山是屏障，摩天岭是摇篮，一生都走

- 269 -

不出的家园。

　　白马人，摩天岭山中傲然挺立的苍松，阴平道的崎岖与险峻，造就雄健与骁勇，至今，保持着千年一贯的执着，活跃在波涛起伏的绿色中。我目视庞大的"池哥昼"队伍，踢踏旋转，扬剑挥拳，嚯……嚯……声如洪钟，声震山岳，一支雄健的劲旅！我肃然起敬了。

　　今天他们的脉络基本廓清，他们自己给自己一个折衷的名字——白马人。在甘肃，在陇南，在文县的白马人，白马夷河居多，丹堡河、石鸡坝、岷堡沟、中路河、洋汤河、龙巴河散居。

　　这里是最古老的寨子。山后的山神庙小而庄严，山神爷的牌位立在供桌上，色泽陈旧但不失威武，尤以一双穿透古今的眼仁令人发怵。供桌前烧过的纸屑随风旋舞，香盘里香把、蜡烛把儿密密麻麻。门前白马河远远地在峡谷里闪着亮光。一箭之外，有几块巨石摆放于明堂，还带领一些小石头增强阵容，石与石之间有根柏树相隔，青青的细叶朝天竖起一支大笔，不大不小，与小庙正般配，是山神用来写奏本呢，还是特意营造的景观呢？显得又古怪，又神秘。

　　我在心中模拟正月十五迎火把的情景：晚饭后，全村人手持扎好的火把来到这里，在庙前点燃篝火，手牵手围火而舞，舞得浑身发热，两颊冒汗，头领一声令下：点火把！第一支火把向下一指，众人紧跟，火把左右晃动，黑夜之中，一条金红色的龙，沿山梁蠕动，边舞边唱，边唱边吼，吼声若雷，有一种撼动山川的爆发力，像冷兵器时代军队的夜战。

　　　　大家都来迎火把，
　　　　五谷神灵迎进家。
　　　　焚香来祭五谷神，
　　　　只望今年好收成。

　　跳至村寨中央，将未燃尽的火把投掷一起，继续跳，继续唱，直唱到山山呼应，村寨沸腾。

　　庙后山坡上是庄稼地，大块大块的，地里整齐地簇着一溜溜收割好的秋荞。每块地里都有几个人忙碌。原始的脱粒方式：地上放一条毯子，蓝衣服的人一手抓两捆、两手抓四捆,将扎好的红艳艳连秆荞穗,丢在毯子上,毯子外站二人,穿劳作时简装,青布短袍外套坎肩,光头,绑腿、胶鞋,两人几乎一样,差别只是新旧而已。一人手握一根六尺许木棍,不停地打击荞穗儿,打一阵,翻个面,很快毯子里荞粒便厚厚一层。此种脱粒办法不知延续了多少代,为什么还有如此顽强的生命力?按理,它应该死亡,而它却活着,活得还无危机感,依然潇洒。

沉醉的酒歌

正月十五之夜,是白马人最为隆重的一夜,最惹眼的数舞火把,有月亮气氛浓烈,无月之夜更有韵味,从山神庙里舞到村庄,家家焚香化纸,户户迎接五谷神。

满堂的灯火隔绝了夜的深幽,月光的清凉,植物的芬芳,虫唧唧,鸟啁啾。在家翘望迎火把队伍的老人、少儿和妇女,齐齐将归来的勇士们接入院落,又一次高潮来临。以酒而起,以酒而落,是白马人不变的规律。火塘里,烈火熊熊,长桌上美酒飘香。酒助兴,酒为媒,酒是白马人的凝结剂。

大碗美酒盛满浓情,
今天是个欢乐的日子。
架上的公鸡也在鸣,
我们尽情地唱啊跳啊,
白马山寨一片欢腾。

香甜美酒敬给你,
心中歌儿唱给你。
唱起酒歌想起你,
喝起美酒想起你。
今天相会在一起,
不醉不休不分离。

观看火把夜，一次次激动，一次次震撼，是一次人生洗礼，是一次忘我之旅——我欣喜若狂。热烈——激昂——浪漫——

歌为苦乐年华代言，歌为天地神灵敬献。

歌声越过高山，音符随峰峦蜿蜒，旋律在溪流上跳荡。

大地上的一切在梦中被歌儿唤醒，小草尖顶几粒露珠静静地聆听，树木不住地枝摇叶蹈，歌声飞扬，在绿色中徜徉。

整整一夜，激情——沉寂——生命又一次开篇，黑夜——白昼——寒冷——温暖，吟唱漫漫长夜，咏叹死亡与再生的故事。

一道天启，光明君临，自然之神力，生命从沉默中再现青春的线条。

白马人，在舞中歌中彰显着尊严与华贵，曾经沧海的气度。舞，挣脱桎梏，歌，唱出满天彩霞。

风，轻轻吹拂，黎明的火焰又一次被唤醒，在山寨上空冉冉升起。

烈火映天，送走了满天星斗；鼓乐声声，唱响了东方晓白。

一年一年又一年，一代一代又一代，粗犷不改，野味不改，顽强不改。

飘逸沙嘎帽

与白马河的白马人相会在高山之巅，相逢在时光深处，一见倾心，再见心颤。

尤其是沙嘎帽，白马人意识中感恩的图腾，乍看怡然，细品高洁。

洁白的荷叶边，贴上扇形的锦鸡项毛，插两支白鸡翎，红黑线条环绕，再绣上太阳花，一顶让人永志难忘的头冠，似蓝天里游走的云霓，乘着歌声飘荡，飘过万水千山，在每一个白马人心头驻扎。

我从曲水故城而来，沿白马河相反的脚步而上，爬坡越岭，是梦在指引，还是为了解开谜底或者好奇？

古老的山寨，千年的老槐，青、白、红装束的人群，女子的鱼骨牌，无言的衣饰，费解的谶语，引导你步入悠远，从人间到天堂，从天堂到人间，寻寻觅觅。

丧失家园，长途跋涉，饱受亡命惊恐的人们，在静谧的山林中沉沉入睡。白公鸡自天而降，吹响了生的号角。灾难过去了，白鸡尾毛成了白马人永远行进的路标。

林间清风，瑟瑟树枝，云间明月，冷冷大地，他们的暮色太深沉，只有长长的日子，望不到底的模糊时间。权贵们享用岁月，白马人苦熬年轮。水深中，火热中，用一种特有的记忆方式，渗入清洌的五谷酒，融入苍凉的歌声，我沉浸在他们的疼痛里，我默默地叹息。

白鸡尾毛在胸前晃荡，酒歌声里浓浓的祝福，我领略了白马人的夙愿，也让我迷蒙的心释然。我的心灵被辽远的旋律净化，一尘不染，犹如湛蓝天空下白云拂荡……

正是酿酒的季节，坐北朝南的一家院落，两位中年妇女正在给煮熟的五色粮食撒酒曲，溜尖一座小山，从厅房中央隆起。上山下河，背日头度岁月全靠它激活疲惫身骨，迎客送宾离它不成礼义。正月初一到十六没有它的加入，池哥无劲，池姆无神，手无力招，脚无力跳。有了它山梁起舞，火把冲天，有了它人神共喜，万物生辉，有了它，舞姿更豪迈，有了它，鸡翎更妖娆。

一间向西的木楼挂满彩色布料，旁边配一串沙嘎帽，有位妇女正在绣帽花，帽子两侧绣的扇子花，后面绣了一半，说是鸡爪花。花的头饰彩的裙，在白色毡帽上穿针走线，她已归于民间艺人之列，时代把大多数人拥入潮流，只给予少数人将工艺坚守，进而演变为一门艺术，一门需要抢救的艺术。

我在寨科桥一次池哥表演会上，看到五十多人的舞蹈队伍，尤其是女性，那团队好声势，好气派！服装之华丽，帽子之漂亮，让人怦怦心跳，不像彝族妇女的衣服和银冠，那样豪华，那样珠光宝气，它简约高贵，在我见过的少数民族头饰中，它的适用性、象征性鳌头独占。

我跟了一路，一直跟到邱家坝，我如醉如痴。

一个值得探究的民族，一个穷尽一生也未必能读懂的民族！

雄浑"池哥昼"

班家四山，白马人最初的家园。

山寨的夜晚，沸腾。炮声隆隆，鼓钹铿锵，人如潮涌，"池哥昼"队伍围火而舞。向上苍诉说，与祖先对话。

被苦难岁月造就的强健身躯，反穿的羊皮袄，火红腰带，白色绑腿，牛皮筒鞋。黑红面具上铜铃似的双目，鹰钩鼻，嘴咧血盆，獠牙外龇，头束七彩，锦鸡翎子飘绕，一手利剑，一手执牛尾刷的池哥，如煞神。魔见散魄，鬼见失魂。斗凶顽，驱邪恶，杀猛兽，上可顶天，下可立地，铁骨铮铮。面如菩萨的池母，身穿百褶裙，背负山川与日月，母仪万物，包容天下。乞丐相的知玛，面垢如漆，破帽遮颜，一家三口，游移于队伍之后，那是流离失所寻见亲人后的辛酸、悲切、惊喜。

山野里，篝火燃起来，池哥昼翩然而起，歌声飞扬：

白马城是什么城？
白马城是铁打的城。
过去跳的地方是这里，
过去舞的地方是这里。
村寨再大是村寨，
城池再小是城池。
安营扎寨谁占先？
白马先祖他为先。
过去的城池谁先占？
白马人的祖先最先占。

咚咚羊皮鼓，似反抗，似出击，设或是与野兽拼搏助威；钹与锣的激越里，有斗风雨、斗妖孽的鼓动，也不乏丰收的喜悦，节日欢腾，宴安时的祥和。我无数次观摩无数次惊叹。

或许是千年沉默后的迸发，或许是千年受压发出的怒吼，或许是千年积淀的豪情，或许是初见光明后的狂欢。

在舞与歌的盛会里，每一次我都会陷入无尽的遐思。在他们一招一式的肢体语言里，在他们的哀伤里愉悦里陶醉。时而泪水盈盈，时而神思律动，时而闭目驰骋。

尽管我不懂但我想努力打开那一道横阻在前面的墙，像崂山道士那样出入自如。

他们的祖先不缺英雄，前秦的，仇池的，阴平国里的，都是崇拜对象，也是他们的骄傲，他们的荣光。

山梁，是白马人的舞姿，寨绕山梁，舞绕山梁，歌绕山梁；山梁，成为一幅白马人的剪影：蓝蓝的天空上，流云散淡地悬浮；青青的森林，琵琶的低诉中，牛羊默默地吃草。

我则在时间与空间的夹缝里，怅望着。

天地间万事万物在轮回中萎谢消亡；大地永恒，血脉永恒。

白马人，奔波在地狱与天堂之间，一代又一代，舞，一直舞着，威武雄健，超逸绝尘，发扬蹈厉。白马人无文字，时代敲开了胸怀，这舞无疑是千古流芳的诗句了。

美丽的白马姑娘

白马姑娘，迷路千年的天使。

像无数种花卉在一个花圃里开放，艳丽却无名。和春天一起前行，却往往被春天抛弃，在扼杀中绽放，在霜雪中凋零。像飞不出森林的凤凰，日复一日，年复一年，依然自强不息，初衷不改。

千年后的又一个春天，山旮旯里的花儿在旭日照耀下光彩夺目。

一本杂志封面刊登了一张白马少女照片，气若幽兰，纯情无暇，足可使彩云黯然，花儿羞涩，锦绣失色。

玫瑰色的头绳，杂于一头乌发中，发际配一圈闪亮鱼骨牌，本来生动的脸，更显清丽秀雅，朝霞一般妩媚，像一首抒情诗，"巧笑倩兮，美目盼兮"，目似一泓清水，遥望爱情，遥望未来……

纯洁、智慧尽在那一张和煦的脸上。

白马姑娘不但勤劳，而且温柔善良，尤以歌喉甜美，舞姿婀娜而著称。

几千年的艰难在歌中跌宕起伏，几千年的期盼在舞中徜徉。

哪一场歌会都少不了姑娘们清丽歌喉，哪一场舞蹈同样得有小鸟依人的翩翩身姿。

不要以为那是一张定格的脸，我以为那是一张耐人寻味的脸，比歌唱时阳光，比舞中的内涵还要丰富。

我仿佛看到了，翩若惊鸿的姑娘们，袅袅而来，迎接如梦年华，七彩的百褶裙，仪静体闲、柔情绰态、凤鸣朝阳一样华贵，秀雅绝俗，美目流盼、桃腮带笑、含辞未吐、说不尽的温柔可人。

看见了白马姑娘，就想起了白马人朋友讲述的小凤凰。白马人把与他们生活在一起的锦鸡比喻凤凰。因为美丽，他们崇拜锦鸡，以为神鸟，吉祥鸟。

锦鸡有金黄色丝状羽冠，橙棕色披肩，金黄色身体，背上撒几点深绿，腰羽深红，褐色尾羽缀上些黄色斑点，黄嘴朝天，黄脚立地，那一副娇容是人见人爱，故而白马人认为锦鸡好比天空中的虹霓，林中的刺玫瑰。展翅似孔雀，着地比凤凰。他们在说媒招亲时夸赞姑娘都以锦鸡相比，那夸赞让姑娘们笑在脸上甜在心头。山间处处锦鸡飞，山寨到处有姑娘甜甜的歌喉。锦鸡是山野的灵魂，姑娘是白马山寨的一道道彩虹。

活化石

朋友张金生，三年前约我同去白马山寨，这一天，天阴沉沉的，人打不起精神。我们进石门沟、上强曲、走寨科桥、过草河坝，到迭部寨已是下午，正当我们担心下雨时，天上的云层明显没有负重感了，正在调整阵容，灰白灰白的，有的凝固，有的飘逸，好像酝酿一个奇迹，抑或期盼一个灿烂生命的降临。果然，在浓与淡的结合部，渐渐露出被太阳照亮的云，旋即豁开一块湛蓝的天，山峰也不失时机地为我们展现出起伏错落的曲线。天光开了，阳光射下不规则射线，洒向一浪一浪的红叶黄叶，顿时满眼五彩缤纷，把我的心弦拨动。这是树叶给大地用明媚挥手告别，预示它将调整心身，攒足力气好让明天更加辉煌。这里的静谧、美丽、纯粹，多让人爱恋啊。

难以想象，在城市喧嚣里有多少人被犹豫或者矛盾甚至困惑搅扰着，吸着污浊空气，吃着问题食品，从此楼到彼楼，从天花板到地板砖，从电灯到霓虹灯，冷落了春夏秋冬，淡漠了农耕节气，疏远了绿水青山，少见花红叶茂，失忆于雪雨霜冻，"明月松间照，清泉石上流"已经成了追不回的梦。

迭部寨是大熊猫活动区，也是白马人最后一个村寨。在那些被美丽覆盖的山头，都有一个说不完的故事，关于熊猫的，关于人的。

启舒拿着相机上后山拍红叶去了，我和金生走进村子。在生硬、倔强的路上走惯了，踩在黄色红色树叶布满的黑土路上，软软地，柔柔地，让人有种说不出的舒适。

山寨的住户清一色木架房，黄土筑墙，还有一家房上没有盖瓦，只有椽子，楼下尚未装修，用木板挡着，我想起了古籍上氐人的住宅"无贵贱皆板屋土墙"的话，那无瓦的房，那一家一户用篱笆围起的小院，依然能捕捉到久违了的遗韵。

一处篱笆门开着，我们走了进去。三间正屋，侧面是厨房，大院坝，门对如画的山。金生说这是班富生的家，他已不止一次来过，一边走一边叫着："富生，富生在家吗？"富生从西头墙根走出来，举着两把沾黄土的手，连说："张主席稀客，张主席稀客！"富生倒水，生火，金生不让，说："把你的新衣裳穿上，给你照相，我们来是还要补拍一些资料呢。"他带着一脸难为情，找来了一大堆衣服鞋袜，忙着脱旧换新，准备给启舒摆姿势。

富生我认识，二十世纪八十年代初，饲养过一只小小的大熊猫，一时新闻记者、作家、画家不远千里来采访他，我和朝贵在《中国环境报》上亦报道过他的事迹。我一面看富生穿长袍扎绑腿一面问家里情况，他说："两个娃都上大学了，平时只有他和女人两个，他手一指说："今天，找了几个人扎墙脚，想再盖两间好点的住房，给娃们收拾个像样的起居。"我站在院坝里思绪起伏开来——这个古老民族正在崛起，一家两个大学生，白马人的腾飞指日可待！我怔了好一阵才想起问另一个问题："我听说没让你养熊猫了，你还老想不通，真的吗？"他说："不由人不爱啊，你想那么一点点，毛茸茸的，又乖又萌，从几斤重跟在屁股后到几十斤，能没感情吗？'文文'死时由不得人流了很多眼泪。"那边启舒催促，富生站起身来走过去，当年的朝气又被新衣给唤回来了，看着他英姿飒爽的身躯，我的心里美滋滋的。

班富生是白马人。

白马人是民族活化石。

第一次见班富生是他喂熊猫的时候，他坐一辆载满箭竹的皮卡车，戴着一顶沙嘎帽，身穿白马人便装，腰系一根麻绳，背上插一把砍刀，我们的车在前，他坐的车紧跟于后。他专门给熊猫割竹子回来，我们是到大熊猫驯养场看望职工，刚巧碰上。我们前脚到场部，他随即也到了。他到大门口，来给我们打了个招呼就去兽舍了。

那时我还没有亲眼见过熊猫吃竹子，尤其是那只从野外救回的小崽子"文文"。"文文"就是班富生从雪地里救回的，当时还不到五公斤。先是养在农户家后到保护站，驯养场竣工后才迁入新居。

文文挺招人喜欢，人见人爱，甚至一些高官来了，都要与它合个影，以不虚此行。

我们是它的守护者，它的精神状态，日常生活，都是工作范围。

我们去看文文。

文文的个子长高了，正在吃新鲜竹子，班富生忙里忙外，清扫卫生。见我们去了急忙放下手中扫帚，腼腆地一笑，说文文很听话，已长到五十公斤了，能做好多动作，还可以直立行走呢。于是他一手拿竹子，一只手召唤，果然站起来了，前爪子伸来，富生与它握了握，另一只爪子从富生手中抓过竹子就地一蹲吃开了，吃得津津有味。富生不厌其烦地逗着，再逗，它只是扬扬爪子，好像在说：别打搅，离我远点！再不搭理了。我当时心里就想，富生与熊猫之间虽然没有人类养育之恩的概念，起码在熊猫心里他是能呵护它的人，是食物供给者，是依靠者，该是无疑的。富生热爱熊猫，熊猫依赖富生，这也许就是众多家禽家畜从野生驯化为人类工具的实验再现吧。没有看到文文更多有趣动作，虽然有些意犹未尽，可那种极具卡通画的造型、憨像十足的举止，那种同人之间的亲情关系直至今日每有此类话题都会在脑子里清晰地回应一番。

曾有白马人朋友告诉我，过去白马人只要是个男孩子，没有不会打猎的，要是进山打猎，豺狼虎豹任你打，花熊不能打，他们所说的花熊就是熊猫。

二十世纪七八十年代，箭竹开花，缺食时，熊猫常常进村入户与家养的猪争食，赶都赶不走，没有人为此而伤及熊猫。

富生就是在他们后山的雪地里发现文文的。也许是文文走丢了，也许它的母亲遇到了特殊情况，富生守望了很长时间，都无前来引领幼崽的母体，小家伙太可爱了，时间长了肯定会有不测的，他决计抱回家，并立即报告保护站。在熊猫挨饿的日子里，由于是近邻，有众多的白马人第一时间报告熊猫异常活动，哪一次抢救行动都没有离开过白马人，有一张白马人抬着熊猫过河的照片还得过全国奖项，被多种书刊转载，白马人与大熊猫是友好邻居，这一点已被众多事实证明。

目前，在地球上，熊猫算是最古老的了，古老到了八九百万年以前，即使是现代熊猫也有四五十万年历史，因此，科学家们把它誉为动物活化石。《史记》就记载了，炎帝欲侵陵诸侯，诸侯咸归轩辕。轩辕乃修德振兵，治五气，艺五种，抚万民，度四方，教熊罴貔貅貙虎，以与炎帝战于阪泉之野。三战，然后得其志。其中的貔就是今天的大熊猫。后来把勇士比做貔："书称勖士，如虎如貔。"也由此，古代军队的战旗上绣的就是貔和貅，象征战无不胜。古代帝王视大熊猫为神兽，《尚书》就记载貔貅皮是给君王进贡的珍品。资料表明，更新世中晚期，是大熊猫发展的全盛时期，大熊猫巴氏亚种出现，广泛分布于我国西南、华北、华中、华南和西北十六个省市以及国外的越南和缅甸的北部，由于中国大多数地区进入农耕文明早，大熊猫领地逐渐缩小，迫使熊猫从食肉转而食竹，性情也相应温和起来，慢慢失去了猛兽地位。若干年后，人类开发进程加快，平原没了，丘陵没了，山峰也在退让，退让到了条块分割，互不相连，现在仅剩青藏高原东缘和秦岭山系的个别地域。可喜的是岷山山系摩天岭地区尚有一个不小的群落，仍在欢快地生活，其中的原因不外乎山大沟深，不利农耕，其次是与它为邻的是白马人。熊猫在这里经过无数次地理变迁、气候变迁，残存了下来，白马人经过无数次战争无数次民族压迫，也在这个庇护所里隐匿了下来。

幸哉，岷山！幸哉，摩天岭！

民族学家、历史学家从二十世纪七十年代开始研究白马人的族源，认为，甘川两省接壤的平武、文县、南坪下塘地区居住的一部分藏族，是历史上称雄一时的氐人后裔，这些人亦不认为他们是藏族，说他们是白马人，这与《史记》"自冉駹以东北，君长以什数，白马最大，皆氐类也"是吻合的。随着研究一步步深入，是氐人的证据越来越充分，白马人成了学术界研究热点。

二〇一三年十二月十日接连两天，中央电视台十频道播出纪录片《探秘东亚最古老的部族》，给我们传递了一个信息，一个重大的科学发现。这一科学研究成果是复旦大学现代人类学研究中心的专家完成的。二〇〇八年他们走入平武县白马藏族乡白马人的聚居区进行基因采集。回到上海检测分析后，惊讶地发现：采集到的十七名白马人基因标本，全是Y染色体100%D型！这不仅说明白马人基因类型十分独特，更重要的是这种D型Y染色体代表着东亚大陆上最古老的遗传背景，意味着他们可能是东亚大陆上最古老的人群。

汶川特大地震发生后，专家们把目光投向了和平武县相邻的甘肃省文县铁楼乡。经过对二百一十七例三代以内无外族通婚者的血液、七十多例口腔唾液检测分析，最终得出了让人惊叹的结论：所有白马人的基因检测结果均是Y染色体100%的D型！而D型Y染色体正是最早出现在东亚大陆上的基因类型，在白马人的基因未被发现之前，科学家们一直未能获得如此有代表性的D型人群。通过基因组的计算，大约在四万年到五万年之间。诚然，要证明他们是古氐人后裔，还有待氐人古墓葬的发现，从遗骨中提取DNA方能确定。

当然，这只是一项探索性的科研成果。其实亚洲、非洲、欧洲发现的人类化石，早者可到二三百万年前，大约一百万年前我国就有远古人类繁衍生息。云南的元谋，陕西的蓝田，四五十万年前生活在我国的北京人还懂得了用火。那么距今约十万年的山顶洞人，两万年到四五万年的内蒙古呼伦池人、黑龙江雁乡人，都是我国本土生活的古人类。其间，旧石器、中石器、新石器之间的关系，夷和狄、狄和蛮，这些人类与古氐人的关系，与其他民族的关系，都是纷繁而复杂的。仍有大量工作要做，要有地下材料证明才能下最后的结论。

不过，我还是认为，复旦大学人类学研究中心的发现是有启示性的，起码我们可以根据逻辑推理，对《诗经》称："自彼氐羌，莫敢不来享，莫敢不来王。"将氐置于羌前的文字顺序的合理性。

文县是仇池五国最后一个氐人政权阴平国治地，随着阴平国退出历史舞台，这个曾统治过大半个中国的民族就从史籍中消失了，经过几十年众多学者的努力，基本理清了头绪，正在这时，复旦大学人类学研究中心的科学家们提供了白马人基因的科学依据，再一次为白马人研究拓展了新思路，提出了新课题。

白马人是研究古氐族的活化石。

大熊猫是研究古地理古气候古生物的活化石。

社会日新月异，白马人还会血统纯正吗？

人类万里对话，千里一日往还，大熊猫还会与人为邻吗？

这话题，应该交给历史。

白马河畔踏歌声

常听人说，白马河人精神大，每年都要跳一正月，唱一正月。这部分人，新中国建立初被归入藏族，可他们从来不认为自己是藏族。费孝通先生也认为他们极有可能是古代氐人后裔。论语言、习俗、信仰，均与藏族少有相同之处，尤以歌舞和服饰独树一帜，欢乐了那方山水，惊艳了八方游客。可惜我一直没有完整地欣赏过他们的歌舞。

出文县城到西园村。在那里，白水江与白马河携手，围就一块半圆形台地，看似平平淡淡，却掩藏着深厚的底蕴。虽然，氐人祖先的故事已被时间风化，大汉族严守白马氐人的第一道防线在吐蕃铁蹄踩踏下化为废墟，阴平大城、文州城、曲水县，连同它的风雨春秋已烟消云散了，曾为诗人高歌的"西园春色四时青"的阡陌绿野，被茁壮成长的楼房湮没，可仍然是去白马河的必经之地。

"七九、八九，河边看柳"。两水交汇处的麦田、油菜地、柳树，各具个性的绿，将眼眸滋润，冬天的肃杀正被春风驱散。车轮下有欢笑的白马河水，天上有一轮明媚阳光，共同营造出春天的好心情。

每年元宵节前后，也是白马藏人年味最浓的时期，高潮不断。各村各寨白天黑夜地跳，白天黑夜地唱。

喜欢唱，喜欢跳，不能说他们全是由于欢乐。深入其中，细品其味，你会发现他们的歌与舞充满了仪式感，是献给天地，献给神，献给祖先的，用歌喉、舞姿诉说从古至今的一路磨难，是古老氐文化的回光返照。

进入新时代后，他们表现得更多是欢乐，是扬眉吐气，尤其近几年，除了在各个自然村跳"池哥昼"外，还要组成精干队伍参加草河坝文化广场的竞演。

身为本土人，对于这座乡土富矿，没能掘开一角而常感缺憾。

自"池哥昼"被列入非物质文化遗产以来，探访白马人奥秘，一睹白马人风采的观光者纷至沓来。

我们走进草河坝。

坝子里已有很多车辆停泊。

游人摩肩接踵。

草河坝，群山环抱中的一个敞亮坝子，白马河从村中流过，不大不小的山寨，房屋一律二层木楼，土墙青瓦，修葺一新，多为三合头，白色院墙，彩漆大门，衬托得尚未褪去冬装的山寨光鲜灵动。

午饭后，猛然，锣鼓声、炮声、歌声响彻山间，仿佛来自天宫的仙乐，惊天动地，震颤人心。原来这是专为远道而来的客人们举行的欢迎仪式。

背山"之"字形的路上站满了男男女女，女性的服装最引人注目，远看似一条彩练迎风飘舞，手拉手，用白马语唱着歌，我听不懂，问白马人老哥贾五贵，他说："白马山寨来客了都这样唱，相当于你们汉人的欢迎，欢迎，你们是喊出来的，我们是唱出来的。"

一年一度的白马人民歌大赛开始了，我没有去现场，陪作家赵殷去河对岸采访，这家人大门与赛歌舞台相望，赵殷和主人聊汉藏关系，我忍不住走出大门，正好是白马人原生态歌曲《耕地歌》传来，声音撕破长空，立时山林活跃起来了。那一嗓子，再现了白马汉子迎风冒雪扬鞭耕耘的场景：牛的胯部淌着汗水，人的头上散发着热气。瞬间，心沉甸甸的，我的思绪似乎已被拉回到了时光深处，沉溺于悲凉而生生不息的劳作中……新一代青年继承白马文化精髓，用白马河水养就的金嗓子，将世世相因的唱法与现代音乐元素糅合，演绎的《白羽毛》《小丫情歌》如流水一般优雅酣畅，那歌声在山林中回旋，使鸟儿忘飞，鹿麂止步，醉了所有人，醉了这片天空。

歌唱是白马人感情的高度浓缩，劳动唱，婚嫁唱，喝酒唱，敬山敬神唱，敬祖宗唱，青年男女互诉衷肠唱，跳舞唱，喜也唱，忧也唱，悲伤唱，愤怒也唱，那种穿越山野的纯真，生动了这方土地。无论大人小孩，只要会说话，就会唱歌，而且嗓音清脆嘹亮。

这冲击耳际的音符使我飘飘欲仙。

在去另一个村庄的路上，优美的旋律还在脑际缭绕。

摩天岭群山将阳尕山团团围住,西北山后是九寨沟白马人,西南是平武县的白马人,山前山后,世代相亲。

一进寨就被阳光的融融暖意切切包围,一杯奶茶递上来了,你连不喝的理由都来不及说,一碗热腾腾的臊子面端到面前,歉意的话说了一大堆,才算推却了浓浓的情意。

每一个民族都有一个无法替代的心中神圣,比如穆斯林去麦加朝觐,藏族同胞去大昭寺、塔尔寺朝圣一样,是一生的夙愿。白马人以歌舞的形式表现他们对万物对神对祖先的敬畏和虔诚,一年一度不可或缺,甚至是世代必了的心愿。

阳光沐浴雪山,山林与阳光对晤,天地人共舞的大联动开始了。

吃饱喝足的白马人放下碗筷,围起篝火就跳起来了。我向白马人朋友请教,现在跳的舞叫啥,他说:"有'池哥昼''麻够池''麻昼',昨天今天都是全天跳,先请神,全村老幼穿节日盛装跟随池哥队伍,从村东跳到村西,返回又从村东起,池哥给一家一户跳,主人给池哥敬酒,唱酒曲,池哥为主人驱邪,祝福平安,带走灾难。这会儿跳了一半人家,午饭后是集体跳,接着,继续把另一半人家跳完。明天十五也是全天跳,夜间迎火把。"我分不清,哪个是哪种舞,他说:"刚跳过的一折,反穿皮衣,戴花脸面具,别纸花,插锦鸡翎子,有几个面容和善女相跟随,后面有黑脸猴娃子的是'池哥昼',以打猎、农活为主;四池哥两人各带一队,手执木剑,屈膝跨步,下蹲,左右刺剑,一会儿舞一会儿相互攻杀的是'麻够池',也是池哥表演中最精彩的部分;戴十二生肖面具的是麻昼,就是平时说的十二相,以祭祀为主;男男女女手拉手围着火,边跳边唱的是火圈舞,腊月初八开始,一直到正月十八才结束。"

啊,四十天!还有哪一个民族把春节过得如此漫长?又有哪一个民族把春节过得如此丰富多彩?我感叹不已。

舞步踏破三山,刚露芽的树木在震动,白马河在欢腾,在呼应,人心也跟着跌宕的歌声波翻浪涌。饱含野趣、辽远苍凉富于爆发力的旋律,述说着从古到今的一幅幅图景,有戮力拼搏,有排险克难,有罹难中的奋起,有扬眉吐气。

可贵的是,不论哪种舞,无不穿越千年,都是他们与天地神灵沟通,和祖先对话，驱邪祈福，渴望安宁，挣脱被杀被驱赶的苦难诠释。以力拔山兮的舞步，用愤怒的歌喉，凝重的表情，唤醒族人团结一致与命运抗争。一代人走完了自己的路，又一代人接力了，代代沿袭，永不停歇。像地种五谷，春种，夏锄，秋收，冬藏，日复一日，年复一年，旧的一天被时光带走，新的一天重新起步，直到永远。历史沉默，现实沸腾，我望了一眼天空，太阳照在林梢，仿佛先人们的眼睛在闪烁。

摩天岭养育了一群有情有义的人，千年焚香化纸，千年舞之蹈之，千年歌之咏之。将一席盛宴输送于岷山之巅，昆仑山上，与诸神共飨。

除了对山川大地的祭祀，对祖先的敬畏，剩下的便是白马人用一年中积攒的兴奋告诉大地告诉先人，过去的一年我们努力了，进步了，期盼来年五谷丰登，万事如意。

他们的歌唱、舞蹈、服饰所烙上的印记，折射出这一群人的神秘。这是一个没有文字的民族对其自身来历的独特阐释。

他们的一举手一投足，都让我联想追忆和缅怀，那些眼前晃动的画面，历史苍穹处的斑驳残线，相互映衬，瞬间抵达心灵且难以忘怀。

文县自古就是氐人的家园，古籍记载：文县为《禹贡》梁州域，殷周为氐羌所居，秦属巴郡，汉高帝分巴置广汉郡，阴平道为广汉领县之一，北部都尉治所，后汉永初二年（108年），改北部都尉为广汉属国都尉，领阴平、甸氐、刚氐三道。蜀汉建兴二年（224年），因广汉属国都尉置阴平郡。七年（229年）诸葛亮遣陈式攻武都、阴平，遂克定二郡。此后的两晋南北朝是氐民族最活跃时期。

西魏于白马河中游的旧寨村置正西县，虽说是南北朝政治乱象的无奈之举，也是白马河流域的白马氐人，数量、势力已到了不可小觑的地步。这一县级建制到隋朝建立废州复郡，依然存在，直到唐贞观元年政局稳定才将其并入曲水县。白马人受到的致命打击是参与了反周战争，到隋又到唐，显然，他们只有内附才有活路。这也是一个轰轰烈烈的民族，在隋唐后，很少见诸史书的主要原因。窃以为应该是大汉族经过几百年离乱，把不安定的责任全推给了少数民族，于是强行同化、采取高压策略使其就范——你再强悍在唐帝国面前能翻起大浪？

晋初，氐人齐万年造反刚结束时，江统就给晋惠帝上表，认为少数民族

"非我族类，其心必异，戎狄志态，不与华同"。江统主张，戎狄凶悍不仁，所以得把他们迁往塞外，提醒统治者"惮暂举之小劳，而忘永逸之弘策"。其实这种想法无论是哪一代的统治者都是共有的，无非是无力顾及或时机不成熟，一旦腾出手来便会实施分化瓦解之策。这份名为《徙戎论》的表，也说了造成戎狄不安定的原因："士庶玩习，侮其轻弱，使其怨恨之气毒于骨髓。"少数民族政策失衡是汉末种下的祸根，接着三国时曹操讨伐氐人阿贵、千万，并大量内迁匈奴，江统惊呼："关中之人百余万口，率其多少，戎狄居半。"因而异族一有机会就发动事变。江统的建议确有预见性，不过他的迁徙办法未必是好的，试想强迫数十万人颠沛流离，那会发生什么？白痴皇帝的权杖掌在凶悍丑陋的贾南风手里，招致皇族争权夺利，天下大乱之际，这个处方肯定会搁置一边，给"五胡"以可乘之机。可叹啊，黎民百姓只过了二十年稍稍安定的日子！十年后便开始了光明与黑暗交织，你方唱罢我登台，一乱就乱了三百年。我们暂不说其他"五胡"，仅氐人，早在汉武帝元鼎六年（公元前111年）和元封三年（公元前108年）将武都氐人迁酒泉；三国时迁陕西扶风、甘肃天水、陕西陇县以南、凤翔、天水一带；后来又迁关中。晋时时局纷乱不屑说，后赵时，随着石勒沉浮，氐人的流动更频繁，有的迁至司州、冀州、青州、并州、雍州、关东等地。当然也有反弹，比如远迁的冉闵、苻洪和姚弋仲，苻健、姚襄相继率领氐人回到关中，建立了前秦和后秦。

苻秦时也有迁徙，苻坚进攻仇池，虏走氐人万家于关中，仇池成了"空百顷之地"。可以看出不外乎两种原因，一是汉族人掌握国祚时，把聚居的氐人分散，以免形成气候坐大；二是氐人掌权时将同类并吞，以凝聚合力。

民族间的恩怨情仇，给庶民酿就了数不胜数的苦难，漫长的动荡里，人口减少到汉盛时的三分之一，翻阅这个区间的史书，你的情绪会暗淡下来，不禁唏嘘不已……

当我把思绪从遥远拉回到眼前时，跳唱队伍中，除了众多白羽毛飘绕外，还有几位五十来岁的中年妇女，没有戴插白羽毛的盘形帽，而是用红头绳缠了一圈鱼骨牌。

白马人妇女的常服是头缠黑色丝帕，红头绳串鱼骨牌，节日时戴沙嘎帽，配鱼骨胸牌。我以为这是从远古走来的印记，在穿着上的表现，无疑是时间的积淀与回放。近来有专家考证，鱼骨牌上透露的是大河大洋的信息，是原始初民，以鱼作为女阴象征物的风俗，是白马人残留记忆的投影。可喜的是，严格的族内婚给科学家们提供了纯正基因指数，复旦大学人类基因实验室证实，白马人是东亚最古老的部族，与藏族无血缘关系，自然和羌族更无瓜葛。联系到妇女服饰背部的三角形图案，有专家论证是鱼纹的变形，这一饰品，与大多数古人类学家趋向人类起源于非洲说，有着某些暗合。如果说鱼骨牌是鱼的图腾，是鱼崇拜的再现，是人的记忆在梦与现实之间恣意纠缠的结果，那么，与人类由三亿年前大洋中鲨鱼进化而来的说法是否又是一次契合呢？而我国典籍《山海经·海内南经》"氐人国在建木西，其为人人面而鱼身，无足"的记载就不完全视为神话看待。又有人提出与史前蜀国的鱼凫王有关，难道古蜀国是白马人的加油站？我们目前尚无法绘就人类迁徙的清晰地图，不过他们的装束或许是解析白马人谜团的活标本。

　　白马人说，他们的祖居地在江油蛮坡度，是汉人将他们撵到了这里。从民间故事《一箭之地》中，就说到他们是上了诸葛亮的当，可见江油则是迁徙中的一个节点。

　　氐人是一个坚强的民族，他们来到这方土地，与羌人斗，争活动空间，与汉人斗，争话语权。到西晋时实力已很大，占据了仇池。晋乱，氐人大发展，前秦的建立焕发了氐人改变命运的欲望，氐人陇南五国相继建立就是最好例证。

　　这是一个不向命运低头的民族。

　　先看看历史的记录：

　　远一点看：晋元康六年（296年）氐人齐万年与匈奴、马兰羌、卢水胡、扶风氐大暴动，从关中一直打到阴平，也是在296年，陇南的仇池国已登上了历史舞台。即使是氐人有自己的政权时，也免不了统治阶级对氐人的屠杀，南北朝对峙中，陇南、天水、陕西靠近天水、陇南的一些地区以及川北的氐人对北魏、西魏、北周不满，举行过多次起义，都遭到了残酷的镇压，而氐人的反抗并未停止。阴平以东亦如此，阴平以南氐人的反抗更是此起彼伏：557年沙州氐人反周；兴州氐人起义，阴平、芦北氐人响应。从北魏到北周的一百一十四年里，秦州、南秦州、东益州、东秦州、沙州、泾州等地氐人和其他少数民族平均两年一次起义，频率之高，前所未有。

　　近看阴平氐人：自置阴平道以来，阴平的主要居民是氐人，所谓"道"

就是少数民族的县级建制。

可以肯定，那时的白马河翻腾着希望的浪花，用尽力气拼命往前奔跑。

汉献帝时阴平氐人雷定、强端就十分活跃。西晋怀帝时阴平都尉董冲与郡人毛深、左腾逐太守王鉴，并率众投奔成汉李雄，氐人流寓于蜀，因之有了侨置南、北阴平，阴平之地被仇池占有。嗣后相继被成汉李寿、前秦占有。

阴平国建立后，这里实际成了氐与汉、氐与氐的战场，宋顺帝升明二年，宋派将攻仇池，被魏阴平太守杨广香击走，次年（479年）杨广香降齐，杨广香死后，为了生存，阴平国向魏进贡，时北时南，看风使舵，以求生存，最后加入反周斗争，被镇压，阴平国也就完成了它的使命。

氐人丧失了阵地，饱受凄风苦雨，大部分隐匿了身份，在驱赶中丢掉了属性，只有少数躲进了不适合人类生存的深山。大浪淘沙，可以说能生存下来的这部分人是性格坚毅，不被残酷压倒的强者。大汉族给他们一个歧视性的名讳"番"。

眼前尽是晃动的白羽毛，让我不得不想这轻拂天空的羽翎。

帽子是白马人服饰文化的标志之一，沙嘎帽以其独特的装饰和造型展示了白马人服饰文化的个性，也是历史留给白马人的一笔精神财富。沙嘎帽用白羊毛毡做成，形状如带花边的圆盘，浅底，帽檐为波折状，帽顶的一侧插一根或两根洁白的雄鸡翎，极富装饰意味。民族服饰之间一般存在不同程度的相似性，但白马人的沙嘎帽却是独一无二的，不仅形式独特，也浓缩着深厚的文化内涵。

有一则白马人民间故事，说沙嘎帽上的白色羽毛，是为了纪念白马人与官兵的一次战斗。说有一年，官兵征剿白马人，一天夜里，人困马乏的白马人夜宿深山，不料此时官兵趁白马人熟睡，悄悄摸上山来，千钧一发之际，一只白公鸡引颈长鸣，白马人闻声跃起，拼死厮杀，才逃过了全军覆没。平武白马人对插白羽毛的传说，又有差别：说在一次战争中，白马人接连胜仗，官兵害怕拖得时间太长，粮草耗尽，会无功而返，便使出阴招，假意和白马人谈判，提议派代表讲和，白马人信以为真，所派代表到达地点后，全被官兵擒拿，在生死面前，有一个叫戒鲁的青年，临危不惧，半夜里挣脱枷锁，用鸡毛点燃火把，头插白羽毛为标志，逃回山寨报信，才避免了灭族危险。为了纪念英雄戒鲁，白马人就在白毡帽上插白鸡毛以志纪念。两种说法版本虽异，可都是讲的与官兵交战所发生的故事，几乎所有关于白马人的文字都被引用。因之，沙嘎帽是白马人一次生死考验的历史见证。

在我前面站了几位跳乏了暂时休息的妇女，她们背正对着我，白色的沙嘎帽，白羽毛飘绕，色彩斑斓的百褶裙，看得我眼花缭乱，背部有的是米字形，有的是四个交叉倒立角对角三角形，三角形中绣花卉图案，有的底色为蓝，有的为青，有的底色为白，有的上部红，下摆裙褶用两褶绿色，两褶紫红色，裙的二分之一处，间以白色竖线，裙的中部有两道带图案横线，一道橙红色，一道粉色，整个衣裙图案色彩搭配极为协调，配上红腰带，前面绣花围裙一系，围裙黄带子一飘，恍若天仙下界。

妇女服饰最常见的图形有"米"字、带圆圈的"米"字、圆形团花和三角形等，按白马人解释，"米"字是太阳光芒，专家们解释，"米"字也象征太阳，是对太阳神的崇拜；而圆形团花图案是月亮，是对自然万物的崇拜和赞美。对太阳崇拜，是古代许多少数民族共同的信仰和崇拜习俗，白马人无文字，他们的历史脉络凭口传心授，所以服饰图案中珍藏着白马人对自然的理解和敬畏。

这是一个十分尊崇天地人、和谐相处的民族。

衣服如此，日常生活中也是如此。

这让我想起曹林生老人讲述的故事：草河坝的白马人是从草坡山迁下来的，曾经让鸦片毒害得一蹶不振，无力做农活，庄稼地荒芜了，穷途潦倒。是一家吴姓汉人，接济他们粮食，收留无依无靠的老幼孤寡。有一次，土匪为勒索对白马人有恩的吴家钱财，绑架了吴家大儿子，在吴家焦急万分时，周围的白马人闻讯，迅速集结了一支几十人的队伍前去解救，待赶到时，土匪已将吴家儿子杀害，撤走了。在吴家，我们见到了吴家后人，一个四十来岁的女眷，她对上辈人的事知之甚少，特地请来了表兄老郑，这位七十多岁的亲戚，给我们重述了一遍他大舅遇害的经过，与白马老人曹林生讲的基本吻合。自那次事件以后，白马人和汉族相处得更加密切了。

夕阳爬上山腰时，我们离开了阳尕山，回到草河坝。

晚饭是在草河坝一家农家乐吃的，山野菜为主，免不了有一盘白马人招待客人的骨头肉，五色粮食泡酒。谚语曰："白马人的酒，一年四季有。"喝起来淡淡的甜丝丝的，乡领导余石东给在座者唱酒曲，一人一盅，我本不喝酒，石东的酒曲唱得动人心弦，我毫不犹豫一饮而尽。人说，钱能长精神，同样酒也会让人狂狷。一圈敬下来，个个酒兴勃发，声音一个高过一个，不一会儿人人红光满面。

《魏略》上说氐人："其俗能织布，善种田，畜养豕牛马驴骡。"《梁书》说"地植五谷"，可见那时已经是一个以农耕为主的族群了。民族间的你争我斗，使他们丧失了原居地，到深山扎根。他们适应了靠山吃山，种植苦荞、花荞、青稞、小麦、大麦为生，有病了，用百草、百木、百花、百果、百肉、百兽、百鸟、百石解除病痛。高寒阴湿造就了他们坚韧不拔的毅力，生活风雨让他们成熟，使他们有足够的经验克服种种困难，一直走到今天。

他们的来历靠口传心授，技艺同样是口传心授。比如治疗疾病，是靠"埋摆"（医生）世代相继，有病有疾就地取材，以解除病痛。白马人和汉族一样，男主外，女主内，家庭主妇除了下地务农纺织做家务外还兼酿酒做曲、给大人小孩治病。她们治病除了草药、土石单方外，极看重酒和水的作用，这与中医"兵无向导则不达贼境，药无引使则不通病所"是一脉相承的。凉水、霜水、暖水、泉水、雾水、开水；热酒、凉酒、酒曲、酒醅各有妙用，有这样一首歌谣：

妇女能识千百草，百草百尖都尝到。五月端阳上山寻，露是天神给的水。百花草根山神给，煮成一锅加蜜水。青稞大麦做曲面，搅拌蜜药捏成饼，发酵七日晾成曲。九月九日煮老酒，五谷五色少不了。年夜三十才开缸，三十晚上老少全，敬得祖神撒上龛，撒向空中神仙尝。正月初一大开缸，全家老少都来尝，家中妇女脸荣光。

泡酒是白马人家庭必备。几年前，我与朋友金生、启舒去案板地，有一家人厅房里堆了两堆煮好的酒醅，正在发酵。主人给我们介绍了制酒过程：先用二十几味中药在五月端阳期间制成酒曲。每年九月九日煮酒，用玉米、小麦、高粱、苦荞、谷子等粮食，择干净，放锅内炒至皮焦黄；洗净手脚及一切煮酒用的器具，用香柏熏酒缸；将炒好的粮食放入大锅内，用大火煮熟；在厅房内竹席上将煮熟的粮食晾冷后，将酒曲碾成细末，按比例撒入拌匀，装入竹子编制的盆筐内发酵，五至七天，等酒香飘出，装缸密封。过一两月，即可开缸喝。有些家庭一次煮几大缸，可以喝一年，甚至两年。其他时间煮的也有，天热时煮的，发酵与装的时间短，喝的时间也短。

白马人住在山中，山中潮湿阴冷，要抗风御寒，酒和五谷一样是生命中须臾难离的必备。下地做活，上山下河，亲戚交往，婚丧嫁娶，跳"池哥昼"，给一家一户驱邪要喝酒，跳圆圆舞要喝酒，正月十五迎回火把也要喝酒。凡喝酒、给客人敬酒都要唱酒歌。这是祖辈延续的传统，千古如斯！

时代发展到今天仍是不变的金科玉律，有这种执着，才有这份遗产。

说到迎火把，可惜，我们看不上了，要返程了。

不过，5·12地震后，我全程看过一回迎火把，白马人在遭受大地震后，还能如期举行元宵节的迎火把，使我感动，我虽无法进入白马人先民的心灵，那一声声发自岁月深处的呐喊，和简单地、原始的踢踏，把具象化成抽象的舞姿，让我震撼，于是写了一篇文章以记那次观摩：

黄昏来临，圆月升起，嘡，嘡，嘡，炮响三声，人如潮水涌向村头，无数火把点亮，铿，锵锵，铿，锵锵，铿铿，锵锵，锵，咚，咚咕隆咚，咚，咚咕隆咚，咚咚……锣鼓大作，喊声骤起：欧哦！欧哦！

裂云挟雷，气吞山河。山寨沸腾了。锣鼓为火把助威，火把为山梁增彩。飘绕的白羽毛、五彩长裙在火光映衬下，仿佛一条金色长龙，蜿蜒逶迤，飘荡于半空。

白马人用独具魅力的舞蹈语言诉说着他们的决心，用歌声畅想未来。

别样的元宵节，激动人心的火把之夜！

火龙汇聚，火柱冲天映红了天空，照亮了山寨。微风吹来，火焰晃动，山寨晃动。白马山寨沐浴在金光灿灿中了。白马人群情振奋，如万马奔腾。

旷野里，男女老少，携手踏歌，围火而歌，围火而舞。男声浑厚，女音清丽；男姿剽悍，女姿婀娜。人影在月光下摇曳，在火光中跳跃，歌声在山岭中袅绕。舞因火而振奋，火为歌而增辉。火，鼓舞人心，火，点燃心灵之灯。舞步踏出和谐，舞步坚定信心；歌声流淌欢乐，歌声送走忧伤，歌声憧憬未来。

"池哥昼"跳起来了。天地山川，日月星辰，祖先们的身影，浓缩于木质面具中，成了白马人承传历史、与祖先对话，展望未来的最神圣的形式。这舞，从远古舞到今天，从白马山寨舞到县城，从县城舞到省城，从省城舞进了文化遗产。舞出了白马人沧桑流源，舞出了自强不息。看，那威武的身姿分明是天神下界！池哥们，头戴黑红黄绿蓝各色彩绘面具：大嘴龇牙、眼若铜铃，配七色纸花，锦鸡翎高翘，反穿皮衣，缠绑腿，蹬毡靴，挎铜铃，握利剑，执牛刷，扬刷、刺剑、抬头、踢腿、转身、回望，无论是碎步转圈或阔步踢踏，灵活中蕴含豪迈，奔放中不乏凛然；池母，圆庞脸，慈祥和善，花巾彩裙，飘带旋拂，大香包、绣花鞋，抛谷物，纺毛线；同胞中的落难者知玛，黑脸赤脚，男戴草帽，女假辫，衣衫褴褛，黑瘦小孩尾随其后，游移于队伍之外时哀戚，与之共舞时欢欣，演绎着一出出忧伤的故事，鼓乐伴奏，时而紧锣密鼓，时而优雅文静，激越时波浪滔天，舒缓时似涓涓细流。虔诚的白马人簇拥着他们心中之神，他们的祖先，诠释着意识深处远古的履历。

歌声动人心弦，舞步荡气回肠，撼动心扉！

美丽的舞动，美丽的歌喉，将你带入如梦似幻的境界。

车子在夜间行走，静悄悄的，白马夷河早已变为白马峪河，水声哗啦啦，哗啦啦，欢腾着，一路欢歌前去大海加盟。

没有再次观赏白马人的迎火把，我并不遗憾。

地震十年祭

1

5·12地震已经过去十年，提起它，至今仍然心有余悸。细想起来，人，在大自然面前是那样脆弱，那样微不足道。

二〇〇八年五月十二日下午两时二十八分，一个永远铭记的黑色日子。为了不忘那一段刻骨铭心的事件，我把当时发生的，以及后来发生的一一记在日记里。

那一刻，在中国西部的汶川，大地突然颤抖起来，川甘陕近邻地区同时地动山摇，在轰隆隆巨响中，人类营造的所有利己的房屋、道路，瞬间被颠覆，铺天盖地的烟尘土雾把西边的那一片群山笼罩。人们目瞪口呆！那时我正在一座六层单元楼中，楼房晃荡不止，人站不稳，时而左右摇摆，时而上下跳动，开始还心存侥幸，后来越来越猛烈，意识被绝望占领。我牵着妻子的手，又胆怯又紧张，一阵紧似一阵。屋内，厨房里盏杯碗瓶、屋顶灯具，纷纷落地，屋外，玻璃窗、水泥块，砸地声噼里啪啦。死亡之箭一枝枝扎向心灵深处……时间拉长了距离，两分钟，比两年还长。两分钟，按常理，应当想很多事，实际上，我的大脑已经荒芜，要是还有意识的话，那就只有一个：不住地向上苍祈祷，而那祈祷毫无反响，再虔诚也无济于事。完了，世界末日到了，我们的身子要融入大地的怀抱了，于是，就有了那一刻独有的视死如归。

黑色的无形之手，搅动着地球，两分钟，官方说，只有几十秒，那短暂的时刻，好像过了很长时间，像心电图波线一样深深地刻在我的心中，也埋在了所有人的心中，永远收藏在了灵魂深处。

　　终于，停止了震动，我们三步并作两步逃下楼。我发现，人在生死攸关的瞬间，所有凡尘俗念，被武断屏蔽，仅剩生与死，而生要排除一切障碍，年龄大小只分体力，奢望只有一个——生。

　　逃向生的彼岸的步伐，战栗、急速、快捷、不顾一切！

　　两座楼上的人都集中在院内，街道外的人也涌进院内，无论是哭的闹的叫的寻人的无不眼朝着对面南山上，或电线上、楼房顶上，我也茫然地盯住对门山坡。

　　孩子们呢，电话不通，满院寻找，不见踪影，又一惆怅涌上心头，到处是土雾，活像海湾战争时美军空袭中的伊拉克土地，烟尘滚滚。娃们哪儿去了，有危险吗？

　　山坡上，随着黄雾升空，青草覆盖下的山坡，出现了破烂，像剐走了肌肉的身躯，露出了堆堆白骨，东一块西一片，挂在白水江南岸。

　　这样过了一刻钟，人群突然骚乱起来。天爷！娃呢？妈妈！爸爸呢？一阵喊天喊地过后，有的开始去找上学的孩子，有的寻找父母。全城的人满街乱跑，他们也不顾瓦砾砖块和楼房垮塌，找亲人，冲向学校找孩子。正当我们惶惶然站在院内目睹山坡上狼烟滚滚时，小孙女满脸大汗跑进院内，她稚气地说："我发现是地震了，我就跑回来了！"一块石头落地了，欣雨回来了，昕坤呢？这时我又想起她们住河对面，我的单位也在那里。我快步走向白水江边，去单位的路已被碎石塞满，无法通过，不觉一惊，远比想象的还要严重，顺江而下的滨河路也让土石壅阻：完了，完了！双腿不住地打起颤来，土雾还未散尽，心也像蒙上了一层土雾。爬过一堆土，雾渐渐散开了，眼前一亮，失望的心里有了一丝安宁，办公楼、家属楼，仍在土雾中站立着，被烟尘笼罩的雪松顶上国旗依然飘着。我长长地吁了一口气，定了定神，攀上又一处土堆，快步向北山下昕坤上的学校跑去。

　　满街满巷满河堤都是人，灰尘满面，上上下下，行色匆匆。有的虽然脚步在走，眼睛不住地警惕山坡滚石垮土，堵住白水江；有的被巨大的震动暂时摄走了灵魂，面无表情地站在那里。

　　朦胧一片的街道里，大小汽车、三轮车、摩托车往城外寻找平安方舟。河边多处塌方堵住去路，车子拥塞于桥头，进不能退无路。对门山体下滑，出现一溜溜裸地。我从堆满瓦砾、石块、崖土的路上爬过。人流聚到滨河路，黑压压一片，有抱头痛哭的，有紧搂孩子掉泪的……

去学校的路全是学生，他们跑出学校，奔向河堤，扎成堆，抱成团儿，不住地战栗，不住地抽泣。我在人群中寻找孩子，霎时，哗啦啦山崖崩溃声传来，我心一惊，下意识望后一瞧，南山土雾又起，岩滚石落。学生中爆出号啕大哭声，我的心一下子给搅乱了，莫非，还会酿成更大的悲剧？我怔怔地看着南山，直到停止滚石垮土、尘埃落定。哭声减弱了，人群安静下来。显然，这是逃往安全地带又遇山塌再次降临的恐惧。我在想，大地轻轻一抖，给这些孩子们带来的心灵创伤什么时候才能愈合啊？我在他们中寻找我的小昕坤。

好不容易，穿过惊魂未定的人群，进入学校大门。我惊呆了，操场上狼藉满地，教学楼顶层墙体错位，门窗扭曲，墙外可见室内课桌东倒西歪。还剩几位老师，站在一间平房门前，有一位说："天啊，好险！幸亏昨天刚把作息时间改了，不然不堪设想。"这一句教师的感叹，却给我吃了定心丸，使焦虑的心缓过神来，原路返回。

去时急切，只见河堤上惊魂未定的学生，未注意劫后的城区，往回的路上，满目疮痍，校门边的民房垮了，沟对面的房倒了，土木结构的民房，有架子立在那里的，墙体裂缝能看见屋内家什的，整座垮塌的，摇摇欲坠的，随时都有坍塌可能的，强支倾斜身子的，令人目不忍睹；屋瓦满地，未落下的也是横七竖八，千疮百孔；有的楼房粗看外观完整，细看却伤痕累累，纵横交错的裂缝，让人联想起病魔缠身风烛残年的垂垂老者。

儿子是大地震的幸运者。地震前两分钟他用摩托送昕坤上学，正当他进入滨河路时，轰隆隆，天崩地裂，一时暗无天日，慌乱中他甩掉摩托，护着女儿，也不管有无危险，爬起就跑，也未顾及房倒墙塌快步来找我们，听说我去找孩子，他转身又去找我，当我返回院内，只见妻子和昕坤、欣雨，一脸惊恐，一脸焦虑。不一会儿，儿子背一身尘土进来了，我们虽不知道还会不会再发生余震，但还是有一种大难不死的释然。

我把视线移向面目全非的南山。南山，疮痍斑斑，不由人后怕起来。

交通、信息、电力全面瘫痪，处在孤岛中的文县群众，并不知道印度洋板块与亚欧板块撞击，把魔气释放于龙门山断裂带上，并将它凶猛的触角顺地壳裂缝冲向文县，这一切都是后来才知道的。

院内，人们出出进进，东跑西奔，向院中搬凉席，占地盘，以防余震，因为他们有过一次防震经验。

2

一九七六年八月十六日发生在四川松潘的大地震，殃及文县，余震持续到二十三日，此后连日阴雨直到十二月底，在室外露宿三月余，我是亲历者之一。那天我正在马营公社一个叫武胜沟的小学校里。黄昏，我们几个人正玩得高兴，天边射过一道白光穿过院内，接着一阵闷雷般的声音，由远而近，我们还未回过神，便地动山摇，房屋檩梁之间榫卯的咔嚓声，惊呆了我们。地震！我说：跑！奇怪的是，我们四人唰一下子几乎同时奔向门口，竟然谁也挤不出。事后我想，人求生的欲望该是与生俱来的。我们从墙倒房塌中跑向打麦场，场内已聚集了全村大部分群众，四人中我和醒民来自县城，还有陪同我们的公社干部、一位小学教师，我们主动承担了安定人心组织群众的工作，待把叫天喊地、哭闹者的情绪稳定，作出在外过夜的决定后，很多人蹲在地上不起来了，我以为是我们太年轻，不接受我们的主张，农村工作经验丰富的老余说，他们很多人只顾了逃命，没来得及穿衣服，清醒了，不好意思起来。

那时，文县震感强烈，而受灾轻微，无伤亡。抗震救灾显得有条不紊，县委书记除了去乡下组织生产自救就是去各居民点机关单位慰问职工鼓舞士气。抗震救灾指挥部，每天都有定时和不定时的余震预报和地震常识宣传，通过广播告知民众。大量的救灾物资、人民解放军救灾队伍，源源不断地沿212公路驶向松潘、平武。位于震中的松潘、平武，虽然震级高达7.2级，由于草原上人口密度小，受损房屋也只有五百余间，伤亡四十一人，二千八百多头牲畜，而这次5·12震级高达八级，仅文县就死亡一百一十多人，受损房屋五十多万间，二十多万人受灾。整个汶川大地震死亡加失踪已近九万人。

5·12，是一场罕见的空前灾难。

还是从学校返回途中，我站在县医院门口，再一次仔细观察我服务的保护区后山。十分钟前，还是青春焕发的南山，一阵山摇地动，变得像乞丐，衣衫褴褛，白骨堆堆。八卦以为，北方为坎，南方为离，北方属水，南方属木，水养木，木养水，那么，北方一定属阳，南方属阴，按此推理，北山应是父亲山，南山是母亲山。今天我面对受灾后的母亲山。我看见，她那战栗未止瑟瑟不安的身躯，沉重晦暗的心更惆怅了。我低下头想：我用什么办法尽其孝道呢？用什么方法来医治创伤呢？猛然又看见了我的工作地办公楼前的五星红旗，在雪松中飘扬。啊，我明白了，所有的母亲都不喜欢孩子们流泪，她偏爱坚忍和刚强。我只要有一份爱恋之心、自信心就足够了。国旗在，大楼在，希望在。

后来，海生对我讲，地震发生时，他在四楼刚坐下，强烈震感使他快步下楼，及至院内，站在平地上，也站不稳，前仰后合，天昏地暗，眼睛死盯着飘扬的国旗，旗杆不住地晃动，其摆幅预示一场毁灭性的灾难很快将要降临，人也将随大地难挨的疼痛而消亡。这一刹那的惊心动魄被朝贵收进摄像机，每次回溯，都让人不寒而栗。

站在摩天岭之巅遭遇地震又是一番景象：保护区高级工程师杨文赟和焦辉正在海拔两千多米的山上监测大熊猫活动，突然隆隆巨响由远而近，他们正在揣摩是哪里来的奇怪声音时，骤然间，山体抖动，树木摇晃，越摇越厉害，人站不稳，只好抱住大树。山，在颤抖，树，在颤抖，人，在颤抖，心，更加颤抖。地震愈震频率愈高，脚下的土溜走了，各山梁像埋有地雷，同时爆炸，乱石崩裂，烟尘弥漫，他们知道天要塌地要陷，在劫难逃了。杨文赟想：难道又出现了共工氏怒撞不周山，"天柱折，地维缺"了？

山，是地壳运动直接的硕果，它造就了喜马拉雅山、峨眉山，还有无数奇峰峻岭，江河溪流；山，也造就了贫穷，地震期间随中国作协抗震救灾小分队来文县的女作家春树在《到甘肃去》一文中写到文县，这里没有地震前的山清水秀了，有了地震后的穷山恶水，地震前刚迈开的小康脚步，地震后却一无所有，只剩他们的淳朴、热情、敦厚、良善。她说："平时我住在北京，根本感觉不到什么危险，也根本没想到世界上还有这么一个贫困的角落，还住着这么多我们的同胞，他们都是怎么过来的呀？"其实，生活在这儿的人民，即使穷山恶水，他们并不怪罪家乡，也不过分相信命运，在讨论灾后重建时，有的村需要整体搬迁，大多数人都不愿意离开，他们懂得人挪生、树挪死的道理，可怎么也割舍不下祖辈守望的家园。纵使破败不堪了，他们仍然爱恋着自己的家园，不离不弃，立志要在废墟上重建家园。在他们看来，身后有一个强大的祖国，是渡过难关的坚强后盾，正是有了一个强大的祖国，他们才有信心让废墟变为美好。

人们的想法快速得到了印证。震后两天，虽然与外界失掉了联系，失掉了家，也失掉了依靠。从手机中收到许多朋友问候，几句慰藉的话，在平时是无所谓的，那时心里好像一次次浇灌着暖流。接着，直升机来了，投下关爱；子弟兵来了，救灾车辆来了，心里踏实了，我们并不孤单。慌恐在我心中消失，在居民心中消失。从残垣断壁中走出的人们，被一个伟大身影唤醒，埋葬了脆弱，复苏了坚强。

汶川地震，造成了数以万计的妻离子散，却没有流离失所；造成了诸多家破人亡，却没有无依无靠。总理在雨中的急切、痛苦、焦灼，怎不让人化悲痛为力量！

3

人们没有忘记刑台大地震、唐山大地震、丽江大地震。那时共和国还不富裕，祖国却倾其全力，刑台新生了，唐山崛起了，丽江更加秀美。

同样的堰塞湖，一九三三年八月二十五日在离汶川不远的叠溪，发生7.5级地震，震后十一天余震使山崖坍塌聚岷江水成堰塞湖，十月溃堤，地震伤亡七千人，被水冲走两万余人，一个混乱中的旧中国，让人民坐以待毙。

从唐家山堰塞湖有惊无险到叠溪惨剧，我为有一个强大的祖国而骄傲！

当我看到我们的总理，事发两小时便迅即赶往灾区，站在废墟上，站在灾民面前，在只有死尸只有狼藉的日子里，拯救生命："一线希望，百倍努力！"总理与灾民同在，举国上下救援之手伸向灾区。一时捐款四百多个亿，光共产党员倾囊就达八十二个亿！有一个浙江七十八岁老人，令我慨叹不已，一个不靠乡下儿女，一天在十几里路外拉两趟煤，日收入三十元，晚上住在城里一间月租金三十元的陋室里，在别人家电视里看到汶川地震，毅然倾其家资捐款一万多元。大灾唤起了国人爱心，中国精神感动世界！世界支援中国。一个豪迈的时代，不能不让我走进历史……

我的家乡是地震多发区，在这条断裂带上有太多的悲伤，爷爷传给父辈的故事历历在目：离老家六华里的固镇，在光绪五年的大地震中，山崖倾覆，三百多户人家丧生，距家不远的洋汤河畔的桥头坝，被震垮的山崖埋没，只剩一两家，梨坪尹家坝、九原寨山崩，岷堡沟后山倾塌，整村毙没……

　　清光绪五年（1879年），农历五月十二，凌晨四时左右发生地震。震中在文县桥头、屯寨一带，地震时山谷中响起了隆隆的声音，土雾漫天，片刻房倒屋塌。我们村贡爷母亲去山下磨面，地震时刚好走出洋汤河北面的磨坊，准备过河，一个冲击波，醒来一看，连人带骡子已在河南山脚下，至少跨度一千米的距离，足见地震威力。受制于当时的社会条件，地震消息传播得非常缓慢。农历八月，《申报》《字林西报》等报纸才有报道。八月初三的《申报》报道："甘肃至关陇一带，三十余厅州县，同时大震，自五月初十至二十二凡十三日始定。其间伤人口、伤牲畜、坏城郭苑圃，屺衙署民宅不可胜纪。"八月初九的《申报》报道："东至西安以东，南过成都以南，纵横近两千里。"

　　据《甘肃新通志》记载，这次地震造成的损失极其惨重，各处山石飞走，地裂水出。阶州死九千八百八十一人，文县山崩水涌，城垣倒塌，死一万〇八百三十人。朝廷见到左宗棠奏折后，下旨"著即饬地方官员，将被害灾民妥为抚恤，毋令失所"。

4

　　五月十九日下午，我去上班，走向白水江边，面对南山，一声汽笛声长长响起，办公区院内的国旗下半，行人止住了脚步，车辆停止行进。我知道又到了十四点二十八分，人们为汶川大地震失去的同胞举国齐哀，全民共悼。我仿佛听到了南山呜咽，白水江悲鸣，在悄悄向死难者诉说：亲人们走好，同胞们走好，远去天国了也不要忘了为我们加油！

　　三分钟过后，我看见国旗在微风中飘扬，那轻扬的星星中凝聚着中华民族的博爱、团结、奉献！笛声传出的是力量、坚强、勇敢、自信。它似乎在说：中国不哭！中国加油！

　　今天的中国已非昔比，正走在强国路上，她的应急能力，她的施大爱与民的举措，民众空前的爱心，无不令人感动。

　　很快，公路通了，电灯亮了，信息畅了，慰问信、慰问电，志愿者从唐山，从北京，从上海，从天津，从祖国的四面八方……救灾物资日夜星驰。

从电视上得知唐家山堰塞湖，水位已上涨到742.96米，一个可怕的高度，总书记、总理亲自指挥，人民解放军冲锋陷阵，力排险情。这是一个强大祖国的杰作！一个个惊心动魄的日日夜夜，人民看在眼里，心，聚焦灾区。

人类总想战胜大自然的幻想，在地震那一刻，显得苍白无力，最终还是民族自身的爱心和坚强派上了用场。

地震发生的那一刻，人们感到生命的匆促，大自然的铁面无情，来不及想象那美好刚至便倏尔而逝，惊怵中不免对才抽枝条、初绽蓓蕾的新芽嫩蕙暗自叹息唏嘘，有种诀别人世的空落。

地震后，我最关心的是南山，因为南山有多处裂缝，危及我工作的办公区。每当我站在白水江边注目南山，既担心南山下滑，有又被大自然赦免的欣慰。院内国旗依然飘荡，我肃然而立，我知道那是向我招手，让我们甩掉疑虑抛弃憔悴迎接朝阳。

地震让我们洗心革面，重塑人生，也让我们发现了被我们平时忽略了的东西——人类的善良无处不在——爱无处不在！

当信息恢复之初，激动、感动接踵而来……

——我们有这样的干部，身为领导，在灾难来临的瞬间，潜入第一意识的是——救人；冲出办公室的第一件事是——指挥救人！听到亲人遇难了，面对死亡的受伤的，他把泪洒给了所有的死者伤者，在人民面前，家人难以独享他的泪水，满身尘土，奔波在断壁残垣中。经大忠——经天纬地的铮铮铁汉，大忠大勇一栋梁！

——身为最基层的支部书记曹代成，群众的带头人，实践宗旨的成功者，失去了三位亲人，然而，一刻也未停止抢救生命的脚步，他没有工夫悲伤，有更多的生命在向他呼救，白天他的泪被责任无情地挡了回去，没有机会，也没有工夫流下来，只有在夜晚疲惫了，挪不动脚步了，他才有机会对亲人们挥泪伤怀。

——我们有这样的公安干警：一位县公安局副局长，离家最近，身边战友倒下了，母亲遇难，妻子也跟着走了，儿子穿着警服躺在废墟中，泪水滴在儿子脸上，他默默地摘下儿子胸前的警号，戴在自己的警号旁，去挽救更多的生命。

——我们有这样一位护士，冒着大地的震颤，临危不惧，和她的同事们一起向楼下转移三百多病人，之后又不顾个人安危，冲上十四楼，抢出手术器材，建立临时手术间，为伤员做手术的医生们提灯照明，一个亲人，两个亲人……直至七个，逝者如斯夫！一块金黄色的美玉，选择了为生命点燃烛光。

——我们有这样的人民教师："快跑！什么也不要拿！"千钧一发，房屋无情地塌下，四个生命在千斤重压下走向光明，而呵护他们的伟大脊梁坍塌了。不知是历史的巧合还是上苍有意安排，人类灵魂的导航员中树起一个光辉灿烂的名字——谭千秋。

一幕幕敲击心灵的故事，使我对人类在生死攸关之际表现出的大勇，产生敬慕，进入深思。我以为，这原本就是世界四大文明仅剩中华文明的根蒂所在，是中华大国迅速崛起的内在动力。子弟兵在寻找生命信息时，发现一具血肉模糊的单薄身子下护着三个孩子，一只高跟鞋告诉他们，她是一位伟大的女性，从孩子们口中得知，她受过高等教育，满怀憧憬，仅有二十二岁，新时代园丁！是突如其来的灾难，使她放弃幸福，放弃了七彩生活、烂漫青春，选择了高尚，让生命绽放异彩，完成了她美丽的人生。向倩，多好听的名字，让人们怀念这尊永远照亮孩子们勃勃向上心灵的美丽倩影。

一桩桩催人奋进的事迹感动着中国，也感动着世界，把中华民族的思想升华、正气张扬——要说在恶劣气候条件下空降兵在几千米高空跳出机舱，是钢铁长城无坚不摧属性的话，九岁的林浩逃出教室又返回救出两个孩子，十二岁的王磊也在危险的墙下救出四个孩子，自己失去一条左腿，而他却说大家都要逃生才行。在生与死的抉择中，连小学生，都没有迷失航向，我想，这舍生取义已深入民族骨髓，这是中华腾飞的希望所在。

这样的例子四川多，文县也多。我家乡的一所学校，灾难发生时，三个教师，只有一位在校，在年轻教师心里，只有责任，只有和学生在一起，才称得上——人民教师。在千钧一发之际，第一反应是，有序地将学生往安全地带转移，太小的用双臂一次一双，墙土瓦砾落下，只有一个念头，救孩子，他的努力有了回报，最后一趟刚将孩子放下，教室轰然倒塌。让人震撼的义举，没有见诸报端，没有露脸荧屏，因为领导的小汽车走的是大道，镜头是有品位的，有声有色需要精心策划。但我相信，这些被舆论忽略的，没有功利，纯属中华民族的本性。

5

当上帝颠覆西天时,人民军队十万官兵疾驰灾区,擎起共和国的蓝天玉柱,拯救生命,为恢复生活秩序流血流汗。最险的是军人,最累的是军人,他们说:父母有难,兄弟姐妹们有难,儿子哥弟理当冲锋陷阵,以报答养育之恩。

我们的人民善于感恩,质朴而热情。五月十五日,当我又一次去江边注目南山时,一块包装纸箱做成的牌子写着一行字,让我怦然心动:"英雄们辛苦了,请下车休息、喝水、吃饭!"在近百米的彩条布临时棚内的灾民就有三家,为逢山开路遇水架桥,顶烈日冒酷暑,抢救生命抢险排困的子弟兵义务供水供快餐。我问一位年轻妇女,吃的人多吗?"运救灾物资的司机多,军人少,他们的规矩太死,不吃!"她准备做些饭菜送到军营里去。我回家给妻子讲了,她很受感动,她也要为子弟兵像像样样地做一顿饭,激动得一刻也不等,立即去找一位左家老太太,一拍即合。傍晚就约上儿媳去政府联系,县妇联大为赞许,回来一告知,无论老少,女同胞,小孩子,纷纷解囊,不大一会儿就收到两千多元的捐款。次日清早,买煤、买菜,做好午饭准时送往军营。她们看见子弟兵一个个黝黑的皮肤,不住地擦脸泪,支队长说:"大娘,这是我们应该做的,你们要保重啊!"临走,两百多军人列队行军礼为她们送行。

以小见大,5·12见证了我们的人民是扛得起大山的人民,人民不会让大山哭泣,人民不会让母亲流泪!

有这样一位母亲,救援队寻找生命信息时,一缕阳光从心头升起,她要从废墟中站起,她知道丈夫走了,亲人们走了,儿子还在,她为施爱给下一代而一定要站起,她从救援队员手中要来了剪刀,把无法抽出的腿一剪刀一剪刀剪断,外面的救援者,泪流满面地为她加油,她忍痛剪下了被死神拖住的肢体。我为我们的人民有这样一位妻子而自豪,同时我也为我们的民族有这样一位顽强的母亲而骄傲!

大地震,彰显了民族精神、民族爱心,二十万志愿者奔赴灾区,他们囊括了灾区所有能做的事——救人、抢险、抢救财产、发放救灾物资、消毒、搭帐篷、建活动板房、收庄稼、为高考学子辅导……让我深为震撼的是山东的十位农民，年龄最大的已六十岁，他们从电视上看到四川发生灾情，他们开着自己的农用三轮车，从莒县拿着一本旧地图出发，把执着带到灾区，把爱意播撒于禹的故乡。让我们充满希望的是，绝大多数志愿者，大多是八〇后和九〇后的年轻人。这无疑是给戴着有色眼镜，过分挑剔年轻一代为九斤老太的那类人，上了生动的一课。他们把一腔热情变为行动，让祖国检验，用行动证明，长江后浪推前浪，江山代有才人出的古语。

有这样的人民，我们何愁不能逾越难关？作家李修文在文县遇到的情景："那天晚上，紧随余震而来的，又是滂沱大雨，为了远离四周的山岩，我们穿着雨衣，和当地的村民一起，全都站在了一片菜地的田埂上。暮色越来越沉，雨也下得越来越大。渐渐地，雨幕之外的任何景物都再也看不见，除了后来的汽车响起的急刹之声，满耳听见的，便只有山坡崩塌的声音，轰鸣作响，就像得了人身的妖魔正欲出世。一个牵着孙女的老人，手举雨伞向我走过来，焦急地跟我说话，我没能听懂，同样，我说的普通话他也听不懂。情急了，他干脆不由分说，一把将我拉过去，跟他们一起站到了伞下。原来是，因为从来不曾见过，他也就不知道，我的外套其实就是一件雨衣。我并没有推辞，三个人，安静地站在雨伞下，等待着我们能够重新上路的时刻。"

当我又一次面对南山时，身后驶过十几辆小车，居民们高兴地说，那是广东深圳的领导，协商支援文县灾后重建来了。有了这些可爱的人民，有了强大的祖国，有了全国人民的温暖胸怀，必然会在沿江的帐篷中，唱出自力更生的凯歌，让阴平大地更加秀美，早日奔向小康。

黑色褪去了，明亮来了，从明亮中走出坚韧不拔，走出众志成城。此后的五月将是鲜花盛开、欣欣向荣的五月。这一点已经成了现实！